REVIEW

열일곱 살에, 학교 도서관에서 처음 캐드펠 수사 시리즈를 읽었는데 완전히 푹 빠지고 말았다. 어떻게 21세기 한국의 고등학생이 12세기 영국의 수도사에게 친밀감을 느낄 수 있었을까? 책을 펼치면 캐드펠 수사가 가꾸는 허브밭의 싱그러운 향이 미풍에 실려 오는 것만 같았고, 부지불식간에 이웃처럼 정이 든 마을 사람들이 삶의 우여곡절을 겪을 때는 함께 탄식했다. 그 생생한 경험을 통해 역사와 문학을 동시에 사랑하게 되었는지도 모르겠다.

    서른다섯 살이 되어 캐드펠 시리즈를 다시 읽고 싶어졌는데, 혹시 두 번째로 읽었을 때의 감회가 예전만 못할까 걱정했었다. 기우 중의 기우였다. 열일곱 살에 발견하지 못했던 부분들을 잔뜩 발견하며 읽을 수 있었고, 역사추리소설을 추천하는 자리에서 매번 자신 있게 추천하곤 했다. 소박하고 담백하게 시작해 역사의 큰 톱니바퀴와 힘 있게 맞물려 들어가는 이 놀라운 이야기에 대해 말할 때 한없이 행복했다.

    엘리스 피터스가 육십대 중반에 이처럼 대단한 시리즈를 시작했다는 것을 떠올리면 마음에 환한 빛이 든다. 먼 길을 다녀와 켜켜이 쌓인 지혜를 품고 유적지를 직접 걸으며 작품을 구상했을 작가를 상상하고 만다. 멋진 일은 언제든 시작될 수 있고, 심혈을 다해 빚은 이야기는 시간과 공간을 뛰어넘는다는 것을 보물 같은 작품들을 통해 믿게 되었다.

정세랑
소설가

REVIEW

엘리스 피터스는
가장 뛰어난 추리소설 작가다.
UMBERTO ECO
움베르토 에코

캐드펠 수사는 한 세기를
완벽하게 구가한 셜록 홈스에
비견되는 창조물이다.
LCS ANGELES TIMES
BOOK REVIEW
LA 타임스 북 리뷰

이보다 더 매력적이고 인상적인 탐정은
찾기 어려울 것이다.
SUNDAY TIMES
선데이 타임스

서스펜스와 역사소설이 혼합된
유쾌하고 독창적인 작품.
LONDON EVENING
STANDARD
런던 이브닝 스탠더드

시리즈가 추가될 때마다 기쁨을 느낀다.
연대기 시리즈가 계속 이어지기를 바란다.
USA TODAY
USA 투데이

캐드펠 수사는 분명 범죄소설의
컬트적 인물이 될 것이다.
FINANCIAL TIMES
파이낸셜 타임스

엘리스 피터스의 미스터리는 역사적 디테일,
마을과 수도원의 중세 생활상, 생생한
캐릭터 묘사, 우아하고 문학적인 문체 등
이야기 그 자체로 즐거움을 선사한다.
THE WASHINGTON POST
워싱턴 포스트

스타일과 격조를 갖춘 미스터리로
멋지게 포장된 뛰어난 역사소설.
THE CINCINNATI POST
신시내티 포스트

엘리스 피터스는 중세인들의 삶을 상세하고
설득력 있게 재현함으로써, 독자들을
강력하게 흡인하여 교묘하게 짜여진
중세의 어두운 미로 속으로 데려간다.
YORKSHIRE POST
요크셔 포스트

고전적인 의미의
선과 악이 격투를 벌이는 역작.
CHICAGO SUN-TIMES
시카고 선 타임스

위대한 미스터리

AN EXCELLENT MYSTERY

AN EXCELLENT MYSTERY
Copyright©1985 by Ellis Peters
All rights reserved.

Korean translation copyright©2025 by Bookhouse Publishers Co.
Korean edition is published by arrangement with
Intercontinental Literary Agency(ILA) through EYA(Eric Yang Agency).

이 책의 한국어판 저작권은 에릭양 에이전시를 통해 Intercontinental Literary Agency(ILA)와 독점 계약한 (주)북하우스 퍼블리셔스에 있습니다. 저작권법에 의해 한국 내에서 보호를 받는 저작물이므로 무단 전재와 무단 복제를 금합니다.

위대한 미스터리

엘리스 피터스 장편소설
손성경 옮김

북하우스

CADFAEL

중세 웨일스

1 아를레흐웨드
2 아르본
3 흘레인
4 흐로스
5 디프린 클루이드
6 마일로르
7 컨흘라이스
8 펜흘린
9 메카인
10 아르수이스틀리
11 마일리에니드
12 엘바일

CADFAEL

슈롭셔와 웨일스 국경지대

디강
코르윈
오파스 다이크
위트처치
베르윈스
세이리오그강
처크
엘스미어
트레게이리오그
흐나르몬
휘링턴
오스웨스트리
란스틀린
로덴강
슈롭셔
웨일스
브르뉘강
테른강
브레이덴 언덕
슈루즈베리
웨스트버리
베이스탄
풀
카우스
폰테스버리
민스테를리
고드릭 포드
롱숲

CADFAEL

슈롭셔주 슈루즈베리

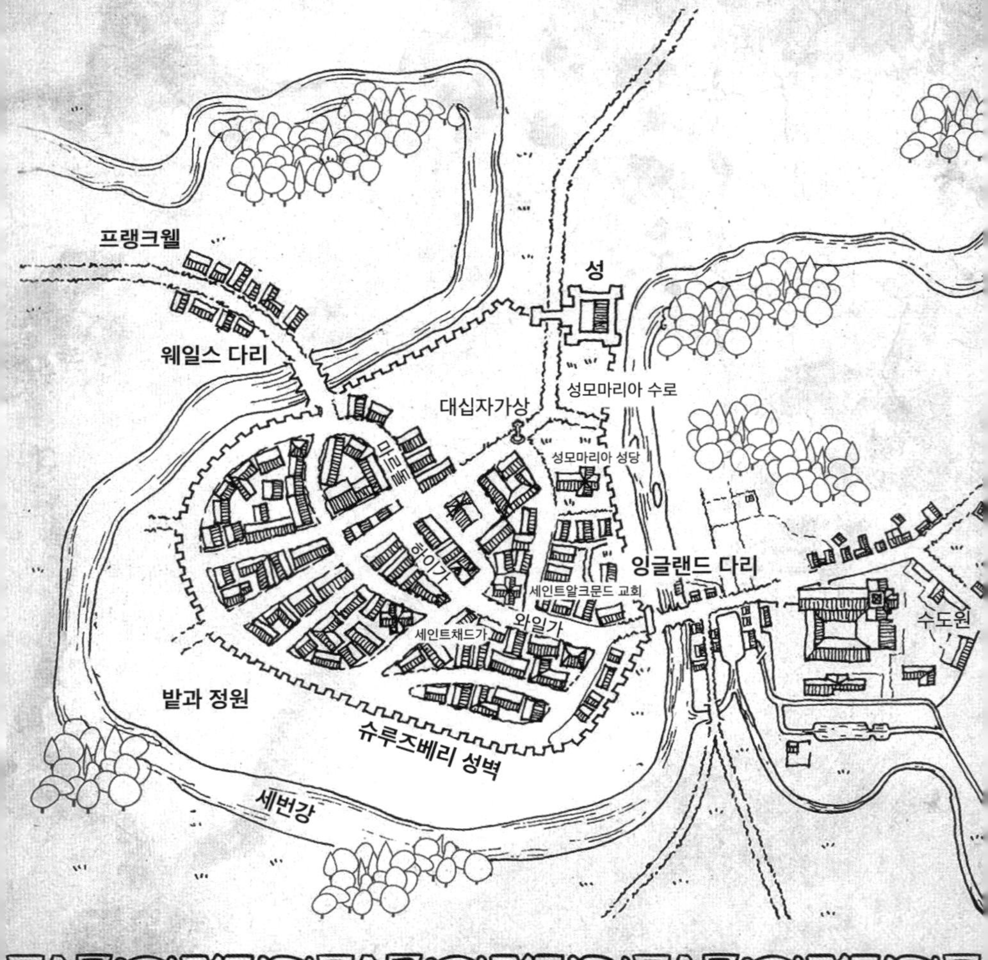

프랭크웰
성
웨일스 다리
성모마리아 수로
대십자가상
마르돌
성모마리아 성당
하이가
잉글랜드 다리
세인트알크문드 교회
와일가
세인트채드가
수도원
밭과 정원
슈루즈베리 성벽
세번강

CADFAEL

슈루즈베리
성 베드로 성 바오로 수도원

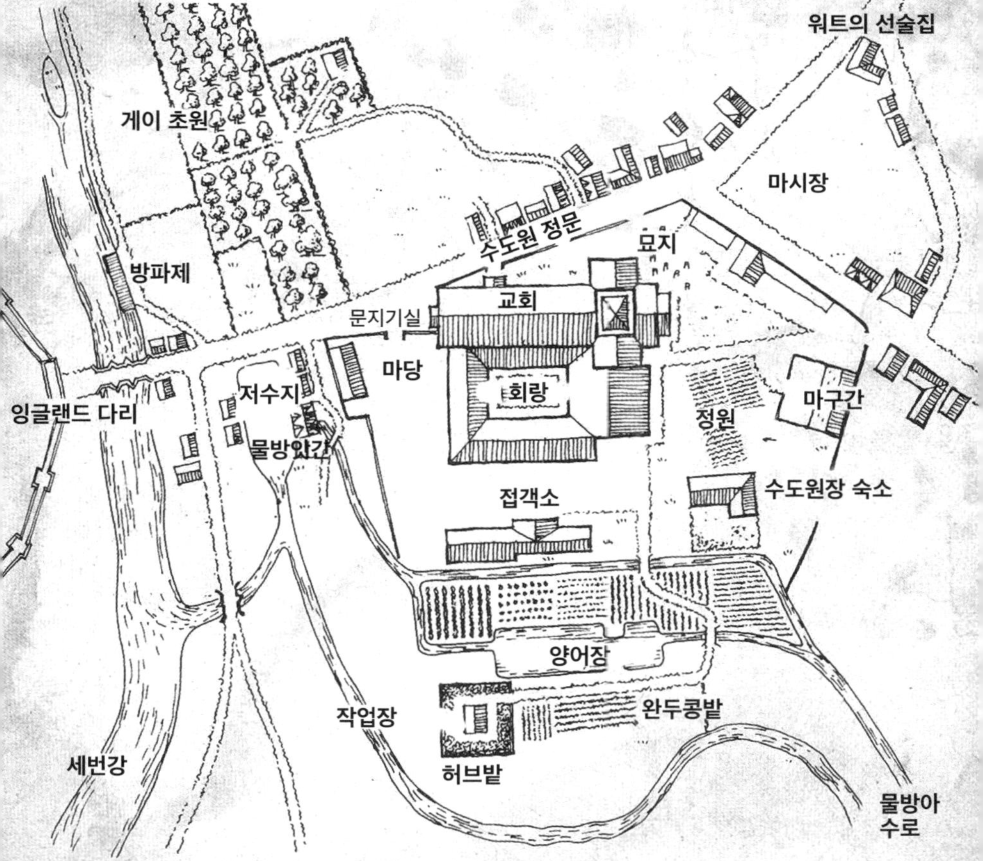

일러두기. 주석은 모두 한국어판 주다.

중세 지도
4

위대한 미스터리
11

주
347

1

 1141년 여름, 8월이 되었다. 난롯가에 웅크려 앉아 가르랑거리는 고양이처럼 졸음에 겨운 날들이 황갈색으로 변해가는 시기. 봄에는 비가 충분히 내려주었고, 성 위니프리드[1]의 축일까지 이어지던 평온하고 맑은 날씨는 추수철에도 내내 계속되었다. 수확제인 8월 1일이 돌아올 즈음에는 밀 수확이 벌써 끝나 들판이 하얗게 비어 있었다. 이제 그 들판에 양과 소를 풀어 남아 있는 것들을 깨끗이 치우게 될 것이었다. 수확제는 만족스러운 분위기 속에 치러졌고, 강을 따라 길게 이어진 과수원에서는 만물 자두가 검붉게 익어갔다. 수도원의 창고란 창고는 곡식으로 가득했으며 잘 마른 짚은 묶여서 쌓여 있었다. 아직 비가 내리지 않은 터라 양을 먹일 새싹은 돋지 않았으나 추수를 끝낸 들은 아침마다 촉촉한 이슬에 뒤덮였다. 이 멋진 날씨가 마침내 그치게 된다면 그것은 거센 폭풍우 때문이리라. 그렇지만 아직까지 하늘은 상상할 수 있는 가장 밝은 파랑을 띤 채 맑게 빛나고 있었다.

"농부들 얼굴에서 만족스러운 미소가 떠나질 않는군요." 휴 베링어가 말했다. 주 북쪽에 자리한 영지의 추수를 끝내고 막 돌아온 참이었다. 들일을 한 탓에 얼굴이 온통 검게 그을려 있었다. "왕권 다툼은 여전히 그치지 않고요. 만일 그 높으신 분들이 직접 밭에 씨를 심고 키워서 밀을 빻아 자기 먹을 빵을 굽는다면 그런 쓸데없는 싸움이나 살육을 할 시간이 없을 텐데 말입니다. 어쨌거나 지금의 이 축복도, 또 살육이 벌어지는 곳에서 멀리 떨어져 있는 것도 하느님 덕이지요. 물론 남쪽의 혼란 속에 있다 해도 운이 나쁘다 여기고 불평하지는 않을 겁니다. 다만 제가 지켜야 할 땅은 이곳이며, 바로 여기 제가 보호해야 할 사람들이 있으니까요. 사람들을 돌보기 위해 해야 할 일이 많아요. 그들의 튼튼하고 혈색 좋은 얼굴에 살이 통통하게 오르고, 그들의 외양간과 곳간이 먹을 것과 질 좋은 양털로 그득하다면 전 만족합니다."

그들은 수도원 담 모퉁이에서 우연히 마주친 터였다. 세인트자일스[2] 쪽을 향해 우측으로 굽은 수도원 앞 대로 바로 옆 마시장 터의 커다란 세모꼴 풀밭이 말발굽에 폭폭 파인 자국들을 드러내며 햇빛 속에 하얗게 펼쳐져 있었다. 매년 사흘간 열리는 성 베드로 축일장이 끝난 지도 일주일이 지나 임시 판매대들은 모두 헐리고 상인들도 떠났다. 휴는 야위고 털이 거친 말 위에 앉아 있었다. 이 잿빛 말은 휴처럼 몸이 가벼운 젊은이가 아니라 육중한 남자도 태워 다닐 만큼 키가 컸지만 녀석이 순종하는 사람은 제 주인뿐이었다. 다른 어떤 인간도 이 말의 애정을 얻을 수는 없으리라. 지금 그가 직접 나와 살피고 있긴 하지만, 슈롭셔의 행정 장관에게 장이 끝난 뒤 빈터가 제대로 정리되고 치워졌는지 살필 의무가 있는 것은 물론 아니었다. 그곳의 질서를 유지하고, 징수관이 수수료를 속이거나 부당한 방식으로 걷는지 지켜보는 것 역시 부하들의 일이었다. 장은 이제 1년 뒤에나 다시 열릴 것이다. 이제 장터에 보이는 거라곤 기둥을 박았던 자국과 직사각형 판매대들이 있던 자리의 눌린 풀, 짓밟혀 흙이 드러난 곳 가장자리에 생긴 초록빛 테두리뿐이었다. 햇볕을 받지 못해 빛바랜 풀들과 싱싱하니 푸르게 자란 풀들이 번갈아 조각처럼 이어지고, 길이 생겨 맨땅이 드러난 곳에는 납작하게 엎드려 피어난 토끼풀 무더기가 군데군데 기이한 짐승의 푸른 발자국처럼 엉켜 있었다.

"비만 한 번 충분히 오면 다 제대로 살아나겠군." 옅고 짙은 부분들이 괴상한 체스판 모양을 이룬 장터의 풀밭을 바라보며 캐드펠 수사가 정원사다운 태도로 말했다. "풀처럼 강한 게 없지."

그는 지금 슈루즈베리 성 베드로 성 바오로 수도원[3]을 나서서 800미터쯤 떨어진 시의 가장자리에 자리한 세인트자일스 구호소로 가는 길이었다. 그곳 수용자들이 필요로 할 약들을 약장에 잘 채워 넣는 것이 그의 임무 중 하나였다. 보통 두 주에 한 번씩 갔지만 수용 인원이 늘어 약이 많이 쓰일 때는 더 자주 다녔다. 8월의 이 아침, 일찌감치 길을 나서면서 그는 오스윈이라는 젊은 수사를 불러 동행했다. 1년이 넘도록 그의 일을 도와온 그는 이제 지금껏 익힌 기술을 가장 필요로 하는 이들에게 직접 사용하게 될 것이었다. 오스윈은 튼튼하고 체격이 좋으며 열성적인 사람이었다. 한때는 약을 못 쓰게 만들고 냄비를 태우는가 하면 허브와 비슷하게 생긴 풀들을 잘못 모아 오기도 했으나 이제 그런 시기는 지나갔다. 구호소에 없어서는 안 될 사람이 되고자 하는 그에게 지금 무엇보다 필요한 것은 지나친 열정을 억제해줄 냉정한 상급자였으니, 수도원이 얼마 전 그 상급자이자 병원 책임자를 임명한 터였다. 평신도인 그는 오스윈 수사의 지나치게 왕성한 활력과 열정을 자제시키고도 남을 사람이었다.

"축일장이 꽤나 성황리에 마무리됐어요." 휴가 말했다.

"예상보다 잘됐지. 윈체스터의 소요 때문에 남쪽 지방 절반이 단절되어 있는 상황인데도 말이야. 플랑드르에서까지 상인들이 왔더군." 캐드펠은 감사한 마음으로 대꾸했다. 잉글랜드의 동쪽 지역 역시 결코 평화로운 상태는 아니었다. 그러나 뚝심 있고 사업 수완이 좋은 양모 상인들에게 약간의 유혈 사태나 위험 따위는 큰 걸림돌이 되지 못했다.

"올해 난 양털도 참 좋았죠." 휴 또한 북쪽 메이즈버리 영지에서 양을 키웠기에 올해의 양털 품질이 어떤지 잘 알고 있었다. 상인들은 이곳 국경뿐 아니라 웨일스로부터도 많은 양털을 사들였다. 때때로 민족적인 열정이 폭발해 조심스러운 평화가 깨지기도

했지만, 슈루즈베리는 포위스와 귀네드 두 지역의 웨일스인들과 혈연에 더하여 이해관계로도 얽혀 있었다. 특히 올여름에는 오아인 귀네드[4]의 탁월한 통치 덕분에 귀네드 측과의 평화가 더할 나위 없이 확고하게 유지되었다. 아닌 게 아니라, 두 지역은 체스터의 라눌프 백작[5]의 야심을 억제하기 위해서라도 힘을 모아야 했다. 포위스는 어떻게 나올지 알기 어려웠지만, 서너 번쯤 휴의 방비 태세를 시험하다가 호되게 당한 뒤로 최근에는 적대적인 태도를 보이지 않고 있었다.

"곡식의 수확도 요 몇 년 사이 최고로 좋은 것 같네. 과일은…… 글쎄…… 과일도 좋겠지." 캐드펠이 조심스럽게 말을 이었다. "과일이 익는 시기에 비가 충분히 내리고 수확 전에 폭풍우만 오지 않는다면 말이야. 어쨌거나 곡식은 이미 헛간에 들었고 밀짚도 잘 쌓여 있네. 그래, 건초도 올해가 최고인 것 같아. 아마 당분간 내가 불평하는 소릴 듣지 못할 걸세."

생각해보면 놀라운 일이었다. 적어도 이곳 중부 지역에서는 여러 축제와 주민들의 노동에 신의 자애로운 미소가 깃들었지만, 동시에 올해는 왕과 황후의 운명이 두 번이나 뒤집힌 불안하고 암울한 해였으니 말이다. 지난 2월까지 승승장구하던 스티븐 왕[6]은 링컨 전투에서 비참하게 패한 뒤 포로가 되어 자신의 사촌이자 잉글랜드의 왕위를 놓고 다투는 최대의 적수이기도 한 모드 황후[7]에 의해 브리스틀 성에 갇혔다. 그 대역전극이 펼쳐진 후 많은 사람들이 재빠르게 변절했으니, 스티븐의 동생이자 모드의 사촌이며 윈체스터의 주교요 교황 사절인 블루아의 헨리 주교[8]도 그중 하나였다. 그는 교묘하게 양편에 발을 걸치고 있다가 승기를 잡는 듯 보이는 쪽에 붙었는데, 아마 지금은 더 시간을 끌며 관망하는 편이 좋았을 뻔했다며 가슴을 치고 있을 터였다. 어리석은 황후가 웨스트민스터 사원[9]의 잔칫상 앞에서 왕관을 쓰기 직전 런던 시민들에게 너무도 거만하고 못되게 구는 바람에 시민들이 분노하여 봉기하는 사태가 발생했던 것이다. 황후는 창피한 꼴로 도망쳤고, 시민들은 스티븐 왕의 용감한 왕비를 황후 대신 맞아들였다.

이러한 상황의 전개가 스티븐 왕에게 자유를 주지는 못했다. 그 일 이후 왕을 더욱 엄중하게 가두어두기 위해 쇠사슬까지 채웠다는 말이 돌았다. 그가 황후에게 남아 있는 유일하고 강력한 무기였기 때문이다. 그러나 런던 사건으로 모드 황후는 왕관을 영원히 빼앗긴 셈이었고, 상당한 의미를 지닌 헨리 주교의 지지마저 잃고 말았다. 헨리는 두 번이나 같은 실수를 반복할 사람이 아니었다. 소문에 따르면 황후가 주교와의 관계를 회복하고 그를 다시 자기편으로 끌어들이기 위해 이복 오라비이자 자신의 더할 나위 없는 옹호자인 글로스터의 로버트 백작[10]을 윈체스터로 보냈으나 끝내 확답을 얻지 못했다고 했다. 더하여 상당히 신뢰할 만한 또 다른 소문에 의하면, 마틸다 왕비[11]가 선수를 쳐 길드퍼드에서 헨리와 비밀리에 만나 황후가 얻어낸 것보다 훨씬 더 많은 공감과 지지를 이끌어냈다고도 했다. 모드도 그 소문을 들은 것이 틀림없었다. 수도원의 축제 장터를 방문한 남쪽 상인들이 가져온 최근의 소식을 듣자니, 황후가 급히 모은 군대를 이끌고 윈체스터로 진격하여 그곳의 왕궁을 거처로 삼았다는 것이었다. 모드 황후의 그다음 행보는 같은 도시 안에 앉아 있는 헨리 주교에게도 커다란 근심거리일 터였다.

어쨌든 그사이 이곳 슈루즈베리에서는 태양이 빛났고, 수도원에서는 즐겁고 경건하게 성녀의 축일을 치렀으며, 양들은 불어났고, 곡식도 잘 익어 눈부신 날씨 속에 추수를 마쳤다. 8월의 첫 사흘 동안에는 연례행사인 축일장이 순탄하게 열려 멀리서도 상인들이 찾아와 열심히 돈을 벌고 쓰다가 평화롭게 자신들의 집으로 돌아갔다. 왕도 황후도 존재하지 않는 양, 혹은 그들이 분별 있는 보통 사람들의 활동을 방해하거나 삶을 위협할 어떤 권력도 가지고 있지 못한 양, 주민들의 일상은 계속되었다.

"상인들이 떠난 뒤로는 새 소식을 듣지 못했나?" 판매대의 흔적을 죽 훑어보며 캐드펠이 물었다.

"못 들었습니다. 도시 양편에서 상대가 움직이기를 기다리며 서로 지켜보는 상황인 것 같아요. 윈체스터 전체가 숨을 죽이고 있겠지요. 마지막으로 들은 소식은 황후가 성으로 헨리 주교를 불렀다는 내용이었습니다. 주교도 준비를 마치고 가겠다며 꽤나 온화한 투로 답장을 보냈다는데, 정작 아직까지 황후의 세력권으로는 한 발짝도 들이지 않았고요. 물론……" 생각에 잠긴 채 휴가 말을 이었다. "주교가 정말로 뭔가 준비하고 있는 건 분명합니다. 황후가 그동안 군사를 모았으니, 주교도 황후에게 가기 전에 자기 군사를 소집하겠죠. 만약 정말로 간다면 말입니다!"

"그 사람들이 동태를 살피며 숨죽이고 있는 동안 자네는 더 자유롭게 숨을 쉴 수 있겠지." 캐드펠이 짓궂게 말했다.

"서로 경계하는 사이에는 적어도 저나 제가 지켜야 할 사람들에게 신경 쓰지 않을 테니까요." 휴가 웃으며 대답했다. "그들이 화해하고 황후가 주교를 다시 끌어들인다 해도 스티븐 왕 쪽 사람들에게는 몇 주의 여유가 있겠지요. 어쨌든 그들이 우리와 싸우려고 화살을 비축하는 것보다는 자기들끼리 서로 물고 뜯는 편이 훨씬 낫습니다."

"주교가 황후에게 저항하리라 보나?"

"황후는 누구에게나 그러듯 주교에게도 거만하게 굴었어요. 그가 거의 하인처럼 봉사했는데도 말이죠. 이제 주교도 그쪽 위세를 그리 높이 평가하지 않는 모양입니다. 모드 황후가 워낙 괴팍한 성격이잖아요. 일단 그쪽에 사로잡히면 아무리 주교라 해도 왕이 그랬듯 쇠사슬로 묶이겠거니 생각하는 것도 당연하지요. 주교는 포위 공격에 대비해 울버지에 있는 성을 방비하고—일이 그렇게까지 될지 모르겠지만요—서둘러 신하들을 소집할 겁니다. 제가 보기에, 황후와 상대하려면 군대 뒤에 숨는 편이 나을 거예요."

"왕비의 군대 말인가?" 캐드펠이 눈치 빠르게 물었다.

휴는 이미 마을을 향해 말 머리를 돌린 채 갈색으로 그은 어깨 너머 그를 돌아보았다. 그의 검은 눈동자가 번쩍 빛을 발했다.
"그건 두고 봐야죠! 주교가 보낸 첫 사자가 마틸다 왕비에게 도착할 때가 되었거든요."

*

"캐드펠 수사님······." 옆에서 경쾌한 걸음으로 빠르게 발을 놀리며 오스윈이 입을 열었다. 그들은 도시 끝자락에 있는, 산울타리 담장이 길게 둘러선 세인트자일스 구호소를 향해 걷고 있었다.

"왜 그러나?"

"아무리 황후라 해도 정말 윈체스터의 주교님을 포로로 잡을 수 있을까요? 교황님의 사절인 분이시잖습니까."

"누가 알겠나? 그렇지만 황후가 감히 하지 못할 일이란 그리 많지 않을 게야."

"그래도······ 그 두 분 사이에 전투가 벌어질 수 있다니······." 오스윈은 소년 티가 가시지 않은 둥그런 뺨을 부풀렸다. 놀라움과 불만의 표현이었다. 그로서는 상상도 못 할 일이었던 것이다. "수사님께선 오랫동안 속세에 계셨고 전쟁이니 싸움이니 하는 것도 겪으셨지요. 주교님들과 다른 위대한 성직자들도 수사님처럼 성지를 되찾기 위한 싸움에 나섰다는 거야 저도 압니다. 그렇지만, 그런 분들이 이처럼 대단찮은 명분을 위해서도 무기를 들어야 하나요?"

그들이 그래야 하는지 아닌지는 최후 심판의 날 심판관이 다룰 일이겠지만, 어쨌든 옛날에도 그런 일이 있었고 앞으로도 사라지지 않으리라는 건 분명한 사실이라고 캐드펠은 생각했다. "이번 경우에는 주교님이 자신의 자유와 안전과 생명을 가치 있는 명분으로 여기는 게 아닌가 싶군." 그는 조심스럽게 말을 꺼냈다. "그래, 물론 순순히 순교를 받아들이는 사람도 있지만 순교란 오로지 신앙을 위한 것이어야 해. 게다가 죽은 주교는 교회에 봉사를 할 수 없고, 감옥에 갇힌 교황 사절은 교황님께 아무런 도움도 드릴 수 없지."

오스윈 수사는 불만스러운 듯 입을 꾹 다문 채 성큼성큼 걸었다. 캐드펠의 대답이 성에 차지 않은 걸까? 아니면 그 내용을 자신이 충분히 이해하지 못했다고 생각하는 걸까? 그러다 갑자기 그가 진지하게 물었다. "수사님이라면 다시 무기를 드시겠어요? 서약을 하며 무기를 버리셨잖아요. 하지만 그럴 명분이 생긴다면 어떻게 하시겠어요?"

"자네는 대답할 수 없는 질문만 하는군. 위급한 상황에서 무엇을 하게 될지 내가 어떻게 알겠나? 수도회의 수사로서 나는 어떤 경우에도 폭력을 쓰지 않고자 하지만, 동시에 죄 없는 사람이나 무력한 누군가가 학대당하는 모습 앞에서 나 자신이 등을 돌리는 일은 없기를 바라네. 주교들도 지팡이를 가지고 다닌다는 걸 명심하게. 그건 신자들을 인도하기 위한 물건이자 보호하기 위한 물건이기도 하지. 왕이며 황후며 군인들은 자기들 일에 신경 쓰게 내버려두고, 형제는 형제가 맡은 일에 온 마음을 다 쏟게. 그러면 잘해내게 될 테니."

사람들 발길에 다져진 길이 가까워지고 있었다. 그 길을 따라 풀로 덮인 언덕을 올라가면 산울타리 담장 안에 열린 문이 나올 것이다. 세인트자일스 교회의 소박한 탑이 병원 지붕 너머로 그들을 내려다보고 있었다. 오스윈 수사는 언덕을 열심히 뛰어올랐다. 새로이 노력해야 할 분야를 떠올리고 그것에 통달하리라는 의지를 북돋고 있는지 빠르게 걸음을 놀리는 그 아기 천사 같은 통통한 얼굴이 자신감으로 빛났다. 이곳에는 그가 조심해야 할 걸림돌이나 함정이 아마 없을 테지만, 간일 그런 게 있다 해도 그를 오래 잡아두거나 억누를 수 없는 열정을 꺾지는 못할 것이었다.

"내가 당부한 것을 잊지 말게." 캐드펠이 말했다. "자네는 사이먼 수사에게 복종해야 하네. 한동안 그 형제 밑에서 일하며 잘 배워야 해. 사이먼 수사도 한동안 마크 수사 밑에서 일했지. 책임자는 수도원 앞 대로에 사는 평신도인데, 가끔 점검차 들르는 경우가 아니면 그와는 거의 만날 일이 없을 걸세. 물론 아주 좋은 사람이고 건의를 하면 잘 들어준다네. 그리고 내가 필요한 일이 생기면 얘기하게나. 종종 들를 테니. 자, 따라오게. 뭐가 어디 있는지 알려주지."

사이먼 수사는 사십 대의 호인으로 통통하니 푸근한 인상이었다. 그는 열두 살쯤 되어 보이는 호리호리한 소년의 손을 잡고 현관으로 나와 두 사람을 맞았다. 아이의 두 눈동자는 흰 막으로 덮여 있었는데, 그것만 빼면 모자란 데 없이 잘생긴 용모였다. 전염병에 걸린 이들이 마지막 피난처라 여기고 찾아오는 이곳에서 가장 안쓰럽다 할 수는 없는 모습이리라. 이곳 사람들은 마을로 나가 건강한 사람들 사이에 섞이는 것이 허용되지 않았다. 구호소 뒤편 작은 과수원에 불구자들과 얼굴이 온통 얽은 노인들이 모여 해바라기를 하고, 지치고 시들어버린 여인네들은 헛간에서 밀 짚단을 묶을 새끼줄을 꼬고 있었다. 사소한 일이라도 할 수 있는 사람들은 밥값을 해야 한다는 마음으로 기꺼이 일을 했고, 그것이 불가능한 이들은 그저 햇볕을 쬐며 앉아 시간을 보냈다. 볕을 받으면 병이 악화되는 피부병 환자들은 과일나무 그늘 아래, 열병에 걸린 환자들은 서늘한 교회 안에 모여 있었다.

"현재 이곳엔 열여덟 명이 있는데, 더운 계절치고 다들 상태가 괜찮은 편이네." 사이먼 수사가 말했다. "셋은 몸을 움직일 수 있고 병도 나아가는 중이지. 전염병이 아니니 며칠 안에 길을 떠날 수 있을 걸세. 하지만 누군가 떠나면 또 다른 사람이 오거든. 아픈 사람들은 늘 있지. 다들 이곳으로 왔다가 다시 떠난다네. 어떤 이들은 걸어서 떠나고, 어떤 이들은 하느님의 부름을 받아 떠나는 거야. 물론 우리는 저 문으로 나가는 이들이 더 나빠지지 않기를 바랄 뿐이지."

설교조의 말을 들으며 캐드펠은 속으로 미소 지었다. 그에 대비되는 마크 수사의 사랑스러운 소박함이 떠올랐던 것이다. 그러나 사이먼 수사 또한 선량한 사람이었다. 동정심이 많을 뿐 아니라 일솜씨가 좋아 그 큰 손으로 능숙히 모든 일을 처리했다. 오스윈은 존경과 경탄 어린 마음으로 그의 이야기를 받아들이며 새로운 각오를 다지고 어떤 회의도 없이 제 일을 부지런히 해나갈 터였다.

"형제만 괜찮다면 내가 오스윈 수사를 안내하지." 허리끈에 달린 묵직한 주머니를 앞으로 끌어당기며 캐드펠이 말했다. "형제가 요청한 약에 더하여 필요할지 모를 다른 것들도 좀 가지고 왔네. 다 둘러본 뒤 다시 형제에게 들르겠네."

"마크 수사 소식은 없습니까?" 사이먼이 물었다.

"그 친구는 벌써 부제가 됐다더군. 이제 몇 년만 더 기다리면 나도 그에게 고해를 하고 무거운 짐을 내려놓을 수 있겠지. 그런 다음 필요하다면 평화롭게 떠날 테고."

"마크 수사의 명에 따라서 말입니까?" 사이먼이 되묻더니 이를 얼버무리느라 어색하게 미소를 지어 보였다. 그렇게 생각나는 대로 말하는 일은 그에게 꽤 드문 경우였다.

"글쎄. 나는 늘 마크 수사의 말이 내게 큰 도움을 준다고 생각해왔지. 그래, 그의 말을 따를 거야." 캐드펠은 신중한 어조로 답한 뒤 오스윈에게로 몸을 돌렸다. 오스윈은 두 사람의 대화를 매우 주의 깊게, 그러나 당황 섞인 미소를 띤 채 듣고 있었다. 엉겅퀴 꽃씨처럼 잡히지 않고 그를 피해 가는 것이 도대체 무엇인지 이해해보려 애쓰는 모습이었다. "자, 이리 오게. 이 무거운 짐부터 풀어놓은 다음 이곳에서 하는 일을 보여주겠네."

그들은 큰 홀을 지났다. 사람들이 먹고 자는 곳이었다. 병세가 위중해 다른 이들 사이에 섞여 있으면 안 되는 사람들 외에는 모두 이곳에서 지냈다. 그 끝에 자물쇠가 채워진 큰 찬장이 놓여 있었다. 캐드펠이 열쇠를 가진 그 찬장 안 선반에는 알약이며 약즙, 정제, 기름 등 캐드펠이 작업장에서 만든 것들이 담긴 단지와 플라스크, 병, 나무 상자로 가득했다. 두 사람은 주머니 속에서 이런저런 약들을 꺼내 선반의 빈 자리를 채워 넣었다. 오스윈은 자신이 이제 막 시작한 일과 앞으로 진지하게 임해야 할 이 신비로운 소명의 중요성에 압도된 듯했다.

구호소 뒤편에는 작은 채마밭과 과수원, 헛간이 자리 잡고 있었다. 캐드펠이 오스윈을 데리고 한 바퀴 돌아보는 동안 근처에서 세 사람이 호기심 어린 눈으로 그들을 지켜보며 따라왔다. 양배추밭에서 자랑스럽게 수확물을 들어 보이던 노인, 양쪽에 목발을 짚고서도 민첩하게 움직이는 절름발이 청년, 그리고 아까 들어설 때 보았던 아이였다. 아이는 친근한 목소리를 알아듣고는 사이먼 곁에서 떠나 캐드펠을 졸졸 따라온 터였다.

"이 아이의 이름은 워린이네." 아이의 손을 잡고 현관에 있는 사이먼 수사의 작은 책상으로 향하며 캐드펠이 말했다. "예배 시간에 노래를 하는데, 솜씨가 제법이야. 기도문도 다 외우고 말이지. 형제도 곧 이곳 사람들 이름을 전부 알게 될 걸세."

사이먼 수사는 계산서를 들여다보고 있다가 그들이 다가오자 몸을 일으켰다. "다 돌아봤나? 크지는 않지만 큰일을 하는 곳이지. 자네도 금방 이곳 생활에 익숙해질 거야."

오스윈은 얼굴을 붉혔지만 눈을 빛내며 최선을 다하겠노라고 대답했다. 그는 캐드펠이 어서 떠나기를 기다리는 눈치였다. 스승 앞에서 실연을 해 보여야 하는 학생의 거북한 입장에 처하지 않고 새로 맡은 책임을 수행할 수 있기를 바라는 것이리라. 캐드펠은 기분 좋게 그의 어깨를 두드리며 미더운 투로 잘해보라 말하고는 문 쪽으로 돌아섰다. 사이먼 수사가 뒤따라 어둑한 현관을 나와 햇빛 속으로 나섰다.

"남부 지역에선 뭐 새로운 소식이 없던가?" 마을의 끝에 자리한 세인트자일스 구호소는 새로운 소식이 가장 먼저 도착하는 곳이었다.

"글쎄요, 중요한 건 별로…… 아, 진위 여부를 따져보고 생각해봐야 할 게 하나 있긴 합니다. 사흘 전에 거지 노인이 한 분 왔었어요. 건강엔 이상이 없지만 쉬고 싶다며 하룻밤 묵어갔지요. 앤도버 근처 스테이시스에서 왔다는데 좀 이상한 사람이더군요. 진드기가 뇌를 건드렸나 싶을 정도였어요. 새로운 곳으로 계속 옮겨 다녀야 한다는 강박에 사로잡혀 있달까…… 떠나야 한다는 생각이 들면 떠나지 않고 못 배기겠다는 겁니다. 그 노인 말이, 시간이 있을 때 북쪽으로 떠나야 한다는 소리가 머릿속에서 들렸다는 거예요."

"지켜야 할 땅이나 재산이 없다면 그런 생각이 들 수도 있겠지." 캐드펠이 슬픈 어조로 말했다. "정신이상은 아닐 걸세. 그래, 그에게 옮겨 가라고 충고한 목소리는 아마 그의 올바른 정신일 거야."

"그럴 수도 있죠. 하지만 그 노인이 그러는데—그가 꿈을 꾼 게 아니었다면 말이죠—출발하던 날 언덕 꼭대기에서 뒤돌아보니 연기가 원체스터 상공을 구름처럼 덮고 있더랍니다. 그리고 밤이 되자 도시의 하늘이 전부 벌겋게 되었대요. 마치 불꽃이 활활 올라오는 것처럼요."

"그게 사실일지도 몰라……." 캐드펠이 생각에 잠겨 아랫입술을 잘근잘근 깨물었다. "놀랄 일도 아니지. 우리가 마지막으로 들은 확실한 소식은 황후와 주교가 서로 거리를 두고서 대치하고 있다는 것이었네. 양쪽 모두 조금만 인내심을 발휘하면 좋을 텐데…… 그러나 황후는 인내심과는 거리가 먼 사람 같더군. 아마 황후 쪽에서 주교를 포위하고 있는 게 아닌가 싶어. 그 노인은 길 떠난 지 얼마나 되었다던가?"

"정확히는 모르겠습니다. 무척 서둘러 온 듯한데 그래도 나흘 이상은 걸렸겠지요. 아마 일주일쯤 되지 않았나 싶습니다. 하지만 여태 그 내용을 확인해줄 만한 다른 소식은 듣지 못했어요."

"곧 들려오겠지. 그 노인 말이 사실이라면." 캐드펠이 음울하게 말했다. "세상을 떠돌아다니는 모든 소식 중에서도 나쁜 소식만큼은 반드시 들려오고야 마는 법이니까!"

*

수도원 앞 대로를 따라 돌아오는 내내 캐드펠은 이 불길한 전조에 대해 골똘히 생각했다. 너무나 깊이 생각에 잠긴 나머지 길에서 아는 사람들이 인사를 해도 뒤늦게 답하거나 건성으로 하기 일쑤였다. 오전도 벌써 절반이 흐른 시각, 먼지가 이는 길은 오가는 사람들로 활기가 넘쳤다. 성벽 바깥에 자리한 홀리 크로스 교구의 주민 가운데 그가 모르는 사람은 거의 없었다. 그들 중 많은 이들이, 혹은 그들의 자녀들이 그에게서 치료를 받았다. 때로 그는 가축도 치료했다. 사람의 병에 대해 공부하다 보면 가축의 병에 대한 지식도 얻기 마련이다. 가축 또한 병이 나면 인간들만큼이나 큰 고통에 시달리지만 고통을 호소할 방법은 그만큼 가지고 있지 못할뿐더러 불평하려는 의사는 더더구나 없다. 캐드펠은 사람들이 가축들을 보다 잘 대해주길 바랐고 그것이 농사를 제대로 짓는 길임을 보여주려 애썼다. 그의 내면에서 천천히 진행되어 결국 그를 군인에서 수사로 바꿔놓은 내밀한 변화 과정 중 한 부분을 차지한 것이 바로 전쟁터의 말들이었다.

수도원장이나 수사들 모두가 각자의 수도원에 속한 노새나 농사짓는 가축을 제대로 보살핀다고 할 수는 없었다. 그러나 개중 가장 선하고 현명한 이들은 가축을 잘 돌보는 것이 인간에게도 유리한 일일 뿐 아니라 선한 기독교인의 태도임을 인식하고 있었다.

그나저나, 지금 윈체스터에서는 정말 무슨 일이 벌어지고 있는 것일까? 도시 위의 하늘이 낮에는 검게, 밤에는 붉게 물들었다니……. 황야에서 하느님의 선민들을 인도했던 구름 기둥과 불기둥처럼 그것들이 예의 거지 노인에게 신호를 보내 위험에서 도망치도록 한 것이다. 노인의 말을 의심할 이유는 전혀 없었다. 불길만큼이나 뜨겁고 메마른 여름이 햇불을 든 채 기다리고 있던 지난 몇 주 사이 똑같은 불길한 예감이 많은 귀족들을 사로잡은 터였다. 아, 황후는 얼마나 어리석은 여인인가. 주교가 다스리는 도시의 성안에 주교를 가두려 하다니. 어느 모로 보나 강력한 적수가 될 만한 왕비가 얼마 떨어지지 않은 곳에 군대와 함께 주둔해 있는 데다 런던 시민들이 그토록 적의를 품고 있는 마당에 그런 일을 벌이다니. 주교 또한 황후에게 완전히 등을 돌린 게 틀림없었다. 어찌 되었든, 그 높은 분들은 겹겹이 호위를 받으며 살아남을 것이다. 그러나 그들이 위험에 빠뜨린 사람들은 어떻게 될 것인가? 자신들을 보호해줄 어떤 요새도 갖지 못한 불쌍한 장사꾼이며 장인, 일꾼들은 어찌 될 것인가!

말과 소에 대한 걱정이 사람들이 겪는 고초에 대한 근심으로 이어져, 캐드펠은 줄곧 생각에 잠긴 채 길을 걸었다. 그러다 수도원 앞 대로의 인적이 뜸해진 순간, 등 뒤에서 규칙적인 속도로 다가오는 노새 발굽 소리가 또렷하게 들렸다. 그는 깜짝 놀라 마시장터 모퉁이에 멈춰 서서 뒤를 돌아보았다. 멀리 볼 필요도 없었다. 그들은 이미 그에게 가까워지고 있었다.

수도원장쯤 되는 사람에게나 어울릴 법한 크고 멋진 흰색 노새와 그 뒤로 보다 작고 가벼운 황갈색 노새가 보였다. 캐드펠은 완전히 몸을 돌려 놀라움과 반가움 속에서 그들이 곁으로 다가올 때까지 기다렸다. 노새를 탄 이들이 베네딕토회[12]의 검은 수사복을 입은, 그의 형제들이었던 것이다. 그들도 앞에서 터벅터벅 걷고 있는 그의 수사복을 보고서 그를 따라잡고자 서두른 모양이었다. 캐드펠이 걸음을 멈추어 돌아보자 그들도 속도를 늦추고 천천히 다가왔다.

"하느님이 두 분과 함께하시기를!" 흥미로운 눈으로 두 사람을 바라보며 캐드펠이 인사를 건넸다. "이곳 슈루즈베리 수도원에 오시는 길입니까?"

"형제와도 하느님이 함께하시기를." 앞서 오던 사람이 말했다. 성량이 풍부한 음성이나 어딘지 거칠게 긁히는 듯한 소리가 섞여 들렸다. 마치 그의 가슴속 동굴에서 울려 나오는 듯한 그 끽끽대는 소리에 캐드펠은 귀가 아플 지경이었다. 오랫동안 거친 들일을 하며 살았던 노인들이 이처럼 긁히는 소리를 내며 숨 쉬는 것은 종종 들어보았지만 이 사람은 나이가 많지 않았다. "성 베드로 성 바오로 수도원에 계십니까?"

"그렇습니다."

"저희는 원장님께 전할 편지를 가지고 가는 길입니다. 옆에 보이는 저것이 수도원 담장이 아닌가 싶습니다만. 그렇다면 이제 조금만 더 가면 되겠지요?"

"거의 다 왔습니다." 캐드펠이 말했다. "저와 함께 가시지요. 저도 그리로 가는 길이니까요. 멀리서 오셨습니까?"

그는 수척하게 여위었으나 잘생기고 위엄 있는 얼굴을 올려다보았다. 움푹 들어간 두 눈은 매우 검고 침착했다. 두건이 뒤로 젖혀진 상태라, 길쭉하니 살이 없는 정수리를 왕관처럼 둘러싼 곧고 검은 머리칼이 눈에 들어왔다. 키가 크고 강인하지만 쇠약해진 상태였다. 아마 이곳 잉글랜드보다 더운 땅에서 오랜 세월을 보내서인지 검게 그을린 피부는 이제 점차 옅어지는 중이었고, 그 때문에 다소 칙칙하고 병색이 짙어 보였다. 말 위에서 태어난 사람처럼 안장 위에 흔들림 없이 앉아 있었지만 그의 움직임에서는 피로함이 묻어났으며 얼굴에도 지친 기색이 엿보였다. 노인에게나 어울릴 법한 조용한 체념이 느껴진달까. 그러나 이 사람은 사십 대 중반쯤 되었을 것이다. 그보다 훨씬 많은 나이는 절대 아니었다.

"아주 멀리서 왔지요." 그가 보일 듯 말 듯 어두운 미소를 지었다. "그렇지만 오늘은 브리게에서 출발했으니 그리 오래 달린 건 아닙니다."

"수도원에 들렀다가 더 멀리 가십니까? 아니면 한동안 여기 머무시겠습니까? 두 형제분은 이곳에서 진심으로 환영받을 겁니다."

다른 형제는 공손하게 시중을 드는 하인이 그러듯 약간 거리를 두고서 말없이 주위를 맴돌고 있었다. 겨우 스물쯤 됐을까, 날씬

하고 키가 큰 젊은이였다. 그렇지만 둘이 나란히 선다면 그의 동행인이 머리 하나는 더 크리라. 젊은이의 얼굴은 갸름하고 청년답게 부드러운 선을 지녔으나, 표정만큼은 아주 성숙하고 엄격해 보였다. 그는 햇빛을 가리려는 듯 얼굴이 덮일 정도로 두건을 당겨 썼는데, 그 그늘 속에서 커다란 두 눈이 줄곧 동행인을 응시하고 있었다. 딱 한 번, 그가 캐드펠을 바라보더니 재빨리 시선을 돌렸다.

"원장님께서 피난처를 마련해주신다면 얼마간 머물고 싶습니다." 나이 많은 쪽이 말했다. "집을 잃었으니 다른 지붕 밑에 받아주십사 간청해야겠지요."

그들은 느릿한 걸음으로 움직이기 시작했다. 대로의 먼지가 노새의 발굽 밑에서 고운 가루로 피어올랐다. 젊은이는 얌전하게 뒤로 물러나 다른 두 사람을 앞세웠다. 캐드펠을 잘 아는 이곳 사람들이 공손히 인사를 건네자 두 나그네는 이를 우호적인 호기심으로 받아들이는 것 같았다. 나이 많은 쪽은 조용하고 정중하게 인사에 답했지만 젊은 쪽은 한마디도 하지 않았다.

곧 문지기실과 교회가 나타났다. 그 곁의 높은 담장에서 열기가 뿜어져 나왔다. 캐드펠과 나란히 노새를 몰던 이가 고삐를 느슨하게 풀더니 파란 핏줄이 울툭불툭 튀어나온 구릿빛 손을 손등 위에 포개고 길게 한숨을 내쉬었다. 캐드펠은 아무 말도 하지 않았다.

"제 태도가 무뚝뚝했다면 용서하십시오. 그럴 생각은 아니었습니다. 성격이 그런 데다 매일 침묵을 벗 삼다 보니 말을 하려면 힘이 드는군요. 게다가 대학살에 파괴의 불길을 겪은 뒤로는 목이 너무 메말라 말을 많이 할 수가 없어요. 먼 데서 왔느냐 물으셨지요. 길 떠난 지 며칠 되었습니다. 요즘은 제가 말을 오래 타질 못해서…… 저희는 남쪽에서부터 거지나 다름없는 상태로 여기까지 왔습니다."

"윈체스터에서 오셨군요!" 그 불길한 전조를, 뭉게뭉게 솟는 연기와 불길을 떠올리며 캐드펠은 확신을 가지고 말했다.

"윈체스터의 폐허로부터 왔지요." 지쳤으나 여전히 강인한 그의 두 손은 여전히 움직임이 없었다. 캐드펠이 대신 고삐를 받아 노새를 끌고 교회의 서쪽 끝 뒤편에 자리한 문지기실의 아치문으로 들어갔다. 그가 말하기를 힘겨워하는 것은 최근에 겪은 슬픔이나 걱정 때문이 아니었다. 젊었을 때 그는 지금 떠올리고 있는 참상보다 더 험한 일을 보고 겪은 게 분명했다. 어떤 일을 계기로 줄곧 목소리를 내지 않아 성대에 녹이 슬었고, 그러다 이젠 늘어져서 긁히는 듯한 음성을 갖게 된 것이다. 한창때, 벨벳이 아직 해어지기 전에는 분명 아름다운 목소리를 냈으리라.

"저희가 그곳에서 온 첫 피난민이라는 게 믿기지 않는군요." 그가 이상하다는 듯 말했다. "일주일 전에 벌써 북쪽까지 소식이 퍼졌으리라 생각했거든요. 하긴, 그곳에서 도망쳐 나온다는 게 간단한 일이 아니긴 했지만요. 어쨌든 이렇게 되었으니 저희가 소식을 전해야겠군요. 높은 분들이 저희 머리 위에서 싸움을 벌였습니다. 저도 다른 곳에서 그런 싸움에 낀 적이 있으니 뭐라 불평하겠습니까? 황후가 울버지의 성에 있던 주교를 포위하고 공격하자 주교는 불화살을 퍼부었는데, 그것들이 적들보다는 민가의 지붕들 위로 쏟아졌지요. 도시가 아주 초토화됐습니다. 수녀원 하나는 잿더미로 변했고, 교회들도 완전히 파괴되었어요. 저희가 떠나온 하이드 수도원[13], 그동안 헨리 주교가 몹시 탐을 내며 수중에 넣으려 노리던 그곳 역시 불길 속에 완전히 무너졌고요. 그렇게 저희 두 사람은 여기 와서 피난처를 구하는 신세가 되었습니다. 형제들 모두 뿔뿔이 흩어져 피붙이가 있거나 연줄이 있는 베네딕토회 수도원들을 찾아 떠났습니다. 이제 하이드로 돌아가는 것은 불가능합니다."

과연 세인트자일스를 찾아온 노인의 말은 사실이었다. 신의 손가락이 한 불쌍한 인간을 지목해 덫에서 빠져나오게 하고, 그로 하여금 언덕 위에 서서 도시를 삼키는 붉은 불길과 검은 연기를 바라보게 하셨던 것이다. 헨리 주교의 도시인 윈체스터. 그곳에 주교는 자기 손으로 불을 질렀다.

"하느님께서 모든 것을 올바른 길로 인도하시기를!" 캐드펠이 말했다.

"분명히 그러실 겁니다!" 달콤한 온기와 날카로운 울림이 동시에 담긴 목소리가 문지기실의 아치형 지붕 밑에 울려 퍼졌다. 문지기실의 수사가 미소를 띤 채 그들을 맞으러 나왔고, 마부도 고삐를 받으러 달려왔다. 수사, 평신도, 일꾼 들이 햇빛 아래 평화롭게 펼쳐진 마당을 바쁘게 오가고, 한쪽에서는 공부에서 풀려난 견습 수사들과 어린이들이 공놀이를 하고 있었다. 정오까지 30분쯤 남은 오전 시간, 그들의 높고 날카로운 목소리가 즐겁게 울려 퍼졌다. 계절의 변화처럼 규칙적으로 보이고, 들리고, 느껴지는 모습이었다.

그들은 안으로 들어와 멈춰 섰다. 캐드펠이 나그네를 위해 등자를 잡아주었으나, 사실 그럴 필요도 없었다. 그는 새가 날개를 접으며 내려앉듯 자연스러운 동작으로 땅에 내려섰다. 다소 피로감이 느껴지는 느릿한 동작이었으나 우아함이 배어 있었다. 그는 쇠약해진 몸을 쭉 폈다. 180센티미터가 넘을 듯한 키에, 몸은 창처럼 마르고 곧았다. 그사이 젊은 남자도 안장에서 훌쩍 뛰어내려 실망과 불편함을 감추지 못하는 기색으로 주위를 돌았다. 그는 등자를 잡고 있는 캐드펠의 손을 질투하고 있었다. 그러나 감사의 말도 항의의 말도 하지 않았다.

"라둘푸스 수도원장[14]님께 가서 두 분이 오신 것을 알리겠습니다." 캐드펠이 말했다. "원장님께 뭐라 말씀드리면 좋을까요?"

"이제는 폐허가 되었지만 한때 하이드 미드 수도원이었던 곳에서 휴밀리스 수사와 피데일리스 수사가 찾아와 전적인 복종과 수도 규율을 따르는 마음으로, 원장님을 뵙기를 바라며 보호를 청한다고 말씀드려주십시오."

과거 겸손이나 복종에 대해 거의 아는 바가 없었을 이 남자는, 이 순간 진심으로 그 두 가지 덕성을 끌어안으려 하고 있었다.

"그러지요." 이렇게 대답한 뒤 캐드펠은 동의를 구하듯 젊은 남자를 돌아보았다. 그러나 두건 쓴 머리를 겸손하게 숙여 그 그늘 속에 갸름한 얼굴을 감추고 있는 그에게서는 아무 반응도 없었다.

"이 젊은 친구를 용서하십시오." 우윳빛 노새 곁에 꼿꼿이 선 채 휴밀리스 수사가 말했다. "인사를 듣지 못하실 겁니다. 피데일리스 수사는 말을 못 하거든요."

2

 "형제들을 이리 모셔 오시오." 캐드펠이 손님들의 도착을 알리고 그들이 겪은 일을 대강 들려주자, 라둘푸스 수도원장은 놀라움과 걱정 섞인 목소리로 말하고는 양피지와 펜을 얼른 옆으로 치우며 몸을 일으켰다. 창으로 들어오는 눈부신 햇빛을 등지고 선 탓에 그의 기다란 몸이 어두운 그림자를 드리웠다. "어떻게 그런 일이…… 도시와 교회가 다 폐허가 되다니 말이오! 필요하다면 그분들은 여기에 평생 계셔도 좋소. 어서 모셔 와 잘 보살펴드리시오. 형제가 그분들의 안내자가 되어 로버트 페넌트 부수도원장[15]께도 인사시켜드리면 좋겠소. 아, 적당한 침소도 만들어드려야겠군."

 이에 캐드펠은 나그네들을 안내해 큰 마당을 가로질러 작은 정원에 따로 자리 잡은 원장의 숙소로 데리고 갔다. 그들로부터 듣게 될 남쪽 지역의 소식이 그는 몹시 궁금했다. 만일 그들이 온 것을 알면 휴 또한 같은 마음이리라. 이번에는 왜 이렇게 소식이 늦었을까? 어쩌면 하이드의 불행한 형제들이 피난처를 찾아 흩어진 뒤에도 윈체스터에서는 놀랄 만한 사건들이 진행되었을지 몰랐다.

"원장님, 휴밀리스 수사와 피데일리스 수사입니다."

바깥의 눈부신 햇빛 아래 있다 들어온 터라 나무판자로 벽을 두른 작은 응접실이 유독 어둡게 느껴졌다. 비슷하게 커다란 키에 당당한 태도를 갖춘 두 남자가 무겁고 조용한 어둠 속에서 찬찬히 서로를 살폈다. 곧 라둘푸스 원장이 손수 의자를 끌어당기고 긴 팔을 움직여 손님들에게 자리를 권했으나 젊은이는 공손하게 더 깊은 어둠 속으로 물러나 계속 서 있었다. 그는 결코 대변인이 될 수 없었으니, 아마 그래서 나서지 않으려는 것이리라. 아직 그의 상태를 모르는 라둘푸스 원장은 분명 그 행동을 눈여겨보았을 테지만 별다른 말은 하지 않았다.

"두 분을 진심으로 환영하오. 이곳에 있는 것들 모두 두 분 것이라 생각하고 마음 편히 지내시오. 먼 길을 오셨다 들었소. 두 분을 떠나게 했던 슬픈 비극에 대해서도 마찬가지고. 하이드의 형제들 일은 정말 안타깝소. 그저 이곳이 두 분께 마음의 평화와 안전한 피난처를 제공할 수 있기를 바랄 뿐이오. 이 비통한 전쟁에서 우리는 운이 좋았지…… 형제가 휴밀리스 수사요?"

"네, 그렇습니다. 여기 저희 부원장님의 편지가 있습니다. 저희 두 사람을 원장님의 호의에 맡긴다는 내용입니다." 그가 가슴 안쪽에서 편지를 꺼내 책상에 올려놓았다. "아시겠지만 하이드 수도원의 원장 자리는 지난 2년간 공석이었습니다. 들리는 얘기로는 헨리 주교께서 하이드를 차지해 주교 수도원으로 만들려는 생각이었다는군요. 물론 저희 수사들은 강력히 저항했지요. 원장을 임명하지 않은 건 아마 저희의 힘을 약화시키고 목소리를 낮추려는 수단이었을 겁니다. 뭐, 그것도 이제는 아무 의미 없는 일이 되었지만요. 하이드 수도원은 완전히 파괴되고 불에 그을려버렸습니다."

"그 정도요?" 얼굴을 찌푸리며 원장이 물었다.

"속속들이 파괴되었어요. 언젠가 그 자리에 새 수도원이 세워질 수는 있겠으나, 그때도 옛것은 전혀 남아 있지 않을 겁니다."

"다른 얘기도 전부 들려주시오." 라둘푸스 원장이 무거운 목소리로 청했다. "우리는 그 모든 일에서 멀리 떨어져 평화롭다 해도 좋은 상태로 지내고 있소. 대체 어쩌다가 그런 대학살이 벌어진 거요?"

휴밀리스 수사—그가 그토록 고요한 태도로 '겸손humility'을 드러내기 전, 그의 원래 이름은 무엇이었을까?—는 수사복의 무릎 위에 깍지 낀 두 손을 올린 채로 검은 눈을 멍하니 들어 원장의 얼굴을 응시했다. 둥글게 삭발한 정수리 왼쪽에 난 주름진 흉터가 캐드펠의 눈에 들어왔다. 이미 오래전에 다 아물어 희미해진 상태지만, 초승달 모양의 그 흉터는 오른손잡이 검객의 빗나간 타격으로 인해 생긴 게 분명했다. 곧은 서양식 검이 아니라 셀주크인들의 신월도가 만든 흉터. 이제는 옅어져 회색을 띠고 있지만 애초에 그의 얼굴이 그렇게 검게 그을린 건 바로 그곳에서 였으리라.

"정확한 날짜는 기억나지 않지만, 황후가 윈체스터에 들어온 건 7월 말경이었습니다. 황후는 서쪽 성문 옆의 왕궁을 거처로 삼았지요. 그러곤 헨리 주교에게 사람을 보내 오라고 했는데, 그는 좀 늦을 거라는 말과 함께 돌려보냈다는군요. 무슨 핑계를 댔는지는 듣지 못했습니다. 헨리 주교는 아주 오래 지체했습니다. 나중에 보니 그 며칠의 유예를 기막히게 이용했더군요. 황후가 인내심을 잃고 공격군을 보냈을 때 그는 이미 도시 남동쪽 구석 성벽에 붙여 지은 울버지의 새 성채에 안전하게 들어가 외부와 완벽하게 차단된 상태였습니다. 게다가 마틸다 왕비가 주교를 돕기 위해 플랑드르인 군대를 급파했다는 말이 돌기 시작했지요. 주교는 그 안에 엄청난 수비대와 풍부한 물자를 갖추고 있었고요. 원장님, 보고가 이렇게 장황해지는 것에 대해 하느님과 원장님의 용서를 빕니다. 과거 군 생활을 했던 때의 습관이 남아 그렇습니다."

"하느님께선 굳은 믿음과 충성스러운 봉사의 마음으로 행해진 모든 일을 세세히 기억하고자 하시지요. 군대에 있든 수도원에 있든, 우리 모두 이 나라와 국민들에게 많은 것을 빚지고 있으며,

무관심한 태도는 어느 쪽에도 쓸모가 없소. 그러니 걱정 말고 계속 얘기해보시오. 대체 어느 쪽에서 먼저 공격을 시작한 거요?"

당연한 질문이었다. 몇 주 전만 해도 그들은 한편이 아니었던가!

"황후였습니다. 주교가 성문을 닫아걸었다는 사실을 알자마자 황후는 울버지를 포위했습니다. 그러곤 조달할 수 있는 병기들은 물론 그들이 가진 모든 물자를 공격에 쏟아부었지요. 그 와중에 방해가 되는 것들은 건물이든 가게든 집이든 전부 부숴버렸습니다. 하지만 주교에겐 강력한 수비대가 있었고, 성벽도 새로 쌓은 것이라 튼튼했지요. 제가 듣기로 헨리 주교는 10년 전부터 이미 성을 짓기 시작했답니다. 불화살을 먼저 쏜 건 주교의 군대 쪽이었어요. 도시 성벽 안에 있는 교회고 수녀원이고 가게고 가릴 것 없이 대부분이 타버렸습니다. 한여름만 아니었어도, 그래서 이렇게 건조하지만 않았어도 그만큼 끔찍한 피해는 나지 않았을 겁니다."

"그러면 하이드 미드는?"

"어느 편에서 날아온 화살에 불이 붙었는지 알 길이 없습니다. 그땐 이미 도시 바깥으로까지 싸움이 번져 있었지요. 늘 그렇듯이 약탈도 있었고요." 휴밀리스 수사가 말을 이었다. "저희가 어떻게든 불길을 잡으려 애를 썼습니다만, 도와주는 사람도 없었고 불길이 워낙 거세어 손을 쓸 수 없었습니다. 결국 부원장님께서 다들 흩어져 지방으로 가라고 명하셨지요. 그즈음 형제들의 수는 줄어 있었습니다. 몇 사람이 목숨을 잃는 바람에……."

언제나 죽음이 있었다. 그것도 대개는 죄 없고 힘없는 사람들의 죽음이. 라둘푸스 수도원장은 양미간을 모으고 둥글게 모아 쥔 자신의 손을 응시하며 생각에 잠겼다.

"다행히 부원장께선 살아서 편지를 쓰셨군. 지금 그분은 어디 계시오?"

"윈체스터에서 몇 킬로미터 떨어진 친척분의 영지에서 안전하게 지내고 계십니다. 저희들에게 지방으로 가라고, 피난처를 찾을 수 있는 곳이라면 어디든 좋다고 하시더군요. 저는 이곳 슈루즈베리로 올 마음을 먹고 피데일리스 수사를 데리고 가겠다 말씀드렸습니다. 그리하여 지금 이렇게 이곳에서 원장님의 보호를 청하게 되었지요."

"이유가 있었소? 물론 두 분을 환영하지만, 왜 이곳을 택했는지 궁금해서 그러오." 원장이 물었다.

"저는 이곳에서 강 위쪽으로 이삼 킬로미터 떨어진 솔턴이라는 장원에서 태어났습니다. 죽기 전에 그곳을 다시 보고 싶다는, 아니 그곳 가까이에라도 있고 싶다는 생각이 들더군요." 그는 원장의 꿰뚫는 듯한 시선을 마주하며 미소를 지어 보였다. "그곳은 제 선친께서 이 주에 소유한 유일한 재산이었습니다. 전 거기서 태어났어요. 마지막 안식처에서 쫓겨난 사람은 최초의 안식처로 돌아가고자 하기 마련이지요."

"그렇군. 나도 힘닿는 데까지 돕겠소. 그런데, 저 젊은 형제는……?"

피데일리스 수사가 두건을 뒤로 젖히고 공손하게 머리를 숙이며 두 손을 양쪽으로 조금 벌려 보였다. 그러나 그의 입에서는 아무 소리도 나오지 않았다.

"원장님, 제가 저희 두 사람을 대표해 감사드립니다. 저는 하이드에 있을 때 건강이 그리 좋지 못했습니다. 여기 피데일리스 수사가 순수한 호의에서 저의 충실한 친구이자 간호인이 되어주었지요. 그에겐 찾아갈 친척이 하나도 없고, 그래서 저와 함께 지내며 계속 저를 돌보기로 결심한 겁니다. 물론 원장님의 허락이 있어야겠지만요." 그는 잠시 말을 멈추었다가 원장이 고개를 끄덕이자 미소를 지으며 덧붙였다. "피데일리스 수사는 이곳에서도 자신이 가진 모든 능력을 다해 하느님을 섬길 겁니다. 제가 그를 잘 알기에 대신해서 말씀드립니다. 다만 한 가지, 그의 목소리만은 누구도 들을 수 없습니다. 피데일리스 수사는 벙어립니다."

"그 형제도 물론 환영하오." 라둘푸스 원장이 말했다. "그의 기도에 소리가 있건 없건, 그건 아무 상관이 없소. 어쩌면 그의 침묵이 우리의 소리보다 더 많은 것을 주님께 전할지도 모르지." 라둘푸스 원장은 좀처럼 놀라거나 당황하지 않는 사람이었고, 설령 이 순간 당혹감을 느꼈다 해도 그 기색을 아무도 눈치채지 못할 만큼 재빨리 수습한 듯했다. "먼 길을 오셨으니 두 분 모두 피곤하시겠군. 잠자리와 새로운 일을 다시 얻을 때까지는 불안이 완전히 걷히지 않을 테니, 어서 캐드펠 수사와 함께 가보시오. 형제가 로버트 부원장께 인사를 시키고 경내를 안내할 거요. 침소와 식당, 정원을 둘러보시오. 캐드펠 형제의 영역인 식물 표본실도 살펴보시고. 쉬면서 기력을 회복하는 과정도 캐드펠 형제가 잘 도울 거요. 그럼 저녁기도 시간에 다시 만나도록 합시다."

*

남쪽에서 사람이 왔다는 소식에 휴 베링어는 서둘러 수도원으로 달려왔다. 그는 먼저 원장을 만나 휴밀리스 수사와 대화하기를 청했다. 휴밀리스는 아까 했던 얘기를 기꺼이 되풀이해 들려주었고, 얻을 수 있는 모든 정보를 얻은 휴는 이제 조금은 느긋한 마음으로 캐드펠을 찾아갔다. 그는 허브밭에 물을 주느라 바빴다. 저녁기도까지 아직 한 시간쯤 남은 시각, 정원사도 슬슬 일을 마무리하고 그늘에 앉아 잠시 휴식을 취할 때였다. 캐드펠은 물뿌리개를 치운 뒤 서늘한 저녁에 다시 살펴보기로 하고 햇볕 뜨거운 밭을 떠나 높은 남쪽 담장에 기대놓은 장의자로 가서 친구 곁에 앉았다.

"자, 어쨌든 자네에겐 숨 돌릴 틈이 생겼군." 캐드펠이 말했다. "자기들끼리 서로 멱살을 잡은 마당이니 이곳으로는 올 정신이 없겠지. 그렇지만 시민들과 성직자들이 피해자가 된다는 건 정말 안타까운 일이야. 세상일이 늘 그런 식이긴 하지만 말일세. 그나저나, 지금쯤은 왕비와 플랑드르인 군대가 윈체스터에 입성했든지. 그게 아니더라도 아주 가까이 이르렀을 걸세. 이제 무슨 일이 벌어질까? 그동안 포위하고 있던 자들이 곧 포위를 당하게 될 수도 있겠군."

"전에도 이 비슷한 일이 있었죠." 휴가 고개를 끄덕였다. "그래서 주교는 식량을 최대한 비축해둬야겠다 생각했을 겁니다. 반면 황후는 보급에 신경을 쓰지 않았을 거고요. 제가 마틸다 왕비의 군대를 이끄는 장군이라면 무엇보다 먼저 윈체스터로 들어가는 모든 길을 막을 겁니다. 그렇게 식량 보급로를 끊어버리는 거죠. 실제로 일이 어떻게 될지는 두고 봐야겠지만요…… 그런데, 하이드에서 온 두 수사님을 처음 만난 사람이 바로 수사님이었다고요?"

"수도원 앞 대로에서 그들이 나를 따라왔지. 자네가 그 사람들과 오랫동안 얘기를 나누었다니 묻겠는데, 그들을 어떻게 생각하나?"

"한 번 보고 제가 어떻게 판단하겠습니까? 그저 병자와 벙어리이지요. 그보다 수사님께서는 어떻게 보시는지 궁금한데요." 휴는 날카로운 시선으로 늦은 오후의 더위 속에 둔하고 졸린 듯한 표정을 짓고 있는 늙은 친구의 얼굴을 살폈다. 그러나 캐드펠이 휴에게 감추는 것은 결코 없을 것이었다. "나이 많은 쪽은 귀족 출신인 것 같더군요. 지금은 병을 앓고 있고요. 오래된 상처들이 있는 것으로 보아 한때 군에 몸담았겠지요. 그 수사가 왼쪽 옆구리에 신경을 쓰며 약간 비스듬히 걷는 것 보셨습니까? 아직 완전히 낫지 않은 거예요. 그리고 젊은 쪽은…… 그는 동료 수사의 매력에 빠져 그를 우상화하고 있어요. 둘 모두에게 다행한 일이지요! 젊은이에겐 힘 있는 보호자가 있고 보호자에게는 헌신적인 간호인이 있는 셈이니까요. 자, 어떻게 생각하십니까?" 자신에 찬 미소를 띤 채 그가 물었다.

"그 나이 많은 수사가 누군지 아직 모르는 모양이군. 하긴, 그들이 모든 걸 얘기하지는 않았을 테니까." 캐드펠은 이해한다는 듯 너그럽게 말을 이었다. "나도 우연찮게 알게 됐네. 맞아, 한때 군대에 있었지. 그도 직접 그렇게 말했네. 하지만 그런 얘기가 없었어도 확실하게 추측해낼 수 있었을 거야. 그는 마흔다섯 살이 넘었고 몸에 뚜렷한 상처가 있네. 그리고 자기가 부친의 장원 중 하나였던 이곳 솔턴 태생이라고 했지. 머리에 흉터가 하나 있는데 삭발한 부위라 눈에 띄더군. 오래 전에 셀주크인의 신월도에 입은 상처 같아. 약간 베인 뒤 곧 아물었지만 흉터가 사라지지는 않은 거야. 솔턴은 과거에 체스터 주교의 소유였다가 나중에 이곳 시내에 있는 세인트채드 교회에 양도되었지. 다시 얼마 후에는 교회에서 메어스콧이라는 귀족 집안으로 넘어갔고. 지금도 소작인들이 그 집안에서 땅을 빌려 농사를 짓고 있어." 캐드펠의 숱진 적갈색 눈썹 아래 짙은 색 눈동자가 빛났다. "휴밀리스 수사는 메어스콧 집안 사람이라네. 그 시기 십자군에 나갔던 메어스콧 집안 사람은 하나밖에 없어. 16년, 아니 17년 전이었나. 내가 갓 수사가 되었을 즈음인데, 마음 한구석엔 여전히 바깥세상에 대한 동경이 있어 늘 십자군에 나간 사람들의 얘기에 귀를 기울였거든. 과거의 나처럼 미숙할지언정 열정이 가득하고, 쓰디쓴 몰락을 겪을 게 뻔하지만 출발할 때는 그저 순수하기만 한 사람들. 그중 자기 영지에서 예순 명이나 되는 사람들을 이끌고 떠난 고드프리드 메어스콧이란 사람이 있었는데, 아주 용감한 이로 명성이 높았다네."

"그 수사가 바로 그 고드프리드라는 사람이란 말입니까? 그런데 저렇게 쇠락했다고요?"

"그렇다네. 고귀한 이들도 평민처럼 부상을 입을 수 있지. 뒤에서 지휘하지 않고 앞서서 이끌어가는 사람이라면 다칠 가능성이 훨씬 높고. 그는 전투 때 언제나 앞장서서 돌진했다더군."

그의 내면에서는 여전히 십자군에 참전했던 군인의 피가 들끓고 있었기에, 캐드펠은 눈을 빛내지 않을 수 없었다. 그러나 당시의 신념은 이미 오래전에 새로운 꿈과 희망 아래 가라앉아버린 터였다. 자신이 믿고 따르던 신념이라는 이름하에 자행되는 많은 것들로부터 치를 떨며 고개를 돌린 사람이 캐드펠 하나만은 아니었으리라.

"지금쯤 로버트 부원장도 솔턴의 영주들에 대한 기억을 뒤져보고 있을 걸세. 그 수사가 누구인지 틀림없이 알아내겠지. 그는 이 주와 주변 지역 모든 영주들의 가계도를 서른 해 이상 된 것까지 전부 기억하거든. 휴밀리스 수사는 힘들이지 않고 여기 자리잡게 될 걸세. 여기 있다는 것만으로도 우리에게 영예를 베푸는 셈이니, 굳이 애쓸 필요도 없어."

"그렇겠네요." 휴가 심술궂게 중얼거렸다. "하지만 보아하니 무언가 애써 할 수 있는 일도 없을 것 같은데요. 여기서 죽어 묻히는 것 말고는요. 죽을병에 대해서는 수사님이 저보다 더 잘 아시겠죠. 제가 보기에 그는 이 세상을 떠나는 중이에요. 빨리 가지는 않겠지만 죽어가고 있는 건 확실합니다."

"그거야 자네나 나도 마찬가지지." 캐드펠이 무뚝뚝한 말투로 대꾸했다. "그리고 빨리 갈지 말지 판단하는 건 자네도 나도 아니야. 죽음은 올 때 되면 오겠지. 그때까지는 하루하루가 모두 소중해. 첫날이나 마지막 날이나 모두."

"옳은 말씀입니다!" 휴는 훈계조에도 아랑곳없이 싱긋 미소 지었다. "그래도 며칠 안 있어 그분은 수사님의 도움을 필요로 하게 될 겁니다. 아, 그리고 그 젊은 벙어리 청년은 어떤 사람인 것 같습니까?"

"그에 대해서는 딱히 할 말이 없네! 줄곧 아무 말 없이 그늘 속으로 피한다는 것밖에는. 시간을 두고 지켜보도록 하세. 그러면 그를 더 잘 알게 되겠지."

*

소유를 포기한 사람은 한 피난처에서 다른 피난처로 자유롭게 옮겨다니고, 늘 평온하며, 하이드 미드에서든 슈루즈베리에서든 아무 가진 것 없이 만족을 느끼는 법이다. 게다가 이들 모두 같은 옷을 입고 같은 규칙을 지키는 사람들이었으니, 새로 이곳에 온 두 사람에 대한 다른 수사들의 관심은 하루를 넘기지 못했다. 휴밀리스 수사와 피데일리스 수사는 남부 지방에서 지키던 것과 똑같은 일과를 중부 지방의 수도원에서 다시 시작했다. 하루의 규칙적인 일과들이 전과 같이 확고하고 평화롭게 그들을 감싸 안았다.

한편 슈롭셔의 봉토 소유권과 가계에 관해 골똘히 생각하던 로버트 부원장은 마침내 만족스러운 결론을 얻었고, 이는 그의 믿을 만한 보좌인 제롬 수사를 통해 즉각 모두에게 알려졌다. 그 내용인즉슨, 슈루즈베리 수도원은 매우 훌륭한 수사를 받아들이게 되었으니 그는 뭇사람들이 인정하는 용기의 소유자로 십자군에 참가하여 최근 예루살렘 왕국을 위협했던 모술의 아타베그 젠기와 싸움을 벌이며 명성을 얻은 사람이라는 얘기였다. 부원장의 개인적인 야심은 주로 수도원 내부를 향한 것이었으나, 그럼에도 그는 바깥세상의 운명과 변천을 결코 놓치지 않았다. 4년 전 왕이 젠기에게 패배함으로써 예루살렘은 뿌리까지 흔들렸다가 다마스쿠스의 토후국과 동맹을 맺음으로써 살아남은 터였고, 그 불행한 전투에서—로버트 부원장은 사려 깊게도 그렇게 이야기했다—고드프리드 메어스콧은 영웅적인 역할을 한 인물이었다.

"저 형제는 기도 때마다 빠짐없이 참석하고 정해진 시간에는 성실히 일하더군요." 더위가 채 가시지 않은 환한 저녁 시간의 정적 속에서 하루의 마지막 기도를 올리러 교회를 향해 천천히 걸음을 옮기는 새 수사를 지켜보며 진료소 담당 수사인 에드먼드 수사가 말했다. "다른 사람들에게 도와달라는 부탁도 하지 않고요. 하지만 저는 저 형제가 걱정입니다. 혈색이 돌아오고 저 긴 뼈대에 살도 좀 붙으면 좋으련만. 바랜 듯한 청동색 얼굴에 핏기라곤 하나도 없으니……."

휴밀리스의 뒤에서는 그의 충실한 그림자가 따르고 있었다. 젊고 민첩한 그 젊은이는 힘차면서도 물 흐르듯 부드러운 걸음으로 손을 조금 앞으로 내민 채 나아가고 있었다. 앞서 가는 이의 팔이 축 늘어지면 잡아주고, 쇠약한 몸이 비틀거리거나 쓰러지면 감싸주기 위해서였다.

"모든 걸 다 알면서도 말하지 못하는 사람이 저기 가는군." 캐드펠이 말했다. "하긴, 말을 할 수 있다 해도 제 주인의 허락이 없으면 얘기하지 않겠지. 휴밀리스 형제의 옛 소작인들 중 한 사람의 아들이 아닐까 싶군요. 그럭저럭 괜찮은 집에 태어나 자라면서 교육을 잘 받은 청년이에요. 라틴어를 알더군요. 자기 주인만큼이나 잘합디다."

생각해보면 자신의 이름을 '휴밀리스'로 정하고 세상을 버린 이를 가리켜 다른 이의 주인이라 말하는 것이 뭔가 부자연스럽게 여겨졌다.

"제 생각엔 그의 사생아가 아닐까 싶은데요." 머뭇대면서도 공손함을 담아 에드먼드 수사가 말했다. "지나친 생각일지도 모르지만 느낌이 그렇습니다. 저 형제가 마치 아들을 사랑하고 보호하듯 젊은이를 대하는 듯 보이거든요. 저 젊은이 역시, 다른 이유도 있겠지만 아마 그래서 더욱 저 형제를 사랑하고 숭배하는 듯하고요."

 그 말이 사실일지도 모른다. 키 큰 어른과 키 큰 젊은이. 두 사람은 뚜렷한 이목구비를 지녔다는 점에서도 서로 닮아 있었다. 수도원에 피데일리스 수사의 얼굴을 제대로 본 사람이 있을까? 캐드펠은 생각했다. 그는 지극히 조용하고 인내심 있는 태도로 눈에 띄지 않게 이 낯선 경내를 돌아다니며 길을 익혔다. 아마도 이렇게 변한 환경에서 자기 주인보다 더 고통을 받고 있을 것이다. 자신감과 경험이 적은 데다 젊은이 특유의 초조함도 발동할 테니까. 그럼에도 그는 자기만의 지침에 의해 움직이고 있었다. 두 사람은 필사실의 칸막이 방 하나를 함께 사용했다. 휴밀리스 수사가 앉아서 하는 작업이 아니면 일하기 힘들어하는 탓이었다. 그의 글씨체는 우아했고, 채색해놓은 모양에서는 예술적인 아름다움이 드러났다. 그러나 한동안 일을 하다가도 몸을 제대로 추스르지 못했고 세밀한 작업이 필요한 부분에서 손이 떨리기도 했기에, 라둘푸스 원장은 피데일리스 수사 또한 그와 함께 같은 일을 하도록 지시했다. 한쪽 손이 다른 손을 가르치기라도 한 양, 두 사람의 손은 완벽한 조화를 이루었다. 모방과 사랑의 조화일까? 휴밀리스와 피데일리스는 그 속도가 더딜지언정 매우 훌륭한 작품을 만들어가고 있었다.

"저는 목소리가 없는 사람은 얼마나 다르고 낯선 존재일지, 그런 사람에게 손을 내밀고 접촉하는 게 얼마나 어려울지 생각해본 적이 없어요." 에드먼드 수사가 말했다. "한번은 그 형제가 있는 자리에서 휴밀리스 수사에게 그에 관해 얘기하다가 갑자기 큰 부끄러움에 휩싸였습니다. 그가 듣지도 못하고 이해력도 없다는 듯 행동했으니까요. 그 형제 앞에서 얼굴을 붉힐 수밖에 없었지요. 그런 사람과는 어떻게 소통할 수 있을까요? 지금껏 해본 적이 없는 터라 방법을 전혀 모르겠습니다."

"다 마찬가지 입장이지요." 캐드펠이 조용히 대답했다.

사실이었다. 그 역시 같은 감정을 느끼던 참이었다. 종규에 의해 부과되는 침묵, 아니 말의 절제와 피데일리스 수사를 따라다니는 정적은 아주 달랐다. 그와 대화를 나누는 이들은 그의 침묵을 고려해 몸짓을 많이 하고 소리는 거의 혹은 전혀 내지 않았다. 마치 청력도 이해력도 없는 이를 대하듯 하는 것이다. 그러나 그는 분명 빠르고 섬세한 감각과 아주 작은 소리에도 민감한 날카로운 청력을 지니고 있었다. 사실 그것도 특이한 일이긴 했다. 보통은 소리를 전혀 듣지 못하고, 소리 내는 방법을 배우지 못해서 벙어리인 경우가 많기 때문이다. 한데 이 젊은이는 들을 수 있을 뿐 아니라 글과 라틴어도 제대로 배운 사람이었다. 이는 그가 대부분의 사람들보다 훨씬 기민한 지력의 소유자임을 드러내는 증거이기도 했다. 그렇다면—캐드펠은 의혹을 느끼며 생각에 잠겼다—그가 말을 못 하는 건 혀의 인대나 목 근육이 수축되어 생겨

난 현상이 아닐까? 설혹 태어날 적부터 벙어리였다 해도 그게 혀 밑의 인대가 너무 단단히 붙어 있기 때문이라면, 훈련을 통해 부드럽게 풀어주거나 칼로 절제하여 고칠 수 있지 않을까?

"괜한 오지랖이군." 이런저런 생각들을 털어버리며 캐드펠은 화난 듯 혼자 중얼거렸다. 실로 오랜만에 참회 가득한 기분으로 기도에 참석한 그는 스스로에게 벌을 주기 위해 잠자리에 들 때까지 침묵을 지켰다.

다음 날 수도원에서는 검자줏빛으로 익은 자두를 거둬들였다. 그중 일부는 싱싱한 상태 그대로 곧 먹을 테고, 또 얼마간은 페트러스 수사가 끓여 아편 덩어리처럼 걸쭉하고 진한 잼으로 만들 것이며, 나머지는 전부 건조실의 선반에서 쫀득하고 달콤하게 말라갈 것이었다. 캐드펠은 수도원 경내의 조그만 과수원에 몇 그루의 과일나무를 키우고 있었다. 다른 과일나무 대부분은 강변을 따라 펼쳐진 푸른 목초지에 자리한 큰 과수원에 있었다. 견습 수사들과 몇몇 젊은 수사들이 과일을 땄고 학생들과 수도원에서 사는 아이들이 그들을 도왔다. 다들 과일을 바구니 대신 품 안에 집어넣는다 해도 그 양이 웬만하면 캐드펠이 눈감아주리라는 것을 알고 있었다.

이렇게 좋은 날씨에 이처럼 즐거운 일을 하는 동안 침묵을 기대하기란 힘들었다. 작업장에서 포도주를 옮겨 따를 때도, 그늘진 담장을 따라 허브밭을 오가며 잡초를 뽑고 물을 주는 동안에도 소년들의 목소리가 캐드펠의 귀에 명랑하게 울려왔다. '기분 좋은 소리야!' 그는 아는 목소리들을, 높고 밝은 아이들의 음성과 젊은이들의 다양한 음색을 가려낼 수 있었다. '저 따뜻하고 맑은 목소리는 흐륀 형제의 것이군.' 그는 열여섯 살로 견습 수사들 중에서도 가장 어렸다. 수도원에 들어온 지 아직 두 달밖에 안 되어 머리도 깎지 않았으니, 아직 제대로 본 적 없는 세상을 버리고자 하는 제 충동적인 결정을 혹시라도 번복하게 되지 않을까 싶어 내린 조치였다. 그러나 흐륀은 결정을 후회하지 않을 것이다. 위니프리드 성녀의 축일에 참석하기 위해 처음 이 수도원에 왔던 당시 그는 다리를 절었다. 그런데 성녀의 은총을 입어 굽은 다리가 펴졌고, 그리하여 이젠 건강하고 민첩한 육체를 갖게 되었다. 그는 가까이 있는 사람 누구에게나 기쁨을 주는 존재였다. 오늘도 자두나무에서 함께 열매를 따고 있는 이를 즐겁게 해주고 있으리라. 캐드펠은 과수원으로 다가가 소년을 응시했다. 한때 다리를 절었던 그는 지금 나뭇가지에 안전하게 올라앉아 즐겁게 과일을 따고, 표면의 가루가 번지지 않게끔 날렵하고 솜씨 좋은 두 손으로 과일을 아주 부드럽게 쥔 채 몸을 굽혀 다른 키 큰 수사가 들고 있는 바구니에 하나씩 넣고 있었다. 바구니를 든 수사는 등을 보이며 서 있어서 캐드펠은 그가 누구인지 얼른 알아채지 못하다가, 흐륀의 움직임이 더 잘 보이는 곳으로 자리를 옮긴 뒤에야 피데일리스 수사의 얼굴을 알아보았다.

두건을 벗은 그 얼굴을 햇빛 속에서 그렇게 분명하게 보기는 처음이었다. 흐륀은 이 벙어리 수사에게 아무런 어려움 없이 다가가는 유일한 사람인 듯했다. 그의 침묵이 하나도 이상하지 않은 듯, 그는 피데일리스 수사에게 큰 소리로 즐겁게 이야기를 건넸다. 흐륀이 웃으면서 몸을 굽히자 피데일리스도 미소 지으며 그를 올려다보았다. 두 사람의 얼굴은 상대의 얼굴을 비추는 양 서로 닮아 있었다. 어느 순간 흐륀이 낮은 곳에 열린 열매들을 가리켜 보이더니, 피데일리스가 그것들을 따는 동안 팔을 쭉 뻗어 바구니를 잡았다. 바구니의 손잡이 위에서 두 사람의 손이 포개졌다.

그렇군, 캐드펠은 생각했다. 용감하고 천진한 아이는 우리 대부분이 발을 내딛길 망설이는 곳에서도 대담하게 걷는 법이지. 게다가 흐륀은 지금껏 자신을 고립시키는 가혹한 결점 속에서 대부분의 시간을 보내왔음에도 전혀 비탄에 빠지지 않은 아이 아닌가. 그가 다른 이의 고립된 세계 속으로 두려움 없이 들어가는 건 지극히 자연스러운 일이리라. 그의 존재에, 그에게 용기를 주신 하느님께 감사할 뿐이었다!

캐드펠은 깊은 생각에 잠긴 채 잡초 뽑기 작업을 이어갔다. 습관적으로 그늘 속으로 물러서던 이가 햇빛 속에서 편안히 웃던 모습이 자꾸만 눈앞에 떠올랐다. 갸름한 얼굴, 단호해 보이는 표정, 높은 이마와 불쑥 솟은 광대, 부드럽고 깨끗한 상앗빛 피부. 틀림없이 흐륀보다 몇 살 위일 텐데 과수원에서 보았던 모습은 훨씬 어리게 느껴졌다. 불타는 듯 밝게 빛나던, 그러나 붉은 기는 보이지 않는 곱슬머리와 힘 있고 균형 잡힌 눈썹 아래 햇빛을 받아 밝은 회색을 띤 커다란 눈. 아주 잘생긴 젊은이였다. 태양같이 밝은 흐뢴의 아름다움에 한 겹 베일을 씌워놓은 듯한 아름다움이랄까. 한낮과 어스름이 만난 셈이었다.

낫과 물뿌리개를 치워놓고 저녁기도를 준비하러 가면서 보니 과일 수확 작업은 아직도 계속되고 있었으나 이제 열매 대부분을 모아놓은 상태였다. 이 시간이면 언제나 그렇듯 큰 마당은 몹시 부산했다. 밭에서 일하던 수사들이 하나둘 돌아왔고, 접객소와 마구간도 막 도착한 손님들이며 말들로 소란스러웠다. 회랑에서는 새 성가를 연습하는 안젤름 수사의 작은 손풍금 소리가 울려 나왔다. 채색과 필사를 담당하는 수사들은 오후의 일을 마무리하며 펜과 붓을 닦고 있을 것이다. 휴밀리스 수사는 정원에서의 즐거운 일에 피데일리스 수사를 보내놓고 홀로 방에 있으리라. 아마 그만한 일이 아니었다면 그 청년을 곁에서 떼어내지 못했겠지, 캐드펠은 생각했다. 그는 성가의 선창을 맡고 있는 안젤름 수사의 작업실에 들러 기도 시간을 알리는 종이 울릴 때까지 15분쯤 음악에 대해 이야기하며 편하게 보낼 생각이었다. 그러나 회랑에 들어섰을 때 문득 제 주인의 배려로 또래들과 어울려 과수원에서 즐거운 시간을 보내는 벙어리 청년이, 이어 휴밀리스 수사의 수척한 얼굴이 마음속에 떠올랐다. 자제력 강하고 불평이 없으며 당당하게 고독을 받아들이는 사람. 아니, 그보다는 겸허하게 고독을 감내하는 사람이라고 해야 할까? 그것이 그의 특징이자 스스로가 되고자 하는 모습이었다. 그렇게 유명한 사람으로서는 힘든 소망이었으니, 이제 이 수도원 안에 그의 명성에 대해 모르는 사람은 하나도 없는 터였다. 만일 그가 벙어리 청년처럼 침묵하며 눈에 띄지 않기를 원한다면, 지금 이 상황이 상당히 괴로울 것이었다.

캐드펠은 원래 가려 했던 길을 벗어나 회랑의 북쪽을 따라 돌았다. 그곳 필사실의 작은 방들에는 늦은 시각까지 해가 들었다. 휴밀리스 수사는 볕이 가장 먼저 들어 가장 늦게까지 머무는 중간 방을 배정받았다. 사위가 아주 조용했다. 안젤름 수사의 부드러운 손풍금 소리가 멀리서 희미하게 울렸다. 매일 물을 주는데도 정원의 풀은 하얗게 말라 있었다.

"휴밀리스 형제님……." 캐드펠이 나직한 목소리로 그를 부르며 문을 열었다. 양피지는 책상 위에 비스듬히 놓인 채였고, 금물이 담긴 작은 단지가 넘어졌는지 그 안에 담긴 액체가 돌바닥에 방울방울 떨어지고 있었다. 휴밀리스 수사는 오른팔을 뻗어 책상 모서리를 잡고 왼손으로는 허벅지를 움켜쥔 채 엎드려 있었다. 채색 작업을 하다 쓰러진 탓에 왼쪽 뺨은 붉고 푸른 물감으로 범벅이 되었고, 고통스러운 듯 두 눈을 질끈 감은 모습이었다. 그에게서는 아무 소리도 나오지 않았다. 만일 신음을 냈다면 근처에 있는 사람들이 들었을 텐데! 그는 혼자서 조용히 고통을 견디고 있었다.

책상 모서리를 쥔 오른손을 꽉 잡으며 캐드펠은 부드럽게 그의 몸을 감쌌다. 파란 핏줄이 드러난 눈꺼풀이 올라가더니 지혜와 고통이 어린 두 눈이 캐드펠의 얼굴을 응시했다. "캐드펠 형제님……?"

"아직 움직이지 마세요." 캐드펠이 말했다. "진료소의 에드먼드 수사를 불러오겠습니다."

"그럴 것 없습니다! 저를…… 침대로 데려가주세요…… 곧 괜찮아질 거예요…… 처음 이러는 것도 아닌데요. 그냥 조용히 데려가주시면 됩니다! 구경거리가 되고 싶지 않아요……."

*

큰 마당을 가로질러 진료소로 가기보다는 밤에만 사용하는 내부 계단을 이용해 교회 숙사에 자리한 그의 방으로 올라가는 편이 더 빠르고 남의 눈에도 띄지 않을 것이었다. 휴밀리스 수사는 그렇게 해주기를 바랐다. 자기 때문에 모두가 놀라고 허둥대는 걸 정말로 원치 않는 듯했다. 그는 육체의 힘이 아니라 의지력을 발휘해 몸을 일으킨 뒤 캐드펠의 어깨에 팔을 둘러 기대었다. 캐드펠은 그를 부축하여 다른 이들의 눈에 띄지 않은 채 교회의 서늘한 어둠 속으로 들어서서 천천히 계단을 올라갔다. 침대에 누운 휴밀리스 수사는 참을성 있는 미소를 지어 보이며 캐드펠의 손에 몸을 맡겼다. 캐드펠이 옷을 벗기자 아마포로 만든 속옷, 왼쪽 엉덩이에서 허벅지까지 비스듬히 이어진 피고름 얼룩이 드러났다.

"상처가 터졌어요." 베개 쪽에서 조용한 목소리가 들려왔다. "자꾸 곪더군요. 계속 말을 타는 바람에⋯⋯ 죄송합니다, 수사님! 냄새가 심하지요."

"에드먼드 수사를 데려와야겠습니다." 속옷의 끈을 늦추고 셔츠를 벗기며 캐드펠이 말했다. 그 속옷 밑에 어떤 상처가 있을지 알 수 없었다. "그 형제도 봐야 해요."

"예⋯⋯ 하지만 다른 사람은 안 됩니다! 많은 이들이 알아서 뭐 합니까?"

"피데일리스 수사는 괜찮겠지요? 그는 이미 알고 있지 않습니까?"

"그렇죠." 그의 입가에 희미하지만 애정이 담긴 미소가 떠올랐다. "그 친구는 괜찮습니다. 말은 못 해도 이미 제가 무엇 때문에 아픈지 다 알고 있지요. 하지만 당장은 알리지 말아주세요. 저녁 기도가 끝날 때까지 푹 쉬도록 말입니다."

이제 조금 편안해진 듯 고통으로 잔뜩 찌푸렸던 얼굴을 펴고 눈을 감은 채 누워 있는 그를 놔두고 캐드펠은 에드먼드 수사를 찾으러 내려갔다. 기도 시작 전에 때맞추어 불러내야 했다. 자두가 가득 담긴 바구니들이 기도시간 이후에 있을 처리 작업을 기다리며 정원의 산울타리 옆에 놓여 있었다. 열매를 수확하던 이들은 서둘러 씻고서 벌써 교회 안에 들어간 듯했다. 잘됐어! 피데일리스 수사가 처음에는 제 주인을 다른 이의 손에 맡겼다며 속상해할지도 모르지만, 휴밀리스가 잘 치료되어 회복된 모습을 보면 상황을 받아들일 것이다. 그것이 그의 신뢰를 얻는 가장 좋은 방법이리라.

"이런 일이 생길 줄 알았습니다." 낮에 사용하는 계단을 급히 올라가면서 에드먼드 수사가 말했다. "오래된 상처 같습니까? 저보다는 수사님의 솜씨가 더 유용할 것 같은데요. 수사님이 몸소 겪어보신 일이니까요."

조용히 종이 울렸다. 두 사람이 병자의 방으로 들어설 때 저녁기도의 첫 노래가 교회로부터 희미하게 들려왔다. 휴밀리스는 천천히 힘겹게 눈을 뜨고서 그들에게 미소 지었다.

"부끄럽게도 두 분께 수고를 끼치게 되었군요……."

푹 꺼진 두 눈이 다시 감겼다. 그러나 그는 모든 것을 온전히 의식하며 순순히 복종하고 있었다.

두 사람은 그의 속옷을 벗기고 몸에 난 상처를 보았다. 보기 흉하게 찢긴 커다란 상처가 왼쪽 엉덩이에서부터 배를 지나 허벅지 안쪽 깊숙한 곳까지 비스듬하게 나 있었다. 기적적으로 뼈는 상처를 입지 않은 듯했다. 상처의 아랫부분은 석회암처럼 허연빛을 띠었고, 음낭이 반쯤 잘려 나간 살 부위는 다 아물어 돌같이 단단했다. 그러나 위쪽의 상처는 심각해 보였다. 진자줏빛을 띤 배의 상처는 벌어지고 곪아서 질척거리는 데다 피가 섞인 더러운 고름까지 흘러나왔다.

고드프리드 메어스콧의 십자군 원정은 그를 치유 불가능한 불구자로 만들었다. 생명이 위태로운 것은 아니나 세인트자일스로 기어서 들어오는 이들, 얼굴이 뭉크러지고 손가락이 떨어져 나간 나병 환자의 고통도 이보다는 견디기 수월하리라고 캐드펠은 생각했다. 씨앗을 맺을 수 없는 이 고귀한 나무에서 그의 혈통은 끝나고 말았다. 그러나 이 사람이 남자가 아니라면, 남자라는 존재의 진정한 가치는 무엇이란 말인가?

3

 에드먼드 수사는 부드러운 천과 따뜻한 물을 가지러 달려갔고, 캐드펠도 물약과 연고와 달인 약을 챙기느라 작업장을 향해 서둘러 걸음을 옮겼다. 내일은 싱싱하고 즙이 많은 석잠풀과 노루발풀, 꿀풀 따위를 뜯어 와야겠군, 캐드펠은 생각했다. 저장하기 위해 달여 만든 연고나 고약보다 막 뜯은 신선한 풀이 더 큰 약효를 발휘할 터였다. 하지만 오늘 밤에는 이것들로 충분하리라. 참반디, 쑥갓, 좀가지풀, 얼레지……. 오랜 시간 곪아 있던 상처에 도움이 될 만한 풀들은 근처의 풀밭이나 울타리 주변에 얼마든지 있었고, 메올천川의 둑가에서도 쉽게 찾을 수 있었다.
 그들은 꿀풀과 참반디를 달여 만든 연고로 벌어진 상처의 분비물을 닦아낸 뒤 석잠풀과 노루발풀을 섞은 약을 바르고 깨끗한 아마포를 덮어 붕대로 환자의 쇠약한 몸에 잘 고정했다. 캐드펠은 환자의 고통을 덜어줄 물약도 가져왔는데, 포도주에 꿀풀과 고추나물즙을 타고 양귀비즙도 조금 섞어 넣은 것이었다. 그들이 약을 바르고 붕대를 감는 동안 휴밀리스 수사는 줄곧 조용히 누워 있었다.

"내일은 이 약초들을 찧어 반죽을 만들어야겠군요. 그걸 붙이면 약효가 더 강력해져 해로운 분비물을 죄다 뽑아낼 수 있을 겁니다. 다친 뒤로 이런 일이 자주 있었습니까?" 캐드펠이 물었다.

"몇 번 안 돼요. 많이 지치면 터지곤 했지요." 푸르스름한 입술을 열어 그가 대답했다. 불평의 기색은 없었다.

"과로하면 안 되겠군요. 그렇지만 이런 상처는 치료가 가능합니다. 이 약초에 꿀풀이라는 이름이 붙은 건 다 그럴 만한 이유가 있어서거든요. 상처가 깨끗이 아물 때까지 며칠은 가만히 누워서 지내는 게 좋을 겁니다. 공연히 일어서서 움직이면 낫는 데 시간이 더 걸려요."

"진료소로 모셔야 해요." 에드먼드 수사가 걱정스럽게 입을 열었다. "거기서는 다 나을 때까지 편안하게 계실 수 있을 거예요."

"물론 그래야겠지만, 치료를 막 끝내고 편하게 자리 잡아 누운 참이니 당장은 움직이지 않는 게 좋을 것 같군요. 휴밀리스 형제님, 지금은 좀 어떻습니까?"

"편안합니다." 휴밀리스 수사가 희미하게 미소를 지었다.

"고통도 덜하지요?"

"거의 느껴지지 않는군요. 아, 기도가 끝난 모양입니다." 그가 퀭한 눈을 감고는 가냘픈 소리로 말을 이었다. "피데일리스 수사가 걱정하지 않게 잘 얘기해주십시오. 그는 더 험한 꼴도 보았지만요. 그 친구를 보고 싶습니다."

"내가 데려오지요." 캐드펠은 곧장 방을 나섰다. 거기 남아 심하게 상한 몸을 돌보기보다 그의 부탁을 들어주는 쪽이 훨씬 나으리라는 생각이었다. 에드먼드 수사가 그를 따라 계단을 내려오며 걱정스러운 듯 속삭였다.

"괜찮을까요? 상처가 다 나을 때까지 저 형제가 살아 있다면 그거야말로 기적일 겁니다. 저렇게 심하게 다치고도 살아남은 사람을 보셨습니까?"

"봤지요, 드물긴 하지만…… 상처는 다시 아물 겁니다. 그러다 조금만 힘을 주면 또 터지겠지."

비밀을 지키라는 말도, 지키겠다는 말도 그들 사이에는 오가지 않았다. 그럴 필요가 없었다. 자신의 상처와 고통을 숨기려는 고드프리드 메어스콧의 노력은 신성한 것이었고, 따라서 존중되어야 마땅했다.

피데일리스 수사는 회랑의 통로에 선 채 교회에서 나오는 수사들을 지켜보며 한 얼굴을 찾고 있었다. 아무리 기다려도 나타나지 않는 그 사람 때문에 그의 근심은 점점 커져만 갔다.

과수원에서의 일이 늦게 끝나 그곳에서 일하던 수사들은 기도시간에 겨우 맞출 수 있었다. 피데일리스는 휴밀리스 수사가 이미 와 있으리라고 생각하여 굳이 그를 찾지 않은 터였다. 그리고 이제, 직선으로 뻗은 그 굵은 눈썹이 찌푸려지고 입술이 걱정으로 굳어지고 있었다. 캐드펠이 그의 곁으로 다가선 건 마지막으로 나온 수사들이 막 지나갔을 때였다. 젊은이는 낙담한 얼굴로 그들의 모습을 바라보고 있었다.

"피데일리스 형제……." 순간 두건을 쓴 청년이 기대감에 차서 고개를 휙 돌렸다. 좋은 소식을 기대하여 그러는 건 아니었다. 그러나 무엇이라도 소식이 있는 것이 없는 것보다는 나았다. 표정을 보아 하니 이런 일을 전에도 여러 번 겪은 모양이었다. "형제, 휴밀리스 수사는 침소에 계시네. 놀랄 것 없어. 우리가 돌봐드려 지금은 괜찮아지셨으니까. 형제를 찾고 계시네. 가보게."

청년은 이미 달려갈 태세로, 두 사람 중 누구에게 상황을 물어야 할지 몰라 캐드펠과 에드먼드를 번갈아 바라보았다. 소리를 내지는 못했으나 청년의 눈이 그의 애타는 마음을 그대로 드러내고 있었다. 에드먼드 수사도 그 눈이 무엇을 말하는지 이해했다.

"그분은 편안하게 계시네. 곧 좋아지실 거야. 형제는 형제 좋을 대로 오가며 그분을 보살펴드리면 되네. 그분 상태가 더 나아져 혼자 계셔도 되겠다 싶을 때까지는 형제가 다른 일은 안 해도 되도록 조치해놓겠네. 부원장님께도 말씀드리지. 그분을 돌보며 이런저런 심부름을 하다가 필요하면 사람을 부르도록 하게. 만일 휴밀리스 수사님이 원하는 게 있으면 우리에게 적어주게나. 그대로 해줄 테니. 그렇지만 약 바르고 붕대 감는 일은 캐드펠 수사님이 하실 거야."

그의 열렬한 눈이 아직도 무언가를 묻고 있었다. 더 정확하게 말하자면, 답을 요구하고 있었다. 이에 캐드펠이 재빨리 그를 안심시켜주었다.

"다른 사람은 아무도 못 봤네. 하지만 원장님껜 알려야 할 거야. 그분은 누가, 어떻게 아픈지 아실 권리가 있으니. 휴밀리스 수사가 괜찮다면 형제도 괜찮겠지."

피데일리스는 얼굴을 붉혔으나 곧 표정이 밝아졌다. 그는 고개를 숙이고 복종과 수락의 표시로 양손을 약간 벌려 보인 뒤 빠르고 조용히 사라졌다. 주인이 아플 때마다 저 젊은이 혼자서 아무런 도움도 받지 못한 채 내내 병자의 침대를 지켜왔던 것일까? 이번에는 주인에게 달려간 구원자가 자신이 아닌 그들이었다. 이 사실에 화가 나지는 않았을지언정 안타까워하는 것이 틀림없었다. 아마 처음에는 그들 두 사람이 신중하고 능숙하게 처치했으리라 믿지도 않았을 것이다.

"마지막 기도 전에 내가 다시 가보겠습니다." 캐드펠이 에드먼드 수사에게 말했다. "잠은 잘 자는지, 물약이 더 필요한지 확인해야죠. 저 젊은이가 자신과 휴밀리스 수사의 저녁을 챙겼는지도 살펴보고요. 그나저나, 하이드에서 휴밀리스 수사를 혼자 돌봤다면 약 만드는 건 어디서 배웠는지 궁금하군요."

피데일리스는 병자를 돌보는 책임에 부담을 느끼지 않았을 뿐 아니라, 성실히 그 임무를 완수해낸 셈이다. 저 용감한 병자의 목숨을 지금껏 붙어 있게 한 것만으로 대단한 일이었다.

만일 어디선가 치료의 기술을 배웠다면 작업장의 훌륭한 조수가 될 수 있겠는데, 캐드펠은 생각했다. 게다가 더 배우게 된 것을 기뻐할 거야. 공통의 관심사는 침묵이라는 꼭꼭 닫힌 문을 열고 들어가는 좋은 방법이지.

*

피데일리스 수사는 환자를 먹이고, 씻기고, 면도를 해주고, 심부름을 하는 등 필요한 모든 일에 정성을 다했다. 휴밀리스 수사가 때때로 바깥 공기를 좀 쐬라며 내보내거나 방에 가서 쉬라고 하거나 때마다 기도에 참석하도록 명하지 않았다면 그는 아마 밤낮없이 환자 곁을 지켰을 것이고, 그러면서도 더할 나위 없이 만족스러워했을 것이다. 상처가 아물어가는 이틀 동안 누워 지내며 휴밀리스 수사는 그에게 자꾸만 가서 쉬라고 권했고, 그때마다 청년은 순순히 따랐다. 벌어졌던 상처는 나아가고 있었다. 짓물러 흐물거리던 살이 약초들을 찧어 만든 고약 아래서 조금씩 맞붙어갔다. 상태가 점점 좋아지는 것을 자기 눈으로 확인하자 피데일리스는 매우 기뻐하며 고마워했다. 그리고 약을 갈아 붙일 때면 기꺼이 캐드펠을 도왔다. 이제 캐드펠에게 이 말 못 하는 청년은 더 이상 이해할 수 없는 존재가 아니었다.

그는 메어스콧 집안에 큰 은혜를 입은 하인의 자식일까? 혹은 에드먼드 수사가 조심스럽게 추측했던 대로 휴밀리스 자신의 사생아일까? 그것도 아니라면 매력 있고 고귀한 인물의 마력에, 죽어가고 있기에 더욱더 거부할 수 없게 된 그 마력에 굴복한 헌신적인 젊은 수사일 뿐일까? 캐드펠은 이런저런 생각을 떨칠 수 없었다. 젊은이들은 때로 무모하다 싶을 정도로 관대해서 어떤 이득을 얻겠다는 계산도 없이 오랜 시간과 젊음을 사랑에 바치곤 한다.

"저 아이가 궁금하시지요?" 어느 날 아침 일찍 캐드펠이 약을 갈아 붙이고 있을 때 휴밀리스가 누운 채 불쑥 물었다. 피데일리스는 아침기도에 참석하느라 예배당에 가고 없었다.

"그렇습니다." 캐드펠은 솔직하게 대답했다.

"그런데도 묻지 않으시는군요. 저도 저 아이에게 무엇도 물은 적이 없지요." 휴밀리스가 생각에 잠겨 말을 이었다. "저는 제 미래를 팔레스타인에 남겨두고 왔습니다. 그러곤 남아 있던 모든 것을 하느님께 바쳤지요. 그 봉헌이 무가치한 것이었다고는 생각지 않아요. 건강 상태 때문에 수련 기간을 많이 줄여야 했지만, 그 말미에 피데일리스 수사가 하이드로 왔거든요. 저 아이를 보내주셨으니 저는 하느님께 감사드릴 이유가 충분합니다."

"저 청년으로서는 자기 의지를 보증하고 소명을 알리기가 쉽지 않았을 텐데, 대신해서 뜻을 전한 보호자가 있었습니까?" 캐드펠이 물었다.

"그가 직접 글로 써서 청원했어요. 연로하신 아버지는 당신 아들이 자리 잡는 것을 보시면 기뻐하실 거라고, 또 형이 땅을 가지고 있으니 자기는 수사가 되고 싶다고 말입니다. 기부금을 가지고 왔지만, 그보다는 훌륭한 필체와 학식 때문에 수도원에서 그를 받아들이게 되었지요. 침묵 속에 드러나는 태도나 행동을 통해 알아낸 것 외에는 저도 그에 대해 아는 게 없습니다. 하지만 그것으로 충분해요. 그는 제게 아들 노릇을 해주었습니다."

"저로서는 그 친구가 말을 못 하는 게 조금 이상하게 여겨지더군요." 겨우 맞붙은 상처 위로 조심스럽게 천을 묶으며 캐드펠이 말을 이었다. "단지 혀가 기형이어서 말을 못 하는 건 아닐까 싶어요. 듣지 못해 말을 못 하는 건 분명 아니니까요. 듣는 건 뚜렷하게 듣잖습니까? 보통은 두 장애가 겹치는데 그 형제는 그렇지 않아요. 귀로 들어서 배우고, 또 배우는 것도 빠르고…… 필체가 훌륭하다 하셨는데, 그 역시 배운 것이겠지요. 만일 허브 다루는 일을 배우겠다면 내가 아는 걸 전부 가르쳐줄 수 있을 것 같습니다만."

"저는 그에게 아무것도 묻지 않았고, 그 역시 묻지 않았습니다." 휴밀리스가 말했다. "물론 조금이라도 어린 나이에, 이 지경이 된 저 같은 사람을 보살피고 위로하는 일보다 더 나은 일을 하도록 떠나보내야 한다는 건 압니다. 그 앤 젊으니 햇빛 비치는 양지에 나가 있어야지요. 그런데 제가 너무 겁이 나 그렇게 못 하겠어요. 그 애가 떠난다면 붙잡지 않겠지만, 제 스스로 보낼 용기는 나지 않는 거죠. 그리고 그가 옆에 있는 동안에는 항상 하느님께

기도드릴 겁니다. 그를 보내주셔서 감사하다고요."

*

 8월은 구름 한 점 없이 맑은 날씨 속에 흘러갔다. 거둬들인 농작물이 곳간마다 그득했다. 장미는 매일 오후 정원 가득 피어났다가 밤이 되면 열기에 시들었고, 정원의 북쪽 담을 따라 주렁주렁 매달린 포도송이들은 점점 굵어지며 색이 짙어졌다. 저 남쪽의 폐허가 된 윈체스터에서는 왕비의 군대가 황후의 군대를 포위하고 보급 물자가 드나들 만한 길을 모두 차단하여 도시 전체가 굶주림에 시달리기 시작했으나, 새로운 소식도 여행자도 이곳에 도착하지 않았으니 슈루즈베리에서는 그저 과실들이 평화롭게 익어갈 뿐이었다.
 그날 과일 따기에 나선 유쾌한 일꾼들 가운데 가장 명랑하고 신실한 이는 흐륀이었다. 석 달 전까지 다리를 절던 그는 이제 치유되어 즐겁고 활기차게 경내를 돌아다니고 있었다. 그동안은 자신의 감사를 나타내기에 충분한 일을 찾지 못해 건강의 기쁨을 제대로 만끽할 수 없던 터였다. 배움이 짧기에 필사나 연구, 채색 등의 일을 할 수 없었고, 듣기 좋은 목소리를 가지긴 했지만 음악에 대해서도 아는 게 거의 없었던 것이다. 그리하여 그에게 돌아간 일은 기술이랄 것이 필요 없는 고된 노동뿐이었으나 그는 무슨 일이든 즐겁게 해냈다. 몸을 뻗치고, 짐을 들어 올리고, 부지런히 돌아다니며 땅을 파거나 낫질을 하거나 짚단을 옮기는 그 움직임을 보면 누구나 그가 느끼는 기쁨을 같이 느끼지 않을 수 없었다. 절뚝거리며 비쩍 마른 몸을 힘들게 끌고 다니던 과거의 모습을 떠올리며 수사들은 그 아름다움과 활기에 찬탄을 금치 못했고, 그를 낫게 한 성녀께 깊은 감사를 느꼈다.

아름다움이란 위험한 선물이지만 흐뢴은 제 얼굴에 관심을 둔 적이 없었으니, 누군가 그에게 무척 아름다운 얼굴이라고 얘기했다면 틀림없이 놀랄 것이었다. 젊음 또한 아름다움만큼이나 취약한 것이라, 젊음이 시들어가는 것을 느낄 때 사람들은 마음 뻐근한 고통을 느끼기 마련이다.

유리언 수사는 청년이라 할 수는 없으나 그렇다고 젊은 시절이 지나갔다며 체념하기에는 아직 이른 그런 나이였다. 그는 서른일곱 살로, 마음과 정신을 망가뜨린 끔찍한 결혼 생활을 겪고 수도원에 들어온 지 1년이 채 안 되었다. 아내가 그를 괴롭히다가 떠나버렸다는 것이다. 유순한 사람이라기보다는 강하고 열정적인 욕망과 오만한 의지의 소유자라, 그는 절망 끝에 찾은 수도원에서도 구원을 찾지 못했다. 그저 박탈감과 분노만이 그의 몸과 마음에 깊은 상처를 남기고 있었다.

8월 말, 첫 여름 사과 수확을 마친 그들은 헛간의 어둠침침한 다락에서 나란히 일에 몰두했다. 사과를 오래 보존하기 위해 나무 쟁반에 늘어놓는 작업이었다. 더운 날씨 덕에 열흘 정도 일찍 사과가 익어버린 터였다. 다락에 비쳐 드는 옅은 금빛 햇살에 수

많은 먼지가 반짝여, 두 사람은 마치 희미하게 빛나는 안개 속에서 움직이는 듯했다. 아직 정수리를 밀지 않은 흐륀의 담황색 머리칼은 예쁜 소녀의 것 같았고, 선반 위로 숙인 뺨의 곡선은 장미 잎처럼 부드러웠다. 길고 반짝이는 속눈썹이 그의 눈에 그림자를 드리웠다. 유리언 수사는 옆에서 그를 바라보고 있었다. 그의 심장이 고통으로 오그라들고 뒤틀렸다.

흐륀은 피데일리스를 떠올리며 그가 목초지에서의 작업을 얼마나 즐거워했을까 생각하고 있었다. 사과를 놓을 때 유리언 수사의 손이 그의 손을 스치고 둘의 어깨가 잠시나마 우연인 듯 부딪혔을 때도 무언가가 잘못되었다는 것을 전혀 눈치채지 못했다. 그러나 유리언이 기다란 손가락을 뻗어 그의 손을 꼭 잡은 것, 이어 손가락 끝에서 손목까지 조심스레 어루만진 것은 우연이 아니었다. 그것은 분명한 애무였다.

순진하기만 한 흐륀으로서는 그보다 더한 일들이 일어날 때까지 상황을 아예 이해하지 못할 수도 있었다. 그러나 그는 이해했다. 순진함과 순결함이 그를 현명하게 만들었으니, 흐륀은 이를 뿌리치는 대신 아주 부드럽게, 천천히 손을 거두었다. 그러곤 고개를 돌려 맑디맑은 청회색의 커다란 눈을 크게 뜬 채 유리언의 얼굴을 똑바로 바라보았다. 따뜻한 이해와 동정이 담긴 그 눈에 유리언의 고통은 분노와 참을 수 없는 수치심으로 깊이 타들어갔다. 그는 손을 치우고 흐륀에게서 몸을 돌렸다.

흐륀이 강한 혐오와 충격을 드러냈다면 유리언은 그것이 점차 또 다른 감정으로 바뀔 수도 있으리라는 작은 희망을 품었을지도 모른다. 적어도 자신이 선명하고 뚜렷한 인상을 남겼다는 뜻이니까. 그러나 그 세심한 이해와 동정은 유리언으로 하여금 아무런 희망도 갖지 못하게 했다. 제 육체의 장애와 고통을 통해서만 스스로를 의식해온 순진하고 티 없는 소년. 그런 아이가 자신을 상하게 할 불길을 인식하고도 두려움도, 비난도, 의심도 없이 그저 동정만을 내비치다니. 그는 고해성사를 통해 신부나 원장에게 이 일을 고할 생각도 없을 것이었다. 유리언 수사는 불타는 욕망과 슬픔, 그리고 선명하고 잔인하게 떠오르는 아내의 얼굴을 의식하며 헝클어진 마음으로 자리를 떴다. 기도는 그녀에 대한 기억을 지우는 데 아무런 도움이 되지 못했다.

침묵 속에 잠시 벌어진 이 일에서 흐륀은 처음으로 육체의 횡포를 깨달았다. 그 자신은 느낄 필요가 없는 근심이 다른 이를 고통에 빠뜨릴 수 있는 것, 그것이 그의 마음을 아프게 했다. 그는 저녁기도 시간에 유리언 수사를 위해 기도하리라 생각했고, 그렇게 했다. 유리언 수사가 여전히 자신을 버린 아내의 적의에 찬 얼굴을 좇고 있는 동안, 흐륀은 욕망으로 불타는 그의 눈썹과 그 늘진 눈, 어둡고 긴장된 얼굴을 줄곧 떠올렸다. 흐륀 자신은 어떤 적의도 괴로움도 느끼지 못했던 그 순간 몹시도 부끄러워하면서 시선을 피하던 얼굴을. 이는 참으로 어둡고 비밀스러운 문제였다.

흐륀은 그 일에 대해 누구에게도 말하지 않았다. 무슨 일이 있었다고? 아무 일도 없지 않았나. 다만 그는 동료 수사들을 다른 눈으로 보게 되었다. 그들의 고통을 받아들이고 그들의 요구에 자신을 열 수 있는, 한 차원 높은 정신의 소유자가 된 것이다.

　이틀 뒤, 흐륀은 소명의 확고함을 최종적으로 인정받고 견습 수사가 되기 위해 머리를 깎았다.

*

　"우리 어린 성인께서 결심을 확고히 하셨더군요." 삭발 예식을 보고 나오다가 캐드펠과 마주치자 휴가 말했다. "몸도 완벽하게 나았고요. 솔직히 말씀드리자면 저는 그 아이가 두렵습니다. 위니프리드 성녀께서 그를 택하신 건 혹시 그의 아름다움 때문이 아닐까요? 웨일스 여자들은 아름다운 젊은이를 보면 흡족한 마음을 숨기지 않던데요."

　"죄 많은 이교도 같은 소리를 하는군." 캐드펠이 편안한 태도로 말을 받았다. "하지만 성녀께서도 이젠 자네의 말투에 익숙하시겠지. 성녀를 얕보지 말게. 그분은 생전에 겪어보지 않은 일이 없으시니. 그리고, 만일 내가 성골함에 들어 있었다 해도 그분이 그러셨듯 그 아이를 끌어당겼을 거야. 흐륀을 보신 순간 그의 가치를 아신 게지. 보게, 그는 제롬 수사의 마음마저 녹였어."

　"오래가지 않을걸요!" 휴가 웃으며 말을 이었다. "흐륀은 본명을 그냥 쓰나요?"

"이름을 바꿀 필요가 없다고 생각하는 것 같던데."

"다들 그렇지는 않지요." 그의 표정이 심각해졌다. "하이드에서 온 사람들 말입니다. 휴밀리스와 피데일리스 수사요. 정말 대단한 이름 아닙니까? '겸손한Humble' 수사야 우리가 과거의 이름과 행적을 알고 있지만, '충실한Faithful' 수사에 대해서는 전혀 모르겠네요. 어느 이름이 먼저 지어졌을까요?"

"그 청년은 둘째 아들이라네." 캐드펠이 말했다. "형이 땅을 갖고 자기는 수도사가 되기로 했다더군. 스스로 짐을 지겠다는데 누가 뭐라 하겠나? 휴밀리스 수사 말을 듣자니, 그의 수련 기간이 끝날 무렵 청년이 온 모양이야. 둘은 곧 가까워지고 서로에게 충실한 친구가 되었지. 아마 함께 수사로 서원했을 테고, 이름은…… 글쎄, 누가 먼저 선택했는지……."

그들은 접객소 앞에서 걸음을 멈추고 교회를 돌아보았다. 눈에 띄게 아름다운 두 젊은이, 흐륀과 피데일리스가 서로 닿을 정도로 가깝게 붙어 만족스러운 듯 발을 맞추어 걷고 있었다. 흐륀이 활기차게 무어라 얘기하는 중이었다. 피데일리스는 오랜 간호와 근심으로 수척해 보였으나 그의 이야기를 들으며 얼굴을 밝게 빛냈다. 동그랗게 깎아낸 흐륀의 정수리 부분이 햇빛에 반짝였고, 주위의 금발은 후광처럼 일어서 있었다.

"흐륀은 저 두 사람을 자주 찾더군." 그들을 지켜보며 캐드펠이 말했다. "놀랄 일도 아니야. 그는 신체의 일부를 잃은 이라면 그게 누구이건 팔을 벌려 보이니까. 목소리를 잃은 사람에게도 마찬가지지." 하지만 피데일리스의 주인이 무엇을 잃었는지에 대해서는 말하지 않는 편이 좋으리라. "흐륀은 두 사람 모두와 대화를 나누네. 안된 건, 아직 저 아이가 배운 게 별로 없다는 점이야. 따라서 저들 두 젊은이 모두 휴밀리스 수사에게 책을 읽어 줄 수 없지. 하나는 목소리가 없고 다른 아이는 글을 모르니. 그렇지만 흐륀이 공부를 시작했으니 곧 잘 읽게 될 걸세. 폴 수사도 저 아이를 좋게 보고 있더군."

두 젊은이는 낮에 사용하는 바깥 계단이 있는 곳으로 사라졌다. 아직도 침대에서 일어나지 못하는 휴밀리스 수사에게 가는 모양이었다. 진정으로 원하던 일을 이루고 드디어 수사로 받아들여져 기쁨에 빛나는 흐륀 수사의 모습을 보고 기운을 얻지 않을 사람이 어디 있겠는가? 동정인 상태로 수사가 된 피데일리스와 한창나이에 생명을 잉태시킬 힘을 빼앗겨버린 휴밀리스. 더는 이 세상에 씨앗을 틔울 수 없는 두 불모의 육체 사이에는 말없는 우정이 꼭 알맞게 자리 잡고 있었다.

*

그날 오후 군인들이 입는 승마복을 입고 안장 앞머리에 돌돌 말린 외투를 얹은 한 젊은 남자가 세인트자일스로 이어지는 런던 도로를 통해 들어왔다. 그는 구호소에 이르러 성 베드로 성 바오로 수도원으로 가는 길을 물었다. 셔츠 소매를 걷고 가슴을 드러낸 채 땡볕에 모자도 쓰지 않은 차림이었다. 그의 얼굴과 가슴과 팔뚝 모두 진한 구릿빛을 띠었는데, 이곳의 여름보다 훨씬 뜨거운 곳에서 햇볕에 탄 모양이었다. 깔끔한 용모의 젊은 남자는 안장에 편한 깔개가 깔린 좋은 말을 타고 고삐를 가볍게 쥐고 있었다. 대담하고 무뚝뚝한 얼굴 위로 뻣뻣한 검은 머리칼이 무성한 숲을 이루었다.

오스윈 수사가 그에게 길을 알려주고는, 그가 수도원에서 찾을 사람이 누구일지 궁금해하며 호기심 어린 눈으로 말을 달리는 그 뒷모습을 가만 바라보았다. 분명 군인일 텐데, 어느 편 군대에 속한 어느 집안 사람이기에 슈루즈베리 수도원을 향해 가는 것일까? 그는 시내나 장관을 찾지 않았다. 그렇다면 그의 임무는 남쪽의 전쟁과는 상관이 없을 것이다. 그 이상 알 수 있는 것이 없어 다소 아쉬워하면서, 오스윈 수사는 충실하게 자기 일로 되돌아갔다.

목적지에 가까워지자 마음이 놓였는지, 젊은 남자는 수도원 앞 대로를 따라 천천히 말을 몰며 주변 광경을 유심히 바라보았다. 하얗게 마른 마시장터의 풀밭은 여전히 비를 기다리고 있었고, 길에는 짐꾼과 마차들이 한가롭게 오갔다. 이웃끼리 대문간에 서서 한담을 나누는 모습도 보였다. 곧 왼쪽으로 이어진 높고 긴 수도원 담장 너머 교회의 높은 지붕과 탑이 나타났다. 이제 도착한 것이다. 그는 교구민들이 드나들 수 있게끔 늘 문을 열어놓는 교회의 서쪽 입구로 가 문지기실의 아치 밑을 통과했다.

문지기실 수사가 친절하게 맞으며 무슨 일로 왔는지 물었다. 가까운 곳에서 한가롭게 작별 인사를 나누고 있던 캐드펠 수사와 휴 베링어도 몸을 돌려 그 남자를 살펴보았다. 실용적이고 손질이 잘된 마구와 안장에 매달린 가죽 외투 그리고 몸에 지닌 칼을 본 두 사람은 그가 무엇을 하는 사람인지 정확하게 알아보았다. 휴는 긴장하며 주의를 기울였다. 남쪽에서 온 군인이라면 새 소식을 가지고 있을 것이다. 게다가 스티븐 왕에 충성하는 이 지역을 혼자서 느긋하게 지나온 사람이니 같은 편일 가능성이 높았다. 휴는 이 젊은이의 차림새에 감탄하며 그에게 다가갔다.

"혹시 절 찾으십니까? 전 휴 베링어라고 합니다."

"이 주의 행정 장관이십니다." 문지기 수사가 곁에서 그를 소개하고는 휴에게 말했다. "이분은 휴밀리스 수사를 찾고 계십니다. 예전 이름으로 찾으시지만요."

"저는 오랫동안 고드프리드 메어스콧 님을 모셨던 사람입니다." 젊은 남자가 고삐를 늦추고는 말에서 내려 휴의 옆에 섰다. 휴보다 머리통 반쯤 큰 키에 억세고 단단한 몸집을 한 사내였다. 그의 구릿빛 얼굴에서 대범하고 쾌활한 성격이 드러났다. 새파란 두 눈이 표정을 더욱 밝게 만드는 듯했다. "하이드가 불타고 수사님들이 사방으로 흩어진 이후 줄곧 그분을 찾느라 헤맸습니다. 그러다 그분이 이리로 가겠다 말씀하셨다는 얘길 들었지요. 저는 이 주의 북쪽 지역에 볼일이 있는데, 그 일을 하기 위해서는 그분의 승인이 필요합니다. 그런데……." 그가 쓴웃음을 지어 보였다. "그분이 하이드에 들어가신 뒤 택하신 이름을 까맣게 잊어버렸지 뭡니까. 제게 그분은 여전히 고드프리드 님이십니다."

"전에 그분을 알았던 사람들에게야 그렇겠지요." 휴가 말했다. "그분이 여기 계신 건 맞습니다. 그런데, 윈체스터에서 오시는 길입니까?"

"앤도버에서 왔습니다. 우리가 그 도시를 불태웠지요." 젊은이는 불퉁하게 내뱉더니 휴가 자신을 살펴보듯 세심하게 휴를 살폈다. 그들은 같은 편이 분명했다.

"마틸다 왕비의 군대에 계십니까?"

"네. 피츠로버트 님 휘하에 있습니다."

"아, 북쪽 경로를 막아주신 분이군요. 아시겠지만 저는 스티븐 왕을 위해 이 주를 지키고 있습니다. 주인을 만난 뒤 떠나시기 전에 저와 함께 시내의 제 집으로 가셔서 함께 저녁을 드시는 게 어떻겠습니까? 볼일을 마치실 때까지 기다리지요. 남쪽에서 일이 어떻게 되어가고 있는지 정말 궁금해 그럽니다. 이름이 어떻게 되십니까? 제 이름은 이미 말씀드렸습니다만."

"니컬러스 하니지입니다. 일단 그분을 뵌 다음 제가 알고 있는 것을 기꺼이 다 말씀드리지요. 고드프리드 님은 어떻게 지내십니까?" 그는 열의 가득한 목소리로 묻더니, 그동안 곁에서 한마디도 없이 주의 깊게 바라보며 듣기만 하던 캐드펠에게로 눈을 돌렸다.

"최상의 건강 상태는 아니오." 캐드펠이 대답했다. "아마 당신이 그분을 마지막으로 보았을 때도 건강이 좋지는 않았을 테지. 오래된 상처가 터졌는데, 아마도 이리로 오느라 한참 말을 타서 그렇게 됐소. 다 나아가고 있으니 하루 이틀 뒤면 일어나 본인이 선택한 일을 다시 시작할 수 있을 거요. 그분은 같이 온 한 젊은 수사의 사랑과 보살핌을 받고 있소. 그 친구가 하이드에서도 그분의 시중을 들어주었다더군. 잠시만 기다려주면 내가 부원장님께 가서 휴밀리스 수사를 찾아온 손님이 있다고 알린 뒤 당신을 안내하겠소."

두 사람을 오래 기다리게 하고 싶지 않아 캐드펠은 서둘러 부원장을 찾았다. 휴에겐 멀고 혼란스러운 전장으로부터의 직접적인 정보가 간절할 터였다. 그의 적들이 둘로 갈려 서로 할퀴고 한쪽에선 강력한 아군 군사들이 그들을 포위하고 있다 해도, 주교가 편을 바꾼 것이 벌써 세 번째임을 감안하면 현재의 상황에 완전히 마음을 놓을 수는 없었다. 물론 적어도 그 덕에 황후의 군대를 윈체스터에 가둔 채 포위망을 강화하여 그들을 굶길 수 있는 것은 사실이지만……. 멀지 않은 곳에서 칼이 부딪치는 소리가 들려올 때마다 캐드펠의 마음속에서는 오래전 잊기로 맹세한 전사의 혈기가 끓어오르곤 했다. 그가 정말로 불편함을 느끼는 건, 그 스스로 자신의 그런 기질에 대해 진정 어린 마음으로 참회하지 않는다는 것이었다. 그가 섬기는 왕은 이 세상의 존재가 아니지만, 이 세상에 사는 한 그로서는 어느 한쪽 편을 들지 않을 수 없었다.

다른 이들이 공부와 기도에 몰두하는 시간, 로버트 부원장은 오후의 휴식을 취하고 있었다. 그가 방문객을 맞거나 예를 갖춰 접대하고자 굳이 몸소 나와 애쓸 리는 없으니 마침 좋은 때에 온 셈이었다. 캐드펠은 손님을 휴밀리스 수사에게 안내하고 곁에 있다가 무엇이든 손님이 원하는 게 있으면 도와드리도록 하라는 너그러운 허락과 함께, 명상 시간이라 직접 손님을 맞지 못하는 부원장의 인사와 축복을 전해달라는 부탁을 들었다.

그의 발소리에 고개를 돌리는 그들의 얼굴을 보고, 캐드펠은 자신이 없는 사이 두 사람이 친해지고 긴장도 어느 정도 풀렸음을 알았다. 잠시 뒤 나란히 말을 달려 마을로 갈 즈음에는 아마 전우 이상의 사이, 잠재적인 친구가 되어 있을 터였다.

"자, 따라오시오." 캐드펠이 말했다. "휴밀리스 수사님께 데려다 드리겠소."

*

"수사님께서 저의 주인을 치료하셨다고요." 계단을 오르고 있는데 뒤에서 손님의 젊고 진지한 목소리가 나직이 들렸다. "행정 장관님께 들었습니다. 약초나 치료와 관련하여 대단한 기술을 지니셨다고······."

"행정 장관은 나의 오랜 친구이기도 하니 내 능력을 실제보다 더 좋게 평하는 게지. 여하튼 내가 치료한 건 사실이오. 지금까지는 어찌어찌 잘해왔고…… 그분이 제대로 대접받지 못하고 있는 건 아닌가 걱정할 필요는 없소. 그분이 어떤 분인지는 이곳 사람들도 잘 알고 있소. 직접 보시면 마음이 놓일 거요. 당신은 동방에서 그분이 어떤 일을 겪었는지 잘 알겠군. 거기서 그분과 함께 있었으니 말이오."

"예. 저는 그분 영지 출신입니다. 군사를 증병할 때 거기 갔다가 나이 많은 이들과 부상자들을 배에 싣고 돌아왔지요. 그리고 그분이 거기서 자신은 더 이상 쓸모가 없음을 아셨을 때도 직접 가서 모시고 왔습니다."

"여기서 그분은 결코 쓸모없는 존재가 아니오." 계단 꼭대기에 발을 디디며 캐드펠이 말했다. "그분이 반영하시는 빛, 우리 모두를 인도하는 하느님의 빛 덕분에 더욱 밝은 삶을 누리게 된 젊은이들이 있지. 곧 그 두 젊은이가 그분과 함께 있는 모습을 보게 될 거요. 그중 한 젊은이가 그분 곁에 계속 있으려 하면 그냥 두시오. 그럴 자격이 있는 친구니까. 그가 바로 하이드에서부터 함께 온 그분의 친구요."

그들은 칸칸이 나뉜 작은 방들 사이로 길게 이어진 복도를 걸어, 곧 휴밀리스 수사에게 배정된 어둡고 좁은 공간의 입구에 섰다.

"들어갑시다." 캐드펠이 말했다. "손님이 왔다고 미리 알릴 필요는 없겠지."

4

 방 안은 어두컴컴했다. 독서용 램프의 불도 꺼져 있었다. 두 젊은이 중 하나는 글을 읽을 줄 모르고, 다른 하나는 말을 하지 못하고, 침대에 베개를 여러 개 받친 채 누워 있는 환자는 쇠약해 무거운 책을 붙들지 못하는 탓이었다. 그러나 흐륀은 읽지 못할지언정 기억력이 무척 좋았고, 또 그렇게 외운 내용을 감정과 활기를 넣어 제법 잘 낭송했다. 그는 폴 수사가 가르쳐준 성 아우구스티누스의 기도를 암송하다가 문득 듣고 있는 사람의 수가 늘어났음을 느꼈는지 말을 더듬으며 방 입구를 돌아보고는 입을 다물었다.
 니컬러스 하니지는 어둠이 눈에 익을 때까지 가만히 선 채 머뭇거리며 기다리고 있었다. 흐륀의 암송이 끊긴 것을 이상하게 여기고 눈을 뜬 휴밀리스 수사는, 한때 자신이 부하들 중 가장 사랑하고 신뢰했던 사람이 침대 발치에 수줍은 듯 서 있는 모습을 보았다.

"니컬러스?" 놀라움과 의혹 속에서, 그는 더 분명히 보기 위해 몸을 일으키며 확인하듯 이름을 불러보았다. 피데일리스 수사가 즉시 몸을 굽혀 그를 붙잡아 베개를 등에 괴어준 다음 방문객에게 자리를 내주고 어두운 방구석으로 소리 없이 물러났다. "니컬러스! 자네로구먼!"

젊은이는 앞으로 나와서 무릎을 꿇고는 휴밀리스가 내민 야윈 손을 꼭 쥐어 손등에 입을 맞추었다.

"니컬러스, 자네가 여기 어떻게…… 아, 자네 얼굴을 보니 아침이 온 것처럼 반갑네. 여기서 자네를 만나리라고는 생각도 못했어. 이렇게 먼 곳에 있는 나를 찾아주다니 정말 고맙네. 자, 이리 와 앉게나. 얼굴 좀 보세!"

흐륀이 조용히 걸어가 문간에서 살짝 고개 숙여 인사한 뒤 사라졌다. 피데일리스도 따라 나가려 했으나 휴밀리스가 얼른 그의 팔에 손을 얹었다.

"아니야, 여기 있게! 니컬러스, 이 젊은 스사에게 나는 평생 다 갚지 못할 빚을 졌다네. 군인일 때는 자네가 충직하게 일해주었던 것처럼, 여기서는 이 형제가 충실하게 나를 도와주고 있어."

"저를 비롯하여 주인님의 부하였던 이들 모두가 수사님께 감사드릴 겁니다." 두건에 가려진 얼굴을 올려다보며 니컬러스가 열렬하게 말했다. 어둠 속에 있는 터라 그 젊은 수사는 목소리는 물론 얼굴도 없는 것 같았다. 감사의 표시에 그저 고개를 숙일 뿐 아무런 대답이 없어 이상하다는 생각이 들었지만 니컬러스는 곧 이를 잊었다. 다시 만날 일이 없을 누군가와 굳이 가까워질 필요는 없기 때문이었다. 그는 의자를 침대 가까이 끌어당기며 주인의 야윈 얼굴을 매우 걱정스럽게 살펴보았다. "주인님이 나아가고 있다고들 하지만, 전에 하이드에서 명을 받고 떠나며 뵈었을 때보다 더 마르고 쇠약해지신 것 같습니다. 하이드의 부원장님을 찾느라 윈체스터에서 시간을 많이 보냈지요. 그분께 여쭈어 주인님이 어디로 가셨는지 알아냈습니다. 그런데 이토록 먼 거리를 달려오실 필요가 있었는지요? 주교께서 올드 민스터로 기꺼이 맞아들이셨을 텐데요."

"내가 주교께 그렇게 반가운 존재였을지 의심스럽구먼." 휴밀리스 수사가 쓴웃음을 지으며 말을 이었다. "이렇게 북쪽 멀리까지 온 것에는 여러 이유가 있다네. 이 주와 이 도시는 내가 어릴 때 알던 곳이지. 몇 년밖에 안 살았지만 그 시절은 어른이 되어서도 늘 기억나는 법이거든. 내 걱정은 말게. 다른 곳에서도 그랬듯이 여기서도 잘 지내고 있으니. 아니, 오히려 어떤 곳에서보다 편안히 지내고 있는걸. 그보다는 자네 얘길 해보게. 새 임무는 어떤가? 그리고 어째서 여기까지 왔지?"

"주인님의 추천 덕분에 승승장구했습니다. 이프레의 윌리엄 님이 왕비께 말씀드려 저를 부관으로 삼고자 하셨지만, 저는 폴랑드르 군대로 가기보다는 피츠로버트 님 휘하의 잉글랜드 사람들과 있고 싶었죠. 거기서 전 지휘권을 가지게 되었습니다. 모두 주인님의 가르침을 받은 덕입니다." 눈을 빛내면서도 슬픈 듯 그가 덧붙였다. "주인님과 모술 회교도들의 가르침 덕이죠."

"이 먼 곳까지 나를 찾아온 게 아타베그 젠기의 일 때문은 아니겠지." 휴밀리스 수사가 미소를 지으며 말했다. "그는 예루살렘의 왕에게 맡겨두세. 젠기는 왕이 맡은 고귀하고도 위험한 임무니까. 그래, 내가 도망쳐 나온 뒤로 윈체스터는 어떻게 되었지?"

"왕비의 군대가 도시를 포위했습니다. 밖으로 나온 사람이 거의 없고, 식량은 아예 전혀 들어가지 못했지요. 황후의 군사들 모두 성안에 꼼짝 못 하고 갇혀 있는데, 아마 지금쯤 먹을 것이 바닥났을 겁니다. 저희는 앤도버 옆쪽 경로를 막기 위해 북쪽으로 왔어요. 거기서 아직 어떤 움직임도 보이지 않기에 잠시 말미를 얻어 제 일을 보려고 이렇게 달려온 겁니다. 조만간 그들은 포위를 뚫고 나오려 하든지, 아니면 제자리에서 꼼짝 못한 채 굶어 죽겠지요."

"윈체스터를 완전히 포기하기 전에 길 하나를 다시 열어 식량을 들이려 시도할 걸세." 휴밀리스는 양미간을 모은 채 여러 가능성을 떠올려보았다. "만일 그들이 포위망을 뚫는다면 먼저 옥스퍼드 쪽으로 치고 나올 거야. 어쨌든 소강상태 덕분에 자네가 여기까지 올 수 있었으니, 적어도 좋은 일 하나는 있었던 셈이군.

자, 이제 말해보게. 여기 찾아온 이유가 뭔지 말이야."

"주인님!" 몸을 앞으로 숙이며 니컬러스가 열렬하게 말을 꺼냈다. "3년 전 저를 이곳의 레이 장원에 보내셨던 것 기억하십니까? 험프리 크루스와 그 따님에게 주인님이 그녀와의 결혼 약속을 지킬 수 없게 되었다고, 하이드 미드의 수도원에 들어가실 거라고 전하라 하셨지요."

"그걸 어떻게 잊겠나." 휴밀리스가 담담하게 말했다.

"주인님, 저도 그 여자를 잊을 수가 없습니다! 주인님께서는 십자군에 나가시기 전 겨우 다섯 살 어린아이였던 모습밖에 못 보셨지요. 그러나 전 열아홉 살 성숙한 그녀의 모습을 보았습니다. 물론 그녀와 그 부친께 주인님의 말씀을 전한 뒤에는 제 임무를 완수했다는 생각에 홀가분한 마음으로 그곳을 떠났지요. 그런데 지금 저는 그녀의 생각을 떨칠 수가 없습니다. 그녀는 너무나 우아했어요. 주인님과의 결별 소식 또한 더없이 위엄 있고 예의 바르게 받아들였지요. 주인님, 만일 그녀가 아직 결혼이나 약혼을 하지 않았다면 제가 청혼하고 싶습니다. 그러나 주인님의 축복과 허락을 얻지 않고는 갈 수 없습니다."

"니컬러스," 놀라기는 했으나 기쁨으로 얼굴을 빛내며 휴밀리스가 말했다. "그녀가 자네와 함께 행복하게 사는 모습을 보는 것보다 더 기쁜 일은 없을 걸세. 내가 약속을 저버렸으니, 그녀는 자기가 원하는 사람과 결혼할 자유가 있네. 그 짝으로 자네보다 더 어울리는 사람도 없겠지. 자네가 그녀와 결혼한다면 나는 죄책감에서 벗어날 수 있을 걸세. 그녀가 나보다 훨씬 좋은 사람을 맞은 셈이니까. 게다가, 생각해보게. 수사가 되려면 모든 소유물을 버려야 하네. 그러니 하느님께서 창조하신 다른 피조물에 대한 권리를 내가 어찌 감히 주장할 수 있겠는가? 가게. 가서 그녀의 허락을 얻게. 난 그저 두 사람을 축복할 뿐이야. 자, 다시 와서 어떻게 됐는지 알려주게나."

"꼭 그렇게 하겠습니다! 주인님이 허락하셨으니 반드시 결혼 승낙을 얻어낼 겁니다." 그는 허리를 굽혀 자기 손을 따뜻하게 맞잡은 여윈 손에 입을 맞추고 몸을 일으켰다. 그 동작이 참으로 가볍고 경쾌했다. 그러다 문득, 어둠 속에 서 있던 조용한 사람이 뒤늦게야 그의 의식 속으로 들어온 모양이었다. 대화를 나누는 동안에는 줄곧 주인과 둘이서만 있는 듯했으나 몇 발짝 떨어진 곳에 말없는 목격자가 있었던 것이다. 니컬러스는 갑자기 활기차게 그에게로 돌아섰다.

"수사님, 제 주인님을 돌봐주셔서 감사합니다. 당분간 수사님과도 작별해야겠군요. 돌아오는 길에 꼭 다시 뵙겠습니다."

하지만 그 인사에 대한 답으로 돌아온 것이 침묵과 두건을 쓴 머리의 조용한 움직임뿐이었으니, 니컬러스로서는 꽤나 당황스러운 노릇이었으리라.

"피데일리스 수사는 말을 하지 못한다네." 휴밀리스가 조용히 일러주었다. "그의 삶과 노동만이 그에 대해 이야기해주지. 그러나 내 마음처럼 그의 호의 역시 자네가 청혼하러 가는 길에 함께 할 걸세."

*

 힘찬 발소리가 계단을 울리다가 마침내 사라지자 방 안에는 침묵만이 남았다. 휴밀리스 수사는 평화롭고 만족스러운 생각에 잠겨 있는 듯했다. 줄곧 미소를 띤 채 누워 있던 그가 마침내 입을 열었다.
 "나 자신에 대해 자네에게 말하지 않은 부분이 있네. 자네를 알기 전에 있었던 일들이지. 자네에게 감추고 싶은 건 아무것도 없으니 이제 이야기하겠네. 참 가엾은 여자야…… 이런 꼴이 되지 않았다 해도, 자신보다 훨씬 나이 많은 나 같은 사람에게서 그녀가 뭘 바랄 수 있었겠나? 게다가 나는 그녀를 한 번밖에 못 봤어. 갈색 머리에 둥근 얼굴, 진지한 표정을 한 어린 소녀였지. 나는 서른이 될 때까지 아내나 아이들이 필요하다고 느끼지 못했네. 아버지가 돌아가신 뒤에도 혈통을 이어갈 형님이 있었으니까. 하지만 십자군에 참전할 것을 결심하고 나와 함께 공기처럼 자유롭게 동방으로 떠날 일행의 군장을 꾸리고 있을 때 형님이 돌아가셨어. 그러니 하느님께 드린 맹세와 집안에 대한 의무 사이에서 망설이지 않을 수 없었지. 하느님께 했던 맹세, 성지에 나가 10년의 시간을 바치겠다 했던 맹세를 지켜야 하는데, 결혼하여 아들을 낳아야 할 집안의 의무가 덧씌워진 상태였으니까. 그래서 나는 10년이라는 시간 동안 나를 기다릴 수 있고, 또 내가 돌아올 즈음 아이를 낳기에 적당한 나이가 되어 있을 건강한 어린 소녀를 찾았지. 그 아이가 바로 줄리언 크루스였어. 당시 그녀는 여섯 살도 채 안 된 나이였네. 이 주의 북쪽 지역에 여러 장원을 두고 스태퍼드셔에도 장원을 가진 집안의 딸이었어."

그는 인간의 어리석음을, 자신들이 결코 살지 못할 삶을 위한 계획과 각종 약속의 주제넘은 진지함을 생각하며 몸을 뒤척이다 한숨지었다. 옆에 서 있던 청년이 다가와 두건을 뒤로 젖히고 니컬러스가 앉았던 의자에 앉았다. 그들은 서로의 눈을 말없이 응시했다. 다른 사람들은 결코 그렇게 하지 못할 만큼 아주 오랫동안.

"하느님께선 다 알고 계셨던 거야!" 휴밀리스가 말을 이었다. "그분은 나를 위해 다른 것을 계획하고 계셨네. 나는 이렇게 있고 그녀는 그녀대로 살도록 하셨지. 줄리언 크루스…… 그녀가 내게서 벗어나 더 나은 남자에게 가게 됐으니 정말 기쁜 일이야. 아직 누구와도 정혼하지 않았어야 할 텐데. 니컬러스는 그녀에게 꼭 맞는 배필이 될 사람이거든. 두 사람이 맺어지면 내 영혼도 편히 쉴 수 있겠지. 그녀에게만은 쭉 빚을 진 느낌이었으니까. 내가 맹세를 어겼잖은가."

피데일리스 수사는 나무라듯 미소를 띠며 고개를 젓고는 몸을 앞으로 기울여 스스로를 책망하는 제 주인의 입술에 살짝 손가락을 올려놓았다.

*

문지기실에서 니컬러스를 기다리는 휴와 작별하고 허브밭 일을 하러 마당을 가로지르던 캐드펠은 니컬러스가 바깥 계단의 아치 밑에서 나오는 모습을 보았다. 니컬러스도 캐드펠을 알아보고 큰 소리로 그의 이름을 부르며 달려와 긴급한 일이라도 있는 양 소매를 잡아당겼다. "수사님, 잠깐만요!"

캐드펠은 멈춰 서서 그를 마주 보았다. "직접 보니 어떻소? 먼 거리를 달려와 심하게 지친 데다 상처가 터져 곪을 때까지 누구에게도 도움을 구하지 않은 터라 상태가 몹시 안 좋았으나, 이젠 다 지난 일이오. 지금은 깨끗하게 아무는 중이지. 그분이 또 저렇게 쓰러지도록 우리가 내버려두지 않을 테니 걱정할 필요 없을 거요."

"그러시리라 믿습니다." 젊은이는 진지하게 말을 이었다. "하지만 3년 만에 뵌 모습이 막 부상을 입은 당시보다도 훨씬 나빠 보여요. 상처가 심해 오랫동안 생사의 경계에서 헤매셨지요. 그래도 귀국하셨을 땐 저희가 모시던 예전 모습으로 회복하셨었는데…… 제가 알기에 그때 그분은 고향으로 돌아가실 계획이셨지요. 약속했던 것보다 이미 몇 년을 더 복무하셨으니 이젠 고향에서 땅과 가족을 돌볼 때라 생각하셨던 거죠. 저도 같이 항해해서 돌아왔습니다. 그때 그분은 육체의 부상과 피로를 훌륭히 견디셨어요. 그런데 지금은 살도 빠지고, 손의 움직임을 보니 기력도 많이 쇠한 것 같더군요. 그러니 제게 사실대로 말씀해주십시오. 상태가 얼마나 안 좋은 겁니까?"

"그보다…… 대체 어디서 저렇게 불구가 될 정도의 상처를 입은 거요?" 어디까지 말하면 좋을까? 이 젊은이가 얼마나 알고 있을까? 과연 사실을 전부 말해도 좋을까? 캐드펠은 신중하게 헤아리며 질문을 던졌다.

"모술의 젱기 군대와 벌인 마지막 전투에서였습니다. 전투가 끝난 뒤 시리아인 의사들이 치료를 했죠."

그래서 그 엄청난 상처를 입고도 목숨을 건질 수 있었군, 캐드펠은 생각했다. 그 자신 또한 기술의 상당 부분을 사라센과 시리아의 의사들에게서 배운 터였다. 그는 조심스레 입을 열었다. "당신은 그 상처를 보지 못했소? 그것이 무엇을 의미하는지 모르오?"

뜻밖에도 이 노련한 십자군 병사는 당황한 듯 잠시 말을 잃었다. 구릿빛으로 탄 그의 얼굴이 천천히 붉어졌다. 그러나 짙푸른 눈동자는 미동 없이 캐드펠을 똑바로 응시하고 있었다. "갑옷 입는 걸 도와드릴 때 말고는 그분 몸을 제대로 본 적이 없습니다. 그렇지만 짐작은 하고 있어요. 그것밖에는 이유가 없으니까요. 그게 아니라면 정혼자를 버리실 리가 있겠습니까? 약속은 어떻게든 지키시는 분인데! 지위와 땅 한 덩어리 말고 더는 줄 것이 없어져버렸으니, 그녀에게 자유를 주고 자신에게 남은 모든 것을 신께 바치기로 하신 겁니다."

"여자가 있었소?" 캐드펠이 물었다.

"예. 그리고 저는 지금 그녀에게 가는 길입니다." 제 권리를 주장하기라도 하듯 오만한 태도로 니컬러스가 말을 이었다. "그분이 하이드 미드의 수도원으로 들어갔다는 말을 그녀와 그 부친께 전한 사람이 바로 저였죠. 이제 저는 레이로 가 그녀에게 청혼하려 합니다. 주인님도 승낙하고 축복해주셨어요. 그녀는 아직 어린아이였을 때 주인님과 약혼했고 이후로는 그분을 한 번도 만난 적이 없습니다. 그녀가 제 구혼을 듣지 않을 이유도, 그 집 사람들이 저를 거절할 이유도 전혀 없지요."

"없고말고!" 캐드펠은 진심을 담아 말했다. "만일 내게 그런 처지의 딸이 있다면 주인의 뒤를 이어 부하가 청혼하는 것을 아주 반가워할 거요. 만일 그녀에게 그분의 안부를 전해야 한다면, 그분은 원하는 일을 하며 잘 지내고 계신다고 말해도 좋을 거요. 그게 사실이니까. 내가 최선을 다해 그분의 육체를 돌보겠소. 그에게 도움과 위안이 되는 것이라면 어떤 것도 부족하지 않게 할 거요."

"그건 제가 듣고자 하는 답이 아닙니다." 젊은이가 말했다. "저는 이곳에 다시 돌아와 레이에서의 일이 어떻게 되었는지 알려드리기로 그분께 약속했습니다. 아마 길어야 사나흘 뒤겠지요. 그러니…… 단도직입적으로 여쭙겠습니다. 그때도 그분이 여전히 살아 계실까요?"

"우리 중 누가 그런 질문에 확답할 수 있겠소?" 캐드펠이 조용히 말했다. "어쨌든 당신은 진실을 원하며 진실을 들을 권리가 있지. 그렇소, 휴밀리스 수사는 죽어가고 있소. 그 마지막 전투에서 입은 치명상 때문이라는 것도 사실이지. 그를 위해 무슨 일을 했든, 또 앞으로 무슨 일을 하든, 그의 죽음을 막지는 못하오. 그러나 당신이 걱정하는 만큼 빨리 죽음이 닥치지는 않을 테고, 그분도 그에 대해서는 전혀 두려워하지 않소. 가서 그 여인을 만나 좋은 소식을 가지고 돌아오시오. 그분은 살아서 기쁘게 그 소식을 들을 것이오."

*

"정말 그렇게 되겠죠." 그날 저녁 마지막 기도 시간에 앞서 정원에 나가 함께 바람을 쐬며 캐드펠이 에드먼드에게 말했다. "그 젊은 친구가 서둘러 돌아온다면 말입니다. 보아하니 그는 자기가 원하는 것을 향해 똑바로 나아가는 그런 사람인 것 같더군요. 하지만…… 우리가 얼마나 더 오래 휴밀리스 수사를 세상에 붙들어둘 수 있을지는 모르겠습니다. 지난번처럼 쓰러지는 것이야 막을 수 있어도, 오래된 상처가 결국은 그를 삼켜버리겠지요. 그 자신이 누구보다 이를 잘 알고요."

"저는 그분이 어떻게 살아 있는지 놀라울 뿐이에요." 에드먼드 수사가 동의를 표했다. "이곳까지의 여정을 견딘 것도 놀랍지만, 애초에 부상을 입은 뒤 3년 이상 살아 있다는 사실 자체가 정말

신기합니다."

지금 메올천 곁에는 그들 둘뿐이었다. 그렇지 않았다면 그 문제를 입에 올리지도 않았을 것이다. 이 시간쯤이면 니컬러스 하니지는 주의 북동쪽으로 한참 가 있을 테고, 어쩌면 벌써 목적지에 도착했을지도 모른다. 말을 달리기에 좋은 날씨이니 어두워지기 전에 레이에 이르러 쉴 곳을 찾으리라. 제 노력으로 군대에서 출세 가도를 달리는 건강한 청년. 하니지 정도면 무시당할 구혼자는 아니다. 주인의 축복도 받았으니 그에겐 이제 여인의 호감과 그 가족의 허락, 그리고 교회의 인가만이 남았을 뿐이다.

"누군가 정혼자가 있는 상태로 수도회에 들어올 경우, 서약을 했다는 이유로 그와 약혼한 이가 정혼의 구속에서 반드시 자유로워지는 건 아니라고 주장하는 얘길 들은 적이 있습니다." 에드먼드 수사가 말했다. "그렇지만 두 세계를 다 가지려는 것, 그러니까 자신이 원하는 삶을 선택해놓고 상대는 그렇게 하지 못하게 하는 건 이기적이고 욕심 사나운 짓이죠. 물론 자기 사람이라 여겨지던 이를 자유롭게 풀어주지 못하고 계속 자신에게 묶어두려 기를 쓰는 일은 거의 일어나지 않지요. 이번 경우는 더더욱 그와 다르고요. 휴밀리스 수사는 일이 행복하게 해결되기를 원하고 있으니까요. 하지만 만일 그 여성이 이미 결혼을 했다면……."

"레이의 장원이라……." 캐드펠이 생각에 잠겼다. "에드먼드 수사, 그곳에 대해 아는 게 있습니까?"

"크루스 집안이 소유한 곳입니다. 제 기억이 맞는다면 험프리 크루스가 그 여인의 아버지일 겁니다. 아' 트펠드, 하페코트, 그리고 프리스에도 장원을 갖고 있어요. 체스터의 주교로부터 위임받은 것들이죠. 스태퍼드에도 땅이 좀 있고요. 그 사람들은 레이를 집안 명예의 원천으로 만들었습니다."

"그래서 니컬러스가 그곳으로 가는군요. 그가 뜻을 이루고 돌아오면 휴밀리스 수사에게도 멋진 하루를 선사하는 셈일 겁니다. 이미 자신의 정직한 구릿빛 얼굴을 보여줌으로써 주인의 기운을 크게 북돋아주기도 했고요. 그곳 여인의 미래가 보장될 경우, 어쩌면 그의 수명이 한두 해쯤 연장될 수도 있겠지요."

기도 시간을 알리는 종소리가 울리자 그들은 교회로 향했다. 젊은 방문객이 휴밀리스의 건강에 긍정적인 영향을 미친 게 분명했다. 의사들의 허락을 구하지도 않은 채 그가 수사복을 차려입고 피데일리스의 팔에 의지해 교회에 나타나 평화롭게 기도를 드리고 있었던 것이다. 하지만 상처 부위가 걱정된 캐드펠은 기도 시간이 끝나자마자 그를 붙들어 침대로 데려가야겠다고 생각했다. 이번 한 번은 내버려두자. 몸을 추스르느라 힘깨나 들였겠지만, 정신에 큰 도움이 되었을 테니까. 게다가 동등한 형제에게 자신의 구원을 위해 무엇을 해야 하고 무엇을 해선 안 되는지 말할 자격이 그에게 있는 것도 아니었다.

더위는 결코 끝나지 않을 듯 여전히 계속되었으나 저녁 시간은 이미 짧아지기 시작했고 여름의 절정기도 달미에 이르렀다. 수확한 곡식과 과일의 따스한 향기가 진하게 풍기는 성가대석의 보랏빛 어둠 한편, 키가 크고 잘생긴 외모에 야윈 몸집의 사십 대 남자가 양쪽에 피데일리스와 흐륀을 거느린 채 당당하게 몸을 곧추세우고 있었다. 마치 자신들의 활기와 아름다움으로 거기 머물러 있는 약간의 빛을 빨아들이기라도 하는 양, 두 젊은이는 두 자루의 양초처럼 타고난 빛을 뿜어내고 있었다.

그들 맞은편에는 유리언 수사가 있었다. 무릎을 꿇고 몸을 세워 성숙한 남자의 풍부하고 자신감 있는 목소리로 노래를 부르면서도 그는 두 청년의 빛나는 담황색과 갈색 머리칼에서 잠시도 눈을 떼지 못했다. 벙어리와 달변가. 똑같이 훌륭하며 범접할 수 없는 저 두 젊은이가 서로 짝을 이루어 정말 부당하게도 자신을 완전히 배제해버린 기분이었다. 그의 육체적인 욕구는 밤낮없이 타올라 기도로도 식힐 수 없었고, 음악으로도 잠재울 수 없었다. 그것이 늑대의 이빨처럼 안에서부터 그를 파먹고 있었다.

이미 그에게는 그들 두 청년이 여성으로 여겨졌다. 얼마나 끔찍한 징조인가! 그들 중 하나를 응시하고 있으면 남성으로서의 모습이 점점 사라지고 신비하게 변하여 여자의 얼굴이 되는 것이었다. 그 얼굴은 그를 경멸하지도 무시하지도 않았고, 그저 누군가 다른 사람을 보듯 그를 바라보았다. 그는 참을 수 없이 아픈 마음의 고통을 느끼며, 그럼에도 감미로운 목소리로 계속 성가를 불렀다.

*

 주 북동쪽, 완만하고 평야가 많은 시골에서는 산이 겹겹이 둘러선 서쪽 국경 지역보다 낮이 길다. 땅거미가 질 무렵 니컬러스 하니지는 더위로 심하게 메마른 이곳의 평평하고 비옥한 들판을 지나 산울타리로 담을 둘러친 레이 장원 옆내에 들어섰다. 경작지를 넓게 쓰려고 나무를 거의 다 베어내 평탄한 넓은 들 한가운데 널찍하니 나지막한 건물이 서 있었다. 넓은 지하실 위에 돌로 지은 홀과 방들이 들어차 있고, 담장 안 여기저기에는 마구간과 헛간이 흩어져 있었다. 풍요로운 시골, 곡식과 초목이 풍성하고 많은 소를 먹일 수 있는 넓은 목초지도 갖춘 곳이었다. 니컬러스가 대문으로 들어섰을 때 외양간에서 부드러운 소 울음소리가 들려왔다. 배불리 먹고 젖도 짜낸 짐승들의 울음소리에서 만족감과 졸음이 느껴졌다.

 말발굽 소리를 듣고 마구간에서 마부가 나왔다. 더운 밤이라 웃통을 벗은 채였다. 젊은 기병이 혼자 서 있는 것을 보자 그는 마음을 놓는 듯했다. 윈체스터가 불타고 피를 흘리는 동안에도 이곳은 비교적 평화로웠다.

 "누굴 찾으시나요, 나리?"

 "이곳 영주이신 험프리 크루스 님을 뵈러 왔소." 부드럽게 고삐를 당겼다가 흔들어 늦추면서 니컬러스가 말했다. "아직도 여기 기거하시오?"

"웬걸요, 험프리 경께서는 벌써 3년 전에 돌아가셨습니다. 지금은 아드님이신 레지널드 님이 주인이시지요. 그분이라도 만나보시렵니까?"

"그분이 허락하신다면, 물론이오. 그분께 볼일이 있소." 니컬러스는 말에서 내려 덧붙였다. "그분께 이렇게 말씀드려주시오. 3년 전 고드프리드 메이스콧 님의 말씀을 전하러 왔던 사람이 다시 왔다고요. 그때는 그분 아버님을 뵈었었지만 아드님도 아마 그 일을 기억하실 거요."

"안으로 들어가시지요." 마부는 그의 이야기를 의심 없이 받아들였다. "말은 제가 돌보지요."

나무 냄새가 어렴풋이 풍기는 홀에서 식구들은 식사를 마친 뒤 편안하게 쉬고 있던 모양이었다. 돌계단을 딛고 올라오는 손님의 발소리를 들었는지, 그가 홀로 들어서자 레지널드 크루스가 호기심에 찬 얼굴로 민첩하게 일어섰다. 몸집이 크고 머리칼이 검은 남자로 엄격한 얼굴에 태도는 자못 거만해 보였으나, 우연히 들르는 여행자들에게 친절을 베풀고자 하는 기색이었다. 저만치 떨어진 곳에는 옅은 금발 머리에 녹색 옷을 입은 그의 아내와 열다섯 살쯤 되어 보이는 한 소년, 그리고 열 살가량 되었을 듯한 오누이가 앉아 있었다. 그 생김새로 미루어 어린 오누이는 쌍둥이인 것 같았다. 레지널드 크루스는 많은 아이들로 후계를 확실히 해두었으니, 환영의 뜻으로 몸을 일으키는 아내의 배가 부풀어 있는 것으로 보아 곧 다른 아이가 또 태어날 모양이었다.

니컬러스는 인사를 하고 이름을 밝혔다. 줄리언 크루스의 오빠가 아내와 한창 자라나는 아이들을 둔, 틀림없이 마흔이 넘은 나이의 남자라는 사실에 그는 당혹감을 느끼고 있었다. 내심 상속을 받고 갓 결혼한 20대의 젊은 남자를 예상했던 터였다. 그러나 이어 험프리 크루스가 그렇게 어린 딸을 두기에는 나이가 너무 많았다는 점이 떠올랐다. 두 번 결혼했던 모양이군, 그는 생각했다. 첫 결혼에서는 후계자를 얻는 축복을 누렸고, 늦은 두 번째 결혼으로 딸을 얻은 게지. 그때 이미 레지널드는 성장하여 결혼할 준비가 되어 있었거나 저 여인, 창백하고 아이를 잘 낳는 아내와 이미 결혼한 상태였을 것이다.

"아, 기억나는군!" 과연 레지널드는 메어스콧의 부하가 이 집에 심부름 왔던 일을 기억하고 있었다. "당시 난 여기 있지 않았소. 스태퍼드에 있는 아내의 장원에서 지내고 있었지. 하지만 그때 어떤 일이 있었는지는 잘 알고 있소. 이해하기 힘들긴 하지만 뭐, 일어날 수 없는 일도 아니오. 남자들은 종종 변심을 하니까. 그때 당신이 심부름을 왔었군. 자, 일단 식탁에 앉아 뭘 좀 드시오. 그 일에 대해서는 식사 후에 이야기합시다."

그는 다시 자리에 앉아 하인이 고기와 맥주를 가져오는 사이 방문객의 말동무가 되어주었다. 그의 아내는 정중하게 인사를 건넨 뒤 어린 오누이를 재우러 데리고 나갔고, 후계자인 큰아들은 말없이 엄숙하게 앉아 어른들을 살폈다. 밤이 깊어서야 두 남자만 남아 마침내 얘기를 나눌 수 있게 되었다.

"그래, 당신이 메어스콧의 전갈을 가져왔던 그 사람이라고요. 나와 내 동생이 거의 한 세대쯤 터울이 진다는 건 알고 있소? 열일곱 살 차이요. 내가 아홉 살 때 어머니가 돌아가셨고, 그로부터 8년 뒤 아버지가 재혼하셨지. 어리석은 결정이었소. 새 아내는 아무것도 가져오지 않은 데다 아이를 낳다 죽고 말았거든. 아버지로서는 두 번째 결혼으로 큰 기쁨을 얻지 못한 셈이오."

덕분에 땅을 나누어 갖겠다고 위협할 둘째 아들도 태어나지 않았지, 니컬러스는 집주인을 냉정하게 응시하며 생각했다. 바로 그 사실이 이 남자에게는 만족의 원천일 것이다. 그는 자신이 속한 계급의 전형적인 인간이었으니, 땅은 그의 피나 다름없었다.

"하지만 따님은 부친의 큰 기쁨이었을 텐데요." 그가 단호하게 말했다. "제가 기억하기로는 정말 우아하고 아름다운 여인이었으니까요."

"3년 전에 그 애를 보셨다면 당신이 나보다 잘 알겠군." 레지널드가 심드렁하게 말을 이었다. "내가 그 애를 마지막으로 본 지가 벌써 18년이오. 그때 그 애가 두 살이었나, 세 살이었나…… 하여튼 아직 말도 제대로 못 하던 어린애였지. 그 무렵 난 이미 결혼해 세실리아가 가져온 땅에서 살고 있었거든. 때때로 소식을 주고받긴 했지만 아버지가 임종 자리에 들어 사람들이 부르러 올 때까지 난 여기 다시 온 적이 없었소."

"전 지금껏 그 어른이 돌아가신 것도 몰랐습니다." 니컬러스가 말했다. "이 집 문간에서 마부에게 듣고 알았지요. 그 어른께

드리려던 말씀을 당신에게 터놓고 하겠습니다. 저는 당신 누이의 우아함과 아름다움에 매혹된 나머지 그 뒤로 줄곧 그녀만을 생각해왔습니다. 그리하여 제 주인이신 고드프리드 님께 솔직히 털어놓았고, 제가 청하려는 일에 그분의 완전한 동의를 얻었습니다. 저로 말씀드리자면……" 그는 탁자 앞으로 몸을 기울여 열정적으로 말을 이어갔다. "두 곳의 훌륭한 장원을 아버지에게서 상속받게 되어 있고, 어머니로부터도 약간의 땅을 물려받을 예정입니다. 지금은 왕비님의 군대에서도 높은 자리를 차지하고 있지요. 원하신다면 제 말이 진실이며 다른 어떤 남자보다도 충실하게 줄리언을 부양할 것임을 제 주인께서 증명해주실 겁니다."

주인은 매우 놀란 듯했으나 그 열성적인 호소에 미소를 머금어 보이다가 한 손을 들어 홍수처럼 쏟아지는 그의 말을 막았다. "그러니까, 내 누이를 달라고 청하러 이 먼 곳까지 오셨단 말이오?"

"그렇습니다!" 뜻밖의 반응에 니컬러스는 얼굴이 붉어지고 몸이 굳어졌다. "그렇게 놀랄 일은 아닐 텐데요. 저는 그녀에게 탄복했고, 그래서 그녀를 제게 주십사 청하러 왔습니다. 게다가, 저만 한 구혼자도 드물지 않습니까?"

"그건 맞는 말이오. 그렇지만 젊은이, 그때 그 애에게 어떻게든 귀띔을 해두었더라면 좋았을 뻔했군. 당신은 3년이나 늦었소!"

"늦었다고요?" 충격적인 대답에 니컬러스는 뒤로 물러앉으며 천천히 두 손을 끌어당겼다. "그렇다면 그녀가 벌써 결혼했다는 말씀입니까?"

"그렇다고 할 수도 있겠지!" 레지널드는 넓은 어깨를 으쓱여 보였다. "하지만 남자와 결혼한 건 아니오. 당신이 조금만 서둘렀더라면 일이 잘되었을지도 모르는데…… 당시 그 애가 여전히 메어스콧에게 매여 있는가를 두고 논쟁이 좀 있었소. 정말 어리석은 짓이지만 성직자들은 늘 권위를 내세우는 법이잖소. 게다가, 속으로야 어떤지 몰라도 이 장원의 전속 신부는 유독 깔끔을 떨어댔거든. 그는 교회법에서 자신의 권위를 내세우는 데 도움이 될 만한 조항이라면 악착같이 물고 늘어지는 사람으로, 당시 아주 극단적인 견해를 취해서는 내 동생이 법적으로 한 사람의 아내라 주장한 거요. 반면에 교구신부는 그 반대의 입장이었고, 아버지 또한 분별이 있는 분이라 교구신부 편을 들어 그 애의 자유를 주장하셨소. 나야 물론 그 논쟁에 끼지도 한쪽 편을 들지도 않았으나, 조금씩 들어서 알고 있지."

니컬러스는 얼굴을 찌푸린 채 모아 쥔 자기 손만 내려다보고 있었다. 실망이 너무 커서 그 무게에 심장이 끌려 내려가는 것만 같았다. 그러나 레지널드의 말은 아직 완전한 대답이 될 수 없었다. 그는 슬픔을 숨기지 않은 채 고개를 들었다. "그래서 어떻게 결말이 났습니까? 아직 결혼을 하지 않았다면 자유로운 처지일 텐데, 왜 여기에 있지 않지요?"

"아, 그 앤 결혼한 셈이라니까! 제 스스로 남편을 택했지. 자기가 자유의 몸이라면 이젠 제 뜻대로 하겠다고 말하더니 메어스콧이 택한 것과 같은 길을 가기로 했소. 이 세상의 존재가 아닌 남편을 얻은 거요. 그 애는 베네딕토회의 수녀가 되었다오."

"어른들이 그걸 내버려둔 겁니까?" 고통과 분노로 몸을 떨며 니컬러스가 목소리를 높였다. "깨어진 약혼으로 상심해서 그런 결정을 내렸을 때 그렇게 쉽게 그녀를 놓아줬다고요? 젊음을 그렇게 어리석게 내버리도록 놔두셨단 말인가요?"

"그래, 그랬지. 그 애의 분별력에 대해 누가 어떻게 말할 수 있겠소? 또, 그 애가 그걸 원하는데 어쩌란 말이오? 그 애가 떠난 뒤로는 아무런 소식도 듣지 못했소. 지금까지 불평을 하거나 뭘 요구하거나 하는 편지도 받아본 적 없고. 당신은 다른 곳에서 아내를 찾아야 할 것 같구려."

니컬러스는 몸 안에서 불처럼 타오르는 비통함을 삼키며 한동안 말없이 앉아 있다가, 마침내 낮은 목소리로 조심스레 물었다. "그녀는 언제 집을 떠났습니까? 어떻게 갖추고, 누구의 수행을 받았죠?"

"당신이 방문하고 얼마 안 되어 떠났을 거요. 사람들이 그 문제를 놓고 한 달쯤 싸웠는데, 그러는 내내 그 앤 아무 말도 없었지. 어쨌든 모든 게 적절하게 마무리되었소 아버지는 그 애가 제일 좋아하고 그 애를 귀여워하던 사냥꾼 한 사람과 무장한 하인 셋을 붙여 호위하게 했소. 돈을 상당히 많이 주셨고, 수녀원에 기부할 은제 촛대며 십자가며 그런 것들도 함께 보내셨지. 물론 그 애가 떠나는 것을 무척 슬퍼하셨소. 나중에 내게 그렇게 말씀하시더군. 그렇지만 그 앤 가길 원했고, 그 애가 원하는 것이면 아버지는 언제나 다 해주셨으니까……." 활달하고 단호한 목소리에 아주 잠깐 동안이지만 냉기가 돌았다. 동생을 질투했던 걸까? 험프리가 늘그막에 얻은 아이는 분명 그의 온 심장을 사로잡았으리라. 그 심장이 더 이상 뛰지 않게 되었을 땐 그의 아들이 모든 것을 상속받았지만. "이후 아버지는 채 한 달도 더 살지 못하고 돌아가셨소." 레지널드가 말을 이었다. "동생을 호위해 갔던 사람들이 돌아오고 그 애가 원하던 곳에 안전하게 도착했다는 사실을 알게 될 때까지만 살아 계셨던 셈이지. 늙고 쇠약하셨지만 그렇게 빨리 돌아가실 정도는 아니었는데."

"어디서나 따님이 눈에 밟혔을 테지요." 아주 낮은 목소리로 니컬러스가 말했다. "그녀에게선 빛이 뿜어 나왔으니까요…… 그런데 아버님이 돌아가셨을 때 동생을 부르지 않으셨습니까?"

"뭐 하러 부릅니까? 그 애가 아버지께 무엇을 해드릴 수 있었겠소? 또 아버지는? 우린 그 애에게 소식을 알리지 않았소. 동생이 거기서 행복하다면 뭣 때문에 그 앨 괴롭히겠소?"

니컬러스는 탁자 밑에서 두 손을 맞잡고 세게 비틀며 마지막 질문을 던졌다. "그녀는 어느 수도원으로 갔습니까?" 자신의 귀에도 그 목소리는 공허하고 멀게만 울렸다.

"앤도버 근처의 웨어웰 수도원이라고 하더군요."

*

　일이 이렇게 끝나다니! 그동안 그녀는 줄곧 그가 부르면 들릴 만한 곳에 있었던 것이다. 그리고 이제 그녀의 피난처는 군대와 파벌과 싸움에 둘러싸인 상태였다. 그녀를 처음 봤을 때 가슴속에 느꼈던 감정을 소리 내어 말했을 것을! 그녀에게 줄 타격을 알았기에 망설여지고 그래서 말이 막혔다 하더라도 그때 말을 했더라면, 설령 그에게 아무런 감정도 느끼지 못했을지언정 적어도 그녀가 듣기는 했을 것이다. 어쩌면 수녀원에 들어가겠다는 결정을 늦추었을지도 모르는데. 그를 기억하고 다시 생각해보며 기다렸을지도 모르는데. 그러나 이젠 너무 늦어버렸다. 그녀는 두 번째 결혼식을 올렸고, 그 서약은 세상 무엇보다 확고한 것이었다.

　그래, 이 결혼에는 논쟁의 여지가 없었다. 어린 소녀가 했던 약혼이야 정당하게 무효화되었으나, 어른이 된 여인이 그 의미를 확실히 알고 자신의 선택에 대해 충분히 생각한 뒤 행한 수녀로서의 서약은 결코 무효화될 수 없다. 그는 그녀를 완전히 잃어버린 것이었다.

　니컬러스는 자신을 위해 마련된 작은 손님방에서 그녀의 혼인 소식에 괴로워하며 밤을 보냈다. 그 혼인을 깨뜨릴 수 없다는 사실을 그는 알고 있었다. 밤새도록 잠들지 못하고 뒤척이던 그는, 아침이 밝자 작별 인사를 하고 슈루즈베리를 향해 떠났다.

5

 약속했던 대로 니컬러스가 슈루즈베리 수도원의 문지기실로 들어와 옛 주인을 만나려 한다고 전할 때, 캐드펠 수사는 휴밀리스의 방에 그와 단둘이 있었다. 그날도 휴밀리스는 잘 자고 일어나 아침기도와 미사에 참여한 터였다. 아직 어떤 형태의 노동도 금지되어 있었지만 그는 성무일도의 모든 의무를 성실히 수행했다. 언제든 휴밀리스를 부축하고 그가 원하는 것을 가져올 태세로 어디든 그를 따라다니던 피데일리스는 며칠 전 휴밀리스가 쓰러지는 바람에 지저분해진 필사본의 글자들을 완전하게 고치면서 오후를 보내고 있었다. 캐드펠과 휴밀리스는 청년이 금으로 정교한 무늬를 마무리 짓도록 그곳에 남겨둔 채 의사와 환자로서 방에 마주 앉은 참이었다.

"잘 아물었군요." 자신의 솜씨에 만족스러워하며 캐드펠이 말했다. "맞붙은 곳의 새살이 단단해지고 있으니 곧 전처럼 깨끗해질 겁니다. 붕대를 감을 필요도 없어 보이지만, 그래도 한 이틀은 감은 채 두지요. 아직 약한 새살이 쓸리지 않도록 보호해야 하니까."

그들 두 사람은 어느새 아주 편한 사이가 되어 있었다. 터지고 짓무른 상처가 낫는다 해도 휴밀리스의 깊은 상처는 결코 치유될 수 없음을 둘 다 알고 있었지만, 이들은 그에 대해 서로 정중한 침묵을 지키며 그저 함께 이뤄낸 작은 성취에 기뻐했다.

그때 돌계단을 딛고 올라오는 발소리가 들렸다. 샌들이 아니라 장화를 신은 발로 디디는 소리였다. 그러나 다급함은 느껴지지 않았다. 곧 방문 앞에 나타난 것은 젊은이의 한없이 우울한 얼굴이었다. 그는 레이에서 돌아오면서도 전혀 서두르지 않았다. 실망밖에는 보고할 것이 없었으니까. 하지만 어쨌든 약속을 했고, 그래서 여기 온 것이었다.

"닉!" 기쁨과 애정을 드러내며 휴밀리스가 그를 맞았다. "정말 빨리 돌아왔군! 반갑네. 그래, 어떻게—" 거기서 그는 말을 멈추었다. 실내의 희미한 빛 속에서도 젊은이의 얼굴에 어린 슬픔이 보였기 때문이다. "왜 그렇게 우울한 얼굴을 하고 있지? 일이 바라던 대로 되지 않았나?"

"네, 주인님." 니컬러스는 천천히 다가와 두 사람 앞에 무릎을 꿇었다. "성공하지 못했습니다."

"안타깝게 되었군. 그러나 늘 성공하는 사람은 없는 법이야. 아, 캐드펠 수사님과는 인사를 했었나? 내게 최고의 치료를 해주신 분이네."

"지난번에 얘기를 나누었습니다." 니컬러스는 인사의 뜻으로 억지로나마 미소를 지어 보였다. "저도 큰 은혜를 입은 셈입니다."

"내 얘기를 했던 모양이군." 휴밀리스가 웃으며 말했지만 그 미소는 곧 한숨으로 바뀌었다. "자네는 늘 내 걱정이 지나쳐. 난 여기서 만족스럽게 지내고 있다네. 비로소 내가 있을 곳을 찾은 게지. 자, 이제 앉아서 일이 어떻게 된 건지 얘기 좀 해보게."

니컬러스는 휴밀리스의 침대 옆 의자에 털썩 주저앉아 몇 마디로 간단하게 이야기를 정리했다. "제가 3년이나 늦었습니다. 주인님께서 하이드의 수도원에 들어가신 뒤 한 달도 지나지 않아 줄리언 크루스도 웨어웰 수녀원에 들어갔답니다."

"그랬군!" 휴밀리스는 긴 한숨을 내쉬고는 이 소식이 의미하는 모든 것들을 이해해보고자 말없이 생각에 잠겼다. "나는…… 내 생각에는…… 아니야. 진정으로 원하지 않았다면 그녀가 왜 그런 일을 했겠나? 나 때문에 그랬을 리는 없어! 그녀는 나에 대해 아무것도 몰랐고, 날 한 번밖에 본 적이 없으니. 아마 파혼 전까지는 죽 나를 잊고 지냈을 걸세. 심지어 파혼을 기뻐했을지도 모르지…… 줄리언이 수녀가 되었다면, 그건 그녀가 늘 수녀가 되길 원했기 때문일 거야……." 잠시 그의 얼굴이 찌푸려졌다.

그 어린 소녀의 생김새를 기억해내려고 애쓰는 모양이었다. "닉, 자네는 그녀가 내 전갈에 어떻게 반응했는지 얘기했었지. 지금도 기억나. 그녀는 슬퍼하지 않고 조용하면서도 정중하게 받아들였다고 했어. 그러면서 용서와 호의를 내게 전했다고. 분명 그렇게 말하지 않았나?"

"사실입니다, 주인님." 니컬러스가 대답했다. "그렇지만 기뻐하지도 않았지요."

"글쎄, 그걸 누가 알겠나? 아마 내심 기뻤을 거야. 그렇다 해도 비난할 일은 아니지! 자신에게 정해진 혼약을 기꺼이 받아들였을지언정, 결국은 그 때문에 자기보다 스무 살 연상에 제대로 알지도 못하는 남자에게 묶여버렸던 셈이니. 그러니 내가 그녀에게 자유를 주겠다고 했을 때, 아니, 자유를 강권했을 때 왜 기쁘지 않았겠나? 분명 그녀는 자기가 더 원하고 열망했던 소명을 이룰 기회라 생각했을 걸세."

"예, 다른 이들의 강권에 의해 수녀원으로 간 것은 아니라더군요." 니컬러스가 동의했지만 그 목소리에는 왠지 확신이 없었다. "그녀 오라비 말이, 수녀원은 그녀 스스로 선택한 길이랍니다. 아버지는 반대했지만 그녀가 워낙 확고했기 때문에 결국은 떠나보내고 말았다고요."

"그렇다면 잘된 일이군." 마음이 놓이는 듯 한숨을 쉬고는 휴밀리스가 말을 이었다. "이젠 스스로 선택한 곳에서 그녀가 행복하기를 바랄 수밖에."

"하지만 너무 큰 낭비예요!" 니컬러스가 한탄하듯 속내를 드러냈다. "제가 봤을 때의 그녀를 보셨다면 그런 말씀은 못 하실 겁니다! 그 아름다운 머리카락을 잘라버리고 그 고운 자태를 검은 수녀복 아래 감추다니요! 그 집 사람들, 그녀를 보내지 말아야 했어요. 그렇게 젊은 나이에 보내서는 안 되었는데…… 만일 그녀가 자기 결정을 후회하고 있다면 어떡합니까?"

휴밀리스는 부드러운 미소를 지으며 그의 낙담한 얼굴과 그늘진 눈을 바라보았다. "자네가 내게 말해주었듯이 그토록 기품 있고 분별 있는 성품에 그토록 신중하고 사려 깊게 말을 하는 사람이라면, 충분히 생각도 않은 채 행동에 나서지는 않았을 걸세. 분명 그녀는 자신에게 적절하다고 판단한 일을 한 거야. 어쨌거나 자네가 안타깝게 되었군. 자네 역시 그녀처럼 용감하게 견뎌내길 바랄 뿐이네."

저녁기도를 알리는 종소리가 울리기 시작했다. 휴밀리스가 예배당으로 내려가기 위해 몸을 일으키자, 니컬러스도 이를 떠나야 한다는 신호로 받아들여 자리에서 일어섰다.

"길을 나서기에는 너무 늦은 시간이오." 두 사람이 대화를 나누는 사이 물러선 채 줄곧 침묵을 지키고 있던 캐드펠이 입을 열었다. "그렇게 서둘러 떠나야 할 이유가 없는 듯하고 마침 접객소 침대가 하나 비어 있으니, 하룻밤 자고 내일 아침 일찍 떠나는 게 어떻겠소? 그러면 휴밀리스 수사와 두어 시간 더 같이 보낼 수도 있을 거요."

그의 현명한 제안에 두 사람은 동의를 표했다. 니컬러스는 이제 기분이 조금이나마 나아진 듯했으나, 윈체스터에서 말을 달려왔을 때의 열기는 무엇으로도 되살릴 수 없을 터였다.

캐드펠 수사를 놀라게 한 것은 피데일리스의 태도였다. 자신이 휴밀리스를 만나고 그와 친밀한 관계를 형성하기 이전의 과거로부터 온 방문객을 다시 맞이한 그는 대화에 일절 끼어들지 않고 시선이 미치지 않는 곳으로 물러나, 그들 두 사람이 자신과는 너무나 먼 세계, 즉 여행이며 십자군이며 전투 같은 일들에 대한 추억을 되새기도록 배려하였다. 질투를 느낄 만한 사람 앞에서 스스로의 존재를 지우며 자리를 마련해주다니, 그의 애정은 진정으로 너그러운 것이었다.

*

슈루즈베리에는 국경을 넘나들며 양털을 사고파는 상인이 하나 있었다. 그는 웨일스나 코츠월드처럼 양을 많이 키우는 지역에서 양털을 사들이면서 정보 수집이라는 흥미로운 부업도 병행했으니, 이렇게 복잡한 시절 그러한 정보는 휴에게도 큰 도움이 되었다. 물론 상인의 적극적인 도움은 시기적으로 양털 뭉치가 시장에 쏟아져 나오는 한여름에 국한되어 있었다. 요즘같이 위험한 때에는 대다수의 상인들이 먼 곳을 피했지만 그는 단호하고 겁이 없는 사람이라 남쪽으로 주 경계를 한참 넘어가 황후가 장악하고 있는 지역까지 다녀오곤 했고, 물건을 공급하는 사람들도 몇 년간 거래해온 이 상인을 신뢰했기에 그가 접촉해 올 때까지 양털을 팔지 않고 기다렸다. 그는 심지어 플랑드르의 브뤼헤 같은 곳에 이르기까지 좋은 거래처를 많이 가지고 있었으며, 이익이 크다는 계산이 서면 큰 모험도 피하지 않았다. 아랫사람들에게 위험한 여행을 맡기지 않고 매번 스스로 나섰는데, 워낙 고집이 세고 용감한 사람이라 오히려 이러한 도전을 즐기는 것 같기도 했다.

9월 초, 그는 사들인 물건들을 세 대의 마차에 싣고 버킹엄을 출발해 집으로 돌아오는 중이었다. 버킹엄에 갔다면 옥스퍼드에 간 것이라고 해도 좋을 정도로 두 지역은 가까웠다. 상인이 보아하니 옥스퍼드 상황은 포위되어 있는 윈체스터만큼이나 긴박하고 불안했다. 주민들 모두 굶주림에 시달린 황후의 군대가 윈체스터에서 후퇴해 올지도 모른다는 생각에 매일같이 근심에 싸여 지내고 있었다. 상인은 비교적 안전한 곳에 마차를 세워 하인들에게 느긋이 오라고 명한 뒤 자신은 집이 아닌 휴 베링어에게로 서둘러 말을 달렸다. 그에게 새로운 소식들을 보고하기 위해서였다.

"장관님, 드디어 움직임이 있었습니다. 벌어진 일을 보고 안전한 곳으로 몸을 피하던 이가 제게 이야기를 전해주었지요. 주교와 황후가 윈체스터에서 각각 자기들 성에 갇혀 있고 왕비의 군대가 도시를 완전히 둘러싼 채 길을 막았다는 것은 알고 계시지요? 지금까지 넉 주 동안 식량이 전혀 들어가지 못해 안에서는 다들 굶주리고 있다고들 하더군요. 과연 황후나 주교가 먹을 음식이 부족한지는 의문이지만요." 그는 생각을 그대로 말하는 사람이었고, 지위 높은 사람들을 그다지 존경하지도 않았다. "하지만 가엾은 시민들의 상황은 아주 다르지요! 왕궁에 있는 수비대의 굶주림도 심각합니다. 왕비가 울버지에단 식량을 들여보내니 적지의 주둔군마저 굶어 죽기 일보직전이어요. 어쨌든 황후로서는 돌파구를 찾아야 할 시점에 이른 셈이지요."

"그렇게 될 줄 알았지." 휴가 말했다. 그는 주의를 기울여 듣고 있었다. "그래서, 어디를 쳤다는 거요? 왕비가 남동쪽을 장악하고 있으니 북쪽이나 서쪽으로 나아가려 할 수밖에 없을 텐데."

"일부 병력을 북쪽으로 보냈답니다. 300에서 400명쯤 된다더군요. 웨어웰을 손에 넣은 뒤 그곳에 기지를 확보해서 앤도버 길을 열려는 것이지요. 그런데 그들이 이동 중에 들켰는지, 아니면 시민들이 배신했는지—그들이 윈체스터에서 사랑받지 못한 건 사실이니까요—시 경계에 채 이르기도 전에 이프레의 윌리엄과 왕비의 군사들이 덮쳐 모두 몰살되었답니다. 엄청난 학살이었다더군요! 제게 그 얘기를 해준 이는 가옥들이 불타기 시작했을 때 도망 나왔는데, 그 와중에 황후의 군사들 중 살아남은 사람들이 필사적으로 싸우면서 거기 있는 큰 수녀원으로 들어가는 걸 봤답니다. 망설임 없이 교회로 몰려가 그곳을 요새로 삼기로 했다는 거예요. 가엾은 수녀들은 위험을 피해 모두 교회에 들어가 있었고요. 플랑드르인 군인들이 쫓아가며 불붙은 나뭇가지들을 던졌다는데, 정말이지 상상만 해도 끔찍한 광경이죠. 그 남자가 도망치면서 저 멀리 불꽃이 타오르는 것을 보고 여자들의 비명 소리를 들었다더군요. 결국 겨우 살아남은 병사 몇몇이 불에 쫓겨 나와 항복을 했는데 꼴이 말이 아니더랍니다. 죽거나 포로가 되지 않은 자는 한 명도 없었을 겁니다."

"그러면 수녀들은?" 휴는 놀라 대답을 재촉했다. "웨어웰의 수녀원도 불타버렸다는 얘기요? 윈체스터의 수녀원이나 하이드 미드처럼?"

"수녀원이 얼마나 파괴되었는지는 살펴볼 여유가 없었답니다." 상인은 담담하게 말을 이었다. "그렇지만 교회가 전소된 건 분명해요. 그 안에 있던 병사들과 수녀들도 죽거나 다쳤을 테고요. 아무튼 수녀들이 다 살아서 빠져나오지는 못한 것 같습니다. 살아난 수녀들도 과연 피난처를 찾을 수나 있을지 모르겠습니다. 그 지역에는 안전한 곳이 없으니까요. 그나저나 황후의 수비대 말입니다. 이젠 병력 전체를 동원해 대규모 공격으로 포위를 뚫고 도망치는 것밖에는 달리 희망이 없을 겁니다. 그나마도 성공할 가능성이 높지 않고요."

300에서 400명이나 되는 병사, 그것도 엄선해 뽑았을 병사들을 처음부터 절망적인 도박이나 다름없던 시도로 전부 잃고 말았다는 점을 생각하면 정말이지 가망 없는 일이리라. 연초부터 9월 초인 지금까지 전쟁의 승자가 벌써 두 번째 바뀐 참이었다. 링컨에서의 불운한 전투로 왕은 죄수가 되어 갇히고 황후는 왕관을 손에 넣은 것이나 다름없는 상황이었다가, 이제는 그 거만한 여자의 목이 조여들게 된 것이다. 이젠 황후가 우리 쪽 죄수가 되겠군, 휴는 생각했다. 그러면 싸움은 교착상태에 빠질 것이고 왕과 황후는 각자 힘을 모아 이 모든 것을 처음부터 다시 시작할 것이다. 대체 무엇인지 모를 의미를 위해서! 그리고 하이드 미드의 수사들과 웨어웰의 수녀들을 희생시켜가면서, 또 윈체스터의 불쌍한 시민들처럼 아무런 힘도 없는 많은 사람들의 삶을 파괴하면서……

아직 웨어웰이란 이름은 그에게 전장에서 사라진 다른 불운한 수도원 이상의 의미를 지니지 않는 터였다.

"그래도 제게는 좋은 한 해입니다." 식사와 침대가 기다리고 있는 자기 집으로 가기 위해 일어서면서 양털 상인이 말했다. "양털이 아주 좋아요. 여행한 보람이 있었지요."

*

다음 날 아침기도가 끝나자마자 휴가 전날 들은 최근 소식을 가져왔다. 그는 늘 자신이 들은 정보 중 중요하다 싶은 것이 있으면 그 즉시 라둘푸스 원장에게 전했고, 원장은 그런 수고에 감사하며 보답하곤 했다. 슈롭셔에서는 종교의 수장과 세속의 수장이 잘 협력해 이 위험한 시기를 헤쳐나가는 셈이었다. 게다가 이번 경우에는 베네딕토회 수도원이 침탈당하고 파괴되지 않았는가.

교단 사람들은 할 수 있는 한 서로 돕고 협력해야 할 의무가 있었다. 일반적으로 수녀원은 수도원보다 가진 땅도 적고 재력도 부족한 경우가 대부분이기에 평화 시에도 수도원의 도움에 의존하는 일이 종종 생겼는데, 지금은 완전히 파괴당한 상태이니 그들을 돕기 위해 주교나 원장 들이 나서야 할 것이었다.

휴가 라둘푸스와 이야기를 나눈 뒤 그의 응접실을 나섰을 땐 대미사까지 30분쯤 남아 있었다. 그는 이왕 온 김에 미사 때까지 머물기로 하고 수도원에서 시간이 날 때 늘 그러듯 허브밭에 있는 캐드펠의 작업장으로 향했다.

아침기도가 시작되기 훨씬 전에 일어난 캐드펠은 포도주며 증류액을 점검하고 아직 그늘이 드리운 틈을 타 밤사이 열기가 가라앉은 흙에 물을 뿌렸다. 곡식을 거둬들인 이즈음이면 허브밭에서는 할 일이 거의 없었다. 당분간은 오스윈 수사 대신 일을 도와줄 새 조수를 요청할 필요가 없으리라.

휴가 들어섰을 때 캐드펠은 그리 덥지 않은 북쪽 담장 아래 놓인 장의자에 편안히 앉아 화려하게 피었다가 한순간에 시들고 마는 장미를 바라보며 찬탄과 아쉬움에 젖어 있었다. 휴는 캐드펠의 침묵을 환영으로 받아들이며 편안한 마음으로 그의 옆에 앉았다.

"얼라인이 그러더군요. 수사님이 오셔서 대자代子가 얼마나 컸는지 보셔야 할 때가 됐다고요."

"그 애가 얼마나 자랐는지야 내 잘 알고 있지." 대부로서의 책임에 부담과 만족을 동시에 느끼며 그가 더꾸했다. "크리스마스에야 두 살이 되는 어린애인데도 늙은이가 안기에는 벌써 너무 무겁던걸."

휴가 슬며시 웃었다. 캐드펠이 자칭 늙은이라 주장할 때는 두 경우 중 하나였다. 무언가 일을 꾸미고 있거나, 아니면 반대로 쉬고 싶어 핑계를 대거나.

"날 볼 때마다 내가 나무라도 되는 양 기어오르더구먼." 캐드펠이 꿈꾸듯 말했다. "아마 자네에게는 그렇게 하지 않을걸. 자네야 어린 나무처럼 작으니까. 15년만 더 있어보게. 그 애가 자네 두 배는 될 거야."

"그렇겠죠." 다정한 아버지의 말투로 휴가 말했다. 점점 뜨거워지는 햇빛 속에서 그는 유연하고 가벼운 몸을 기분 좋게 쭉 뻗었다. "태어날 때부터 팔다리가 길쭉길쭉했잖습니까. 기억하십니까? 크리스마스 때였죠. 한쪽에선 제 아들이 태어나고 수사님도 아들을…… 올리비에는 지금 어디 있을까요? 소식을 아십니까?"

"내가 어찌 알겠나? 로랑스 당제와 함께 글로스터에 안전히 있으면 좋으련만. 황후가 그들 모두를 윈체스터에 끌어다 놓지는 않았겠지. 서쪽에 자기 근거지를 지키기에 충분할 만큼의 병력은 남겨두었을 걸세. 그런데 왜, 무엇 때문에 지금 그 아이를 떠올린 건가?"

"혹시 황후가 선발해 웨어웰로 보낸 병사들 중 그가 끼어 있었을지도 모른다는 생각이 들어서요." 끔찍한 상상에 빠져든 탓에 그는 캐드펠이 긴장한 얼굴을 자기 쪽으로 돌리는 것도 눈치채지 못했다. "수사님 말대로 거기서 벗어나 있다면 좋겠는데요."

"웨어웰이라니, 왜? 웨어웰이 어떻게 되기라도 했나?"

"아, 제가 말씀을 안 드렸군요." 휴가 말을 이었다. "최근 소식을 아직 모르시지요? 저도 어젯밤에야 듣고서 조금 전에 원장님께 전했습니다. 지난번에 그들, 그러니까 황후의 군사들이 포위를 뚫고 나오려 할 거라고 말씀드렸잖습니까. 결국 그들이 그런 시도를 했고, 비참한 최후를 맞았더군요. 황후 측에서 웨어웰을 장악하려고 정예병들을 보냈답니다. 그곳 도로와 강을 차지해 보급로를 확보할 생각이었겠지요. 하지만 이프레의 윌리엄이 도시 외곽에서 그들을 격파했고, 살아남은 병사들은 수녀원으로 달아나 교회를 점거했다는군요. 그러다 교회에 불이 붙어서…… 주님께서 교회를 불태운 자들을 용서하시길 바랄 뿐입니다…… 그렇지만 교회를 먼저 범한 건 우리가 아니라 모드의 군사들이에요. 수녀들은 불쌍하게도 싸움이 시작될 때 모두 교회 안에 피신해 있었답니다……."

캐드펠은 따뜻한 햇볕 속에 얼어붙은 듯 앉아 있다가 조용히 입을 열었다. "결국 웨어웰도 하이드 꼴이 되고 말았다는 건가?"

"완전히 타버렸답니다. 교회를 제외한 나머지 건물은 모르겠지만…… 이렇게 덥고 건조한 때이니 아마……."

캐드펠이 갑작스레 그의 팔을 꽉 붙들었다가 얼른 놓고는 벌떡 일어나 달리기 시작했다. 2년 전 티터스톤 클레의 악당 소굴에서 날아오는 화살을 피해 내달리던 이후로 그렇게 빨리 움직이는 것은 처음이었다. 물론 그는 마음만 먹으면 여전히 상당한 속도를 낼 수 있었다. 그러나 기다란 수사복 아래로 다리가 가려져 마치 검은 공이 굴러가는 것 같은 데다, 뱃사람의 걸음으로 좌우로 흔들대며 움직이는 모습이 꽤나 우스꽝스러워 보였다. 휴는 캐드펠이 이렇게 서두르는 것에는 급박한 이유가 있으리라 생각하여 그를 따라 뛰기 시작했으나 달리면서도 웃음을 참을 수가 없었다. 황급히 뛰어가는 베네딕토회 수사. 예순이 넘은 나이에 술통처럼 굳어버린 그 뒷모습은 그를 잘 아는 사람에게 대단히 인상적이면서도 우스운 광경이었다.

캐드펠은 큰 마당에 들어서자 안도감을 느끼며 걸음을 멈추었다. 아직 떠나지 않았구나! 그들은 천천히 작별 인사를 나누는 중이었다. 말은 마부에게 고삐를 잡힌 채 옆에 서 있었고, 피데일리스 수사는 니컬러스 하니지의 짐과 돌돌 말린 외투를 묶은 가죽끈을 안장 뒤에 단단히 고정하고 있었다. 길을 떠날 여행자에게는 환한 낮 시간이 온전히 남아 있었으니 누구도 서두를 필요가 없었다.

피데일리스는 외부에 나올 때면 늘 두건을 썼다. 아마 자신이 말을 못 한다는 사실에서 비롯했을 수줍음을 감추고자 그러는 듯했다. 그는 좀처럼 다른 이들에게 마음을 열려 하지 않았으며, 조금이라도 사람들의 주의를 끌게 될까 싶어 몸을 사렸다. 휴밀리스만이 그와 더불어 목소리가 필요 없는 대화, 말없이 이루어지나 말보다 많은 것을 전달하는 대화 방법을 알고 있었다. 이제 짐꾸러미를 안장에 단단히 묶은 뒤, 젊은이는 조금 뒤로 공손하게 물러서서 기다렸다.

캐드펠은 정원에서 떠나올 때보다는 신중해진 태도로 그들에게 다가갔다. 거리를 두고 그를 쫓아오던 휴는 접객소 담벼락 옆 그늘진 곳에 멈추어 섰다.

"새로운 소식이 있소." 캐드펠이 직설적으로 말을 꺼냈다. "떠나기 전에 알아야 할 것 같아서…… 황후가 웨어웰 시를 공격했소. 끔찍한 일이지. 황후의 군사는 왕비의 군대에 전멸했고, 그 와중에 웨어웰의 수녀원에 불이 나서 교회가 전소됐다는군. 더 이상은 모르지만 여기까지는 확실한 얘기요. 어젯밤 여기 행정장관이 직접 전해 들은 소식이오."

"믿을 만한 사람에게서 들었습니다." 휴가 다가오며 덧붙였다. "확실한 얘기죠."

니컬러스는 눈이 휘둥그레져서 입을 떡 벌린 채 그를 바라보았다. 황금빛으로 그을린 얼굴이 핏기를 잃는가 싶더니 이내 흙빛으로 변해갔다. 그가 갈라지는 목소리로 나직이 말했다. "웨어웰이라고요? 어떻게 감히 그들이……."

"과감해서라기보다는 명백한 공포 때문이었을 겁니다. 돌격대가 포위당하자 숨을 곳을 찾아 그곳으로 돌진했겠지요. 불붙인 막대기를 던져 넣은 게 누구였든 결과는 마찬가지였을 거고요.

안타깝게도 수녀원은 폐허가 됐어요…….'

"그러면 수녀들은요? 오, 하느님…… 줄리언이 거기 있는데…… 수녀들에 대한 소식은 없습니까?"

"다들 교회에 숨어 있었답니다." 휴가 대답했다. 이런 내전 상황에 과연 피난처라는 게 있을까? 여자나 어린이에게도 사정은 마찬가지였다. "돌격대원 중 살아남은 이들은 항복을 했다는데…… 아마 수녀님들 대부분도 살아서 나왔을 겁니다. 전부 그러리라고는 장담할 수 없지만요."

니컬러스는 휴밀리스의 떨리는 손에서 자기 옷소매를 잡아 빼며 몸을 돌리더니 말고삐를 힘껏 거머쥐었다. 눈에 아무것도 보이지 않는 듯했다. "보내주세요! 가야 합니다…… 거기 가서 그녀를 찾아야 해요." 그가 다시 홱 몸을 돌려 휴밀리스의 손을 잡고서 말을 이었다. "제가 반드시 찾아낼 겁니다! 그녀가 살아 있는지, 안전한지 제 눈으로 확인해야겠어요." 이어 니컬러스는 더듬더듬 등자를 찾아 안장에 올라앉았다.

"부디 내게도 소식을 보내주게." 휴밀리스가 말했다. "그녀가 살아 있다고…… 안전하다고 말이야."

"그렇게 하겠습니다, 주인님. 반드시 그렇게 하겠습니다."

"그녀를 걱정시키지는 말게나. 내 얘기를 하지 말라는 소리네. 아무것도 묻지 말고! 내가 알고 싶은 건, 즉 자네가 물어야 할 건 하느님께서 그녀를 보호해주셨는지, 그녀가 원하던 삶을 살고 있는지, 그것뿐이야. 다른 어딘가, 그녀가 수녀원의 자매들과 지낼 만한 곳이 있을 걸세. 살아 있기만 하다면 말이야!"

니컬러스는 말없이 고개를 끄덕였다. 그러곤 멍한 상태에서 빠져나가려는 듯 말에서 떨어질 듯 고삐를 힘껏 당겼다가 말 머리를 돌려 가버렸다. 아무 말 없이, 한 번 돌아보지도 않은 채. 남은 사람들은 그 자리에 서서 자갈 깔린 마당이 끝나고 수도원 앞 대로의 닳고닳은 땅이 시작되는 대문의 아치 밑에서 그가 일으킨 가벼운 먼지가 반짝이다가 가라앉는 것을 말없이 지켜보았다.

*

그날 하루 종일 휴밀리스는 자신의 힘을 한껏 억누르고 있는 듯 보였다. 니컬러스를 정신없이 남쪽으로 달려가게 한 중압감이 마치 그의 침묵과 무력한 몸속에서 울리는 듯했다. 과연 그의 마음 역시 모든 대가를 치르며 그 젊은이와 함께 달려가고 있으리라. 피데일리스 또한 그날 하루 종일, 흐륀에게마저 등을 돌린 채, 특별하고도 애처로운 배려와 부드러움과 근심을 얼굴에 드러내며 휴밀리스의 그림자처럼 그와 동행했다. 죽음이 멀리 떨어져 있지 않음을, 매 시간 그것이 한 걸음씩 조용히 다가오고 있음을 새삼 상기한 것만 같았다.

휴밀리스는 마지막 기도가 끝나자 곧 잠자리에 들었다. 10분쯤 지나 방에 들른 캐드펠은 이미 잠든 그를 깨우지 않고 잠시 지켜보았다. 이 순간 휴밀리스를 괴롭히는 것은 짓무른 상처나 불구가 된 몸이 아니었다. 그가 약조를 지켰더라면 지금쯤 윈체스터나 웨어웰처럼 온갖 무기가 난무하는 싸움터에서 불길과 학살에 쫓기는 대신 멀리 떨어진 장원에서 안전하게 지냈을 그 여인에 대한 막연한 죄책감이 그의 마음을 짓누르고 있었다. 고약이 다친 몸에 도움을 주듯이, 아니 그 이상으로, 당장은 충분한 잠이 비탄에 잠긴 그의 마음을 도울 것이었다. 잠이라……. 적어도 잠들어 있는 동안 그는 벌써 무덤에 든 자의 종교적인 고요함을 지닌 양 더없이 평화로워 보였다. 아마 피데일리스가 그랬을 것처럼, 캐드펠 역시 그가 혼자 쉴 수 있게끔 말없이 방을 나왔다.

달콤한 향기가 감도는 황혼 녘, 캐드펠은 자신의 작업장으로 향했다. 모든 게 제대로 있는지 확인하고 만들어둔 증류액이 밤사이 식도록 옮겨놓아야 했다. 때로 낮의 열기가 가신 밤 시간이 너무나 상쾌하고 끝없이 높은 하늘이 별들로 가득할 때면, 또 어둠 속에서 모든 꽃과 잎사귀가 부드러운 제 빛깔을 발할 때면, 잠자리에 들어 이 모든 것에 눈을 닫아버리는 것이 신의 선물을 낭비하는 일처럼 느껴지기도 했다. 전에는 밭에 규칙을 어기고 밖으로 나간 적도 많았다. 밤마실에 탐닉했다기보다는 그럴 만한 다른 이유가 있어서였지만. 게다가 휴 또한 그 외출에 일말의 책임이 있었고 말이다.

다소 내키지 않는 걸음으로 돌아온 캐드펠은 예배당 안쪽에 난 계단으로 향했다. 이 거대한 돌집 안의 모든 형체가 제단의 작은 등불 빛에 희미하게 드러나 있었다. 예배당을 가로지를 때마다 그는 성가대석으로 들어가 위니프리드 성녀의 제단을 바라보며 처음 유골과 대면했던 순간을 애정 어린 마음으로 추억하며 그분의 관용에 감사를 드리곤 했다. 지금도 짧은 기도를 하고자 그리로 다가가던 캐드펠은 문득 걸음을 멈추었다. 제단 발치에 수사 한 사람이 무릎을 꿇고 있는 모습이 보였던 것이다. 등불의 작고 붉은 빛이 피데일리스의 얼굴과 꼭 감은 눈, 그리고 기도하며 모아 쥔 두 손을 비추고 있었다. 조용히 다가가자 그 젊은이의 두 뺨에 눈물이 반짝이며 흘러내리는 것이 보였다. 소리 없이 움직이는 입술과 감긴 눈꺼풀 밑에서 천천히 솟아나 가슴 위로 떨어지는 눈물만 빼면 완벽하게 고요한 모습이었다. 낮에 들은 충격적인 소식이 주인이 잠든 지금 그를 이리로 불러, 부디 일이 좋은 방향으로 풀리기를 간절히 빌도록 했을 것이다. 그런데…… 그의 얼굴이 무고한 청원자의 얼굴이 아니라 고해자의 얼굴처럼, 사면을 확신하지 못하는 죄인의 얼굴처럼 보이는 이유는 무엇일까?

캐드펠은 소리를 내지 않도록 조심하며 계단으로 갔다. 청년은 여전히 설명하기 어려운 그만의 고뇌를 신께 호소하며 교회라는 그 완전한 피난처에 혼자 남아 있었다.

*

또 다른 그림자 하나가 성가대석의 가장 어두운 구석에 있었다. 그 그림자는 캐드펠이 떠날 때까지 움직이지 않았다. 그가 떠나고도 한참이 지난 뒤에야, 그림자는 숨을 죽이고 차가운 돌바닥 위를 조금씩 소리 없이 움직여 앞으로 나아갔다.

맨발이 피데일리스의 옷자락에 닿았다. 황급히, 그러나 살그머니 발이 뒤로 물러났다. 손을 뻗어 만지고 싶지만 감히 손댈 수 없다는 듯, 기도에 몰입한 머리 위에서 손가락들이 머뭇거리고 있었다. 미동도 없이 이어지는 침묵에 용기를 얻은 듯, 이내 긴장한 손가락이 삭발 부위를 둥글게 둘러싼 갈색 곱슬머리로 향했다. 부드러운 감촉. 마치 폭풍 전의 하늘을 밝히는 번개의 번쩍임처럼 그 감촉이 손을 떨게 했다. 피데일리스도 그것을 느꼈을까? 하지만 여전히 아무 움직임이 없었다. 손가락이 머리카락을 부드럽게 어루만지고 곧 아래쪽으로 내려가 목덜미를 쓰다듬는데도 그는 무릎 꿇고 앉은 자리에서 숨을 죽인 채 꼼짝도 않았다.

"피데일리스." 그의 어깨 너머에서 욕망에 불타는 나직한 음성이 들려왔다. "피데일리스, 혼자서 슬퍼하지 말게! 내게 의지해…… 어떤 일이든, 무슨 일이 있든 내가 위로해줄 수 있어…… 자네가 원하는 것이 무엇이건……."

부드럽게 쓰다듬던 손바닥이 그의 목을 감쌌다. 그러나 손이 뺨에 닿기 전에, 피데일리스가 조용하지만 단호하게 몸을 움직여 일어났다. 이렇게 희미한 불빛 속에서조차 그는 얼굴을 드러내기를 꺼리는 듯 천천히 물러서더니 자신의 고독을 방해한 침입자를 올려다보았다. 속삭임만으로는 상대가 누구인지 알 수 없었다. 게다가 그는 한 번도 유리언 수사를 눈여겨본 적이 없는 터였다. 이제 피데일리스는 처음으로 눈을 크게 뜨고 주의 깊게 그를 바라보았다. 검은 머리에 정열 가득한 미남자. 자기 자신을 절대로 수도원의 담장 안에 가두어두지 않을 사람, 남들을 불태웠고 앞으로도 불태워야만 제 마음속 불길을 누그러뜨릴 수 있는 그런 사람이었다. 유리언이 피데일리스를 마주 보았다. 그의 얼굴은 일그러져 있었고, 피데일리스의 옷소매를 잡으려던 손은 이쪽을 향해 뻗친 채 갈망으로 떨고 있었다.

"자네를 쭉 지켜봤어." 목쉰 소리의 숨죽인 속삭임이 들려왔다. "자네의 모든 동작, 그 우아한 몸짓…… 낭비야, 이건 젊음의 낭비고 아름다움의 낭비야…… 가지 마! 우리를 보는 사람은 아무도 없어……."

피데일리스는 절도 있게 돌아서서 성가대석을 나와 계단으로 향했다. 타일 바닥 위로 유리언의 맨발이 소리 없이 쫓아왔다.

"이토록 애절한 마음에 왜 그리 차갑게 등을 돌리는 건가?" 고통스러운 속삭임이 이어졌다. "영원히 피할 수는 없을걸. 나를 생각해줘! 기다리겠네……."

계단을 오르기 시작하자 그를 뒤쫓던 이는 걸음을 멈추었다. 욕망과 고통에 시달리는 마음으로 다른 이들이 아직 깨어 있을지 모를 곳까지 갈 수는 없었다.

"너무하는군. 정말 너무해……." 쥐어짜는 듯한 목소리가 들릴 듯 말 듯 멀어졌다. 한없는 비통함이 가느다랗게 떨리며 그의 수도복 자락을 부여잡는 것만 같았다. "여기가 아니라면 다른 곳에서…… 지금은 싫다면 다른 때 다시……!"

6

 남쪽으로 가는 도중 니컬러스는 두 번이나 말을 징발해 바꿔 탔다. 자신의 말만으로는 좋은 소식이든 나쁜 소식이든 얼른 돌아가 충실하게 전하겠다 한 약속을 지키기 힘들 것 같았다. 웨어웰에서 한참 떨어진 곳에서조차 바람결에 실려 온 재난의 냄새, 시큼한 악취로 변한 탄내를 맡을 수 있었다. 마침내 폐허가 된 그 작은 도시에 들어서자 황량한 풍경이 그의 눈앞에 펼쳐졌다. 약탈이나 화재의 피해를 입지 않은 몇 안 되는 주민들이 집 주변을 두루 살피며 이런저런 물건들을 수습하는 중이었고, 불길에 집을 잃은 이들 중 몇몇은 이미 돌아온 상태였으나 집을 다시 짓는 일을 조심스레 미루고 있었다. 황후의 병사들 중 여럿이 감옥에 갇히고 이프레의 윌리엄이 다시 윈체스터 외곽으로 돌아가 포위망을 형성했다 해도, 이곳에서 언제 다시 큰일이 벌어질지 모르는 터였다.

니컬러스는 답답하고 걱정스러운 마음으로 수녀원 경내에 들어섰다. 이곳은 주에서 가장 큰 세 수녀원 중 한 곳이었다. 그러나 이번에 닥친 재앙으로 건물 절반이 무너졌고, 나머지도 사람이 살 수 없는 곳으로 변해버렸다. 구름 한 점 없이 맑은 하늘 아래 교회의 시커먼 잔해가 황량하게 서 있었다. 썩은 이빨처럼 곳곳이 무너지고 불에 그을린 벽과 공동묘지에 새로 생긴 무덤들이 보였다. 살아남은 수녀들은 어디론가 떠나고 없었다. 이 수녀원은 더 이상 그들의 집이 될 수 없었다. 니컬러스는 새 흙이 덮인 무덤들을 아픈 마음으로 바라보며, 어느 집 딸들이 이 아래 묻혔을까 생각했다. 얼마나 다급한 상황이었는지, 무덤들에는 이름조차 없었다.

줄리언이 이곳에 남아 있을 가능성은 없었다. 그는 교구 교회의 사제를 찾아갔다. 사제는 자기 집과 헛간에 집을 잃은 두 가족을 거두어 함께 지내고 있었다. 야위고 지친 노인으로, 그가 걸친 낡은 옷은 당장이라도 수선을 해야 할 것 같았.

"수녀들 말씀이오?" 천장이 낮고 어둑한 현관을 나오며 사제가 말했다. "뿔뿔이 흩어졌지, 가엾게도. 어디로들 갔는지는 모르겠소. 그중 세 명은 불이 났을 때 죽었고⋯⋯ 우리가 아는 건 셋이지만 저기 저 돌무더기 속에 더 있을지 누가 알겠소? 수녀원 곳곳에서 싸움이 벌어졌소. 플랑드르인 병사들은 교회에서 포로

들을 끌고 나오면서도 수녀들에겐 신경을 쓰지 않더군. 몇 명은 윈체스터로 피해 갔다는데, 거기도 안전한 곳이라 할 수는 없지만 주교님께서 그들을 위해 뭔가 해주시겠지. 이 수녀원은 올드민스터와 교류하고 있었거든. 그리고 다른 사람들은…… 모르겠소! 아, 수녀원장은 자기 친척이 있는 레딩 근처의 한 장원으로 피신했다고 들었소. 몇 명 데려갔을 수도 있겠지. 그렇지만 온통 뒤죽박죽이니, 대체 확실한 게 무엇이겠소?"

"그 장원은 어디 있습니까?" 니컬러스가 초조하게 물었지만 사제는 피곤한 듯 고개를 내저을 뿐이었다.

"내가 들은 건 거기까지요. 어디라고는 듣지는 못했소. 말했듯이 그 얘기가 사실인지조차 확실하지 않고."

"죽은 수녀들의 이름은 모르십니까?" 그의 목소리가 떨려 나왔다.

"젊은이," 사제는 지친 기색으로 입을 열었다. 더없이 절망적인 목소리였다. "우리가 찾아낸 건 얼굴과 이름을 알아볼 만한 시체가 아니었소. 게다가 우리에겐 할 일이 많소. 다른 사람들도 찾아야 하고, 아직 살아 있는 이들을 먹일 식량도 구해야 하지. 황후의 군사들이 와서 집집마다 약탈해 가더니 그다음에는 플랑드르인 군사들이 와서 털어 가더군. 지금 이곳에서 작은 것이라도 가지고 있는 사람은 아무것도 없는 이들과 전부 나누어야 한다오. 그나마 무엇이라도 가진 사람이 있다면 말이지만."

참을 수 없을 정도로 끊임없이 마음을 짓누르는 동정심이라면 모를까, 니컬러스 역시 가진 것이 거의 없었다. 안장에 매단 꾸러미에 들어 있는 빵과 고기뿐. 말을 바꾸려고 멈췄을 때 길에서 먹을 생각으로 준비해온 음식이었다. 그는 꾸러미를 뒤져서 노인의 손에 빵과 고기를 쥐여주었으나 이는 굶주림의 바다에 떨어진 물 한 방울에 불과했다. 지갑에 돈이 조금 있긴 했지만 아무것도 살 것이 없는 이곳에서 그게 무슨 소용이겠는가. 굶주린 주민들을 먹이기 위해선 시골 마을을 돌며 조금씩이라도 음식을 얻어야 할 터였다. 그 힘든 일을 앞둔 마을 사람들을 뒤로한 채, 그는 보다 정확한 정보를 얻을 방도가 없을지 이런저런 사람을 붙잡고 물어보며 웨어웰의 폐허를 천천히 가로질렀다. 수녀들이 사방으로 흩어진 것까지는 다들 알고 있었지만 어디로 갔는지는 아무도 몰랐다. 그가 찾는 한 여자의 이름은 그들에게 아무 의미도 없었다. 어쩌면 수녀 서원을 하며 그 이름을 쓰지 않았을지도 몰랐다. 그럼에도 불구하고 다른 모든 여자들과 구별되는 줄리언 크루스라는 사람의 특별함을 주장하듯, 그는 내내 그 이름을 꺼내어 묻곤 했다.

웨어웰을 떠난 그는 윈체스터로 향했다. 왕비의 병사였기 때문에 아무 어려움 없이 철통같은 포위망을 통과할 수 있었다. 황후의 군사들은 성안에 단단히 포위되어 요새로부터 멀리 나갈 엄두도 내지 못할 것이 분명했다. 윈체스터의 수녀들 또한 한동안 위험에 처했으나 지금은 공포에서 벗어나 한숨 돌리고 있었다. 그들에게 줄리언 크루스에 대해 물어도 소용없었다. 웨어웰에서 온 수녀들을 몇 명 받아들여 보호하고 있긴 한데 그런 사람은 없다는 것이었다. 니컬러스는 그중 나이 든 한 수녀와 이야기를 나눠보았다. 수녀는 걱정 어린 얼굴로 친절하게 대화에 응했지만 그를 도와주지는 못했다.

"내가 모르는 이름입니다. 그도 그럴 것이, 수녀들은 보통 서원을 할 때 속세에서 쓰던 것과는 다른 이름을 택하거든요. 그리고 누가 자진해서 얘기한다면 모를까, 우리는 서로 어디 출신인지, 전에 어떤 신분이었는지 묻지 않아요. 게다가 난 아무 직책도 맡지 않았기 때문에 그런 것들을 전혀 알 수 없지요. 원장님께선 확실히 대답해주실 수 있겠지만, 그분이 지금 어디 계신지 우린 모른답니다. 부원장님 소식도 모르고요. 우리도 당신처럼 어찌할 바를 모르고 있어요. 그래도 결국은 하느님께서 우리를 찾아내어 다시 함께 모이도록 해주실 겁니다. 당신이 찾는 사람도 찾아주실 거고요."

영리하고 민첩한 인상에 모기처럼 말랐지만 억새처럼 강인해 보이는 이 수녀는 다소 흥미를 느끼는지 동정 어린 눈으로 그를 바라보다가 부드럽게 물었다. "그런데, 그 줄리언이란 사람은 당신 가족인가요?"

"아닙니다." 니컬러스가 무뚝뚝하게 대꾸했다. "그렇지만 가족이 될 수도 있었지요. 그것도 아주 가까운 가족 말입니다."

"그러면 지금은요?"

"그녀가 안전하게 살아 있는지, 만족하며 지내는지를 알고 싶을 뿐입니다. 만약 그렇다면 내내 그렇게 지내도록 주께서 지켜 주시기를 기도하며 만족할 거고요."

"내가 당신이라면 롬지로 가보겠어요." 잠시 말없이 그를 살피던 수녀가 다시 입을 열었다. "여기서 한참 떨어진 터라 꽤 안전한 곳이지요. 지역에서 가장 큰 베네딕토회 수녀원이 있는 곳이기도 하고요. 거기 가면 우리 자매들을 몇 명 만날 수 있을 겁니다. 어쩌면 원장님도 거기 계실지 모르겠네요."

아직 젊고 순수한 니컬러스는 긴 여행 끝에 만난 이 신뢰와 친절에 크게 감동했다. 그는 작별 인사로 수녀의 손을 잡고서, 마치 어디 영주의 저택에서 만난 여주인을 대하듯 그 손에 입을 맞추었다. 수녀도 그간 많은 일을 겪어본 사람이라 이런 인사에 얼굴을 붉히거나 당황해하지 않았다. 그가 떠난 뒤 수녀는 오랫동안 미소를 띤 채 조용히 앉아 있다가 밖으로 나갔다. 정말 아름다운 젊은이야, 그녀는 생각했다.

*

니컬러스는 나쁜 소식을 듣게 될지도 모른다는 생각에 내내 침울하고 가라앉은 마음으로 20여 킬로미터를 달려 롬지에 도착했다. 윈체스터를 벗어나 남서쪽으로 가는 동안에는 어떤 위협도 걱정할 필요가 없었다. 그 구역은 왕비의 문서가 아무런 문제 없이 힘을 발휘하는 곳이기 때문이었다. 앞에는 나직한 구릉들이 보기 좋게 펼쳐져 있었고, 아직 큰 숲 근처에 이르기 전인데도 사방에 나무가 울창했다. 그는 저녁 늦게야 작은 도시의 한가운데 자리한 수녀원의 문지기실에 닿아 문에 달린 종을 울렸다. 문지기 수녀가 창살 사이로 그를 내다보며 무슨 일로 왔는지 물었다. 그는 간청하듯 허리를 구부려 창살에 눈을 대고는 주름살투성이 얼굴에서 반짝이는 노인의 눈을 들여다보았다.

"수녀님, 웨어웰의 수녀님 몇 분을 여기서 보호하고 계시지요? 그중 한 분에 대한 소식을 알고 싶어 이렇게 왔습니다."

수녀는 좁은 창살 너머 그를 살펴보았다. 여행으로 지치고 더러워진 젊은이가 혼자 서 있었다. 진심이 담긴 얼굴을 보아 하니 위협이 될 사람은 아닌 듯했다. 이곳 롬지에서도 사람들은 함부로 대문을 열지 않게 된 지 오래였으나, 젊은이의 뒤에는 아무도 없었고 사위는 조용하기만 했다. 작은 도시 위로 평화롭게 땅거미가 내리고 있었다.

"그곳 원장 수녀님과 세 자매가 와 있어요." 수녀가 말했다. "하지만 그들도 다른 이의 행방에 대해 많이 알지는 못하는 것 같은데요. 어쨌거나 들어오세요. 원장 수녀님께 당신을 만나실지 여쭤보지요."

자물쇠와 쇠줄을 벗겨내는 소리가 들리더니 곧 쪽문이 철컹대며 열렸다. 니컬러스는 문을 지나 마당으로 들어섰다.

"누가 알겠어요?" 수녀가 문을 다시 잠그며 친절하게 말을 이었다. "여기 계신 세 수녀님 중 한 분이 당신이 찾고 있는 그 사람인지. 한번 확인해보시지요."

그녀는 어두운 복도를 지나 네 벽이 판자로 둘리고 조그만 등불 하나만 켜진 작은 응접실로 그를 안내하더니 이내 방을 나섰다. 저녁 식사는 오래전에 끝났을 테고 마지막 기도도 끝났을 것이다. 아마 취침 시간이 다 되었으리라. 그들은 그가 만족스러운 정보를 얻고—그럴 수만 있다면—더 늦은 시각이 되기 전에 수녀원에서 나가주기를 바랄 터였다.

그는 쉴 수도, 앉을 수도 없었다. 마치 우리에 갇힌 사자처럼 응접실을 오가고 있는데, 어느 순간 안쪽 문이 열리더니 웨어웰의 수녀원장이 조용히 들어왔다. 자그마하니 둥글둥글한 몸에 장밋빛 얼굴과 억센 인상을 가진 여자였다. 그가 인사를 하는 동안 수녀원장의 갈색 눈이 꿰뚫을 듯한 시선으로 머리끝에서 발끝까지 그를 훑어보았다.

"절 만나고 싶다 하셨다고요. 자, 여기 이렇게 왔습니다. 뭘 도와드릴까요?"

"원장님." 혹시라도 나쁜 소식을 듣게 될까 두려움에 떨면서 니컬러스가 입을 열었다. "저는 저 북쪽 슈롭셔에 있다가 웨어웰의 약탈 소식을 들었습니다. 웨어웰에는 제가 아는 수녀님이 한 분 계셨습니다. 그분이 수녀가 된 건 최근에야 알았지요. 지금 제가 알고 싶은 건 그분이 살아 있는지, 그 난리통에서 벗어나 안전하게 지내고 있는지 하는 겁니다. 허락하신다면 그분과 대화를 나누고 잘 지내는지 제 눈으로 직접 확인했으면 합니다. 웨어웰에서도 그분 소식을 물었지만 아무 얘기도 듣지 못했습니다. 제가 그분에 대해 아는 거라곤 속세에 있을 때의 이름뿐이라서요."

수녀원장은 손을 흔들어 자리를 권한 뒤 조금 물러나 그의 얼굴을 잘 살필 수 있을 만한 곳에 앉았다. "당신 이름은 뭐죠?"

"니컬러스 하니지라고 합니다. 하이드 미드 수도원의 수사가 되신 고드프리드 메어스콧 님의 부하였지요. 그분은 오래전 한 여인와 약혼했었는데 지금 그 여인이 안전한지, 잘 지내는지 몹시 알고 싶어 하십니다."

수녀원장은 무심코 고개를 끄덕이면서도 도무지 이해가 안 간다는 듯 다소 어리둥절한 표정으로 양미간을 찌푸렸다. "아, 그 이름은 들은 적이 있습니다. 하이드에서 그분을 꽤나 자랑스러워했지요. 하지만 약혼에 관한 얘기는 들은 기억이 없는데…… 당신이 찾는 자매님 이름이 어떻게 됩니까?"

"세속에서는 줄리언 크루스였습니다. 슈롭셔 출신이지요. 웨어웰에서 만나 뵈었던 수녀님은 그런 이름을 들어본 적이 없다 하시더군요. 아마 수녀가 되면서 다른 이름을 택한 모양입니다. 하지만 수녀원장님께선 두 이름 모두 아시겠지요?"

"줄리언 크루스라……." 수녀원장이 허리를 꼿꼿이 세우고 앉아 날카로운 두 눈을 가늘게 뜬 채 생각에 잠겼다. "혹시 잘못 알고 계신 것 아닙니까? 그분이 웨어웰 수녀원으로 들어온 게 확실해요? 다른 수도원이 아니고요?"

"웨어웰 수녀원이 맞습니다. 틀림없어요." 그는 열심히 말을 이었다. "그녀의 오라비에게서 들었습니다. 그분이 잘못 알 리가 없지요."

긴장된 침묵이 이어졌다. 수녀원장은 한참이나 더 생각하더니 결국 얼굴을 찌푸리며 고개를 저었다. "그분이 수녀원에 들어간 게 언제였지요? 그래 오래되지는 않았을 것 같은데요."

"3년 전입니다. 정확한 날짜는 모르겠습니다만, 제 주인께서 수사가 되시고 한 달쯤 지난 뒤였다고 들었죠. 제 주인님이 수도원에 들어가신 건 7월 중순이었고요." 수녀원장의 예상치 못한 반응에 그는 이제 조금씩 겁이 나기 시작했다. 수녀원장은 아무래도 모르겠다는 듯 고개를 흔들며 연민과 당혹감이 뒤섞인 표정으로 그를 바라보고 있었다. "어쩌면 수녀님께서 직책을 맡기 전이었을지도—"

"형제님," 그녀가 안쓰러운 얼굴로 말을 끊었다. "나는 지금껏 7년 넘게 원장을 지냈어요. 우리 자매들 중 내가 모르는 이름은 하나도 없지요. 속세의 이름이든 수녀가 된 후의 이름이든 말이에요. 게다가 나는 모든 서원식을 보았답니다. 이런 말을 하게 되어 안타깝지만, 또 어떻게 이런 일이 생겼는지 모르겠지만, 줄리언 크루스라는 사람은 웨어웰에 와서 수녀가 되겠다고 요청한 적이 없고 수녀가 된 적도 없다는 것만큼은 확실히 말씀드릴 수 있습니다. 난 그런 이름은 들어본 적이 없어요."

믿을 수 없는 말이었다. 니컬러스는 멍한 표정으로 자리에 앉아 떨리는 손으로 연신 이마를 문질렀다. "하지만…… 그럴 리가요! 그녀는 수녀원에 기부할 금품을 지니고 호위자들과 함께 집을 떠났습니다. 미리 웨어웰로 갈 의사를 밝혔고, 가족 모두가 그렇게 알고 있었어요. 그녀 아버지도 그렇게 알고 허락했고요. 맹세컨대 그분이 잘못 알 리는 없습니다. 그녀는 말을 타고 웨어웰로 떠났어요."

"그렇다면," 수녀가 신중하게 말했다. "다른 곳에 가서 물어보셔야겠군요. 참 난감한 일이에요. 그분이 우리에게로 왔다고 확신하시는 만큼 나도 그분이 우리 수녀원에 도착하지 않았다는 걸 확신하고 있으니까요."

"대체 어떻게 이런 일이 있을 수 있죠?" 예상 밖의 난관에 부딪쳐 어쩔 줄 몰라 하며 니컬러스가 절박한 목소리로 말했다. "그렇다면 그녀가 집을 떠나 웨어웰로 가는 사이……."

"그녀의 집에서 웨어웰까지는 어쨌든 거리가 꽤 되지요." 수녀원장이 말을 받았다. "그리고 세상에는 사람들이 계획한 일을 방해하는 것들이 많고요. 전쟁으로 인한 혼란이며 여행 중의 사고, 다른 사람들의 악의도 그렇고요."

"그렇지만 그녀에겐 목적지까지 그녀를 보호해줄 호위자들이 있었는데요!"

"그 사람들에게 물어봐야겠군요." 그녀가 부드럽게 말을 이었다. "그들이 일을 크게 그르친 것 같으니까요."

더 이상 수녀원장을 붙들고 있어봐야 아무 소용이 없을 듯했다. 그는 이제 어찌해야 할지 전혀 갈피를 잡지 못해 멍하니 앉아 있었다. 적어도 그녀는 아는 대로 이야기하고, 그에게 남은 유일한 길을 가르쳐준 셈이었다. 이 지역에서 그녀의 소식을 계속 수소문해도 결국 허사일 터였다. 차라리 수녀원장이 제공한 단서를 이용해 여행이 시작된 레이에서부터 줄리언의 흔적을 추적하는 편이 나으리라. 무장한 세 남자가 오랫동안 줄리언을 귀여워해온 한 사냥꾼의 인도하에 함께 떠났다고 레지널드는 말했다. 그들 모두 여전히 레지널드의 집에서 일하고 있을 것이다. 그리로 다시 가서 알아보고, 결코 완수되지 않은 그들의 임무에 대해 설명을 요구해야 했다.

수녀원장이 자리에서 일어섰다. 면담이 끝났으니 밤늦게 찾아온 방문객은 그만 가보라는 신호였다. 마지막으로 그녀는 한 가지 사항을 더 지적해주었다.

"그분이 웨어웰로 떠나올 때 금품을 지니고 있었다 하셨지요? 나로서는 물론 그 값어치가 얼마나 되는지 모르지만…… 길에는 가끔 악한 사람들이 출몰하니……."

"호위하는 남자가 넷이나 있었는데요!" 절망의 감정을 억누르지 못하고 니컬러스가 외쳤다.

"그리고 그 네 사람은 그분이 무엇을 가지고 가는지 알았겠지요." 수녀원장이 침착하게 말했다. "정직한 사람을 의심하는 건 정말 싫지만, 슬프게도 네 사람이 있으면 그중 하나는 타락한 사람일 수도 있는 세상에 우리는 살고 있으니까요."

*

그는 줄곧 멍한 상태로 시내를 향해 말을 몰았다. 생각하거나 판단하기는커녕, 대체 무엇을 믿어야 하는지조차 이해할 수가 없어 마음이 무거웠다. 날이 어두워지고 있었다. 너무나 피곤하여 잠을 자지 않고서는 더 이상 여행을 계속할 수 없을 듯했다. 말의 상태도 걱정이었다. 그는 거친 잠자리나마 제공해주고 말을 위한 마구간과 먹이도 내어줄 만한 술집을 찾아냈다. 그러곤 오랫동안 뜬눈으로 누워 있다가 마침내 지친 몸과 마음을 이기지 못하고 잠에 빠졌다.

수녀원장의 대답을 어떻게 해석해야 좋단 말인가! 줄리언이 웨어웰 수녀원의 문으로 들어선 적이 없으며 따라서 그곳의 불길 속에서 죽지 않았다는 사실만은 분명했다. 하지만 그녀가 떠난 지 벌써 3년이었다. 한마디 소식도 없이, 아무런 자취도 없이! 그녀의 오라비는 동생이 스스로 선택한 삶에 잘 정착했으리라 믿어버렸다. 하긴, 잘 알지도 못하는 이복누이의 일을 걱정할 이유가 있었을까? 이후 그녀에게서 소식 한 자 온 적이 없건만, 그것을 이상하게 여긴 이는 없었을 것이다. 수녀들은 그들만의 공동체 안에서 안전하게 지내고 자매의 애정으로 서로를 보호한다. 그런 그들이 무엇 때문에 세속의 관계를 필요로 할 것이며, 세속의 사람들은 그들에게서 무엇을 기대하겠는가. 침묵의 수련을 서약한 이에게서 3년 동안 소식이 없다는 건 전혀 이상한 일이 아니었다. 그러나 바로 그 3년이라는 시간이 상황을 심연에 빠뜨리고 말았다. 줄리언 크루스는 바다에 빠지듯 그 심연으로 떨어져 흔적도 없이 가라앉아버린 것이다.

　이제 니컬러스로서는 슈루즈베리로 돌아가 자신이 사명을 완수하지 못했음을 고백하고, 이어 레이를 찾아 레지널드 크루스에게 똑같이 우울한 얘기를 전하는 것밖에 달리 할 일이 없었다. 어쨌든 추적의 실마리를 발견하기 위해서라도 레이에 가야만 할 터였다. 그는 아침 일찍 출발해 먼저 윈체스터로 말을 달렸다.

*

　윈체스터 인근에 이르렀을 땐 이미 한낮이었다. 그곳을 떠나올 때 그는 신중을 기해 서쪽 성문과 곧장 연결된 길을 피했었다. 적의로 가득 찬 왕궁이 너무 가까운 데다, 절망에 빠진 수비대가 성문을 완전히 장악하고 있을 것이기 때문이었다. 이번에도 니컬러스는 보다 안전한 곳으로 우회해야겠다는 생각에 롬지 도로에서 동쪽으로 방향을 틀었다. 그런데 도시의 남쪽을 빙 돌아가는 지점에 이르기 얼마 전부터 앞에서 혼잡스러운 웅성임이 들리기 시작하더니, 이어 그 소리가 쿵쿵거리는 울림으로, 다시 쇠와 쇠가 맞부딪치는 소음과 비명으로 점점 커졌다. 틀림없는 전투의 소음, 그것도 서로 뒤엉켜 필사적으로 싸우는 이들에게서 나오는 소란스러움이었다. 전투는 그의 왼쪽 전방, 도시로부터 약간 떨어진 곳에서 벌어지는 듯했다. 싸움과 도주가 일으킨 반짝이는 먼지가 그곳 상공을 안개처럼 뒤덮고 있었다.

니컬러스는 이제 세인트크로스 주교 병원이나 동쪽 성문으로 우회하려던 생각을 버리고 서문을 향해 전속력으로 말을 달렸다. 윈체스터의 시민들이 흥분해서 소리 지르며 성 밖의 햇빛 환한 들판으로 들끓듯 쏟아져 나오고 있었다. 성 안쪽도 큰 소리로 외치며 기뻐 날뛰는 사람들로 가득했다. 모두들 참으로 오랫동안 자신들을 구속했던 신중함과 긴장을 던져버린 채 목청껏 소리 지르며 소식을 주고받느라 난리였다.

니컬러스는 키가 큰 어느 남자의 어깨를 붙들고 큰 소리로 물었다. "무슨 일입니까? 왜들 이러지요?"

"그들이 떠났어요! 새벽에 행진해 나갔다고요. 그 여자도, 스코틀랜드에서 온 그 여자 삼촌과 귀족까지 모두 말입니다! 우리 같은 것들이 굶어 죽어가는 건 신경도 안 쓰더니 자기들 배가 고파지니까 태세를 바꾼 거죠. 다 나갔답니다. 그 패거리들, 그래도 줄은 맞춰 가더라고요. 저기 저 소리 좀 들어보세요! 플랑드르인 병사들은 놈들이 도시를 다 빠져나간 다음에 공격을 시작했어요. 시민들이 다치지 않도록 신경을 쓴 거죠. 잠시 후엔 저기서 그자들이 놓고 간 물건을 주워 와야겠어요!"

원한에 찬 윈체스터의 상인들과 장인들 모두 이곳에서 서성이며 전투의 소음이 멀어지기를 기다리고 있었다. 남겨진 물건들은 밤이 되기 전에 모두 수거되리라. 투구를 쓰고 미늘 갑옷을 입은 채로는 누구도 가장 빠르게 말을 몰 수 없는 법. 저들은 말이 감당해야 하는 무게를 줄여주기 위해 칼까지 버리고 내뺐을 터이니, 귀중품을 얻게 되리라는 믿음과 낙관만- 가진 이라면 정말로 날이 저물기 전에 그야말로 풍성한 수확을 거두게 될 것이었다.

언젠가는 왕비의 군대가 쳐놓은 견고한 포위망을 뚫고 나오리라는 예상이 그대로 맞아떨어져 지금 실제 상황으로 눈앞에 펼쳐지고 있지만, 그들로선 이미 성공의 희망이 사라진 뒤늦은 시도였다. 웨어웰에서 많은 부하를 잃은 뒤로 아마 황후 자신도 윈체스터에서 더이상 견뎌낼 수 없음을 짐작하고 있었으리라.

스톡브리지 도로를 따라 북서 방면으로 이어진 야트막한 언덕들 위로 반짝이는 먼지구름이 후광처럼 흔들리며 요동치다가 점점 물러나며 넓게 퍼지고 있었다. 니컬러스는 그 먼지구름을 따라 달려갔다. 그와 함께 시민들 중 용감한 사람들이, 혹은 탐욕스럽거나 복수심에 가득 찬 이들이 그곳으로 걸어가기 시작했다. 니컬러스는 그들을 제치고 한참 앞서 달려가 제일 먼저 구릉지에 도착했다. 황후의 군대를 덮친 공격의 흔적이 눈앞에 나타났다. 시체 한 구와 다리를 절뚝이며 서성대는 말 한 마리, 그리고 옆에 내던져진 무거운 방패. 이는 폐허의 첫 장면에 불과했다. 도망치면서 내던진 무기며 부서진 갑옷 조각들, 투구와 미늘 갑옷이 1킬로미터에 걸쳐 흩어져 있었다. 안장에 매달고 가다 떨어뜨린 가방들에서는 옷과 동전, 은 장식품, 고급 외투, 귀족들의 식탁에나 오를 법한 식기 들이 쏟아져나왔다. 생존만이 중요한 상황에서는 버려도 좋은 것들이었다. 그러나 이런 희생을 치르고도 전부 목숨을 부지하지는 못했으니, 풀밭 곳곳에 말에서 떨어져 짓밟힌 시체가 널브러져 있었고, 겁에 질려 주위를 맴도는 말들과 죽을 지경으로 내달린 탓에 땅에 쓰러져 헐떡이는 말들도 보였다. 전투가 아니라 패주였다. 다들 전염병처럼 퍼진 공포 속에서 달아나기에 급급했던 것이다.

니컬러스는 자리에 멈춰 서서 우울한 기분으로 그 광경을 바라보았다. 그동안에도 도주와 추적은 반짝이는 먼지구름을 일으키며 스톡브리지의 테스트강을 향해 멀어져가고 있었다. 그는 그것을 따라가는 대신 그대로 돌아서서 도시를 향해 달렸다. 더 이상 그날의 사태에 끼고 싶은 마음이 없었다. 돌아오는 길에, 그는 승리의 전리품들을 걸신들린 듯 열심히 주워 모으는 시민들과 마주쳤다.

*

사흘 뒤 오후 이른 시각, 그는 슈루즈베리 수도원의 큰 마당으로 들어섰다. 전에 한 약속을 지키기 위해서였다. 휴밀리스 수사는 허브밭에 나와 캐드펠과 함께 그늘진 곳에 앉아 있었고, 피데일리스는 구획을 따라 자라난 허브들 사이에서 덩굴풀과 수레국화, 반디지치 등 필사본의 가장자리를 색칠하고 장식하는 데 요긴하게 쓰이는 식물의 작은 가지와 덩굴손을 골라 꺾느라 바빴다. 그는 첫 글자의 모양을 만드는 데 매우 유용한 살갈퀴의 돌돌 말린 가느다란 덩굴손도 모았다. 피데일리스는 이미 각종 허브와 그 용도에 관심을 갖게 된 터였고, 때로는 캐드펠이 휴밀리스를 치료하는 데 사용할 약의 제조도 거들었다. 약을 다루는 그의 태도는 열정과 조용한 헌신으로 가득 차 있었으니, 마치 자신의 애정이 약효를 탁월하게 하는 마지막 재료가 되리라 믿는 것 같았다.

낯익은 얼굴이 보이자 문지기 수사가 방문 용건도 묻지도 않고 니컬러스에게 그의 주인이 어디 있는지 알려주었다. 그는 곧 레이로 달려갈 생각에 말을 문지기실에 매어둔 채 성큼성큼 걸어 가지치기가 끝난 키 큰 산울타리를 돌아간 뒤 자갈길을 따라 허브밭으로 들어섰다. 휴밀리스는 남쪽 벽에 기대어놓은 돌 벤치에 앉아 있었다. 니컬러스는 휴밀리스에게만 정신이 팔려 피데일리스 쪽은 쳐다보지도 않고 그대로 스쳐 지나갔다. 그 갑작스럽고도 조용한 등장에 젊은 수사는 놀라 두건도 쓰지 않은 머리와 햇빛에 그대로 드러난 얼굴을 언뜻 그에게로 돌렸다가 재빨리 옆으로 물러나더니, 자기보다 먼저 충성을 바쳤던 이에게 존경을 표하듯 멀찌감치 떨어져서는 두건을 당겨 쓰며 그림자 속으로 조용히 가라앉았다.

"주인님." 니컬러스가 휴밀리스 앞에 무릎을 꿇고 자신을 향해 내민 그의 두 손을 꼭 쥐며 말했다. "주인님의 부족하기 이를 데 없는 하인이 왔습니다!"

"무슨 그런 말을 하나!" 휴밀리스는 따뜻하게 인사를 받고는 손을 빼어 니컬러스를 끌어당겨 옆에 앉힌 뒤 뭔가를 살피듯 그의 얼굴을 들여다보았다. "보아하니……" 그가 슬픈 미소를 띤 채 한숨을 쉬었다. "성공하지 못한 모양이구먼. 절대로 자네 잘못이 아니네. 누구도 그렇게 말할 수는 없지. 아무것도 알아내지 못했다면 이렇게 빨리 돌아오지 못했을 테니, 아마도 찾아낸 게 자네가 원했던 답이 아니었던 모양이군. 아니면 줄리언을 만나지 못했거나." 더 가까이에서 얼굴을 들여다보며 조심스럽고 나직한 목소리로 그가 덧붙였다. "살아 있는 줄리언을……."

"그녀는 살아 있지도, 죽지도 않았습니다." 니컬러스가 서둘러 말했다. "그런 게 아니에요. 생각하시는 것과는 다릅니다. 꿈에도 생각지 못했던 일이 생겼습니다." 이제는 자신이 알아낸 전부를 최대한 솔직하게 털어놓을 수밖에 없었다. "웨어웰과 윈체스터에서 줄리언의 행방을 수소문하던 중 수녀원장이 롬지 수녀원에 피신해 있다는 말을 듣고 그곳에 가 그분을 만났습니다. 원장님 그 직책을 7년째 맡고 있는데 그사이 수녀원에 들어온 이들 중 줄리언 크루스라는 사람은 없다고 하시더군요. 대체 어찌 된 일인지 모르지만, 그녀는 웨어웰에 가지 않았고 거기서 수녀가 된 적도 없다는 겁니다. 당연히 거기서 죽었을 리도 없고요. 이해할 수 없는 결론이지요!"

"그녀가 거기 가지 않았다고?" 휴밀리스는 양미간을 모은 채 햇빛 가득한 정원을 응시하며 놀란 목소리로 되물었다.

"그렇답니다! 저는 3년을 늦었어요. 3년이나! 아, 그녀는 도대체 어디에 있는 걸까요? 집과 가족이 있는 이곳에도, 가기로 했던 그곳에도 소식 한 자 없이 말입니다. 이곳과 웨어웰 사이에서 무슨 일이 있었을까요? 당시 그곳은 지금과 같은 혼란에 빠지기 전이고, 길도 안전했어요. 게다가 무장한 네 명의 남자가 그녀와 함께 있었고요."

"그리고 그들은 돌아왔겠지." 휴밀리스가 예리한 말투로 대꾸했다. "분명히 돌아왔어. 안 그랬다면 벌써 오래전에 그 집 사람들이 이상하게 여기고 찾아 나섰을 게야. 대체 그들은 돌아와서 뭐라고 보고했을까? 나쁜 일은 없었을 걸세! 다른 이들에게 험한 일을 당했다면 즉시 추적에 나섰을 테지. 또 만일 그 호위자들이 악한 짓을 했다면 아예 집으로 돌아오지 않았을 테고. 이것 참 알 수 없는 일이군."

"제가 다시 레이로 가보겠습니다." 니컬러스가 일어서며 말했다. "가서 레지널드에게 소식을 알리고 그녀와 함께 떠났던 사람들을 만나볼 생각이에요. 부친의 하인들이었으니 레이에 있든 다른 장원에 있든 어쨌든 레지널드 밑에서 일하겠지요. 만일 줄리언이 어리석게도 그들을 먼저 돌려보내고 혼자서 갔던 거라면, 어디서 그녀와 헤어졌는지라도 들을 수 있을 겁니다. 그녀를 찾을 때까지 전 쉬지 않을 겁니다. 그녀가 살아 있다면 반드시 찾아낼 거고요!"

휴밀리스가 얼굴을 찡그리며 그의 소매를 잡았다. "하지만 그러면 자네 부하들은…… 그렇게 오랫동안 임무를 떠나 있으면 안 될 텐데?"

"부하들은 당분간 저 없어도 잘해나갈 겁니다. 앤도버 근처에 진을 치고 그곳 시골 사람들에게 의지해 편안히 지내도록 준비해두었거든요. 부관들도 연륜 있는 이들이라 지금 같은 상황에서 제가 할 일을 훌륭히 대신할 수 있을 겁니다. 제가 절반밖에 말씀을 안 드렸군요. 사실 제 일만으로 머리가 가득 차 높으신 분들 얘기는 생각할 정신이 없었습니다. 지난번에 뵈었을 때 황후가 곧 윈체스터에서 빠져나오려 할 거라고, 그러지 않으면 그 자리에서 굶어 죽게 될 거라고 말씀드렸지요? 결국 그런 시도가 있었습니다. 웨어웰에서 크게 패한 뒤 더 이상 버틸 수 없음을 깨달았던 거죠. 사흘 전 그들은 서쪽 스톡브리지를 향해 행진해서 퇴각했고, 윌리엄 드 워런과 플랑드르인 군대가 그들을 공격해 격파했어요. 후퇴라기보다는 패주였죠. 조금이라도 무게가 나가는 것들은 죄다 버렸더군요. 만일 무사히 글로스터로 돌아갔다 해도 거의 맨몸으로 도착했을 겁니다." 그가 입을 다물었다가 주인을 바라보며 말을 이었다. "어쨌든 오늘 저는 시내에서 묵을 예정이에요. 휴 베링어 님께도 이 일에 대해 알려드려야겠지요."

그들이 얘기를 나누는 동안 캐드펠 수사는 조금 떨어져 허브밭 사이를 다니며 잡초 뽑는 시늉을 하면서도 내심 흥분하여 대화에 귀를 기울이고 있었다. 그가 마침내 허리를 펴고 그들을 바라보았다. "그러면 그 여자, 황후는? 황후는 붙잡지 못했소?"

포로가 된 왕에게 황후는 그야말로 합당한 교환 상대가 될 터였다. 물론 그렇게 한다 해도 전쟁이 끝나지는 않겠지만 말이다. 틀림없이 잠시 교착상태에 빠졌다가 전과 똑같이 소모적이고 명분 없는 주장과 함께 새롭게 싸움이 시작되리라. 어찌 되었건, 만일 스티븐이 저 무자비한 황후를 사로잡았다면 그는 바보 같은, 그러나 매력적인 기사도 정신을 발휘해 새 말을 내주고 호위병을 붙여 그녀의 본거지인 글로스터로 안전하게 보냈겠지만 왕비는 그처럼 어리석고 관대한 사람이 아니니 사로잡은 적을 잘 이용할 것이었다.

"네, 모드 황후는 못 잡았답니다. 그녀는 안전하게 빠져나갔어요. 이복 오라비가 그녀에게 브라이언 피츠카운트[16]를 붙여 앞서 보내놓고 자기는 후위를 규합해 추적을 막으려 했다더군요. 그는 모드보다 나은 사람입니다. 그야 황후 없이도 싸움을 계속할 수 있지만, 만일 그가 없다면 황후로서는 아주 힘들겠죠. 그리고 황후는 못 잡았지만 플랑드르인들이 스톡브리지에서 강을 건너려 애쓰던 적군을 공격해 살아남은 이들을 모두 붙들어 왔습니다. 그렇게 포로가 된 사람들 중 왕에 필적할 만한 인물이 있지요. 바로 글로스터의 로버트 백작입니다!"

7

 오랫동안 떨어져 지낸 데다 거의 본 적도 없는 이복 누이에게 깊은 애정을 가지고 있든 아니든, 혹은 남들이 어떻게 생각하든 간에, 레지널드 크루스는 자기 집안 식구들에 대한 모욕이나 위해를 못 본 체 넘길 사람이 결코 아니었다. 크루스 집안 사람에게 해를 끼친다는 건 곧 그 자신의 체면을 손상시키는 일이었으니, 그의 머리털은 사냥감이 있는 곳을 가리키는 사냥개의 목덜미 털처럼 쭈뼛 일어났다. 냉정하게 침묵을 지키며 모든 이야기를 듣는 동안 속에서는 천불이 끓어올랐으며, 단단히 통제되어 있었기에 그 분노는 더욱 무서웠다.
 "이 모든 게 확실한 얘기요?" 마침내 그가 입을 열었다. "확실하겠지. 그 수녀보다 잘 아는 이는 없을 테니…… 그동안 나는 그 일과 아무런 관련이 없었소. 당시 여기 있지 않았고, 따라서 그 애가 떠나는 모습도 보지 못했으니까. 하지만, 자, 이제 생각해봅시다! 나는 동생과 함께 떠났던 사람들의 이름을 알고 있소. 선친께서 임종 직전 말씀해주셨지. 그분은 당신이 가장 신뢰하는 하인들을 보내셨소. 딸을 보내는데 누군들 안 그랬겠소? 게다가 아버지는 그 애를 끔찍이 사랑하셨으니 말이오. 여기서 잠시 기다려보시오!"

그가 홀의 문지방에 서서 큰 소리로 집사를 불렀다. 뉘엿뉘엿 해가 기울고 있었다. 땅거미 질 무렵의 서늘한 햇빛을 등진 채 낡은 가죽처럼 마르고 그을린 노인이 들어왔다. 모르긴 몰라도 죽은 전 주인보다 나이가 더 많을 듯 보였으나 매우 민첩하고 건장한 사람이었다. 그는 이 집의 아버지도 그 아들도 두려워하지 않고 그저 자신의 일만 열심히 해왔으며, 스스로 자신의 가치를 잘 알고 있었다. 주인 앞에서의 태도도, 동등하고 편안한 상대를 대하는 듯 당당했다.

"아눌프, 자네 기억하지?" 레지널드가 손을 흔들어 그들이 앉아 있는 탁자 앞의 자리를 권하며 물었다. 그 역시 자신과 이 하인 사이의 친분을 인정하는 듯했다. "그러니까, 동생이 수녀원으로 떠날 때 아버지가 그 애와 함께 보냈던 사람들 말이네. 울프릭과 렌프리드라는 색슨인 형제랑 존 본드, 그리고 나머지 한 사람은 이름이 뭐였지? 왜, 내가 여기 온 뒤 곧 징집당해 떠난 그 사람 있잖은가……."

"애덤 헤리엇이었죠." 집사가 즉각 대답하고는 손을 뻗어 주인이 채워준 술잔을 끌어당겼다. "그 사람들에 대해서는 왜 물으십니까?"

"그들 전부 이리로 데려오게, 아놀프."

"지금 말씀입니까, 주인님?" 그는 놀란 듯 되물었지만 금세 침착함을 되찾았다.

"그래, 가능한 한 빨리. 모두 아버지와 가까이 지내던 식구들이니 그들에 대해서는 자네가 나보다 더 잘 알겠지. 그 사람들, 믿을 만한 자들인가?"

"물론이죠." 집사는 제 피부처럼 메마르고 거친 목소리로 주저 없이 대답했다. "본드는 바보나 마찬가지지만 성실하고 대낮처럼 숨김이 없죠. 색슨인 형제는 영리하고 예민한 성격에 주인의 호의에 감사할 줄 아는 충성심을 지녔고요. 그런데, 무슨 일로 그러십니까?"

"그 헤리엇이란 사람은 어떤가? 나로선 그에 대해 거의 아는 바가 없구먼. 웨일런 백작께서 병사를 요구하셔서 집안에서 일하던 사람들을 보냈는데, 그때 그 헤리엇이라는 자가 가겠다고 나섰지. 동생이 집을 떠난 뒤로 그가 잠을 제대로 못 잤다고 사람들이 그랬던 게 기억나는군. 듣기로는 동생이 그를 제일 좋아했고, 그도 그 애 걱정을 많이 했다던데."

"사실이었을 겁니다." 아놀프가 말했다. "그 여행에서 돌아온 뒤로 전 같지 않았어요. 간혹 어린 여자가 한 남자의 내면으로 기어들어 그의 심장에 도달하는 일이 생기지요. 아가씨가 그 사람에게 바로 그런 존재였습니다. 아가씨가 아기였을 때부터 그 두 사람을 계속 보셨다면 주인님도 확실히 느끼셨을 겁니다."

레지널드는 불퉁하게 고개를 끄덕였다. "그래, 어쨌든 그는 가버렸어. 영주께서 스무 명을 보내라고 하셔서 내가 보냈지. 당시 그분은 주교들에 대항해서 싸우느라 증원 쿠대가 필요했거든. 아무튼 이제 헤리엇은 우리 손을 벗어나 있는 셈이구먼. 하지만 나머지는 다 여기 있지?"

"색슨인 형제는 지금 마구간 다락에 있습니다. 본드는 아마 들에서 오는 길일 테고요."

"데려오게." 레지널드가 말했다. 이어 집사가 술잔을 비우고 스무 살 젊은이처럼 재빠르고 민첩하게 돌계단을 내려가 마당으로 나서자 그가 니컬러스에게 고개를 돌렸다. "아무리 생각해봐도 그 네 사람이 배신을 했을 것 같지는 않소. 만일 배신했다면 왜 이곳으로 돌아왔겠소? 또 그중 어느 한 사람이라도, 대체 무엇 때문에 그런 짓을 했겠소? 그들 모두 이곳 침대가 가장 푹신하다는 걸 알고 있을 텐데. 선친은 늙고 자상한 데다 집안 식구들을 잘 챙기는 분이셨소. 나도 미움을 받는 건 아니지만, 하인들은 나보다 그분을 훨씬 편하게 생각했지." 약한 등불 빛에 노랗게 윤곽이 드러난 입술의 양끝, 그 날카로운 미소가 여전히 색슨인과 노르만인 사이에서 뜨겁게 타오르는 긴장을 암시하는 듯했다. 하지만 그는 이러한 긴장을 극단으로 밀어붙일 만큼 어리석은 사람이 아니었다. 시골에서는 과거의 기억이 충성심과 함께 오래 지속된다. 그 충성심을 없애기는 무척 어려웠고, 충성의 대상을 바꾸는 일은 매우 느리게 진행되었다.

"당신 집사는 색슨인이군요." 니컬러스가 덤덤하게 중얼거렸다.

"그렇소! 그리고 그는 지금 생활에 무척 만족하오! 설령 만족하지 않는다 해도, 적어도 이보다 훨씬 편치 않은 상황에 몰릴 수 있다는 사실은 알고 있지." 따뜻한 불빛 속에서 레지널드는 침울함과 쾌활함이 뒤섞인 태도로 말을 이었다. "나는 선친의 예를 따르면서 많은 이득을 보았소. 언제 고개를 숙여야 하는지도 잘 알고 말이오. 그렇지만, 단언하건대 내 누이와 관련된 일이라면 절대로 허리를 굽히지 않을 작정이오."

그건 니컬러스도 마찬가지였다. 마치 골수가 굳어 돌이 되기라도 한 것처럼 절대로 굽히지 않으리라. 그때 세 하인이 줄을 지어 홀로 연결된 계단을 올라왔다. 다들 졸린 듯 기운 없는 얼굴에 눈은 그들 주인의 것처럼 무표정하고 흐릿했다. 키가 크고 잘생긴 하인 둘은 서른이 안 되어 보였고, 북쪽 혈통 특유의 가냘픈 우아함이 깃든 외모를 지니고 있었다. 시리도록 푸르고 매력적인 눈이 불빛에 반짝였다. 그들 뒤로 부드러운 인상을 가진 땅딸막한 둥근 얼굴의 남자가 따라왔다. 갈색 머리에 턱수염을 기른 그는 다른 두 사람보다 조금 더 나이가 들어 보였다.

사실인 것 같군, 그들을 바라보며 니컬러스는 생각했다. 주인에 대한 증오 같은 건 전혀 찾아볼 수 없었고, 오히려 다른 동족들에 비하면 3대째 노르만인 밑에서 지내는 자신들은 행운아라 여기는 듯했다. 그럼에도 한편으로는 레지널드가 두려운지, 혹은 이런 식으로 불려온 상황에 대한 경계심 때문인지, 그들의 얼굴은 비밀스러운 생각들이 담긴 상자의 뚜껑처럼 꼭 닫혀 있었다. 그러다 이내 주인이 던지는 질문의 내용을 이해하자 태도가 달라졌다. 닫히고 굳어 있던 얼굴이 열리고 펴졌다. 세 사람 중 어느 누구도 그 여행 이야기에 불안이나 불편함을 느끼지 않는다는 사실이 니컬러스에게도 뚜렷이 보였다. 오히려 그들은 당시의 일을 즐겁게 회상하는 것 같았다. 아닌 게 아니라, 그 여행은 근심 걱정 없는 순례이자 그들이 인생에서 맞이한 단 한 번의 휴가였던 것이다. 그들은 걷는 대신 말을 탔으며, 먹을 것을 충분히 갖춘 데다 무기까지 지니고 있었다.

  하인들은 물론 그 여행을 또렷이 기억했다. 길을 가는 동안 아무런 문제도 없었다고 했다. 두 명의 훌륭한 궁수와 두 명의 검객을 동반한 상류층 여성이 두려워할 것은 전혀 없었다. 색슨인 형제 중 큰 쪽이 당시 새로 만든 큰 활을 챙기고 존 본드가 짧은 웨일스식 활을 지녔던 모양이었다. 어깨까지 당겨야 하는 큰 활과는 달리 웨일스식 활은 가슴까지만 당기면 되었다. 큰 활에 비하면 사거리가 짧고 힘도 약한 편이지만 가까운 거리에서는 매우 빠르고 민첩하게 사용할 수 있었다. 색슨인 형제 중 작은 쪽과 네 번째 호위자인 애덤 헤리엇은 칼을 챙겼다고 했다. 이들은 활기차고 안전하면서도 여성에게 큰 피로감을 주지 않을 속도로 꾸준히 나아갔다.

"사흘이 걸렸죠." 세 사람을 대표해 색슨인 궁수가 말했다. 다른 이들이 열심히 고개를 끄덕이자 그는 고무된 듯 말을 더 늘어놓았다. "그렇게 앤도버에 닿았어요. 벌써 날이 저문 뒤라 우리는 그곳에 하루 묵기로 했습니다. 다음 날 아침이면 여행이 끝나겠구나 싶었어요. 애덤이 한 상인의 집에 아가씨를 들이고 우리는 마구간에서 잤지요. 6킬로미터 정도만 더 가면 된다고 사람들이 그러더군요."

"그때 줄리언은 건강해 보였나? 뭐 이상한 낌새는 없었고?"

"전혀 없었습니다. 주인님. 우리는 즐겁게 여행했어요. 아가씨는 원하시던 곳에 가까워지자 기뻐하셨죠. 직접 그렇게 말씀하시며 우리에게 고맙다고 하셨어요."

"그럼 다음 날 아침에는 어떻게 했지? 자네들이 그 애를 계속 호위했나?"

"저희들은 안 갔습니다. 아가씨께서 남은 길은 애덤 헤리엇이랑 둘이 가시겠다고 하셨거든요. 그분 명을 받들어 나머지는 앤도버에서 애덤이 돌아오길 기다리기로 했죠. 그러다 그가 돌아온 뒤 집으로 출발했고요."

나머지 두 사람은 연신 고개를 끄덕이고 있었다. 상전의 요청에 복종하여 무사히 임무를 완수했다는 사실에 만족한 눈치였다. 결국 앤도버에서 남은 거리를 줄리언 크루스와 함께 간 이는 단 하나, 그녀의 오랜 하인이자 평판에 따르자면 그녀와 깊은 애정을 나누던 해리엇이라는 사람뿐이었다.

"그들이 웨어웰 쪽으로 떠나는 건 확인했나?" 이 복잡한 상황에 얼굴을 잔뜩 찌푸린 채 레지널드가 성급히 물었다. "동생이 아무 거리낌 없이, 기꺼이 그와 함께 간 게 확실한가?"

"그럼요. 아침 일찍 떠나셨습니다. 날씨도 좋았어요. 아가씨는 저희에게 작별 인사를 건네셨고, 저희들은 아가씨가 안 보일 때까지 서서 배웅했지요."

그 말을 의심할 이유는 없었다. 하지만 목적지를 6킬로미터가량 앞두고 그녀가 사라져버린 것도 틀림없는 사실이다. 그리고 그 짧은 사이 줄리언에게 무슨 일이 생겼는지는 오직 한 사람만이 알고 있었다.

레지널드는 짜증스러운 듯 손을 흔들어 그들을 내보냈다. 저들에게서 무엇을 더 들을 수 있겠는가? 그들이 아는 한 줄리언은 가고자 했던 곳으로 갔으며, 모든 일이 다 잘 마무리되었다. 세 사람이 드디어 침소에 들어 쉴 수 있다는 생각에 기쁜 마음으로 홀 문을 향해 걸어갈 때 니컬러스가 갑자기 외쳤다.

"잠시만요!" 이어 그는 집주인에게 양해를 구했다. "두 가지 더 묻고 싶은 게 있는데 괜찮겠습니까?"

"물론 괜찮소. 궁금한 건 다 물어보시오."

"해리엇과 단둘이 가고 싶다며 앤도버 남아서 그를 기다리라고 명한 사람이 줄리언 자신이었소?"

"아…… 아닙니다." 아까 그 하인이 잠시 생각하다가 대답했다. "저희들에게 명을 전한 건 애덤이었어요."

"그런 다음 두 사람이 아침 일찍 떠났다고 했지…… 헤리엇은 언제 돌아왔소?"

"한참 걸렸습니다, 나리. 어두워질 즈음에야 돌아왔어요. 그래서 그날 밤도 거기서 묵었죠. 다음 날 일찍 출발하기로 하고요."

*

"사실 묻고 싶은 게 하나 더 있었습니다." 집주인과 단둘이 남았을 때 니컬러스가 말했다. 홀의 문은 깊어가는 어둠과 뜰의 고요함을 향해 열려 있었다. "그렇지만 그 하인이 헤리엇에게 크게 주의를 기울였을 것 같지 않더군요. 게다가 하룻밤 쉬었으니 말이 그날 얼마나 멀리 달렸는지 판단할 길이 없었을 테고요. 하지만 시간이 증명하는 바를 보십시오. 웨어웰까지는 6킬로미터 남짓이고, 일단 줄리언을 거기 데려다주었다면 더 이상 머뭇거릴 필요가 없었겠지요. 그런데도 그는 하루 종일, 열두 시간이 넘게 나가 있다 돌아왔습니다. 그사이 무슨 일이 있었을까요? 그는 줄리언이 어릴 때부터 매우 헌신적으로 그녀를 섬겨온 하인이었다고 하셨죠."

"그래서 선친의 신임을 얻었지. 아버지도 동생에게 푹 빠져 계셨으니 말이오." 레지널드가 불퉁하게 대꾸했다. "나는 그 사람을 잘 모르오. 한데 지금 보니 그가 이 모든 일의 핵심에 있구

먼…… 그 말고 또 누가 있겠소? 그는 마지막 날 동생과 둘이서만 출발했소. 그러곤 동료들과 집으로 돌아와 모든 게 잘된 척 굴며 그 일을 마무리했지. 하지만 앤도버와 웨어웰 사이에서 내 동생은 사라졌소. 이어 한 달쯤 지나 우리에게 장원 세 곳을 내어준 대영주 웨일런 백작이 사람을 보내서 병사를 요구했을 때 누가 제일 먼저 나섰는지 아시오? 바로 그자였소. 그가 이곳을 떠날 기회를 노리고 있었다면 이유가 무엇이었겠소? 언젠가 그 일에 대해 추궁당할 것을 두려워해서가 아니겠소? 뭔가 그에게 불리한 것이 밝혀지고 추적이 시작될까 봐 말이오."

"만일 그가 줄리언에게 해를 끼치거나 어떤 식으로든 그녀를 배신했다면, 과연 집으로 돌아왔을까요?" 니컬러스가 개운치 않은 듯 의혹을 제기했다.

"똑똑하니까 돌아왔겠지. 그래, 그는 아주 영리한 사람이오. 결국 일이 성공한 것을 보면 알 수 있잖소! 그자가 다른 이들과 함께 돌아오지 않았다면 즉시 추적이 시작되었을 거요. 아마 앤도버를 떠나기도 전에 일행이 그를 찾아 나섰겠지. 하지만 지금 상황을 보시오, 3년이 흐르는 동안 그는 추호의 의심도 받지 않았소. 아, 헤리엇, 그자는 지금 어디서 무얼 하고 있을지……."

레지널드는 이제 그 생각에 매달려 자신의 집안을 상대로 감히 그런 일을 벌인 것에 끓어오르는 분노를 곱씹고 있었다. 그가 헤리엇에게 복수를 한다면 이는 줄리언이 입은 상처 때문이 아니라 바로 그 분노 때문일 것이다. 그러나 니컬러스도 그와 다른 생각은 할 수 없었다. 자신의 보호하에 맡겨진 한 소녀를 완전히 지워 버린 사람은 헤리엇 말고는 그런 짓을 할 만한 사람이 없었다. 앤 도버에서 둘이 말을 타고 떠났다가 한 사람만 돌아왔다. 다른 한 사람은 지상에서 자취를 감추어버렸다. 그녀가 다시 나타나리라 고는 생각하기 힘든 상황이었다.

하인 하나가 램프를 가져와 탁자 위에 놓고는 에일 주전자를 다시 채웠다. 여주인은 두 남자가 아무런 방해 없이 의논할 수 있 도록 아이들과 함께 자기 방에 머물고 있었다. 이 시간이면 늘 잠 깐씩 불어오는 산들바람 속에 문득 밤이 내려앉았다.

"그 앤 죽었소!" 레지널드가 불쑥 내뱉고는 커다란 손을 펴서 탁자 위에 얹었다.

"아닙니다. 그건 확실치 않아요." 니컬러스가 말했다. "그런데 헤리엇이라는 자는 대체 왜 그런 선택을 했을까요? 그는 이곳에 서의 평온한 생활을 버렸습니다. 떠날 기회가 주어지자 주저 없 이 잡았죠. 이곳을 떠나서 그가 얻을 것이 뭐 있다고? 뮐랑의 웨 일런 경 밑에서 싸우는 병사가 여기서 당신의 신뢰를 받으며 지 내는 사람들보다 더 잘삽니까? 전 그렇게 생각하지 않습니다."

"복무 기간은 반년이었소. 그자가 그보다 오래 있었다면 그건 스스로 원했기 때문이겠지. 그리고 그가 얻게 되는 것에 대해 말 하자면—호위자 넷 중 그 사실을 알 만한 이는 헤리엇이 유일했 을 텐데—내 누이의 안장주머니 안에 은화 300마르크와 수녀원 에 바칠 귀중품들이 들어 있었소. 지금 이 자리에서 목록 전체를 읊지는 못하지만 장부 어디엔가 기록해두었으니 서기가 찾아낼 수 있을 거요. 은촛대 한 쌍이 있었던 건 분명하오. 그 애가 제 어머니에게서 받은 보석들도 선물로 가져갔고. 세속을 버린 그 애에게는 더 이상 쓸모없는 물건이었으니까. 자, 그만하면 충분한 유혹이 되지 않았겠소? 그 일을 제대로 해치우기 위해 공모자를 사는 한이 있더라도 말이오."

가능성 있는 얘기였다! 지참금을 가지고 수녀원에 들어가는 여자. 아버지를 비롯한 집안 식구들은 그녀가 편안히 잘 지내는 것에 그저 만족하고 소식을 궁금해하지 않을 터였다. 그렇지만…… 만일 그녀가 웨어웰에 미리 편지를 써 보냈다면? 니컬러스는 잠시 희망에 차서 고개를 들었다. 수녀가 되고자 했다면 수녀원에 자신의 소망을 미리 보내 허락을 구한 뒤에야 여행을 감행하지 않았을까? 아니야, 그랬다면 수녀원에서도 그녀가 도착하지 않은 것을 이상하게 여겼을 테고, 탐문이 이루어졌겠지. 게다가 줄리언 크루스로부터 편지나 사자가 왔었는데 수녀원장이 그 이름을 기억하지 못할 리 없어. 그래, 그건 아니야. 줄리언은 미리 연락을 취하지 않았어. 지참금을 가지고 무작정 떠나 문을 두드리고 받아들여주기를 청하려 했던 거야. 종교 절차에 문외한인 니컬러스로서는 그런 일이 아주 드문 경우라는 사실을 몰랐고, 그럼에도 가져온 금품이 상당하면 거절당하는 일이 거의 없으리라 추측할 만큼 냉소적이지도 못했다.

"그 헤리엇이라는 사람을 찾아야겠습니다." 그는 마음의 결정을 내리고 이렇게 말했다. "그가 아직 묄랑의 웨일런 경 밑에서 복무하고 있다면 제가 찾아낼 수 있을 겁니다. 웨일런은 왕의 신하니까요. 만일 거기 없다면 더 멀리까지 가봐야 할 테지만, 당장은 그것밖에 달리 방법이 없지 않습니까? 그는 이곳 출신이겠지요? 혹시 근처에 친척이 있을까요?"

"헤리엇은 하페코트에 사는 자유민 소작인의 둘째 아들이오. 그건 왜 물으시오?"

"일단 서기에게 시켜 줄리언이 떠날 때 가지고 간 물건의 목록을 두 장 만들어주십시오. 돈의 행방은 알아내기 힘들겠지만 물건들은 어디로 갔는지 알 수 있을 겁니다. 서기에게 그 하나하나를 가능한 한 충실히 묘사하라고 해주세요. 교회용 물품이라면 시장에 나와 있거나 어디선가 눈에 띄겠지요. 보석도 그렇고요. 그 목록을 윈체스터에서 사람들에게 보이겠습니다. 황후를 완전히 쫓아낸 이상, 주교는 이제 성전을 채우려 할 겁니다. 전 윈체스터에 들렀다가 묄랑의 병사들 사이에서 애덤 헤리엇을 찾아보고, 그가 없다면 언제, 어디로 떠났는지 알아보겠습니다. 당신은 여기서 그를 찾아보시지요. 이곳에 친척이 있다면 언젠가 찾아올지 모르니까요. 뭐 더 좋은 생각이 있으십니까? 혹시 우리가 해야 할 일이 더 있을까요?"

레지널드가 램프의 불꽃을 일렁거리며 커다란 몸을 일으켰다. 모욕감과 불길한 생각에 시달린 탓에 얼굴이 잔뜩 굳어 있었다. "좋은 생각이오. 그렇게 합시다. 내일 목록을 정리하라고 시키겠소. 서기는 아주 꼼꼼한 남자이니 모든 걸 제대로 기록해두었을 거요. 그런 다음 당신과 함께 슈루즈베리로 가서 휴 베링어 님을 뵙고 날이 저물기 전에 이 일을 널리 알려야겠군. 이 작자든 다른 악당이든, 내 집을 상대로 살인과 도적질을 했다면 나는 정의와 원상회복을 요구할 생각이오."

니컬러스는 그와 함께 일어나 침소로 향했다. 너무나 피곤해 당장 눈이 감길 지경이었다. 레지널드가 그러하듯 그 또한 정의를 원했다. 그러나 이 일에서 무엇을 정의라 할 수 있을까? 그는 흔적을 따라가는 추적자로서 계획을 세우고 정리했다. 온 힘을 다해 그것을 쫓아야 했다. 시도하지 않은 채 내버려두는 일은 하나도 없어야 할 것이었다. 그로서는 지금의 상황을 믿을 수 없었고 믿을 생각도 없었다. 이 순간 그가 세상 다른 무엇보다 바라는 것은 다른 방향에서 불어오는 신선한 산들바람, 그녀는 죽지 않았고 이 모든 의심과 탐욕과 배신의 고리가 거짓이요 아침이 오면 바람에 사라질 유령에 불과함을 암시하는 한 줄기 서늘한 바람이었다. 그러나 아침이 와도 새로운 것은 없었고, 무엇도 변하지 않았다.

그리하여 공통적인 하나의 목적을 품고 있으나 그 외에 동지가 될 만한 어떤 공통점도 없는 두 사람은 다음 날 줄리언 크루스가 지참금으로 가져갔던 돈과 귀중품을 세세히 적은 목록 두 장을 가지고 슈루즈베리를 향해 말을 달렸다.

*

휴는 시내에서 수도원으로 내려와 라둘푸스 수도원장과 식사를 하며 정치적 분규의 전개 양상에 대해 이야기를 나누었다. 황후가 서쪽의 근거지로 도망치고 그 군사 대부분이 죽거나 다친 데다 글로스터의 로버트 경까지 포로로 잡혔으니, 당분간 그들은 기가 꺾여 아무런 일도 감행할 수 없을 것이었다. 그리고 작금의 상황이 결국에는 사건 전체의 흐름을 변형시킬 게 틀림없었다. 라둘푸스는 파당을 지어 싸우는 일에 전혀 흥미가 없었지만 수도원장이라는 직책에 더불어 주교 대회의에서도 한자리를 맡고 있었기에 주민들과 교회의 복지는 그의 커다란 관심사였다. 두 사람은 잘 차려진 식탁 앞에 앉아 장시간 얘기를 나누었다. 마침내 자리를 파하고 휴가 허브밭으로 캐드펠을 찾아온 것은 오후가 한참 지나서였다.

"들으셨죠? 니컬러스 하니지가 어제 소식을 가져왔습니다. 이곳에 먼저 들러 주인을 만났다고 하더군요. 글로스터의 로버트가 로체스터에 포로로 갇히고, 양측 모두 잠시 모든 일을 멈춘 채 이제 어떻게 할 것인지 궁리하고 있다고요. 우리 쪽에서는 그를 어떻게 이용할 수 있을지 생각하고, 저쪽에서는 그 사람 없이 어떻게 살아남을 것인지 고민하겠지요." 휴는 그늘이 드리운 돌 벤치에 앉아 장화 신은 두 발을 편안하게 뻗었다. "곧 협상이 있을 겁니다. 황후는 결국 왕을 쇠사슬에서 풀어주라고 명령해야 할 거예요. 그러지 않았다간 로버트도 사슬에 묶일 테니까요."

"아니, 황후는 그렇게 생각하지 않을 것 같은데." 잘 가꾸어져 진한 향기를 풍기는 허브밭 사이에서 호미로 잡초를 한 포기 파내며 캐드펠이 말했다. "지금 스티븐 왕은 그녀의 유일한 무기 아닌가. 왕을 풀어주는 대가로 최대의 이익을 뽑아내려 할 걸세. 이복동생 정도는 그녀를 만족시킬 만한 교환 상대가 못 되지."

휴가 웃었다. "하니지의 설명에 의하면 로버트도 비슷한 노선을 취하고 있는 것 같더군요. 그는 왕과 교환되는 걸 생각하기도 싫어한답니다. 자신은 군주에게 걸맞는 상대가 아니라고, 꼭 맞게 균형을 맞추려면 자기와 함께 잡힌 군사들까지 모두 풀어줘야 한다고 했다나요. 어쨌든 조금만 기다려보세요! 지금이야 황후가 어떤 말을 하든, 한 달도 안 돼서 로버트 없이는 아무것도 할 수 없다는 사실을 깨닫게 될 겁니다. 런던에선 그녀를 두 번 다시 들이지 않을 거고 왕관은 더더군다나 손도 못 대게 할 테니, 지하 감옥에 갇혀 있다 해도 결국 스티븐이 땅의 왕이지요."

"누구보다 로버트를 설득하는 일이 힘들 것 같군." 캐드펠이 말했다.

"그도 진실을 마주해야 할 겁니다. 황후가 싸움을 계속할 생각이라면 옆에 반드시 로버트를 둘 수밖에 없어요. 아마 그들이 제일 열심히 그를 설득하겠죠. 스티븐을 놓아주는 게 내키지는 않겠지만, 결국 올해가 가기 전에 왕은 돌아올 겁니다."

그들이 한참 정원에서 얘기를 나누고 있는데 니컬러스와 레지널드 크루스가 나타났다. 그들은 시내로 들어가 성에서 휴를 찾았으나 만나지 못하고, 문지기가 일러준 대로 세인트메리 교회[17] 옆에 있는 휴의 집에 갔다가 다시 허탕을 친 뒤에야 수도원으로 그를 찾아온 터였다. 자갈길을 걸어오는 장화 소리와 함께 두 사람이 울타리를 돌아 모습을 드러내자 휴는 벌떡 일어섰다.

"때마침 잘 오셨습니다. 무슨 소식이라도……?" 그는 같이 온 남자를 관심 있게 살펴보며 말을 이었다. "지금까지 뵌 적은 없지만, 레이의 영주시지요? 여기 니컬러스가 웨어웰에서 무슨 일이 있었는지 전해주었습니다. 제가 도울 일이 있다면 뭐든 말씀하십시오. 여긴 어쩐 일로 어떻게 오셨습니까?"

"장관님," 다른 이들 앞에서 발언하는 일에 익숙한 사람답게 크루스가 크고 단호한 목소리로 말을 꺼냈다. "제 누이의 일과 관련해 강탈과 살인을 의심할 만한 근거가 있습니다. 저는 정의를 원합니다."

"훌륭한 사람들은 다 그렇지요. 저도 마찬가지입니다. 자, 여기 앉아 그 의심의 근거가 무엇인지, 누굴 의심하고 계신지 말씀해주십시오. 그 일이 아주 이상해 보인다는 점은 저도 인정합니다. 댁에서 알아낸 것들에 대해 알려주시지요."

오후의 햇볕이 무척 뜨거워 크루스는 셔츠만 입고 있는데도 땀을 줄줄 흘렸다. 그들은 모두 그늘에 함께 앉았다. 캐드펠은 자신의 공간에서 손님 맞기를 즐기는 데다 자리를 피하고 싶은 마음이 전혀 없었기에 작업장에서 포도주 주전자와 술잔으로 쓸 비커 몇 개를 들고 나왔다. 그들에게 술을 따라준 뒤에는 약간 물러섰지만 주고받는 얘기가 들리지 않을 만큼 멀리 가지는 않았다. 그간의 사정을 이미 아는 터라 호기심이 일었고, 곧 자신이 필요한 상황이 오리라는 느낌도 들었다. 그의 환자, 휴밀리스 수사는 줄리언이라는 여인 때문에 어지간히 애를 태워 더 이상 빠질 살도 없을 정도로 바짝 말라버렸다. 캐드펠은 같은 경험을 공유한다는 사실에서 오는 동질감과 존경 속에 그 동료 십자군 전사에게 애착을 느끼고 있었다. 기마르 드 마사르가 그랬듯, 그는 추악하게 훼손되어버린 성전에서 깨끗하고 기사다운 기품을 지닌 채 돌아온 몇 안 되는 사람 중 하나였고, 이제는 그 전쟁에서 입은 상처로 서서히 죽어가고 있었다. 육체의 문제든 영혼의 문제든, 그의 행복에 관계된 것이라면 캐드펠은 알고 싶었다.

"장관님," 니컬러스가 진지하게 말을 꺼냈다. "하인 넷이 크루스 님의 동생을 웨어웰까지 호위해 갔었다는 이야기를 기억하실 겁니다. 그 넷 가운데 셋을 레이에서 직접 만나보았는데, 저로서는 그들이 한 얘기가 진실이라 확신합니다. 하지만 다른 한 사람…… 여행의 마지막 날 마지막 몇 킬로미터를 줄리언과 함께 간 유일한 사람은 그곳에 없었습니다. 그를 찾아야만 합니다."

니컬러스와 크루스는 서로 번갈아가며, 대로는 동시에 열을 내며 이야기를 늘어놓았다.

"그가 아침 일찍 줄리언과 함께 앤도버를 떠나 웨어웰로 갔습니다. 나머지 셋은 거기 남아 있으라는 명령을 받고 그들이 떠나는 걸 지켜보았답니다."

"그런데 그자는 저녁 늦게까지 돌아오지 않았다더군요. 너무 늦게 온 바람에 다음 날에야 집으로 출발했답니다. 하지만 웨어웰은 앤도버에서 기껏해야 6킬로미터 거리밖에 안 되지 않습니까?"

"게다가 그자는 그 넷 가운데 제 동생과 가장 오래 알고 지냈고, 또 그 애의 깊은 신임을 얻은 하인이었습니다. 그는 그 애가 가지고 가는 지참금에 대해 알고 있었을 겁니다. 틀림없어요." 크루스의 목소리가 사나워졌다.

"지참금이란 어떤 것들이었지요?" 휴가 날카롭게 대답을 재촉했다. 기억력이 워낙 비상하니 딱 한 번 듣는 것으로 충분할 터였다.

"은화 300마르크와 교회용 귀중품 몇 가지였습니다. 장관님, 여기 제 서기에게—그는 기록을 아주 꼼꼼하고 충실하게 해두지요—동생이 가져간 물품의 목록을 쓰게 해 두 장을 가져왔습니다. 한 장은 장관님께서 이 지역에 돌려주십시오. 이곳이 그자의 고향이자 제 누이의 고향이었으니까요. 다른 한 장은 하니지가 가지고 동생이 사라진 윈체스터, 웨어웰, 앤도버 등지로 가서 알아볼 예정입니다."

"좋습니다!" 휴가 말했다. "돈은 몰라도 교회 장식품들은 추적이 되겠지요." 그는 니컬러스가 내민 목록을 받아 들더니 미간을 찌푸린 채 읽어나갔다. "하나, 은촛대 한 쌍. 자루가 긴 촛대에 포도 덩굴이 감긴 모양. 포도 잎 모양 장식이 붙은 심지 가위가 은사슬로 연결되어 있음. 둘, 높이가 남자 손 길이쯤 되는 십자가. 세 개의 단이 있는 은 받침대 위에 세워져 있으며 노란색 구슬, 자수정, 마노 같은 보석이 박힘. 같은 금속과 보석으로 비슷하게 만들어진 새끼손가락 길이의 십자가를 은줄에 달아 함께 넣음. 셋, 은제 성체 용기. 작은 양치식물 문양이 새겨져 있음. 기타 줄리언 소유의 보석 몇 점. 폰테스버리 언덕에서 나는 돌을 갈아 만든 목걸이, 살갈퀴 덩굴 문양이 새겨진 은팔찌, 노랗고 푸른 꽃 모양으로 광택제가 칠해진 정교한 은반지……." 그가 고개를 들었다. "이 중 어떤 것이라도 발견되기만 하면 확실하게 알아볼 수 있겠군요. 서기가 아주 잘 정리해주었는데요. 좋습니다, 이 주의 모든 관리들과 소작인들에게 문의하도록 하지요. 제 생각엔 남쪽에서 추적하는 편이 더 효과가 있을 것 같긴 하지만요…… 그리고, 그 남자 말입니다. 그가 이곳 출신이라면 친척들은 아직 여기 있을 것이고, 따라서 그와 연락을 하고 있을 가능성이 높습니다. 그 사람이 군인으로 복무하러 갔다고 하셨지요?"

"그렇습니다. 동생을 보내고 선친의 집으로 돌아온 뒤 몇 주 지나서였죠. 선친이 돌아가신 직후에 저의 대영주이신 우스터 백작께서 병사들을 뽑아 보낼 것을 요구하셨는데, 그 애덤 헤리엇이라는 자가 자청해 나섰습니다."

"나이는 얼마나 됐습니까?" 휴가 물었다.

"이제 쉰한두 살쯤 되었을 겁니다. 칼과 활을 잘 다루는 힘센 사람이죠. 선친 대에는 산림 감독관과 사냥꾼으로 일했고요. 웨일런 경은 그를 얻어 다행이라고 생각하셨을 겁니다. 같이 간 다른 이들은 젊지만 경험이 부족했거든요."

"헤리엇이란 자는 어디서 태어났습니까? 부친께서 부리던 사람이니, 아마 당신네 장원 중 한 곳이 그의 고향일 테지요."

"하페코트 태생으로, 거기서 보유 토지를 경작하는 자유민의 둘째 아들입니다. 그의 형이 아버지의 뒤를 이어 땅을 부치다가 지금은 조카가 도맡고 있지요. 그들 사이가 썩 좋지 않다는 말씀을 선친께서 하신 적이 있습니다. 물론 그렇다 해도 그곳에 가면 그의 행적을 조금은 알아낼 수 있을지 모르죠."

"그 집안에 다른 친척은 없나요? 결혼은 안 했고요?"

"결혼한 적이 없습니다. 그 집안의 다른 사람들에 대해서도 저로선 아는 게 없고요. 아마 하페코트 근방에 친척들이 있지 않을까 싶습니다."

"그 사람들은 놔두시지요." 휴가 단호하게 말했다. "물론 제가 따로 조사해보겠지만, 군인으로 살기를 택한 사람이 다시 이곳으로 돌아왔을 것 같지는 않군요. 니컬러스, 당신이 가려는 곳에서 찾기가 더 쉬울 것 같습니다. 최선을 다해주시지요!"

"그럴 작정입니다." 니컬러스는 엄숙하게 대꾸한 뒤 한시라도 빨리 일에 착수하기 위해 자리를 털고 일어나 줄리언의 소지품 내역이 적힌 두루마리를 둘둘 말아서 외투 가슴 안에 찔러 넣었다. "일단 고드프리드 님과 이야기를 나누어야겠습니다. 실낱같은 희망이라도 남아 있는 한 그녀를 찾는 일을 포기하지 않겠다는 사실을 알려드려야지요. 그런 다음 떠나겠습니다." 그는 빠른 걸음으로 성큼성큼 걸어 나갔고, 그들의 시야에서 사라지기도 전에 그 걸음은 가볍고 보폭 넓은 뜀박질로 바뀌었다. 그러자 이번에는 크루스가 일어섰다. 다소 불만스러운 표정이었는데, 보아하니 휴에게서 그 일을 해내기에 충분한 정도의 원한과 분노의 힘을 찾지 못해 그런 듯했다.

"장관님을 믿고 일을 맡겨도 되겠습니까? 이 일을 해결하는 데 힘써주실 겁니까?"

"그러지요." 휴가 담담하게 대답했다. "그러면 레이에서 지내시겠지요? 필요할 때 어디 가면 뵐 수 있을지 알아야 하니까요."

그러고도 크루스는 잠시 침묵하다가 자리를 뜨며 무언가 불만스러운 듯 울타리 너머 의심스러운 시선을 던졌다. 그는 행정 장관이 당장 크루스가의 복수를 위해 말 등에 올라앉거나 적어도 그럴 태세여야 마땅하다 생각하는 것 같았다. 휴는 냉정하게 그 시선을 맞받았고, 울타리를 돌아 빽빽한 가지들 사이로 언뜻언뜻 보이다가 결국 사라질 때까지 그의 모습을 지켜보았다.

"제가 빨리 움직이는 편이 좋겠군요." 마침내 쓴웃음을 지으며 휴가 입을 열었다. "저 사람이 그 친구를 먼저 찾아내면 죽이지야 않을지언정 뼈 몇 개 부러뜨리게 생겼으니, 헤리엇이라는 사람에게도 그런 일을 피할 기회를 줘야죠. 결국 벌을 받게 된다 해도 레지널드 크루스의 손에 당하게 할 수는 없습니다. 공정한 재판 없이 그런 일이 있어서는 안 되지요." 그는 캐드펠의 등을 기분 좋게 두드린 뒤 몸을 돌리며 덧붙였다. "왕이니 황후니 하는 사람들이 금렵기를 맞으니 우리 같은 사람들에게도 누군가를 잡아들일 시간이 생기는 모양입니다."

*

저녁기도 내내 캐드펠은 마음이 편치 않았다. 안장주머니에 이런저런 보석과 돈을 넣어 말을 타고 가는 한 여인의 모습을 눈앞에서 지울 수 없었던 탓이다. 그녀는 목적지를 겨우 몇 킬로미터 남겨놓은 채 동행했던 사람들과 헤어졌고, 여름 햇살을 받은 아침 안개처럼 사라져버렸다. 마치 존재한 적도 없었던 양, 한 줄기 수증기처럼 목초지 위로 피어올라 자취를 감춘 것이다. 차라리 그녀가 이미 죽어서 하느님과 함께 있다는 사실이 분명히 밝혀졌다면 줄리언으로 인해 번민하는 이들, 휴밀리스와 니컬러스도 어느 정도 마음의 평화를 찾을 수 있었으리라. 그러나 지금 이 복잡하고 불확실한 상황에서는 그들 중 누구에게도 평화라는 게 있을 수 없었다. 견습 수사들과 학생들, 그리고 수도원에서 사는 아이들—그 아이들의 수는 더 이상 늘어나지 않을 것이다. 라둘푸스 원장은 어린아이들이 제 의사와 상관없이 부모의 뜻에 의해 수도원에 들어오는 것을 더는 허용하지 않을 참이었다—사이에서 흐린은 황홀한 표정으로 기쁨에 차 찬송을 부르고 있었다. 기질로 보나, 나이를 먹으면서 지니게 된 품성으로 보나 청년이라기보다는 순수한 소년에 가까운 그 아이는 대부분의 남자들을 괴롭히는 육체적 고통에 시달리지 않았지만, 참으로 신묘하게도 그 고통을 인식하며 연민을 느끼고 있었다. 자신의 육체를 평안함에 내맡긴 소수의 축복받은 이들만이 고통에 대해 그러한 태도를 보이곤 한다.

1년 중 이맘때의 저녁기도는 창으로 새어 들어온 여름 햇살 속에 진행되었다. 그 햇살이 흐륀의 담황색 머리칼과 아름다운 얼굴을 투명하게 비추고, 줄지어 앉은 수사들을 지나 유리언 수사의 침울하고 불만스러운 어두운 얼굴과 부릅뜬 검은 눈의 번쩍임 속에서 잠시 머물다가, 벽이 만든 그림자 속에 숨어 있는 피데일리스의 사려 깊은 어둠 속으로 사라졌다. 피데일리스는 주위에서 진행되는 일들에 눈도, 생각도 돌리지 않은 채 오로지 곁에 있는 주인에게만 신경을 쏟았다. 목소리가 없는 그로서는 찬송에 참여할 수도 없었다. 그림자 속에 숨은 그의 눈은 휴밀리스만을 바라보았고, 그 호리호리한 몸은 창처럼 꼿꼿하게 선 약하디약한 형체를 언제라도 받아 부축할 태세로 긴장을 늦추지 않았다.

어쨌든 숭배에도 그 나름의 우선순위가 있으며, 한번 떠맡은 의무는 끝까지 완수해야 하는 법. 하느님과 베네딕토 성인도 이를 이해하고 존중하시리라.

그래, 저 사람은 우리 눈앞에서 죽어가고 있으니……. 영혼의 일에 정신을 집중해야 하건만 캐드펠은 자신도 모르게 이런 생각에 빠져 있었다. 그 시기가 생각보다 훨씬 금방 닥쳐올지도 모르겠어. 하지만 그걸 막거나 조금이라도 늦출 수 있는 방법은 하나도 없지.

8

 만일 글로스터의 로버트가 테스트강의 물살 속에서 덫에 걸려 사로잡히지 않았다면, 그리고 모드 황후가 남은 군사를 이끌고 루저셜과 드바이저스를 거쳐 글로스터로 허둥지둥 도망치지 않았다면, 애덤 헤리엇을 찾기까지 훨씬 더 오랜 시간을 들여야 했을지도 모른다. 서로 굵직한 포로를 잡아둔 두 진영 사이의 냉기 어린 교착상태에 지루함을 느끼고 기분 전환을 바라던 많은 군인들은 정치가들이 싸우고 흥정하며 허비하는 이 시간 동안 다른 곳에 가서 다리를 뻗고 한가한 시간을 즐기고자 했으니, 그들 중에는 우스터 백작의 군대에서 칼과 활을 들고 싸우던 어느 늙고 경험 많은 군인도 포함되어 있었다.
 휴는 웨일스와 맞닿은 이 주의 북쪽 지역 출신이라, 체셔의 평야로 이어지는 북동쪽 장원들이 왠지 낯설게만 여겨졌다. 호드넷의 들판은 부드럽게 뻗어나갔고, 나직한 언덕의 흙은 기름지고 경작이 잘되어 있었다. 이삭줍기가 끝난 밭에는 만족스럽게 풀을 뜯고 있는 살찐 소들이 가득했다. 이 짐승들은 건조한 계절 그곳에서 자라는 풀들을 먹이로 삼는 한편, 배설물을 떨어뜨려 이듬해의 농작물을 위한 거름을 남겼다. 이곳저곳에는 수도원 소유의 농지도 많아, 곡식이 거둬들여진 지금은 수도원의 양들이 들판에 풀려 나와 있었다. 양들이 땅을 밟아 다지고 거름을 남기는 것 또한 그들의 털만큼이나 가치가 있었다.

하페코트의 장원은 막힌 곳이 없는 평야에 자리 잡고 있었다. 바람이 불어오는 쪽에는 작은 잡목 덤불이 우거져 있고, 남쪽으로는 공유지의 낮은 등성이가 보였다. 목재로 지어진 집은 자그마했으나, 경계를 두른 담장 안쪽 꽤 넓은 마당에 손질이 잘된 헛간이며 외양간 등이 모여 있었다. 아마 곡식이며 가축들이 거기 가득 들어차 있으리라. 곧 크루스의 집사가 마당으로 나와 행정장관과 그의 두 부하에게 인사하고 에드릭 헤리엇의 집을 가르쳐 주었다.

해리엇의 집은 작은 촌락의 꽤 쓸모 있는 오두막 중 하나였다. 앞에는 채소밭이 있고 뒤에는 작은 과수원이 있는데, 주름 잡힌 치마 차림에 머리가 헝클어진 한 젊은 여자가 그곳 울타리에 빨래를 널고 있었다. 풀밭 위를 이리저리 뛰어다니는 암탉들과 끈에 묶인 채 풀을 뜯는 암염소 한 마리도 보였다. 이 집에 사는 에드릭 헤리엇은 자유민으로 주인에게 세를 내며 보유 토지를 경작하고 있었다. 경작인이 관습에 의해 땅에 묶여버리곤 하는 요즘 같은 때에는 흔히 찾아볼 수 없는 경우였다. 헤리엇 집안 사람들은 소작지를 유지하고 그로써 먹고살고자 성실히 일하는 좋은 농부들 같았다. 그런 집안에서는 일할 수 있는 사람이라면 누구든 일을 해야 하며, 따라서 어린 아들들은 더없이 좋은 자원일 터였다. 틀림없이 애덤은 가족의 반대를 무릅쓰고 집을 떠났으리라. 다른 이가 소유한 땅을 경작하는 대신, 무기를 다루거나 산림을 지키고 사냥을 하는 기술들을 익혀 돈을 벌기로 한 것이다.

휴와 부관들이 대문 앞에 멈춰 섰을 때 닳아 해진 가죽 윗도리를 입은 남자가 낮은 외양간에서 고개를 숙이며 나왔다. 몸집이 크고 황갈색 머리에 수염이 텁수룩한 그는 잠시 뻣뻣이 선 채 방문객들을 바라보더니, 누군지는 몰라도 여하튼 권력 있는 사람들임을 알아차리고 경계하는 얼굴로 다가왔다.

"여기에는 무슨 볼일로 오셨습니까, 나리들?" 그가 공손하지만 비굴함은 보이지 않는 태도로 물은 뒤 눈을 가늘게 뜨고서 그들을 살펴보았다. 보초병처럼 대문간에 다리를 벌려 버티고 선 채였다.

휴는 상냥한 태도로 인사를 건넸다. 이는 자신들의 불리한 위치를 뼈저리게 인식하는 불안하고 가난한 사람들을 대하는 그 특유의 태도였다. "당신이 에드릭 헤리엇이오? 우리는 애덤이라는 사람을 어디 가면 만날 수 있을지 단서가 될 만한 정보를 찾고 있소. 당신은 그의 조카이자 우리가 아는 그의 유일한 친척이니, 그가 어디 있을지 알려줄 수 있을지 모른다는 생각에 이렇게 찾아왔소."

그 커다란 젊은이는 서른이 채 되지 않은 듯 보였다. 과수원에 있던 여자, 머리는 산발을 했지만 곱상하게 생긴 여자가 그의 아내이며 작은 농장 안 어디에선가 큰 소리로 울어대고 있는 아기가 두 사람의 자녀일 것이다. 에드릭은 어쩔 줄을 모르고 이 발 저 발 옮겨 딛더니, 마침내 결심한 듯 한층 밝은 표정이 되어 똑바로 섰다.

"예, 제가 에드릭 헤리엇입니다. 무슨 일로 제 삼촌을 찾으십니까? 그분이 뭘 잘못했기에……."

휴는 고개를 끄덕였다. 그들 사이에 가족으로서의 애정이 있든 없든, 무슨 일이 있는지 알기 전까지 이 남자는 입을 열지 않을 터였다. 공격과 위험의 기미가 보일 때 같은 핏줄을 보호하려는 마음이 생기는 건 당연했다.

"내가 아는 한 잘못한 건 없소. 다만, 몇 년 전 그의 주인이 레이에서 심부름을 보냈던 일과 관련해 목격자로서 아는 내용을 좀 들을 필요가 있어서 그러오. 이후 우스터 백작의 휘하로 들어갔다는데, 그래서인지 그를 찾기가 쉽지 않군. 때가 때이니만큼 그렇지 않겠소? 혹시라도 그에게서 소식을 들었다면, 혹은 어디서 그를 찾을 수 있는지 알고 있다면 우리에게도 알려주길 청하오."

에드릭은 아직 의심을 완전히 거두지 않았으나 일말의 흥미 또

한 느끼는 듯했다. "제게는 삼촌이 한 분밖에 없고, 그분의 이름은 애덤이 맞습니다. 예, 그래요. 삼촌이 레이에서 사냥꾼으로 일하다가 이름은 잘 기억나지 않지만 하여튼 삼촌 주인님의 주인님을 위해 군대에 들어갔다고 아버지가 그러셨죠. 하지만 기억하기에 삼촌이 이 근처에 오신 적은 한 번도 없습니다. 제가 어릴 때 삼촌이 경작지에서 새들을 쫓아내던 모습밖에 생각나는 게 없어요. 삼촌과 아버지의 사이가 워낙 좋지 않아서…… 죄송합니다, 나리." 정말 그들에게 미안함을 느꼈는지는 모르지만, 어쨌든 삼촌의 행방을 모른다는 얘기는 사실인 것 같았다. "삼촌이 지금 어디 있을지, 최근 몇 년간 어디 있었는지 저로서는 전혀 모르겠군요."

"형제가 둘뿐이었소?" 휴가 잠시 생각에 잠겼다가 입을 열었다. "다른 식구는 더 없었고? 누이도? 당신 숙부를 맞아줄 만한 친척이 하나도 없는 거요?"

"고모가 한 분 계십니다. 저희 가족은 식구가 적습니다. 삼촌이 떠난 뒤 아버지 혼자서 농사짓느라 고생을 많이 하셨어요. 저와 제 밑으로 남동생 둘이 자라서 도울 때까지는요. 지금은 저희 셋에서 잘해나가고 있지요. 엘프리드 고모는 막내였는데 통 만드는 사람과 결혼했습니다. 월터라는 노르만인 사생아로, 브리게 출신에 덩치가 작고 머리가 검은 사람이죠."

에드릭은 자신의 경솔함을 깨닫지 못한 채 고개를 들어 키 크고 마른 잿빛 얼룩무늬 말 위에 앉아 있는, 덩치가 작고 머리가 검은 노르만인 귀족을 쳐다보았다. 휴의 얼굴에 떠오른 미소를 보고서도 그는 아무 생각 없이 그저 어리둥절해하며 말을 이었다. "고모네 식구는 브리게에 삽니다. 어쩌면 고모와 연락을 하고 지낼지 몰라요. 그분들끼리는 제법 가깝게 지냈으니까요."

"그 밖에는 아무도 없고?"

"없습니다, 나리. 제가 아는 건 그게 다예요." 그는 잠시 머뭇거리다가 긴장을 풀고 덧붙였다. "아, 삼촌이 고모네 첫아이의 대부였죠. 아마 그 애를 무척 귀여워할 겁니다."

"그렇겠군." 자신의 당당한 꼬마 상속인과 그 아이의 대부이자 친구인 캐드펠 수사를 떠올리며 휴가 부드럽게 말했다. "당연히 그럴 테지. 고맙소. 거기 가서 물어봐야겠군." 그는 천천히 말 머리를 돌렸다. "수확이 풍성하길 바라겠소!" 고개를 돌려 미소 지으며 인사를 건넨 뒤, 휴는 부하들을 뒤에 거느리고 잿빛 말을 몰아 그곳을 떠났다.

*

통 만드는 장인 월터는 브리게의 언덕 마을, 성벽에서 아주 가까운 좁은 골목길에 가게를 가지고 있었다. 정면이 좁고 안으로 깊숙이 들어간 동굴 같은 구조로, 뒤쪽에는 나무 냄새가 풍기는 볕 좋은 마당이 있는 곳이었다. 완성되었거나 아직 제작 중인 통이며 큰 술통, 물동이 따위가 마당 가득 쌓여 있고, 연장이며 재료도 이리저리 널려 있었다. 낮은 담 너머 풀로 덮인 땅은 세번강 쪽으로 가파르게 이어졌다. 슈루즈베리에서처럼 강은 마을의 발치 가까이서 물을 휘감듯 흘렀는데, 여름이라 수면이 낮고 흐름이 고요했으나 폭이 넓은 지점 곳곳에 모래톱이 보였다. 갑자기 비라도 오면 고요는 끝나고 강은 잠에서 깨어 요동칠 것이다.

휴는 말에서 내린 뒤 부하들을 골목길에 남겨둔 채 어두운 가게를 지나 뒤쪽 마당으로 들어섰다. 열일곱 살쯤 되어 보이는 주근깨 소년이 큰 대패 위로 몸을 구부린 채 가운데가 불룩한 통의 널을 비스듬히 다듬느라 열심이었고, 그보다 한두 살 어려 보이는 소년은 널을 테 안에 세워 묶을 때 쓸 기다란 버드나무 껍질을 조심스레 벗기고 있었다. 열 살 남짓 되었을 세 번째 소년은 대팻밥을 기운차게 쓸어 모아 자루에 채워 넣는 중이었는데, 아마 땔감으로 쓰려는 것 같았다. 월터는 가게 일에 가족을 총동원한 모양이었다. 아이들 모두 비슷하게 생긴 것이, 누가 봐도 형제임이 틀림없었다. 그들의 아버지인 자그마하고 날쌘 검은 머리 남자가 나무 깎던 일을 멈추더니 칼을 쥔 채 일어섰다.

"무슨 일이시죠, 나리?"

"통 장수 양반," 휴가 말했다. "나는 애덤 헤리엇이라는 사람을 찾고 있는데, 그가 당신 아내의 오빠라 들었소. 하페코트에 사는 조카의 농장에서는 그가 어디 있는지 통 모르더군. 하지만 당신이 그와 연락을 하고 지낼 거라 하던데. 어디서 그를 찾을 수 있는지 알려주면 고맙겠소."

불현듯 깊은 침묵이 내려앉았다. 월터가 심각한 표정으로 그를 바라보며 생각에 잠겼다. 날이 둥근 칼을 쥔 손이 천천히 옆으로 떨어졌다. 장인으로서 손을 기민하게 놀리는 것은 당연한 일이었지만 무릇 생각은 천천히, 신중하게 해야 했다. 세 아이들도 말없이 서서 아버지와 휴를 응시하고 있었다. 에드릭이 옳게 알고 있다면, 제일 나이 많은 아이가 애덤의 대자일 것이다.

"나리." 마침내 월터가 입을 열었다. "저는 나리를 모릅니다. 제 처가에 무슨 볼일이 있으신가요?"

"아, 내 소개를 안 했군." 휴가 순순히 대답했다. "내 이름은 휴 베링어로, 이 주의 행정 장관이오. 3년 전쯤 있었던 일에 대해 애덤 헤리엇에게 몇 가지 질문을 하고자 하오. 그가 도와주면 그 일과 관련한 문제가 제대로 처리될 수 있으리라 믿고 있지. 애덤과 얘기를 나눌 수 있다면 나뿐 아니라 그에게도 큰 도움이 될 거요."

법 없이 사는 사람이라 해도 불안과 의심을 품을 만한 상황이었다. 하지만 괜찮은 직업과 돌봐야 할 식구가 딸린 남자라면 주의 장관 앞에서 올바른 대답을 거부하기 전에 자신의 처지에 대해 주의 깊게 생각하는 것이 마땅하리라. 월터는 바보가 아니었다. 그는 생각에 잠겨 막내아들이 쓸어 담다 놓친 작은 대팻밥과 톱밥을 발로 이리저리 뒤채다가, 어느 모로 보나 솔직하고 호의적인 태도로 입을 열었다. "나리, 애덤은 오랫동안 군대에 가 있었는데 최근 남쪽 지방이 조용해졌는지 한동안 쉴 수 있게 된 것 같더군요. 마침 때맞추어 오셨습니다. 애덤은 지금 집 안에 있습니다."

이에 맏아들이 조용히 문을 향해 움직이기 시작했으나 아버지가 가만히 소매를 잡아 끌어당겼고, 그 서슬에 아이는 얼어붙은 듯 제자리에 멈춰 섰다. "여기 이 아이는 대덤의 대자예요. 이름도 물려받았죠." 월터가 순박하게 덧붙이고서 아들을 놓아주었다. "네가 장관님을 방으로 안내해드려라. 나도 윗도리를 걸쳐 입고 따라갈 테니."

애초 어린 애덤이 의도했던 바는 아닌 듯했으나, 아버지에 대한 두려움 때문인지 아니면 믿음 때문인지 아이는 그 말에 순종했다. 방문을 지나 어른들의 침실 겸 홀로 쓰이는 큰방으로 휴를 안내하는 그의 주근깨 많은 얼굴은 침울해 보였다. 강으로 이어진 경사로를 향해 난 창을 열어두어 그리로 쏟아져 들어온 햇빛이 방 한가운데를 밝히고 있었지만 구석은 여전히 나무 냄새로 가득한 어둠에 잠겨 있었다. 직사각형 탁자 앞에, 머리가 벗어지고 갈색 턱수염을 기른 탄탄한 근육질의 남자가 두 팔을 탁자에 올린 채 맥주잔을 놓고 편안히 앉아 있었다. 가장 추운 시기를 제외하곤 늘 노숙을 하며 비바람에 시달리는 이의 외모를 지닌 사람이었다. 그 편안하고 조용한 모습에서 침착함과 강인함이 느껴졌다. 손에 국자를 들고 부엌에서 막 나온 여자 역시 튼튼한 몸집에 짙은 갈색 머리를 하고 있었다. 아들들의 호리호리한 몸매와 어두운 머리칼, 볕에 얼룩진 하얀 피부는 아버지에게서 물려받은 것이리라.

"어머니, 장관님께서 애덤 삼촌을 찾아오셨어요."

소년의 목소리가 단조로우면서도 크게 울렸다. 그는 안으로 들어가 휴를 막듯 잠시 문간에 멈춰 섰다. 그게 그 아이가 할 수 있는 최선이었다. 열린 창은 민첩한 사람이라면 빠져나갈 수 있을 만한 크기였다. 만일 무언가 양심에 꺼리는 것이 있다면, 애덤은 창문을 뛰어넘고 경사로를 달려 내려가 지금은 무릎까지도 차지 않는 강을 건너 도망칠 수 있을 터였다. 휴는 이 충성스러운 대자가 마음에 들었으니, 언뜻 미소가 떠오르려는 것을 아이에게 들키지 않으려 조심해야 했다. 아이는 장관이란 하층민들에게 재난이나 가져올 뿐 아무 쓸모도 없는 존재라고 여기는 게 분명했다. 아직 현실을 모르는 나이였다. 그러나 산전수전 다 겪은 애덤은 잠시 신중하면서도 흥미로운 눈빛을 던지더니 금세 일어나 상냥하게 인사를 건넸다.

"장관님, 찾으시는 사람이 접니다. 제가 애덤입니다."

휴의 부하 중 하나는 지금쯤 창문 너머 경사로에 있을 테고, 다른 하나는 말들을 지키고 있을 것이다. 그러나 이 남자와 소년은 그것을 알 리가 없었다. 그간 많은 전투를 겪은 사람이어서인지 애덤은 쉽사리 놀라거나 겁을 먹지 않았다. 그리고 지금 이 순간 그래야 할 어떤 이유도 없는 듯했다.

"편히 말씀하시지요." 그가 말했다. "만일 임무를 팽개치고 도망친 스티븐 왕의 부하들 때문에 오셨다면 여기서 찾으실 필요가 없습니다. 저는 누이를 만나기 위해 휴가를 얻어 왔거든요. 아직 잡히지 않은 탈영병들이 좀 있겠지만 저는 아닙니다."

여자가 무슨 일인지 궁금해하면서 천천히 그의 옆으로 다가갔다. 조금 당황했을 뿐 크게 놀란 것 같지는 않았다. 그녀는 둥글고 혈색 좋은 얼굴에 정직한 눈을 하고 있었다.

"장관님, 제 착한 오빠는 저를 만나러 먼 길을 왔어요. 그게 잘못된 건 아니겠지요?"

"잘못된 건 전혀 없소." 휴는 잘라 말하고 줄곧 부드러운 태도로 설명을 이어갔다. "3년 전에 사라진 한 여인에 관한 소식을 수소문하는 중이오. 혹시 줄리언 크루스에 대해 아는 게 있소?"

어머니와 아들, 또 휴를 뒤쫓아 방에 막 들어온 월터에게는 아닌 밤중에 홍두깨 같은 소리였겠지만 애덤 헤리엇에게는 달랐다. 휴의 질문을 분명하게 이해한 그는 앉으려다 말고 탁자에 손을 짚은 채 엉거주춤한 자세로 꼼짝도 않고서 침착하게, 그러나 경계의 기색을 띠며 휴의 얼굴을 똑바로 쳐다보았다. 그는 그 이름을 알고 있었다. 세월을 거슬러 올라가 그 여정의 모든 일들을 세세하게 환기하는 이름, 겁을 먹은 사람이 손에 든 묵주를 돌리듯 마음속에 떠오른 그 일들을 하나하나 되짚게 만드는 이름이었다. 아니, 그는 겁을 먹은 게 아니었다. 그보다는 위험과 기억의 고통을 감지하고 재빨리 생각해야 할 필요성, 어쩌면 진실과 부분적인 진실과 거짓 사이에서 선택을 해야 할지 모른다는 사실에 긴장한 듯했다. 그 흔들림 없는 표정, 속을 짐작할 수 없는 얼굴

뒤에서 그가 지금 무슨 생각을 하고 있을지 휴로서는 알 길이 없었다.

"장관님," 마침내 애덤이 천천히 입을 열었다. "예, 제가 그분을 압니다. 아가씨께서 수녀가 되려고 웨어웰로 떠나실 때 저도 함께 갔었죠. 저 말고도 세 명이 더 갔습니다. 그리고 최근 그 지역에서 전투가 벌어져 그곳 수녀원이 불타버렸다는 사실도 알고 있습니다. 하지만 3년 전에 그분이 사라졌다니요? 어떻게 그런 일이 있을 수 있습니까? 그동안 다들 아가씨가 거기 계신다고 생각했는데요. 물론 지금은 안 계시지만요. 예, 사라지셨죠. 제가 화재 소식을 듣고 수소문해봤지만 허사였습니다. 그 화재 이후로 우리 줄리언 아가씨의 행방에 대해 혹시 아시는 바가 있다면 오히려 제가 여쭙고 싶습니다. 그분이 살았는지 죽었는지, 도무지 소식을 알 수가 없어요."

그의 말에는 진실의 울림이 있었으니, 누구도 이를 의심하기는 힘들었을 것이다. 적어도, 조금 전 침묵을 지키던 짧은 사이 그토록 강력하게 자신을 통제하는 모습을 보지 못했다면 말이지만. 그럼에도 그 말의 상당 부분이 진실이라는 점은 틀림없는 듯 여겨졌다. 그가 충직한 사람이라면 분명 그 끔찍한 대학살 이후 그곳에서 그녀를 찾아보았으리라. 그게 아니라면, 휴는 생각했다. 그렇다면 그는 최근의 상황을 알고 그것을 이용하는 셈이야.

"당신은 그녀와 함께 웨어웰로 갔소." 그의 부탁을 듣지 못한 양 휴가 말했다. "그때 그녀가 수녀원 안으로 무사히 들어가는 것을 확인했소?"

순간 침묵이 내려앉았다. 아주 짧은 순간이었지만 의미심장한 침묵이었다. 만일 그가 뻔뻔스럽게도 그렇다 대답한다면 이는 거짓일 테고, 그렇지 않다 하면 진실을 말하는 것이리라.

"아뇨, 그건 확인하지 못했습니다." 애덤이 무거운 목소리로 말했다. "그랬으면 좋았을 텐데, 아가씨가 그러지 말라고 하셨거든요. 저희는 마지막 밤을 앤도버에서 보냈습니다. 그러고서 다음 날 저 혼자 아가씨를 모시고 남은 몇 킬로미터를 갔지요. 1킬로미터도 채 안 남았을 때—아직 수녀원이 보이지는 않았고 그 사이에 작은 숲이 있었는데—아가씨가 이제 혼자 가겠다며 저를 돌려보내시더군요. 저는 그분이 원하시는 대로 했지요. 아가씨가 한 살도 안 되었을 때부터, 아가씨를 제 팔에 안고 다닐 때부터 줄곧 그분이 원하시는 대로 해왔으니까요.' 첩첩이 층을 이룬 구름을 뚫고 번쩍 비쳐 나오는 번개처럼, 그의 어둡고 무뚝뚝한 얼굴에 처음으로 빛이 이는 듯했다.

"나머지 세 명은?" 휴가 부드럽게 물었다.

"그들은 앤도버에 남아 있었지요. 제가 돌아온 다음에 함께 집으로 출발했고요."

휴는 시간의 불일치에 대해 아무 말도 하지 않았다. 그 문제는 잠시 유보해두었다가 그가 가족들과 떨어져 조금이라도 마음이 약해질 때 꺼내는 것이 좋을 듯했다.

"그날 이후로 줄리언 크루스에 대해선 아무것도 들은 바가 없소?"

"네, 장관님, 전혀 모릅니다. 장관님께서 아시는 게 있으면 제발 알려주십시오. 최악이든 최선이든 상관없습니다."

"당신이 그 여인에게 아주 헌신적이었다 들었소."

"그분을 위해서라면 목숨도 버렸을 겁니다. 지금도 그렇습니다."

글쎄, 당신이 만약 거짓의 가면을 쓰고 연기를 하고 있는 최고의 배우로 밝혀진다면 정말로 죽게 될지도 모르지, 휴는 생각했다. 아직은 이 남자에 대해 판단을 내릴 수가 없군. 물론 그가 잠깐씩 내비치는 격정의 번뜩임은 분명 진실의 힘을 지니고 있었다. 그러나 어쩌면 아주 교활하게 말을 골라 하고 있는 것인지도 몰랐다. 감출 것이 없다면 왜 그러겠는가?

"말이 여기 있소, 애덤?"

남자는 숱진 눈썹 아래 깊숙이 들어간 눈을 들어 무언가를 궁리하는 눈빛으로 오랫동안 그를 바라보다가 느릿느릿 입을 열었다. "네, 장관님."

"그러면 안장을 얹어 나와 함께 가자고 부탁을 좀 해야겠소."

거절할 수 있는 부탁이 아님을 애덤은 잘 알고 있었다. 휴는 그가 위엄 있게 이곳을 떠날 수 있도록 정중하고 부드럽게 돌려 표현하고 있었다. 그는 의자를 뒤로 밀며 일어나 똑바로 섰다.

"어디로 갑니까?" 이어 그가 어두운 구석에서 불안하게 바라보고 섰던 주근깨 소년에게로 고개를 돌렸다. "가서 안장 좀 얹어주겠니? 어디, 쓸모가 있나 보자."

어린 애덤은 마지못해 방을 나섰지만 그 시선은 계속 그들에게 붙박여 있었다. 곧 마당의 단단한 흙을 울리는 말발굽 소리가 들려왔다.

"당신은 그 여인이 수녀원에 들어가기로 결정한 경위에 대해 다 알고 있을 거요." 휴가 말했다. "그녀가 아이였을 때 고드프리드 메어스콧과 약혼했던 일, 그분이 하이드 미드의 수사가 되며 파혼하게 되었다는 것도 말이오."

"예, 다 알지요."

"하이드가 화재를 입은 뒤 그곳 수사들 모두 뿔뿔이 흩어졌고, 고드프리드 메어스콧은 슈루즈베리로 왔소. 웨어웰의 참사 이후 그분은 줄리언 크루스의 소식을 초조하게 기다리고 있지. 그러니 당신에게 할 말이 있든 없든, 나는 당신을 데려가 그분을 만나게 할 생각이오." 줄리언이 자신이 택한 피난처에 도착하지 않았다는 사실에 대해서는 아직 아무 얘기도 나오지 않은 터였다. 그리고 경험 많고 자신을 잘 통제하는 이 남자의 얼굴만 봐서는 그가 그 사실을 아는지 모르는지조차 짐작할 도리가 없었다. "뭔가 단서를 주지는 못할지언정 그분에게 그녀 이야기를 들려주고 추억을 나눌 수는 있잖겠소. 지금 상황으로 보건대 혼자서 그 추억을 안고 있기란 꽤 힘들 것 같으니 말이오." 휴가 상냥하게 말을 맺었다.

애덤은 천천히, 조심스럽게 한숨을 쉬었다. "좋습니다. 그러지요. 그분이 아주 훌륭한 분이라고 모두들 얘기했지요. 아가씨께는 나이가 꽤 많은 편이었지만 그래도 훌륭한 분이라고…… 참 안타까운 일이었어요. 아가씨는 그분이 자신을 무슨 왕비로 만들어주리라 생각한 듯 자랑스럽게 그분 이야기를 하셨거든요. 그런 아가씨가 수녀원에 들어가게 되어 참 가엾다 생각했죠. 그분의 좋은 아내가 될 수도 있었을 텐데. 예, 저는 아가씨를 잘 알았습니다. 기꺼이 함께 가지요." 그는 호기심과 의심이 어린 얼굴로 나란히 붙어 서 있는 부부를 향해 조용히 덧붙였다. "슈루즈베리는 멀지 않아. 곧 다시 만나게 될 거야."

*

슈루즈베리로 돌아가는 여행길은 평범하면서도 낯설었다. 강인하고 침착한 이 병사는 자신이 잠재적인 죄수라는 사실도, 아직 밝혀지지 않은 어떤 일의 용의자라는 사실도 알지 못하는 척 내내 느긋하게 굴면서도, 자신이 달아날 경우를 대비해 두 관리가 뒤편 양쪽에 붙어 따라오고 있다는 사실을 예리하게 의식하는 듯했다. 그는 잘 달리는 아주 좋은 말을 타고 있었다. 병사로서 평판이 좋고 지휘관의 신뢰를 받는 사람이 틀림없었다. 그가 원하는 대로 휴가를 허락했을 뿐 아니라 그렇게 좋은 말까지 내어주지 않았는가. 자신이 처한 상황에 관해 그는 아무것도 묻지 않았고 두려움을 드러내지도 않았다. 다만, 세인트자일스가 보이는 지점에 이를 때까지 같은 질문을 세 차례 반복했을 뿐이었다.

"장관님, 윈체스터에 닥친 그 난리 이후로 아가씨에 관한 소식을 들으신 게 없습니까? 웨어웰 부근에서 수소문하실 때 어떤 얘기라도 나오지 않았나요? 수녀들 대부분이 뿔뿔이 흩어져버렸을 텐데요."

그러다 마지막에는 별안간 호소하는 듯한 어조로 이렇게 물었다. "장관님, 아신다면 제발 말씀 좀 해주십시오. 아가씨가 살았습니까, 죽었습니까?"

어떤 질문에 대해서도 그는 직접적인 답을 듣지 못했다. 휴로서도 그에게 해줄 말이 없는 탓이었다. 마침내 세인트자일스의 낮은 산과 웅크린 지붕들, 조촐한 작은 포탑을 지날 즈음, 애덤이 생각에 잠겨 중얼거렸다. "혼자서 하이드로부터 그 먼 길을 오다니, 병들고 늙은 사람에게는 힘든 여행이었겠군요. 고드프리드 님이 어떻게 그것을 견디셨을지 모르겠습니다."

"그분은 혼자가 아니었소." 휴가 무심하게 대꾸했다. "하이드미드에서 온 사람은 둘이었지."

"그랬군요." 고개를 끄덕이며 애덤이 말을 이었다. "듣자 하니 그분이 심하게 부상을 입었다던데, 그래서 도와줄 사람이 같이 왔나 보군요. 하긴, 그런 사람 없이는 오는 도중에 쓰러지고 말았겠죠." 그러고는 천천히 한숨을 내쉬었다.

이후로 그에게선 더 이상 아무 말도 나오지 않았다. 왼편에 수도원 담장이 나타나기 시작한 참이었다. 먼지 이는 길을 따라 드리운 담장의 그늘이, 마치 잘 드는 검은 칼로 오후의 햇빛을 잘라 놓은 듯 보였다.

*

그들은 문지기실의 아치를 지나 큰 마당으로 들어섰다. 점심시간 이후, 젊은 수사들은 저희들끼리 자유롭게 놀고 나이 든 수사들은 잠을 잘 수 있는 30분 정도의 휴식 시간도 끝난 터라 마당은 활기에 넘쳤다. 수사들 모두 각자의 일터로, 필사실의 책상으로, 게이 초원을 따라 펼쳐진 정원으로, 혹은 방앗간이나 양어장의 인공 부화장으로 흩어지고 있었다. 문지기 수사는 마르고 키가 큰 휴의 잿빛 말을 알아보고 밖으로 나왔다. 두 부관과 함께 나타난 낯선 사람에게 호기심을 느끼는 모양이었다.

"휴밀리스 수사님 말입니까? 필사실에도 침소에도 안 계실 겁니다. 오늘 아침기도가 끝난 뒤 마당을 지나가다 쓰러지셨거든요. 크게 다치거나 하지는 않았어요. 그 젊은 수사가 팔을 잡고 천천히 주저앉힌 덕에…… 하지만 한참 지나서야 다시 의식을 회복하셨지요. 사람들이 곧장 진료소로 모셔 갔습니다. 지금은 캐드펠 수사님이 돌보고 계시고요."

"저런, 안타까운 일입니다." 당황하고 걱정이 되어 걸음을 멈추며 휴가 말했다. "그렇다면 지금은 뵐 수 없겠는데……."

그렇지만 이것이 언젠가 캐드펠이 말한 그 일, 피할 수 없으며 매일 조금씩 다가온다는 종말을 향한 또 한 번의 발걸음이라면, 줄리언 크루스의 운명에 대해 작은 단서나 제공해줄지 모를 심문을 늦출 수 없었다. 휴밀리스 자신이 그 소식을 가장 애타게 기다리고 있지 않은가.

"아, 지금은 정신을 차리셨습니다." 문지기 수사가 말했다. "이젠 그분이 자신의 주인이지요. 물론 우리 모두의 주인이신 하느님의 자비 아래 말입니다. 휴밀리스 수사는 침소의 방으로 돌아가고 싶다고, 자신의 일을 조금이라도 더 해내겠다고 고집을 피우셨어요. 물론 그래도 사람들이 진료소에서 나가지 못하게 했지만요. 어쨌든 지금은 완전히 의식을 회복하셨고, 의지도 분명합니다. 휴밀리스 수사님께 긴히 드릴 말씀이 있다면 가서 그분들의 허락을 구해보시지요." 그가 얘기하는 '그분들'이란 에드먼드 수사와 캐드펠 수사를 뜻했다. 그들이라면 명확하게 판단을 내려주리라.

"여기서 기다리시오." 휴는 마음을 먹은 듯 안장에서 휙 내려서더니 마당을 가로질러 북서쪽 구석, 수도원 담장이 꺾이는 곳에 물러나 앉은 진료소로 향했다. 그의 두 부하도 말에서 내려 자신들에게 맡겨진 죄수에게 다가가 그를 지켰다. 그러나 애덤은 어떤 일이 닥치든 뻔뻔스럽게 밀고 나갈 준비가 되어 있는 듯했다. 그는 잠시 말 위에 가만 앉아 있다가 이내 내려와 휴의 말을 돌보러 온 마부에게 태평스레 고삐를 넘겨주고는 마당 주위에 모여선 건물들을 유심히 둘러보았다.

휴는 진료소 출입구에서 막 나오던 에드먼드 수사를 발견하고는 재빨리 다가가 질문을 던졌다. "휴밀리스 수사님이 안에 계시다면서요? 그분, 방문객을 맞을 수 있는 상탭니까? 우리가 찾던 남자를 잡아 왔는데 운이 좋으면 지금 그 사람한테서 뭔가 끌어낼 수 있을 것 같습니다. 더 지체하면 그자가 핑곗거리를 떠올리고 확실하게 발뺌을 할지도 몰라요."

에드먼드는 한동안 눈을 껌벅이며 그를 바라보았다. 자신의 업무를 떠나 얼른 다른 일로 관심을 돌리기가 어려웠던 것이다. "그분은 매일매일 약해지고 있소." 그는 잠시 머뭇거리다가 입을 열었다. "지금은 편안히 쉬고 계시지만 자기 때문에 한 여인이 그 지경이 됐다며 내내 애를 태우시더군. 그래도 정신이 강하고 확고한 분이니 필시 장관을 만나고 싶어 할 거요. 캐드펠 수사님도 거기 계시고. 쓰러지면서 최근에 치료한 자리가 다시 터졌는데 그나마 상처가 깨끗한 편이오. 좋소, 가서 만나보시오." 그의 얼굴엔 차마 입 밖으로 꺼내지 못한 이야기가 깃들어 있었다. '그에게 시간이 얼마나 남았는지 누가 알겠소? 마음이 편안하면 그 시간을 조금이나마 늘릴 수 있을지도 모르지.'

휴는 기다리던 이들에게로 돌아왔다. "갑시다. 들어가도 괜찮을 것 같군." 그러고는 두 부하에게 명을 내렸다. "자네들은 문 앞에서 기다리게."

그가 뒤에서 고분고분 쫓아오는 애덤과 함께 진료소에 들어서자마자 귀에 익은 캐드펠의 목소리가 들려왔다. 휴밀리스는 넓은 공동 병실이 아니라 따로 분리된 작고 조용한 병실들 중 한 곳에 있었다. 문틈으로 작은 침대와 둥근 의자 하나, 그리고 책이나 촛불을 놓을 수 있는 조그마한 탁자가 보였다. 열린 문과 덧문 열린 창으로 빛과 바깥 공기가 들어왔다. 캐드펠이 약을 붙이고 붕대를 감는 동안 피데일리스 수사는 침대 옆에 무릎을 꿇은 채 병자를 팔로 감싸 안고 있었다. 간신히 새살이 돋은 엉덩이와 사타구니의 상처가 조금 벌어진 터였다. 그들이 그의 옷을 벗기고 이불도 젖혀놓은 상태였으나 캐드펠의 단단한 몸이 문간과 침대 사이를 가로막고 있어 문에서는 침대의 광경이 보이지 않았다. 곧 사람들의 발소리가 들리자 피데일리스가 재빨리 시트를 당겨 환자의 아랫도리를 가렸다. 피데일리스의 한 팔로도 충분히 지탱될 정도로 그의 긴 몸은 너무나 여위어 있었지만, 수척한 얼굴은 어느 때보다도 맑고 꿋꿋했으며 움푹 들어간 두 눈도 더없이 밝게 빛났다. 그는 훈련에 복종하듯 참을성 있는 미소를 띤 채 치료에 몸을 맡기고 있었다. 마치 질투라도 하듯, 피데일리스는 얼른 시트를 덮어 낯선 시선으로부터 황폐화된 그 몸을 가린 뒤 옆에 준비되어 있던 깨끗한 셔츠를 살살 털어 휴밀리스의 머리 위로 올려서는 가느다란 팔을 소매에 끼우고 옷이 배기지 않도록 몸을 살짝 움직여준 다음에야 문 쪽으로 고개를 돌렸다.

휴의 모습을 보는 순간 병실에 있던 이들의 얼굴에 반가움이 떠올랐다. 곧이어 휴밀리스와 피데일리스는 그의 뒤를 따라 들어오는 사람에게로 눈길을 돌렸다.

휴의 어깨 너머에서 그보다 키가 큰 낯선 이가 방 안에 있는 사람들의 얼굴을 재빨리 훑어보았다. 아주 잠시, 날카로운 시선이 한차례 번득였다. 이는 앞으로 자신이 무슨 일을 감당해야 할지 가늠해보려는 짧은 평가 과정이었다. 캐드펠 수사는 이곳에 속한 수사로 큰 위협이 되지 않을 듯 보였고, 침대에 누운 병자는 이미 그가 아는 사람이었다. 그러나 침대 곁에 꼼짝도 않고 선 채 두건의 그림자 속에서 크게 뜬 눈을 반짝 빛내는 또 다른 수사는 과연 어떤 존재일지 금세 판단이 서지 않았다. 애덤 헤리엇은 마지막으로, 그리고 가장 오랜 시간을 들여 피데일리스를 바라보다가 곧 눈을 내리깔고 표정을 굳혔다. 마치 덮인 책과도 같은 얼굴이었다.

"에드먼드 수사님이 들어와도 좋다고 하셔서요." 휴가 침묵을 깼다. "하지만 저희 때문에 피곤하실 것 같으면 나중에 다시 오지요. 몸이 좋지 않으시다니 안타깝습니다."

"좋은 소식을 가져오신 거라면, 그게 최고의 약이 될 거요." 휴밀리스가 말했다. "캐드펠 수사님은 내가 다른 처방을 받는다고 시기하실 분이 아니지. 난 그다지 아프지 않아요. 그저 잠깐 쓰러졌을 뿐…… 더위가 점점 더 심해져 그랬던 것 같소." 그의 목소리는 평소보다 느리게 떨려 나왔으나 눈만은 맑고 고요했다. "그런데 같이 오신 분은 누구신지……."

"니컬러스가 떠나기 전에 말씀드렸을 겁니다." 휴가 대답했다. "줄리언이 웨어웰로 떠날 때 그녀를 호위했던 네 사람 중 셋은 벌써 심문을 마쳤다고요. 이 사람은 네 번째 사람입니다. 애덤 헤리엇이라고, 마지막 날 동료들을 앤도버에 남겨두고 아가씨와 함께 웨어웰로 갔었죠."

휴밀리스 수사는 쇠약한 몸을 꼿꼿이 세우더니 가만히 그를 바라보았다. 피데일리스 수사가 무릎을 꿇고 한 팔을 휴밀리스의 어깨에 둘렀다. 그는 환자의 등을 받친 베개 뒤편에 선 채 주인의 야윈 어깨 너머 그늘 속에서 얼굴을 숙이고 있었다.

"그렇소? 그렇다면 이제 그녀를 호위했던 사람들이 전부 나온 셈이군. 바로 당신이……" 햇볕에 탄 이마를 숙이고 눈썹을 찌푸린 그 무뚝뚝한 얼굴과 황소처럼 건장한 몸을 급히 훑어보며 휴밀리스가 말을 이었다. "당신이 줄리언의 어린 시절부터 애정으로 그녀를 보살펴줬다는 그 사람이군."

"그렇습니다." 애덤 헤리엇이 짧게 대답했다.

"당신이 아가씨와 언제, 어떻게 마지막으로 헤어졌는지 말씀드리시오." 휴가 말했다. "솔직하게 말해야 하오. 이건 당신만이 해줄 수 있는 얘기니까."

헤리엇은 긴 한숨을 내쉬었으나 두려워하거나 압박감을 느끼는 것 같지는 않았다. 이어 그가 브리게에서 휴에게 했던 얘기를 되풀이했다. "아가씨는 혼자 가겠다며 저를 돌려보내셨습니다. 전 그분 뜻대로 했지요. 아가씨는 제 주인이시고, 원하는 대로 명령하실 수 있으니까요. 아가씨가 요구하시는 일이라면 전 합니다."

"그런 뒤 앤도버로 돌아왔고?" 휴가 가볍게 물었다.

"네, 장관님."

"서두를 필요는 없었겠군." 휴가 부드러움을 가장하며 다시금 가볍게 말을 이었다. "웨어웰에서 앤도버까지는 몇 킬로미터밖에 안 되니까. 게다가 1킬로미터쯤 남겨둔 지점에서 돌아가라는 명령을 받았다니 말이오." 이어 그의 음성이 날카로워졌다. "하지만 당신은 몇 시간이나 지나 어스름 무렵에야 앤도버에 도착했다 들었소. 그동안 어디 있었던 거요?"

애덤이 일순 숨을 멈추고 차디찬 냉기에 몸을 떠는 것을 눈치채지 못할 사람은 없었다. 조심스럽게 내려뜨고 있던 눈이 커다래지더니 사납게 휴를 향한 뒤 다시 아래로 떨어졌다. 그 짧은 동안 목소리와 생각을 가다듬기 위해서는 상당한 노력이 필요했을 것이다. 그러나 그는 놀랄 정도로 수월하게 그 일을 해냈다. 정말이지 너무나 짧은 순간이라, 그사이 거짓말을 꾸며냈으리라고는 생각할 수 없을 정도였다.

"장관님, 저는 그때껏 한 번도 남쪽으로 그렇게 멀리까지 간 적이 없었고, 당시에는 또 그럴 만한 기회가 있으리라 생각할 수 없었습니다. 윈체스터와 아주 가까운 그곳에서 아가씨는 저더러 그만 돌아가라 하셨습니다. 윈체스터라니, 그동안 얘기만 들었지 직접 보게 되리라고는 생각도 못한 곳이었지요. 물론 그렇게 시간을 쓸 권리가 없었다는 건 압니다. 하지만 전 그렇게 했습니다. 말을 타고 시내로 들어가 날이 저물 때까지 있었어요. 아직 그곳이 평화로웠던 시절이라 혼자서 마음 놓고 걸어다니며 큰 교회도 구경하고, 주막에서 밥도 먹고 할 수 있었지요. 아무것도 두려울 게 없었습니다. 전 그렇게 하루를 보내고 저녁 늦게야 앤도버로 돌아갔습니다. 그 사람들의 말은 전부 사실이에요. 너무 늦은 터라 저흰 다음 날 아침에야 출발했습니다."

이제 윈체스터시를 자기 손바닥처럼 잘 아는 휴밀리스가 감정을 드러내지 않고 조용하게, 그러나 주의 깊은 시선과 힘이 실린 목소리로 심문을 맡았다. "맡은 일을 완수한 뒤 개인적인 시간을 보낸 것을 두고 누가 당신을 탓하겠소? 한데, 그렇다면 윈체스터에선 무엇을 보고 무슨 일을 하셨소?"

애덤의 조심스럽던 호흡이 곧 다시 편안해졌다. 그 질문에 대답하기란 어렵지 않았다. 그는 헨리 주교의 도시를, 성으로 들어갈 때 통과했던 북쪽 성문에서 세인트크로스의 목초지에 이르기까지, 또 울버지의 성과 대성당에서부터 북서쪽 하이드 미드의 들판에 이르기까지 자세히 설명하기 시작했다. 경사가 급한 하이 가街의 건물들도, 세인트스위툰의 황금 성골함과 헨리 주교가 자신의 전임자인 워클린 주교의 대성당에 선물한 장엄한 십자가도 상세히 묘사할 수 있었다. 그는 자신이 보았다고 주장하는 모든 것을 본 것이 틀림없었다. 휴밀리스는 휴에게 시선을 보내어 그 사실을 확신시켰다. 휴도, 조금 떨어져 선 채 모든 이야기에 주의 깊게 귀를 기울이고 있는 캐드펠도, 윈체스터에는 가본 적이 없었다.

"결국 줄리언 크루스의 운명에 대해 당신이 아는 것은 그게 전부군." 마침내 휴가 말했다.

"그날 헤어진 뒤로 아가씨 소식은 전혀 모릅니다." 어느 모로 보나 진실한 태도로 애덤이 말했다. "제가 여러 번 여쭈었던 질문에 대해 장관님께서 대답해주시지 않는 한, 저로서는 더 아는 게 없지요." 그러나 그는 더 이상 같은 질문을 던지지 않았다. 방금 한 말에서도 먼저의 절박함은 찾을 수 없었다.

"내가 말해줄 수 있는 건, 줄리언 크루스가 웨어웰에 도착하지 않았다는 사실이오." 휴가 거친 음성으로 말을 이었다. "웨어웰의 원장은 그녀에 대해 들은 적도 없다더군. 그날로 그녀는 사라졌고, 당신은 그녀를 마지막으로 본 사람이오. 이에 대해 뭐라고 답하겠소?"

애덤은 한동안 말없이 그를 바라보며 서 있다가 천천히 입을 열었다. "그게 사실입니까?"

"그렇소. 하지만 당신에게 굳이 이 대답이 필요했을지 모르겠군. 당신이 그 사실을 가장 잘 알고 있었을 테니 말이오. 그녀는 웨어웰에 도착하지 않았고, 그녀가 어디로 갔는지 아무도 모르고 있소. 그 일에 대해 알아야 할 유일한 사람은 당신이지. 그녀가 어디로 갔는지, 그녀에게 무슨 일이 일어났는지, 또 그녀가 지금 살아 있는지 죽었는지는 오직 당신만이 알고 있소."

"하느님께 맹세합니다!" 애덤이 말했다. "아가씨가 바라시는 대로 저 혼자 돌아섰을 때, 그분은 건강하고 무사했습니다. 지금

어디 계시든 여전히 그러시기를 바라고요.'

"줄리언이 어떤 귀중품들을 가지고 가는지 알고 있지 않았소? 당신에겐 아주 유혹적이었겠지. 자, 이제 정식으로 묻겠소. 줄리언과 단둘이 남아 주위에 목격자가 하나도 없을 때, 당신이 여주인의 물건을 빼앗고 그녀를 폭행했소?"

이때 피데일리스가 조심스레 휴밀리스를 자리에 눕히곤 곁에 꼿꼿이 섰다. 그 움직임이 시선을 끌었는지 애덤은 잠시 시선을 돌렸다가 이내 큰 소리로 분명하게 말했다. "그 반대입니다! 저는 그때 아가씨를 위해 죽을 각오가 되어 있었어요. 지금도 그렇고요. 아가씨가 한순간이라도 슬픔을 겪게 하느니, 차라리 기쁘게 죽을 겁니다."

"아주 좋소!" 휴가 퉁명스럽게 말했다. "그게 당신의 변명이군. 그렇지만 더 자세한 내용이 나올 때까지는 당신을 가둬두어야겠소. 이 난제를 풀려면 많은 것을 알아야 하지 않겠소?" 그는 문으로 가서 명령을 기다리고 있던 두 부하를 불러들였다. "이 사람을 성으로 데려가게."

애덤은 놀란 기색 없이, 항의하는 말 한마디 꺼내지 않은 채 두 부하 사이에 서서 방을 나갔다. 그로서는 구원을 기대할 여지가 없었다. 이미 이 일에 단단히 엮여 빠져나갈 수 없게 된 터였다. 그에게서는 당혹감이나 불안조차 느껴지지 않았다. 자신의 생각을 바꾸지 않을, 강하고 경험 많은 사람이었다. 문간에서 애덤은 잠깐 뒤를 돌아보았다. 방 안에 있는 사람들 모두에게 한 번씩 그의 시선이 꽂혔다. 휴에게는 아무것도 전달되지 않는 무의미한 시선이었고, 캐드펠에게도 그저 영문을 알 수 없는 일별에 불과했다. 아직은 너무 작아 빛을 던지지 못하는 순간적인 섬광, 그뿐이었다.

9

 휴밀리스 수사는 죄수와 병사들의 뒷모습을 한참이나 바라보다가 그들이 사라지자 깊은 한숨과 함께 침대에 몸을 눕히고는 둥글고 낮은 돌천장을 물끄러미 응시했다.
 "저희 때문에 많이 피곤하시겠군요." 휴가 말했다. "이만 물러갈 테니 좀 쉬십시오."
 "아니, 잠깐만." 휴밀리스 수사의 높은 이마에 송골송골 땀이 솟아나고 있었다. 피데일리스가 몸을 구부려 땀을 닦아내자 그의 얼굴이 미소와 함께 잠시 밝아지는가 싶더니 곧 어두워지며 찡그린 표정으로 변했다. "자네는 나가서 햇볕도 쐬고 신선한 공기도 좀 마시게. 나를 돌보느라 시간을 다 보내고 있으니…… 지금 내겐 아무것도 필요하지 않네. 또 여기서 나만 돌보고 있는 건 옳은 일이 아니야. 나는 곧 잠들 걸세." 미약하지만 평온한 그의 목소리만 들어서는 그가 말하는 잠이라는 게 더운 오후에 잠깐 맛보는 편안한 낮잠을 의미하는지, 아니면 육체의 마지막 안식을 의미하는지 분명치 않았다. 그는 잠시 젊은이의 손에 자기 손을 올려놓았다. 애무라고까지 할 수는 없지만 너무나 부드러운 접촉이었다. "자, 어서! 자네가 갔으면 좋겠어. 가서 내 일을 대신 마무리해주게. 자네 붓끝이 나보다 더 고르니까. 세세한 부분은……내가 하기엔 너무 힘들어."

침착한 얼굴로 그를 응시하던 피데일리스는 자신들을 지켜보는 두 사람 쪽으로 슬쩍 시선을 돌렸다가 다시금 그 맑은 회색 눈을, 곱슬거리는 황갈색 머리와 뚜렷한 대조를 이루는 두 눈을 내리떴다. 그는 명령에 따라 문을 나섰다. 제법 가볍고 빠른 걸음걸이였다.

"니컬러스가 너무 급히 가버렸군." 가벼운 발소리가 잦아들며 고요가 찾아오자 휴밀리스가 입을 열었다. "그래서 내 약혼녀가 가지고 갔다는 귀중품이 어떤 것들인지 듣지 못했소. 찾으면 쉽게 알아볼 수 있을 정도로 그렇게 특색 있는 것들이오?"

"같은 것이 두 개도 없을 겁니다." 휴가 대답했다. "금세공인이나 은세공인은 대개 자기가 도안한 대로 물건을 만들지요. 하지만 쌍을 이루어 만들고자 의도했다 한들 완전히 똑같이 맞추기는 힘듭니다. 심지어 그 물건들은 아주 독특해요. 그걸 보고도 모르는 채 지나치는 일은 없을 겁니다."

"어떤 물건들인지 알려줄 수 있겠소? 그녀는 은화를 가지고 있었다고 들었소. 그건 누군가 손에 넣은 사람이 마음대로 쓸 수 있는 것이지. 그러면 다른 것들은? 어떤 물건들이오?"

기억력이 거울처럼 정확한 휴가 기꺼이 그것들을 묘사하기 시작했다. "은촛대 한 쌍이 있는데 포도 덩굴 장식이 있는 긴 촛대로, 심지 자르는 가위가 은사슬로 연결되어 있고 포도 잎 모양의 장식이 붙어 있지요. 또 높이가 남자의 손 길이만 한 제단용 십자가가 있습니다. 은으로 만든 받침에는 세 개의 단에 노란색 구슬과 자수정, 마노 같은 보석이 박혀 있고요. 또 같은 금속과 보석으로 만들어진 목걸이용 십자가도 있어요. 사제가 걸 수 있게끔 가는 은줄에 달려 있답니다. 그리고 몇 가지 보석이 있는데, 폰테스버리의 언덕에서 나온 돌을 갈아 만든 목걸이 하나, 살갈퀴 덩굴 모양이 새겨진 은팔찌, 노란색과 파란색 꽃 모양으로 광택제가 칠해진 정교한 은반지 하나…… 그것들은 분명 어딘가에 있을 겁니다. 아마 남쪽 어디쯤에서 발견되겠죠. 그녀가 물건들과 함께 사라진 곳이 거기니까요."

휴밀리스는 눈을 감은 채 소리 없이 입술을 움직여 휴가 이야기한 것들의 모양을 기억에 담고 있었다. "소소한 재산이군." 그가 속삭이듯 말했다. "그렇지만 가난하고 불쌍한 어떤 영혼들에게는 적지 않은 재산이었겠지. 당신은 정말로 이 얼마 되지도 않는 물건들 때문에 그녀가 죽었을지 모른다고 믿는 거요?"

"사람들은 그보다 훨씬 값이 나가지 않는 물건 때문에 목숨을 잃기도 하니까요." 휴가 단호하게 말했다.

"그래요, 그렇지! 작은 십자가라……." 휴밀리스는 기억나는 어구들을 다시 속삭이듯 웅얼거렸다. "새끼손가락 길이에 노란 구슬과 초록색 마노, 자수정이 박혔다…… 제단용 십자가와 똑같이 장식된 목걸이가 있고…… 그렇군, 확실히 알아볼 수 있을 것 같소."

기진한 그의 이마에 다시 땀이 솟아나 감긴 눈 주변의 주름 사이로 흘러내렸다. 캐드펠은 번진 땀방울들을 닦아주고 얼굴을 찡그려 휴에게 먼저 나가라는 신호를 보냈다.

"난 곧 잠들 거요……." 휴밀리스가 중얼거리며 희미하게 미소를 지었으나 그 미소는 곧 사그라들었다.

*

통로 너머, 열두 개의 침대가 두 줄로 널찍한 간격을 두고 놓인 큰 방에서는 에드먼드 수사와 다른 한 수사가 새로운 환자를 위한 공간을 마련하느라 침대들을 조금씩 이동시키고 있었다. 에드먼드 수사를 돕는 이는 문을 등진 터라, 처음엔 힘세고 등이 꼿꼿한 그 인물이 누구인지 알 수 없었다. 캐드펠과 휴가 복도를 지날 때 그가 잡고 있던 침대를 내려놓고 허리를 펴더니, 침대의 무게 때문에 생긴 자국을 없애려는 듯 두 손을 비비면서 돌아섰다. 검고 곧은 눈썹과 불타는 눈. 유리언 수사였다. 여러 사람들 앞에서 보이는 자신의 모습이 오랜만에 만족스러웠는지 그는 입술 양끝을 올려 다소 긴장된 미소를 지어 보였으나, 이것도 그의 눈 속에서 천천히 타고 있는 불길을 끄지는 못했다. 그는 그림자처럼 조용히 지나가는 캐드펠과 휴를 바라보다가 둘의 모습이 사라지자마자 복도를 가로질러 시트 보관장에 아마포를 한 아름 쌓아놓았다.

진료소에서는 으레 모든 문을 열어두었다. 도움을 청하는 소리가 누군가의 귀에 들릴 수 있도록, 그래서 재빨리 도우러 갈 수 있도록 하기 위함이었다. 사람들의 대화 소리에 더하여 기도 시간의 성가 소리, 심지어는 새소리까지 진료소 안팎을 자유롭게 돌아다녔다. 문이 닫히는 경우는 폭풍우가 치거나 큰비가 내릴 때, 혹은 추운 겨울뿐이었다.

"그자는 거짓말을 하고 있어요." 캐드펠과 보조를 맞추어 큰 마당을 가로지르며 휴가 입을 열었다. 정확히는 진실과 거짓이 섞여 있다는 사실이 그에게 걱정을 안겨주었다. "하지만 그의 말 중 절반쯤은 또 진실이거든요. 저로서는 어느 지점에서 거짓말을 하는지 당최 알 수가 없군요. 수사님이 좀 알려주세요!"

"안다면 내가 사람이 아니지." 캐드펠이 온화하게 대꾸했다.

"그자는 줄리언의 신임을 받는 사람이었고, 그녀가 지닌 물건의 가치를 알고 있었죠. 게다가 마지막까지 그녀와 함께 있었습니다. 그와 헤어진 다음부터는 그녀의 흔적이 묘연해요." 증거를 사납게 갚아대면서 휴가 말을 이었다. "그런데 이리로 오는 중에, 그녀가 살았는지 죽었는지 혹시 아느냐고 몇 번이나 묻는 겁니다. 그때 그자가 정직했다는 건 맹세할 수 있어요. 하지만 지금 보세요! 얘기를 하다가 갑자기 바위처럼 꿈쩍 않더니 체포에 항의하지도 않고, 그녀의 운명에 대해서도 더 이상 걱정하지 않잖아요. 그런 행동을 어떻게 받아들여야 할지…… 이 일의 모든 면면이 그렇습니다. 대체 어떻게 이해해야 좋을지 모르겠어요."

"나도 같은 생각이네." 캐드펠이 우울하게 동의를 표했다. "그는 분명히 거짓말을 했어. 아니, 알면서도 말하지 않은 게 있지. 하지만 만일 그가 줄리언의 물건들을 빼앗았다면, 그걸 가지고 뭘 했을까? 대단한 재물은 아닐지 몰라도 병사로서 받아들여야 하는 낮은 보수와 위험, 땀방울보다는 값어치가 컸을 텐데. 그는 아직 평범한 일개 병사일 뿐 그 이상은 아닌 것 같거든."

"아뇨, 병사인 건 맞지만 평범하지는 않아요." 휴가 퉁명스레 말했다. "꼬고 비틀고 하는 그 솜씨에 제가 다 당황할 정도였다니까요. 윈체스터에 대해서는 아주 상세히 묘사하더군요. 그래요, 그럴 수 있지요. 지난 3년간 어디서 복무했든 지난겨울 이후로는 모든 병력이 윈체스터로 집결했으니 그자가 그곳을 모를 리 있겠습니까? 물론 줄리언이 어떻게 되었는지 정말로 몰랐고 간절히 알고 싶어 했다는 건 진실인 듯하지만…… 혹시라도 그마저 거짓이라면, 그는 사람을 속이기 위해 얼마든지 얼굴을 일그러뜨릴 수 있는 가장 교활한 광대일 겁니다."

"아까 자네가 그를 데리고 들어올 때 보니까 크게 불안해하는 것 같지는 않더군." 캐드펠이 무엇인가를 골똘히 생각하며 말을 이었다. "아주 침착하고 신중한 사람이야. 그리고 상당히 조심스럽게 단어를 고르던데…… 그래서 그 말들이 더 많은 의미를 지니게 되는 거지." 이윽고 밝은 얼굴로 그가 덧붙였다. "그에 대해서는 더 생각해봐야겠네. 어쨌든 겁을 먹거나 불안해하지는 않았어. 그래, 그렇게 말할 수는 있는 듯하네."

두 사람은 문지기실에 도착했다. 마부가 휴의 말 옆에서 기다리고 있었다. 휴는 고삐를 모아 쥐고 등자에 발을 올린 뒤 어깨 너머로 친구를 돌아보았다.

"들어보세요, 수사님. 이 복잡한 사건에서 벗어나는 확실한 방법은 그 줄리언이라는 여인이 살아서 멀쩡한 모습으로 나타나는 겁니다. 그러면 우리 모두 마음을 놓을 수 있겠지요. 그렇지만 올해 이미 기대 이상의 기적들이 여러 차례 일어났으니, 아무리 수사님이라 해도 더 이상의 기적을 바랄 수는 없겠지요?"

"실은 내 마음 한구석에서 뭔가 자꾸 깜빡거리며 신호를 보내고 있는 것 같네. 그렇지만 바라보는 순간 사라져버린단 말이지. 꼭 도깨비불 같아. 섬광조차도 못 되는……." 캐드펠이 초조하게 말했다. 서로 도무지 맞아들지 않는 도자기 파편들이 어지럽게 흩어져 있는 느낌이었다.

"일단 내버려두시지요." 대문 쪽으로 말 머리를 돌리며 휴가 말했다. "괜히 입김을 불어대다가 아예 꺼뜨려버릴 수도 있으니까요. 거꾸로 숨을 들이쉬면, 누가 알겠습니까? 그 불이 촛불처럼 크게 살아나 나방들을 끌어들이고 그 날개를 태울지."

*

　유리언 수사는 진료소의 보관장에 세탁된 아마포를 쌓아놓으며 오래오래 시간을 끌던 터였다. 피데일리스가 지나갈 때 아무런 내색도 않았지만, 그는 내내 병실에 남아 있는 세 사람에게 온 신경을 집중한 채 열린 문 너머에서 들어와 돌벽에 부딪치며 통로를 울리는 공허한 메아리에 귀를 기울였다. 내면의 고통이 감각을 벼려 그는 매우 날카롭고 예민한 상태였다. 다른 이들의 귀에는 부드럽고 온화하게 들릴 소리도 어찌나 고통스럽게 귀를 찌르는지 살갗이 근질근질해지고 짧은 머리카락이 곤두설 지경이었다.

　유리언은 에드먼드 수사의 요청에 따라 고분고분 정확하게 움직였다. 침대 하나를 옮기고—아주 늙은 반신불수 환자를 깨우지 않게끔 아주 조심해야 했다—새 침대를 들여와 또 다른 환자가 들어올 수 있게끔 준비했다. 이어 그는 돌아서서 얼굴을 감추지 않은 채 이곳 행정 장관과 약초 관리 수사가 지나가는 모습을 지켜보았다. 그의 마음은 여전히 귓가에 쟁쟁한 몇 개의 단어 주위를 맴돌고 있었다. 여자와 함께 사라져버렸다는 귀금속과 여러 귀중품에 관한 얘기 가운데 그의 관심을 끄는 내용이 있었던 것이다. 제단에 놓는 십자가. 그리고 그 짝으로 만들어졌다는, 은줄에 걸린 십자가……. 베네딕토회 수사들은 특별한 허락 없이는 아무리 작은 것이라도 세속 생활의 흔적인 장신구를 몸에 지니지 못하게 되어 있었다. 그리고 그런 허락이 내려지는 일은 거의 없었다. 하지만 목에 목걸이를 건 수사가 있다. 적어도 한 명은 있다. 그 물건에 유리언 자신의 손이 닿았었다. 결국 비참하게 모욕을 당했지만, 어쨌든 그래서 그는 그 사실을 알고 있다.

시간과 장소도 이 의혹을 분명하게 뒷받침했다. 물건을 빼앗기 위해 무모한 모험을 감행하여 살인까지 한 자들은 추적의 고삐가 조여 오자 어디가 되었든 가리지 않고 피난처를 구해 몸을 숨겼을 것이다. 훔친 물건은 다시 도망치는 것이 다시 가능해질 때까지 잘 감춰두었으리라. 하지만……. 그렇다면 그는 왜 이곳 슈루즈베리까지 다 죽어가는 십자군 전사를 따라왔을까? 하이드가 불타버린 뒤 도망치는 편이 쉬웠을 것을. 그 지옥 같은 난리통에 누가 머릿수를 세고 있었겠는가?

그러나 사랑이, 아니 그 고통스러운 감정의 진짜 이름이 무엇이든 간에, 어떻게 생겨나고 자라나 한 남자의 영혼을 쥐고 흔들게 되는지 그보다 더 잘 아는 사람은 없을 터였다. 이곳, 수도원 안에서 그것은 바깥세상에서보다 훨씬 더 큰 격정과 열렬함으로 영혼을 사로잡는다. 그 자신이 이토록 고통받고 미친 듯 집착하게 되었는데, 다른 사람이라고 그런 꼴이 되지 말라는 법이 있을까? 그런 두 희생자에게 자신들을 함께 묶는 어떤 것, 아마도 영원히 회피할 수 없는 죄책감과 고통이라는 공통분모가 없을 리 있을까? 휴밀리스는 병들어 오래 살 수 없다. 그가 마침내 떠나면, 공허함이 견딜 수 없는 고통으로 변하면서 또 다른 사람이 들어갈 여지가 생길 것이다. 누구도 뚫고 들어갈 수 없는 침묵 속에 견디고 있을 피데일리스의 고통을 생각하자 유리언의 심장은 밀랍처럼 녹아내렸다.

유리언은 진료소의 일을 모두 끝내고 보관장 문을 닫은 뒤 공동 병실을 한 번 둘러보고서 마당으로 나갔다. 속세에서 그는 시종 겸 마부였다. 기술이랄 것도 없었으며, 교단에 들어올 때까지는 문맹이었다. 그는 실내외를 막론하고 어떤 일이든 자신의 힘과 근력이 요구되는 일이면 가서 했다. 그런 노동에 드는 노력을 억울해하지 않았고, 기술 없이 힘만 쓰는 일이 비천하다고 여기지도 않았다. 안에서 그를 태우는 연료가 밖에서라도 어떻게든 소비되기를 요구했기 때문이었다. 그런 일거리가 없었다면 잠자리에 들어 뜬눈으로 밤을 지새우고 깨어서도 편안하지 못할 것이었다. 하지만 이제 무슨 일을 해도 채울 수 없는 갈증과 허기 속에 그를 버려두고 가버린 여인의 얼굴이 너무나 뚜렷이 떠오르는 것을 막을 수가 없었다. 그는 흐륀에게서 그녀의 부드러운 젊은 얼굴과 순진무구한 표정, 크고 맑은 회색 눈을 다시 보았다. 그러나 흐륀의 눈, 부드러움과 연민을 담은 그 눈은 정면으로 그를 응시하며 뼛속까지 말려버리고 말았다. 한편 그녀의 불타는 듯한 적갈색 머리는 피데일리스 수사에게서 볼 수 있었다. 그의 머리칼이, 역시 티 없이 순수한, 그리고 똑같이 커다란 회색 눈을 더욱 뚜렷하게 드러내주었다. 그 여자의 목소리는 맑고 높고 컸다. 그녀를 그대로 닮은 이 소년은 목소리가 없으니 거칠거나 심술궂지 않을 테고, 욕을 하거나 모욕을 주는 일도 없을 것이다. 게다가 그는 남자였다. 고맙게도, 잔인하고 도두지 믿을 수 없는 여자라는 종족의 일원이 아니었다. 요전에는 피데일리스가 놀라고 겁을 내며 그에게서 뒷걸음쳤지만, 영원히 그러지는 않을 거라 그는 말했고 실제로 그렇게 믿었다.

마음의 고요에 닿지 못했을지언정 유리언은 수도사답게 절제된 걸음걸이를 몸에 익힌 터였다. 눈을 내리깔고 두 손을 앞으로 모아 넓은 소매에 넣으면 수도원 담장 안 어디라도 갈 수 있었고 평범한 수사들 중 하나로 통할 수 있었다. 그는 피데일리스가 간 곳, 자신이 반드시 가야 할 곳으로 향했다. 그곳의 진짜 주인을 대신해 피데일리스가 앉아 있을 의자와 책상 위에 놓여 있을 송아지 피지, 그리고 휴밀리스가 시작했으나 그가 마무리하게 된 일감 곁에 줄지어 놓여 있을 작은 물감 단지들이 새삼 소중하게 느껴졌다.

필사실이 늘어선 회랑 저쪽 끝, 교회의 남쪽 벽면 앞에서는 성가대의 선창자인 안젤름 수사가 작은 손풍금에 맞춰 성가를 연습하는 중이었다. 연속적인 여섯 개의 음표가 영감을 받은 새의 지저귐처럼 아름답고 슬프게 줄곧 되풀이되고 있었다. 학생 하나가 그와 함께 있었다. 재능 있는 아이들이 그렇듯 아이는 애쓰는 기색도 없이 높은 음을 내었다. 아마 이토록 자연스럽고 힘들지도 않은 일에 어른들이 왜 그렇게 칭찬을 퍼붓고 법석을 떠는지 의아해하리라. 음악에 대해 아는 바가 거의 없지만 유리언은 마치 몸을 꿰뚫는 화살을 느끼듯 예민하게 모든 것을 느끼는 사람이었다. 그 소년의 목소리는 어떤 악기보다도 깨끗하고 진실하게 울렸다. 그러나 그는 자신이 누군가의 마음을 고통스럽게 만들 수 있다는 사실을 모를 것이다. 아, 차라리 제 친구들과 게이 초원으로 나가 뛰어노는 편이 좋을 것을.

필사실의 방들은 깊숙이 들어가 있는 데다 돌로 된 칸막이로 나뉘어 바깥의 소음이 거의 들리지 않았다. 종이에 반사된 환한 햇빛 때문에 눈이 부셔서 피데일리스는 책상을 반쯤 그늘진 곳으로 옮겨놓은 채였다. 왼편에서 해가 비치도록 하여 종이에 손그림자가 지지 않게끔 앉았는데, 그 때문에 대문자 'M'을 장식하기 위한 모델로 책상 위에 놓아둔 덩굴손이 열기에 시들어가고 있었다. 그는 흔들림 없는 손으로 아주 가느다란 붓을 쥐어 작은 가지의 섬세한 생김새를 모사한 뒤 하늘하늘한 천처럼 고운 밝은 색 꽃들을 점점이 그려 넣어 가지를 장식했다. 노래를 부르던 소년이 연습에서 놓여나 가볍게 뛰어 지나갈 때도 피데일리스는 고개를 들지 않았다. 유리언이 긴 그림자를 던지고 선 채 움직이지 않자 붓을 쥔 손이 잠시 멈추었으나 다시 긴 선을 긋는 일을 이어갔다. 여전히 그의 고개는 들리지 않았다. 이 모습에 유리언은 자신이 온 것을 그가 알고 있다고 판단했다. 다른 사람이라 생각했다면 저 벙어리 화가는 잠깐이라도 고개를 들어 쳐다보았을 테고, 어쩌면 미소까지 지어 보였을 것이다. 그런데 쳐다보지도 않고 어떻게 아는 거지? 다른 사람이 아닌 유리언에게서만 느낄 수 있는 무언가가 있는 걸까? 자신의 것만큼이나 무거운 침묵, 혹은 얼굴을 붉게 상기시키고 목덜미의 털을 곤두서게 하는 일종의 자극을 감지한 것일까?

유리언은 필사실로 들어가 피데일리스의 어깨에 스칠 듯 가까이 선 채 아직 금칠을 하지 않은 정교한 'M'자를 내려다보았다. 동시에 더욱 열렬한 시선으로, 적갈색 머리칼과 숙인 목덜미 사이, 옷깃과 두건의 주름 안으로 이어진 가느다란 은사슬을 바라보았다. 새끼손가락 길이의 십자가. 은줄에 달려 있고 노란색, 초록색, 보라색 보석들이 박힌……. 줄 아래 손가락 하나를 넣어 그것을 당겨볼 수도 있었으나 그는 그렇게 하지 않았다. 신체의 접촉이 즉각적인 분리와 차가운 거리를 만드는 마법이라는 사실을 배운 터였다.

"피데일리스." 청년의 어깨 곁에서 갈망에 들뜬 목소리가 부드럽게 속삭였다. "나를 피하는군. 왜지? 네가 받아들이기만 하면 난 너의 가장 진실한 친구가 될 수 있는데. 너를 위해 내가 못 할 일은 없어. 게다가 넌 친구가 필요해. 비밀을 지켜줄, 너만큼이나 입이 무거운 친구 말이야. 날 받아들여줘, 피데일리스……." 그는 의식적으로 '형제'라는 단어를 피했다. 그것은 욕망을 초월한 편안한 호칭 아닌가. 결코 정신과 영혼을 뒤흔드는 단어가 아니었다. "제발, 날 받아들여줘. 사랑과 충성을 모두 네게 바칠게.

죽을 때까지 말이야!"

피데일리스가 아주 천천히 붓을 내려놓더니 곧 일어설 것처럼 두 손으로 책상 모서리를 잡았다. 그는 뻣뻣이 굳은 채 숨을 참고 있었다. 유리언은 다급한 마음을 애써 억눌렀다.

"날 두려워할 필요 없어. 네게 좋은 일만 할 거니까. 움직이지 마, 제발 물러서지 마! 나는 네가 한 짓을 알고 있어. 뭘 숨기고 있는지도 알지…… 절대로, 누구에게도 얘기하지 않을게. 네가 네 역할만 해준다면 말이야. 침묵엔 보상이 따라야 하잖아? 사랑엔 사랑이 주어져야 하고!"

피데일리스는 윤나는 벤치의 나뭇결을 따라 미끄러지듯 자리를 옮긴 뒤 책상을 사이에 두고 그와 똑바로 마주 섰다. 창백하게 굳은 얼굴, 크게 부릅뜬 회색 눈. 이어 그가 격렬하게 고개를 흔들곤 책상을 돌아 유리언을 밀어젖히며 방을 나가려 하자, 유리언이 얼른 팔을 벌려 길을 막았다.

"아, 이러지 마, 이번엔 안 돼! 지금은 안 돼! 기다림은 이제 끝이야. 그동안은 네게 간청하며 애걸했지. 더는 그러지 않겠다는 걸 알게 해주겠어." 빈틈을 주지 않고 피데일리스를 단단히 막아선 그의 몸이 갑작스레 분출된 사나운 분노로 경련했다. 두 눈은 벌겋게 이글거리고 있었다. "내가 들은 얘기가 있어. 마음만 먹으면 너를 파멸시킬 수 있다고. 그러니 너도 좀 친절해지는 게 좋을 거야." 그의 목소리는 여전히 낮았다. 아무에게도 들리지 않을 것이다. 무언가 이상하다는 걸 느끼고 포석이 깔린 회랑을 따라 여기까지 오는 이는 없을 것이다. 그는 더 가까이 다가서며 피데일리스를 한구석 어둠 속으로 몰아넣었다. "네가 목에 걸고 있는 게 뭐지, 피데일리스? 수사복 밑에 감추고 있는 게 뭐냔 말이야. 자, 좀 보여주겠어? 싫다면 그냥 내가 말해볼까? 그게 뭔지, 그리고 그걸 네가 어떻게 갖게 되었는지 말이야. 엄청난 대가를 지불하고라도 그에 대해 알고 싶어 하는 사람들이 꽤 있는 것 같던데. 피데일리스, 네가 친절해지지 않으면 내가 널 힘들게 만들 수밖에 없어."

그는 더 깊은 구석으로 사냥감을 밀어붙인 뒤 빠져나가지 못하도록 두 팔을 벌리고 손을 펴서 벽을 짚었다. 그래도 여전히 그 창백하고 갸름한 얼굴은 그를 차갑게, 경멸하듯 똑바로 바라볼 뿐이었다. 그의 회색 눈은 철저한 거부의 뜻과 함께 천천히 타오르는 분노로 번쩍이고 있었다.

유리언은 뱀처럼 날렵하게 피데일리스의 수사복 가슴께로 한 손을 집어넣었다. 풍성한 주름 속으로 손을 미끄러뜨려 은 목걸이를 끄집어내어 그 끝에 숨어 매달린, 살과 심장의 온기로 따뜻해져 있을 십자가를 확인하려는 것이었다. 그 순간 피데일리스가 벽 쪽으로 몸을 젖히며 한숨 비슷한 괴상한 소리를 내질렀다. 유리언은 깜짝 놀라 한 걸음 물러섰다. 그 또한 너무 놀라 눈이 커지며 피데일리스처럼 숨 막힌 비명을 내뱉었다. 잠시 깊은 침묵이 그들을 삼켰다. 그러나 곧 피데일리스는 밖으로 늘어진 목걸이 줄을 한 손으로 쥐어 얼른 정성스럽게 옷 안으로 집어넣었다.

그가 잠깐 눈을 감았다가 이내 다시 뜨고는 굽히지 않는 차가운 눈길로 박해자를 빤히 응시했다.

"지금, 바로 지금이야." 유리언이 속삭였다. "지금 그 오만한 눈길을 숙이고 그 뻣뻣한 목을 굽혀 유순하게 굴지 않으면, 넌 네가 저지른 죄가 불러올 운명에 미래를 맡기는 수밖에 없게 될걸. 하지만 내 말만 잘 들으면 걱정할 게 없어. 널 돕겠다고 약속할게. 정말이야. 충실하게, 성심껏 도울게. 너는 그저 날 마음속에 받아들여주기만 하면 돼. 왜 안 되겠어? 이젠 달리 선택의 여지도 없잖아? 네겐 내가 필요해, 피데일리스. 내가 널 필요로 하는 만큼 지독하게 말이지. 우리 둘이 함께 있으면 더 이상 혹독한 고통은 없을 거야. 부드러움만, 사랑만 있게 될 거야······."

분노의 불길이 갑자기 커다랗게 타오른 듯, 금지된 보물을 가슴에 꼭 붙들고 있던 피데일리스가 사납게 다른 손을 들어 유리언의 입을 때리며 말을 막았다.

잠시 그들은 아무런 소리도 내지 않고, 숨도 쉬지 않은 채 서로를 노려보았다. "좋아······." 유리언이 탁한 목소리로 말했다. 컥컥 막혀서 알아듣기도 힘든 목소리였다. "조만간 넌 내게 오게 될 거야! 이젠 네가 애걸할 차례라고. 너 자신의 필요 때문에, 간절한 마음으로 내게 달려와 지금 거절한 걸 달라고 애원하게 될 거야. 그러지 않으면 내가 아는 걸 모두 다 얘기하겠어. 내가 아는 것 정도면 너를 파멸시키기에 충분해. 자, 내게 와서 간청해. 그리고 작은 개처럼 내 뒤를 쫓아다니도록 해. 안 그러면 네 미래는 망가질 거야. 너도 내가 그렇게 만들 수 있다는 걸 알겠지. 사흘의 여유를 주지, 피데일리스. 지금부터 사흘째 되는 날 저녁기도 시간까지 날 찾아와 무릎을 꿇지 않으면, 그땐 악마가 널 삼키도록 풀어놓고 네가 불에 타는 모습을 웃으며 지켜보겠어!"

그는 휙 몸을 돌려 문을 나섰다. 길고 검은 그림자가 사라지고 다시 오후의 햇살이 평화롭게 비쳐 들었다. 피데일리스는 오랫동안 어두운 구석에 몸을 기댄 채 눈을 감고 서 있었다. 그의 가슴이 크게 들썩거렸다. 곧 그는 무거운 걸음으로 겨우 벤치로 가 앉아 다시 붓을 들었다. 손이 너무 떨려 일을 이어갈 수가 없었지만, 겉보기에 붓을 들고 앉아 있는 그의 모습은 지극히 평화롭기만 했다. 누가 와서 보더라도 그저 일에 열중한 사본 채식사彩飾師라 여기리라. 그러나 그의 내부에서는 어떤 빛이나 구원도 찾을 길 없는 무거운 절망감이 내리덮고 있었다.

*

그런 그의 모습을 보게 된 사람은 다름 아닌 흐륀이었다. 흐륀은 정원에서 유리언과 마주쳤다. 잔뜩 굳은 얼굴, 상처 입은 두 눈이 발하는 불길. 그가 어느 방에서 나왔는지는 보지 못했으나, 흐륀은 자신의 피부마저 쿡쿡 찔리는 듯한 통증 속에 그의 지독한 분노와 고통을 감지했다. 그 냄새와 촉감까지 느껴질 정도였다.

흐륀은 피데일리스에게 아무 말도 하지 않았다. 그리고 이상하게 굳어 있는 동작이나 창백한 그의 얼굴에 대해서도 입을 다물었다. 그저 벤치에 그와 나란히 앉아 그날 있었던 사소한 일들이나 아직 완성되지 않은 대문자의 모양에 대해 이야기를 나누었다. 흐륀은 도금에 쓰는 가느다란 붓을 집어 들어, 마치 글씨 연습을 하는 아이처럼 입을 약간 벌리고 혀끝을 내민 채 집중하여 잎사귀의 가장자리에 조심스레 금물을 칠했다.

저녁기도를 알리는 종이 울렸다. 두 사람은 편치 않은 마음으로, 그러나 평온한 얼굴을 하고서 함께 교회로 갔다.

*

저녁 식사 시간, 흐륀은 식당에 가는 대신 휴밀리스 수사가 잠들어 있는 진료소의 작은 방으로 향했다. 침대 옆에 앉아 오랫동안 참을성 있게 기다렸으나 병자는 잠을 깨지 않았다. 하지만 그렇게 혼자서 조용히 기다리는 사이에 흐륀은 여위고 나이 든 그 얼굴을 찬찬히 살펴볼 수 있었다. 푹 꺼진 두 눈, 말라빠져 가죽만 남은 뺨, 늘어진 흙빛 피부……. 그 자신은 활기로 넘치건만 이 사람에게는 죽음이 다가오고 있었다. 그는 진료소로 오며 했던 생각을 버렸다. 휴밀리스가 깨어난다 해도, 그가 자신에게 남은 얼마 되지 않는 삶을 피데일리스를 위해 쓰겠노라 아무리 열렬하게 바란다 해도, 곧 영혼의 짐을 지고 이승을 떠날 사람에게 또 다른 짐을 지울 수는 없었다. 그러나 그는 여전히 진료소를 서성이며 에드먼드 수사를 기다렸다. 저녁 식사 시간도 끝났으니 곧 환자들을 살피러 올 터였다.

포석이 깔린 통로에 에드먼드 수사의 모습이 나타나자 흐륀은 서둘러 그에게 다가갔다.

"에드먼드 수사님, 휴밀리스 수사님 상태가 걱정입니다. 그분 곁에 잠시 앉아 있었는데, 제가 보고 있는 짧은 사이에도 점점 더 쇠약해지는 것 같았어요. 수사님께서 늘 극진히 돌보고 계신다는 건 알지만…… 혹시 그분 방에 침대를 하나 들여놓고 피데일리스 형제가 함께 지내도록 할 수 없을까요? 밤이면 숙소에서 우리와 함께 있어야 하니 피데일리스는 걱정이 되어 잠도 제대로 못 자요. 그리고 휴밀리스 수사님이 밤중에 깨시는 경우에도 바로 곁에 피데일리스가 있는 걸 보시면 얼마나 마음을 놓으시겠어요. 두 분은 하이드의 불길 속에서도 함께 빠져나왔잖아요……." 그는 에드먼드 수사의 표정을 살피며 소리 죽여 말을 맺었다. "부자간보다 더 가까운 사이예요."

에드먼드 수사는 병실로 가 잠들어 있는 휴밀리스를 들여다보았다. 호흡이 얕고 빨랐다. 기다란 몸에 덮인 얇은 시트는 마치 그 안에 아무것도 없는 양 평평하고 굴곡이 없었다.

"그래, 그러는 게 좋을 것 같군." 에드먼드 수사가 말했다. "교구 교회의 대기실에 안 쓰는 침대가 하나 있소. 공간이 비좁긴 하지만 그래도 여기 들여놓을 수는 있겠지. 나와 같이 가서 옮기는 걸 좀 도와주시오. 그런 다음 피데일리스 수사에게 원한다면 오늘 밤부터 여기 와서 지내도 좋다고 전합시다."

"그가 정말 기뻐할 거예요." 흐륀이 확신을 가지고 말했다.

소식을 전하면서, 흐륀은 에드먼드 수사가 환자의 평온과 더 효율적인 간호를 위해 그렇게 결정했다고 피데일리스에게 말했다. 그에게는 정말이지 사려 깊은 배려였다. 피데일리스는 그러한 조치를 이끌어내는 데 흐륀이 관여했다는 사실을 분명히 짐작한 듯했으나, 감사의 마음은 그저 엄숙한 얼굴에 아주 잠시 떠올랐다가 눈치챌 새도 없이 사라져버린 미소로만 표현될 뿐이었다. 그는 기도서를 들고 즐거운 마음으로 마당을 가로질러 휴밀리스가 여전히 노인의 얕은 잠에 빠져 있는 방으로 들어갔다. 겨우 마흔일곱밖에 되지 않았건만, 그의 주인은 단축된 삶을 전속력으로 살아내고 이제는 체념한 채 아주 유순히 죽음을 향해 이동하는 중이었다. 피데일리스는 침대 옆에 무릎을 꿇고서 소리 없이 입술을 움직여 기도를 올렸다.

*

그날 밤은 덥고 답답한 여름날 중에서도 가장 무더운 시간이었다. 낮게 깔린 구름이 별을 가렸고, 무겁게 드리운 열기는 돌집 안에서도 참기 힘들 정도였다. 그리고 이곳 병실에는 진정한 은밀함이 있었다. 수사로서 서로에 대한 의무와 요구에서 벗어난 이들. 얇은 판자로 된 칸막이가 아닌 단단한 돌벽이 그들을 둘러 쌌고, 너머로는 넓은 마당과 숨 막히는 밤의 무게가 다른 수사들과 그들을 벌려놓았다. 피데일리스는 수사복을 벗고 속옷 바람으로 자리에 누웠다. 두 개의 좁은 침대 사이에 자리한 책상 위에는 기도서가 놓여 있었고, 그 옆의 작은 기름램프는 밤새도록 타오르며 조그만 황금색 불꽃을 피워냈다.

10

　잠든 것인지 아니면 실신 상태에 빠져 있는 것인지 모를 그런 얕은 잠 속에서, 휴밀리스는 누군가 아주 조그맣게 흐느끼는 꿈을 꾸었다. 이따금씩 숨을 몰아쉬는 소리뿐 거의 침묵에 가깝게 흘러나오는 울음, 빠져나올 길 없는 절망에 잠긴 어떤 강한 존재가 애써 억누르다 어쩔 수 없이 터뜨린 듯한 울음이었다. 그 소리가 그를 너무나 괴롭히고 뒤흔드는 탓에 점차 그는 꿈속에서 빠져나와 마침내 정신을 차렸는데, 그땐 이미 소리가 그친 뒤였다. 그는 새로 침대를 들여오는 소리도, 누군가 옆에서 잠을 청하는 기색도 느끼지 못한 터였지만 자신이 이 방에 혼자 있는 게 아님을 알았다. 고개를 돌려 가물거리는 희미한 불빛에 의지해 좁은 침대에 늘어져 있는 흰 형상을 보기 전에도 그는 그게 누구인지도 짐작할 수 있었다. 이 한 사람의 존재나 부재는 지금 그에게 생명의 고동이나 다름없었다. 피데일리스가 곁에 있을 때 그의 맥박은 힘차고 편안해졌지만, 그가 없으면 느리고 약해지기만 했다.

밤중에 혼자서 슬퍼하며 제 힘으로 어찌할 수 없는 무언가를 견뎌내고 있던 사람이 바로 피데일리스였던 것일까? 어떤 죄 혹은 슬픔의 짐이, 말도 못 하는 그의 내면에서 자리를 넓히며 아무런 치료책 없이 그를 내리누르고 있는 것일까?

휴밀리스는 몸에 덮인 시트를 젖히고 일어나 앉아 두 침대 사이의 돌바닥에 발을 디뎠다. 일어설 것도 없이, 그저 작은 램프를 조심스럽게 들고 잠들어 있는 젊은이 쪽으르 몸을 기울이기만 하면 되었다. 그는 피데일리스의 얼굴에 빛이 너무 강하게 비치지 않게끔 손으로 불빛을 가렸다.

그렇게 어두운 불빛 속에서 두려우리만치 단단하고도 위압적인 얼굴이 드러났다. 잘 익은 밤나무 빛깔의 곱슬머리 아래 높고 훤한 이마. 상아처럼 부드러운 피부 위에 직선으로 난 짙은 눈썹. 꽃잎처럼 희미한 핏줄이 어른거리는 얇은 눈꺼풀이 커다란 호를 그리며 맑은 회색 눈을 가리고 있었다. 선이 뚜렷하니 단호한 턱과 너무나도 섬세한 입매에 광대뼈가 높은, 당당하고 위엄 있는 얼굴이었다. 그가 정말로 울었던 걸까? 눈물은 이미 말랐는지 흔적도 없었다. 윗입술 위에 작은 땀방울들이 맺혀 있을 뿐이었다. 휴밀리스는 그의 얼굴에서 눈을 떼지 않은 채 오랫동안 앉아 있었다.

 청년은 편하게 잠들기 위해 겉옷을 벗은 채였다. 그가 옆으로 몸을 돌리고 한쪽 뺨을 베개에 붙이자 헐렁한 속옷의 목 부분이 열리며 목에 걸려 있던 은줄이 엉키듯 흘러내렸다. 그 끝에 매달린 것이 베개 위에 떨어졌다.

 그것은 보석들이 박힌 십자가가 아니라, 똬리를 튼 뱀의 모양으로 된 얇은 금반지였다. 뱀의 눈 부분에 붉은색 돌조각을 박아 넣은 것으로, 비늘과 머리의 섬세한 무늬가 밋밋하게 닳아 있고 몸통이 매우 얇아진 것으로 보아 아주 오래된 반지 같았다.

 휴밀리스는 이 작고 의미 있는 물건에서 눈을 떼지 못한 채 가만 앉아 있었다. 손에 든 램프가 흔들렸다. 그는 서두르면서도 조심스레 그것을 책상 위에 올려놓았다. 뜨거운 기름방울이 이 젊은이의 드러난 목이나 팔로 떨어져, 진정한 휴식을 취하지는 못할지언정 적어도 잠시나마 망각에 빠져 있는 그를 깨울까 두려웠던 것이다. 이제 그는 알아야 할 것 전부를, 가장 좋은 것과 가장 나쁜 것 모두를 알게 되었다. 다만 이 복잡한 상황을 빠져나갈 길을 어떻게 찾아야 할지 그것만은 알지 못했다. 자신을 위해서가 아니었다. 그가 갈 길은 눈앞에 뚜렷이 펼쳐져 있었고, 그다지 긴 여행도 아닐 것이었다. 다만 이 젊은이를 생각한다면…….

 휴밀리스는 다시 자리에 누웠다. 그는 커다란 경이와 커다란 위험을 깨닫고 몸을 떨며 아침을 기다렸다.

*

　캐드펠 수사는 아침기도 시간이 되기 한참 전 새벽에 일어나서 정원으로 나갔으나, 그곳 역시 숨을 쉬기 힙들 정도로 공기가 텁텁했다. 얇은 구름 아래 둔중한 고요가 드리운 가운데 태양이 마음껏 이글거리며 구름 사이로 떠올랐다. 그는 하얗게 마른 완두밭이 자리한 경사면을 지나 메올천으로 향했다. 완두 줄기는 이미 오래전에 베어내 외양간 바닥에 깔았고, 말라서 색이 바랜 그루터기는 곧 땅속에 파묻어 내년의 농사를 위한 거름으로 쓸 터였다. 캐드펠은 샌들을 벗은 뒤 느릿느릿 흐르는 얕은 개울에 들어갔다. 약간이라도 냉기가 있기를 바랐지만 물은 따뜻했다. 이런 날씨도 오래 계속되지는 않을 거라고, 곧 끝날 거라고 캐드펠은 생각했다. 조만간 굉장한 폭풍우가 올 것이다. 공기 중에 떠도는 냄새와 살갗에 스치는 따끔거리는 기운으로 미루어 틀림없이 천둥을 동반한 폭풍우일 테고, 슈루즈베리도 그 영향권을 벗어날 수 없으리라. 상인들처럼 뇌우도 강의 계곡을 따라오는 법이었다.

　일단 침대를 빠져나오면 캐드펠은 게으름이라는 예술을 버리고, 옅은 안개 너머 태양이 아직 둥글고 흐린 금색으로 떠오르는 동안 허브밭에 물을 주고 잔일을 하며 아침기도 때까지의 시간을 채우곤 했다. 손과 눈만으로 할 수 있는 이런 일들을 하면서 자신이 강한 애정을 느끼는 이들의 복잡한 운명을 걱정하고 곰곰

이 상념에 잠기는 것이다. 고드프리드 메어스콧이—약혼한 남자로서의 그를 생각하면 절로 그 옛 이름이 떠올랐다—꾸준한 걸음으로 서둘러 이 세상을 떠나고 있는 건 분명했다. 마치 사라지기를 열망하는 사람처럼 그는 하루하루 그 걸음에 속도를 붙이고 있었다. 그러면서도, 사라진 옛 약혼녀가 먼저 거기 도착해 참을성 있게 그를 기다리고 있는 것이 아니라 뒤에서 바짝 붙어 자신을 쫓아오기라도 하는 양, 그는 매일같이 어깨 너머로 뒤를 돌아보았다. 이런 상황에서 과연 어떤 이야기가 그를 안심시켜줄 수 있을까? 그리고 너무 늦어 그녀를 제때 얻지 못하고 심지어 그녀의 허락을 얻으려는 노력조차 해보지 못한 니컬러스 하니지에게는 무엇이 위로가 되어줄 것인가?

웨어웰로부터 1킬로미터도 안 되는 지점에서 사라져버린 여자……. 더하여 그녀에게 해를 입히고자 한 이에게 충분한 이유이자 유혹이 되는 것들, 즉 귀중품과 돈도 함께 사라졌다. 애덤 헤리엇이라는 용의자가 나왔으며 모든 것이 그에게 불리하게 돌아가는 상황이지만, 그럼에도 휴는 그가 필사적으로 그녀의 소식을 알고자 했다는 확신을 가지고 있다. 그가 그에 대해 묻고 또 물었다고. 슈루즈베리에 닿을 때까지 줄곧 질문을 그치지 않았다고. 혹시 애덤이 그저 속을 떠보려고 한 짓은 아닐까? 정말로 그녀의 소식을 궁금해했던 게 아니라, 휴가 무슨 생각을 하고 있는지, 그들이 무엇을 얼마나 알고 있는지 부지중에 털어놓을지 모른다는 생각으로 그런 질문을 던진 게 아닐까? 혹은 침묵하든 거짓을 말하든, 아니면 다른 방법을 써서라도 이 위기를 무사히 넘길 기회가 아직 있는지 확인하고자 그랬는지도 모를 일이다.

손질을 게을리한 산울타리에서 무성하게 자라난 나뭇가지들처럼, 다른 사소한 의문들도 하나둘씩 튀어나왔다. 애초에 줄리언이 웨어웰을 선택한 이유는 무엇일까? 집에서 멀기 때문에? 새 삶을 시작하려는 사람에게는 그리 이상한 이유가 아니다. 아니면, 그곳이 남쪽 지역에서 가장 규모가 큰 베네딕토회 수녀원 중 하나이기 때문일 수도 있다. 욕심 있는 사람에게 이는 수녀원의 여러 직책들을 거치며 권력을 손에 쥘 기회로 여겨졌을 것이다. 그리고 왜 그녀는 호위하던 다른 세 사람을 앤도버에 남겨둔 것일까? 그녀가 끝까지 대동했던 이는 어릴 때부터 그녀의 신실한 친구이자 모든 일을 기꺼이 도맡아 해주던 심복이었다. 하지만 그게 과연 그의 진짜 모습이었을까? 평판이야 그렇다 해도, 진실과 평판이 일치하지 않는 경우는 찾아보기 어렵지 않다. 그리고 그가 평판대로의 사람이라면, 그녀는 왜 목적지에 도착하기도 전에 그를 돌려보냈을까? 아니, 더 생각해보자. 그녀가 목적지에 도착하기도 전에 그를 보낸 것이 사실이기나 할까? 그렇다면 다시 앤도버로 돌아오기 전까지의 시간들을 그는 어디서 보낸 걸까? 그가 주장하는 대로 윈체스터의 화려한 모습에 넋을 놓고 있었을까, 아니면 더 사악한 어떤 일을 하고 있었을까? 그녀가 가지고 가던 귀중품들은 어떻게 되었을까? 썩 대단한 것들은 아니지만, 아무것도 가진 게 없는 남자에게는 상당한 재물이었을 텐데……. 그리고 언제나 남는 의문, 도대체 그녀는 어떻게 되었을까?

그러다 문득 한 가지 생각이 캐드펠의 머리를 스쳤다. 이토록 복잡하게 뒤얽힌 의문에 대한 해답을 마침내 찾은 것 같다는 느낌이 어렴풋이 들었다. 그러나 확신할 수 없는 그 해답은 그를 너무나 당황스럽고 두렵게 했다. 짐작이 맞는다면, 그 이후는 어떤 좋은 결말도 예상할 수 없는, 온통 가시덤불로 이루어진 길뿐이었다. 더욱 심한 파멸 외에는 빠져나갈 길이 없다시피 했다. 기적이 일어난다면 또 모를까.

아침기도를 알리는 종이 울리자 그는 예배당으로 가서 새로운 길을 비춰줄 빛을 주십사 간절히 기도했다. 그래, 도움이 필요한 이들, 도울 가치가 있는 이들이 누구인지는 저 위의 높은 곳에 계신 분께서 훨씬 잘 알고 계시리라. 내가 뭐라고 감당하기 벅찬 역할을 하겠다며 주제넘게 나선단 말인가?

피데일리스 수사는 기도에 참석하지 않았다. 그의 빈자리가 이를 뽑은 뒤 남겨진 통증처럼 아프게 다가왔다. 흐륀은 친구의 빈자리 옆에서 홀로 빛나고 있었다. 그는 단 한 번도 유리언 수사에게 눈길을 주지 않았다. 그런 문제가 예배와 기도에 임하는 기쁨을 흩뜨리게 해서는 안 되었다. 오늘 아무 때라도 유리언의 문제를 생각해볼 시간이 있을 것이다. 그저 잠시 막힌 상태일 뿐 그의 공격은 아직 끝난 것이 아니었다. 흐륀은 완전한 어른이라 할 수 없었으나 그 나이의 청년 특유의 확신과 순수함을 지니고 있었으니, 다른 인간의 영혼에 대한 책임을 두려움 없이 짊어질 작정이었다. 만일 고해성사 때 유리언에 대한 의심스러운 사실들을 털어놓는다면 이는 유리언에게서 고해성사의 기회를 완전히 빼앗는 일이 될 뿐 아니라 고통을 겪고 있는 동료를 고자질하는 셈이었다. 영적인 도둑질과 배신행위라니, 그처럼 비열한 짓이 어디 있겠는가. 그러나 유리언의 괴롭힘과 욕망으로부터 피데일리스를 떼어내는 수준의 임시 방책이 아닌, 보다 근본적인 조치가 취해져야 하는 것도 사실이었다. 이런저런 생각에 잠시 마음을 빼앗기는 동안에도 흐룬은 완전한 행복에 가득 차 기도하고 노래하고 예배를 드렸으며, 성녀가 자신을 이끌어주리라 믿었다.

캐드펠은 아침 식사를 얼른 마친 뒤 휴밀리스를 보러 갔다. 깨끗한 붕대 뭉치와 초록색 허브 덩어리를 싸 들고 갔으나 환자는 이미 깨끗이 씻고 면도를 하고 식사까지—대체 음식을 어떻게 삼킨 걸까?—마친 뒤 베개를 등에 받친 채 침대에 앉아 있었다. 피데일리스가 다른 이들의 시선을 피해 깨끗한 옷으로 갈아입히고 손 닿는 곳에 포도주와 물이 담긴 컵까지 놓아둔 터였다. 피데일리스는 침대 옆의 낮은 의자에 앉아 제 주인을 지켜보고 있었다. 작은 표정의 변화나 몸짓에서도 무엇이 필요한지 알아내 즉시 그가 원하는 대로 해줄 태세였다.

캐드펠이 들어서자 휴밀리스는 미소를 지었다. 파리한 입술과 뺨을 움직여 겨우 지어 보이는, 얼음처럼 투명한 미소였다. 정말로 빠르게 이 세상을 떠나가고 있는 모양이야, 인사를 받으며 캐드펠은 생각했다. 이제는 정말로 며칠 남지 않은 듯했다. 바로 눈앞에서, 그의 살이 뼈로부터 녹아내려 연기처럼 공중으로 날아가는 것만 같았다. 곧 영혼이 육체보다 커져 급기야는 밖으로 모습을 드러낼 것이다. 저 허약한 한 줌의 뼈 속에는 영혼이 있을 자리가 없을 테니까.

피데일리스도 고개를 들고 주인처럼 미소를 지어 보였다. 그는 가벼운 홑겹 시트를 젖혀 캐드펠이 앉도록 자리를 내주고는 능숙한 도움의 손길을 내밀 채비를 갖춘 채 곁에 섰다. 그렇게 큰 사랑으로 감당해내는 자잘한 육체노동이 이제는 더욱 자주 필요해질 것이다. 그런 몸으로 이 모든 일을 해내는 것이 놀라울 정도였으나, 아마 누구에게도 제 권리를 내주지 않으려는 의지가 있기 때문이리라. 아니, 그보다는 사랑 때문이라 하는 것이 옳을까?

"잠은 좀 주무셨습니까?" 상처 부위에 약을 붙여 붕대로 잘 고정시키면서 캐드펠이 물었다.

"네, 잘 잤습니다." 휴밀리스가 대답했다. "피데일리스가 곁에 있어서 더 잘 잔 것 같아요. 제가 특전을 받을 만한 사람은 못 되지만 앞으로도 계속 그럴 수 있도록 부탁드리고 싶군요. 저를 위해 원장님께 말씀드려주시겠습니까?"

"필요하다면 당연히 그래야죠." 캐드펠이 진심을 담아 말했다. "원장님께서도 이미 알고 계시고 허락하신걸요."

"청한 김에 더 부탁드리자면, 제 간호인이자 고해자이자 폭군인 이 친구에게 제발 스스로에게도 좀 친절해지라고 말씀 좀 해주시지요. 적어도 곧 미사에 참석해야 한다는 말씀만이라도요. 그리고 미사가 끝나면 다시 이리로 와 꼼짝 않고 앉아 있기 전에 저를 대신해서 잠시 정원을 한 바퀴 돌아보라는 얘기도요."

피데일리스는 미소를 띤 채 대화를 듣고 있었으나 그 미소에는 이루 말할 수 없는 슬픔이 어려 있었다. 저 친구는 시간이 얼마 남지 않았다는 걸 너무도 잘 알고 있군, 캐드펠은 생각했다. 그래서 순간순간을 헤아리며 한 순간마다 의미를 부여하려는 게야. 그게 아니라면 저렇듯 영원을 약속하듯 채우고 넘치도록 사랑을 쏟지 못하지.

"수사님 말이 맞네." 캐드펠이 그에게 말했다. "형제는 미사에 참석하도록 하게. 형제가 돌아올 때까지는 내가 여기 있지. 서둘러 올 건 없어. 흐륀 수사가 형제를 기다리고 있을 걸세."

피데일리스는 자신을 일부러 내보내려는 것을 눈치채고 그 말에 복종하여 조용히 병실을 나갔다. 호리호리한 그의 그림자가 방의 문턱을 지나 마당으로 사라질 때까지 두 사람은 말없이 앉아 있었다.

휴밀리스는 세워둔 베개에 기대어 숨을 한 번 크게 내쉬었다. 그의 쇠약한 몸을 엉겅퀴 꽃씨처럼 하늘로 띄워 보내는 게 아닐까 싶을 만큼 깊은 한숨이었다.

"흐륀이 정말로 피데일리스를 기다리고 있습니까?"

"그럼요. 틀림없습니다." 캐드펠이 대답했다.

"잘됐군요! 그에겐 그런 친구가 필요해요. 그렇게 순수하고 원초적인 힘을 가진 사람 말입니다! 성령의 지혜와 천진함을 꼭 닮은 친구 아닙니까. 저는 피데일리스가 그런 사람이 되길 원해요. 그렇지만 그는 다른 종류의 사람이죠. 다른 이를 보완하는, 내향적인 사람이에요. 조금 전에는 그 친구를 일부러 내보냈습니다. 수사님과 대화를 나눠야 해서요. 수사님, 전 피데일리스 때문에 마음이 편치 않습니다."

예상 밖의 얘기는 아니었다. 캐드펠은 가만히 고개만 끄덕일 뿐 아무 말도 하지 않았다.

"수사님," 둘만 있다는 생각에 마음이 놓인 듯 휴밀리스가 힘겹게 말문을 열었다. "그동안 저를 보살펴주셨기에 저도 수사님에 대해 조금은 알게 되었습니다. 수사님께서도 제가 죽어가고 있다는 걸 저만큼이나 잘 알고 계시지요. 그렇다고 제가 슬퍼할 이유가 있겠습니까? 죽을 뻔한 고비를 이미 수없이 넘겼는데요. 제가 괴로운 건 저 자신 때문이 아니라 피데일리스 때문입니다. 곁에서 보살펴줄 사람도 없이 혼자 수사로서의 삶에 갇혀 살도록 그를 내버려둔 채 떠나기가 두렵습니다."

"그는 혼자 남겨지지 않을 거예요." 캐드펠이 말했다. "피데일리스는 이 수도원의 형제입니다. 여기 있는 모든 이들의 봉사와 우정 속에 살게 되겠지요." 순간 휴밀리스의 얼굴에 날카로운 쓴웃음이 떠올랐지만, 캐드펠은 놀라지 않고 침착하게 말을 이었다. "그리고 나도 도울 겁니다. 그게 형제에게 의미 있는 도움으로 여겨진다면 말이지요. 흐륀도 틀림없이 그의 곁을 지켜줄 테고요. 흐륀의 충실함은 가볍게 볼 것이 아니라고 형제도 말하지 않았습니까."

"네, 그건 사실입니다. 그는 천진한 성자들과 같은 재료로 만들어진 사람이에요. 하지만 수사님은 단순한 분이 아니시죠. 수사님은 이따금씩 무서울 정도로 예민하시고, 모든 걸 정확하게 보십니다. 저는 수사님께서 절 이해하신다고 믿습니다. 수사님은 제 소망의 본질을 이해하고 계시지요. 제가 떠난 이후 저를 대신해 피데일리스를 보살펴주시고, 그의 친구로서 그를 믿어주시겠습니까? 필요하다면 그에게 방패와 검이 되어주시겠습니까?"

"내 힘이 닿는 한 그렇게 하겠습니다." 캐드펠은 몸을 굽혀 휴밀리스의 지치고 힘없는 입가에서 천천히 흘러내리는 침을 닦아냈다. 휴밀리스는 유순하게 누운 채 한숨을 쉬며 그의 손길에 몸을 맡겼다. 캐드펠이 부드럽게 말을 이었다. "내가 짐작만 하고 있는 일을 형제는 알고 있군요. 만일 내 추측이 옳다면, 나나 형제의 지혜로는 해결하지 못할 문제가 있습니다. 물론 최선을 다해 노력하겠다고 약속하지요. 하지만 그 결과는 내 소관이 아니라 하느님께 달려 있습니다. 어쨌든 난 내가 할 수 있는 일을 하겠습니다."

"제가 죽어서 피데일리스를 구하거나 도움이 될 수 있다면 전 행복하게 죽을 겁니다." 휴밀리스가 말했다. "두려운 건, 오래지 않아 닥쳐올 제 죽음이 그의 고통과 고난을 더욱 깊게 만들지도 모른다는 점입니다. 그 친구의 고통과 고난을 내가 지고 심판의 자리에 가져갈 수만 있다면 정말 기쁘게 끌어안겠습니다. 그가 자신이 저지른 일 때문에 벌을 받고 모욕을 당하는 일이 있어서는 절대로 안 돼요."

"하느님께서 금하신다면 인간이 그를 벌할 수 없지요." 캐드펠이 말했다. "무엇을 해야 할지는 알겠는데 어떻게 해야 그 일을 해낼 수 있을지는 나도 정말 모르겠습니다. 하느님께서 나보다 분명하게 보시니 때가 되면 이 상황에서 벗어날 길을 찾아낼 수 있게끔 내 눈을 열어주실 겁니다. 아무리 깊은 숲에도 길이 있고, 늪지 어딘가에도 안전한 통로는 있는 법이지요. 찾아내기만 하면 돼요."

우울하고 희미한 미소가 병자의 얼굴에 천천히 떠올랐다 사라지고, 그는 다시 엄숙한 얼굴이 되었다. "제가 바로 늪입니다. 제게서 벗어날 안전한 길을 그는 찾아내야만 하지요. 제 피의 절반 이상이 색슨계이니 우리식으로 이름을 지었어야 했는데. '고드프리드 드 마리스코'가 아니라 '고드프리드 오브 더 마시(늪지의 고드프리드)'라고 말입니다. 그게 훨씬 더 어울리잖습니까? 하지만 제 선친과 조부께선 이름을 완전히 노르만화하는 게 최선이라고 생각하셨던 모양이에요. 그러든 말든 어차피 모두 같은 문으로 이 세상을 떠나는 것을……." 그는 잠시 말없이 누워 있었다. 남아 있는 얼마 안 되는 기력을 추슬러 생각을 정리하는 모양이었다. "죽기 전에 이루고 싶은 한 가지 소망이 있습니다. 제가 태어난 솔턴의 장원을 다시 보고 싶어요. 피데일리스와 함께요. 한 번이라도 그와 함께 수도원 담장 밖으로 나가 제 어린 시절 추억의 장소에 가보고 싶습니다. 더 일찍 허락을 구해야 옳았겠지만, 그래도 아직 시간이 있겠지요? 여기서 상류로 몇 킬로미터만 가면 되거든요. 저를 대신해 원장님께 한 번만 호의를 베풀어주십사 청해주시겠습니까?"

캐드펠은 깜짝 놀라 회의적인 눈길로 그를 바라보았다. "형제는 절대로 말을 탈 수 없어요. 설령 우리가 어찌어찌 형제를 거기까지 데려간다 해도, 그 와중에 형제는 그나마 얼마 남지도 않은 힘을 전부 소진하게 될 겁니다."

"그래봐야 여생이 몇 시간 줄어드는 정도밖에 더 되겠습니까? 어린 시절을 보낸 곳을 한 번이라도 다시 보는 건 그 정도의 시간과 맞바꾸기에 충분한 행복이에요. 부탁드립니다. 제발 저를 대신해 원장님께 요청해주세요, 수사님."

"강이 있긴 한데……." 캐드펠이 자신 없는 어조로 말을 이었다. "굽이가 많고 물살이 세서 두 배로 고생하게 될지도 모릅니다. 게다가 지금은 수위가 낮으니 물의 흐름은 물론 여울 하나하나까지 다 알고 있는 사공이 필요하지요."

"그런 사람을 알고 계시겠죠? 어렸을 때 강가에서 고기를 잡고 헤엄도 치던 기억이 나는군요. 슈루즈베리의 소년들은 태어나면서부터 물과 친구가 되지요. 저도 걷는 법보다 헤엄치는 법을 먼저 배웠습니다. 강가 마을에는 그렇게 강을 잘 아는 사람들이 많을 거예요."

사실 그랬다. 그리고 캐드펠은 그런 이들 중에서도 최고라 할 만한 사람을 알고 있었다. 세번강에 대한 그의 지식은 곳곳의 작은 섬과 굽이와 여울 모두에 걸쳐 있었고, 어떤 계절에든 물속에 던져진 것이 어디서 다시 기슭으로 올라올지 정확하게 판단할 수 있었다. '죽음의 뱃사공' 마독. 그는 저 상류에 있는 웨일스의 눈이 녹아 홍수가 지던 시절 아들이나 형제를 잃은 가족들을 위해 수없이 많은 봉사를 해주어 그런 별명을 얻게 되었다. 그뿐 아니라 엄마가 강가 덤불에 빨래를 너는 사이 근처에서 놀던 아기가 강물에 들어가 빠졌을 때, 어부인 아버지가 맥주를 잔뜩 마시고 배를 띄웠다가 결국 목숨을 잃었을 때도 그는 여지없이 나서서 슬픔으로 제정신이 아닌 가족들에게 시체를 건져주곤 했다. 그가 제일 좋아하는 일은 물론 고기잡이와 사람들을 태워 강을 건네주는 일이지만, 그렇다고 '죽음의 뱃사공'이라는 별명에 손사래를 치지도 않았다. 누군가는 해야 하는 일이고, 자신이 누구보다 그 일을 잘할 수 있는데 자부심을 갖지 못할 이유가 어디 있겠는가? 캐드펠은 오래전부터 그를 알고 지낸 터였다. 자신과 같은 웨일스 출신 노인인 그에게 몇 번 도움을 청했었고, 마독은 그의 부탁을 한 번도 거절한 적이 없었다.

"그렇죠…… 마독이라면 이렇게 물이 얕아도 강에서 메올천으로 배를 띄울 수 있을 겁니다." 캐드펠이 생각에 잠겨 말했다. "하지만 형제와 피데일리스가 함께 그 배에 탈 수 있을지…… 아, 그 친구의 배는 흘수가 깊지 않으니 일단 저수지까지 배를 가져오면 되겠군요. 물방아 수로와 합류되는 지점이라 메올천보다는 물이 깊을 겁니다. 우리가 쪽문으로 형제를 운반해 나가서 배에 실으면—"

"그 정도는 걸어갈 수 있습니다." 휴밀리스가 단호하게 말을 잘랐다.

"솔턴에 도착할 때까지 형제는 최대한 힘을 모아두는 편이 좋습니다." 어린 시절의 집으로—아마도 자신의 삶이 시작됐던 곳에서 삶을 끝내고자—돌아간다는 생각에 야위고 창백한 얼굴에 살짝 핏기가 도는 것을 보며 캐드펠은 경탄하여 말을 이었다. "누가 압니까, 그곳이 형제의 기운을 회복시킬지 말입니다!"

"그러면 원장님께 부탁드려주시는 거죠?"

"그러지요. 피데일리스 형제가 돌아오면 원장님께 가리다."

"서둘러야 한다고 좀 말씀드려주세요." 이렇게 말하고 휴밀리스는 미소를 지었다.

*

라둘푸스 수도원장은 언제나처럼 빈틈없고 신중한 태도로 이야기를 경청한 뒤 잠시 말없이 생각에 잠겼다. 판자로 벽을 두른 그의 침침한 응접실 밖에서는 뜨거운 태양이 엷은 안개의 너울을 쓴 채 구릿빛으로 더욱 맹렬하게 이글거리고 있었다. 봉오리를 맺고 피어난 장미들은 하루 만에 시들어버린 뒤였다.

"그 형제에게 여행을 견뎌낼 만한 기력이 있긴 한 거요?" 마침내 원장이 물었다. "그리고 피데일리스 형제는 괜찮을지…… 여정 내내 휴밀리스 수사를 책임져야 한다는 건 그에게도 큰 짐이 될 텐데 말이오."

"기력이 얼마 남지 않아 그런 요청을 드리는 겁니다." 캐드펠이 말했다. "그의 소원을 들어주시려면 지금 당장 허락하시는 편이 좋습니다. 그 형제 말로는, 내일 죽을지 아니면 일주일쯤 더 버틸지 모를 상황에서 여행으로 건강이 나빠지면 얼마나 나빠지겠냐 하더군요. 맞는 말입니다. 그렇지만 적어도 마음의 평화라는 점에서만 보자면 이번 방문이 그에게 아주 큰 영향을 미칠 겁니다. 피데일리스 형제로 말하자면, 자신에게 지워진 짐을 단 한 번도 피하려 한 적이 없고 물론 앞으로도 그럴 겁니다. 그리고 마독이 그들을 데리고 간다면 최고의 길잡이와 동행하는 셈이지요. 강을 그 사람만큼 잘 아는 이가 또 어디 있겠습니까. 게다가 그는 완전히 신뢰해도 되는 사람이기도 해요."

"그 말엔 나도 동감하오." 라둘푸스가 천천히 말을 이었다. "하지만 그토록 허약한 사람에겐 참으로 무모한 모험일 텐데…… 휴밀리스 형제가 진심으로 그것을 원하고, 또 그 소원을 이룰 권리도 지니고 있다는 건 알겠소. 그러나 어떻게 그를 배까지 데려갈 거요? 그리고 솔턴에 도착하면 거기서 환영받으리라 확신한답니까? 거기서도 그를 기꺼이 돌볼 사람이 있을지……."

"솔턴은 그가 한 사촌에게 양도한 토지의 일부입니다. 사촌과는 그리 가까운 사이가 아니나 소작인들과 하인들은 그를 기억할 겁니다. 물방앗간까지는 질긴 천으로 의자를 만들어서 거기 태워 운반할 생각입니다. 진료소가 담장에서 가깝고 물방앗간으로 이어지는 쪽문과도 멀지 않으니까요."

"괜찮겠군." 원장이 말했다. "그렇다면 서두릅시다. 형제는 그 마독이라는 이를 어디 가면 찾을 수 있는지 알고 있겠지. 외출 허가를 내릴 테니 오늘 중으로 그를 찾아내시오. 그 사람이 맡아주겠다면 이 여행은 내일로 날을 잡읍시다."

캐드펠은 감사 인사를 한 뒤 방을 나왔다. 그 자신에게도 만족스러운 소득이었다. 생사를 가를 만한 이유가 아닌 이상 더는 전처럼 허락 없이 수도원을 나서지 않으리라 마음먹은 터였으니, 공식적인 휴가가 주어진 지금 이를 최대한 활용하지 않을 이유가 없었다. 식당에서 엄숙한 분위기 속에 밥을 먹는 대신 시내에 나가 휴와 얼라인 부부의 집에서 함께 식사를 하고 여유롭게 강변을 따라가 마독을 찾아내 이런저런 잡담을 나눌 생각에 마치 축일을 맞이한 듯 기분이 들썩였다. 수도원 정문을 나서기에 앞서, 그는 다시 휴밀리스에게 들러 수도원장관의 면담 결과에 대해 들려주었다. 늘 그렇듯 피데일리스가 침대 곁에서 조용히 그를 지키고 있었다.

"원장님께서 허락하셨습니다." 캐드펠이 말했다. "지금 당장 나가 마독을 찾아보라 하시더군요. 그 사람만 동의하면 형제는 내일 솔턴으로 출발하게 될 겁니다."

*

　세인트메리 교회 옆에 자리한 휴의 집 뒤편에는 담으로 둘린 정원이 있었다. 한가운데를 차지한 작은 허브밭 주위 풀밭에 벤치가 몇 개 놓여 있고, 과일나무들이 그늘을 만드는 곳이었다. 그 정원에서 얼라인 베링어는 잘린 풀과 빽빽이 자라는 향기로운 허브들을 뽑아 흩어놓은 자리에 앉아 있었다. 옆에서는 그녀의 아들이 놀고 있었다. 아직 한 살밖에 안 된 아기였지만 자일스는 크고 튼튼한 데다 벌써부터 혼자 잘 걸어다녔다. 검은 머리에 자그마하니 균형 잡힌 체격의 아버지나 날씬한 몸에 금발 머리를 한 어머니보다 훨씬 덩치가 커질 듯했다. 부모의 것을 섞어놓은 듯한 밝은 황갈색 머리칼에 둥근 갈색 눈을, 그리고 틀림없이 부모에게서 물려받았겠지만 아직 훈련되지 않은 강철 같은 의지를 지닌 아이였다. 더운 여름날이라 꼬마 자일스는 완전히 발가벗은 채였는데, 머리끝부터 발끝까지 온통 개암나무 열매 같은 갈색이었다.
　아이는 나무로 깎은 기사 한 쌍을 쥐고 노는 중이었다. 몸통 중간에 두 줄의 끈을 꿰고 발에 작은 납덩어리를 달아 묵직하게 만든 화려한 색상의 장난감이었다. 다리와 칼을 든 오른팔은 따로 붙어 있어, 양쪽에서 끈을 잡아당기면 무기를 휘두르고 껑충껑충 뛰다가 아주 잔인하게 서로를 베어버렸다. 아이가 원하는 것이라면 뭐든 다 해주는 하녀 콘스턴스가 저녁 준비를 감독하러 주방으로 가버리자 아이는 대신 놀아달라며 제 대부를 시끄럽게 졸라 댔다. 캐드펠은 뚝뚝 소리가 나는 자신의 관절을 언급하며 불평조로 몇 마디 중얼거렸지만 이내 잔디에 무릎을 꿇고는 용맹스럽게 줄을 조작하기 시작했다. 이 기술로 말하자면, 자일스가 태어난 이후 그가 열심히 갈고닦은 것이었다. 하지만 일부러 져주는 것처럼 보이지 않도록 조심해야 했으니, 그러지 않았다간 당장에 모욕당한 기사의 비명이 터져 나오기 때문이었다. 베링어 집안의 상속자이자 자랑인 이 아이는 다른 사람이 자기를 얕잡아본다 싶으면 금방 알아채고 정말로 화를 냈다. 자신이 누구와도 동등하다 믿는 모양이었다. 그렇지만 졌을 때도 그다지 좋아하지는 않았기 때문에, 아이를 기분 나쁘지 않게 하려면 줄타기 묘기를 보이는 약장수처럼 신중함과 조심성을 발휘해야 했다.

"그이는 곧 올 거예요." 아이가 기쁨에 겨워 비명을 내지르는 동안 얼라인이 한 손을 뻗어 병정의 끈을 조작해 발을 잡아당기면서 캐드펠에게 말했다. "조금 있으면 식사 시간이니까요. 오늘은 사슴 고기가 올라올 예정이에요. 어느서 사슴 사냥이 시작됐더라고요."

"그래, 법을 잘 지키는 몇몇 시민들이 벌써 사슴 사냥을 시작했지." 한 쌍의 나무칼이 풍차처럼 계속 돌도록 힘차게 끈을 당기며 캐드펠이 말했다.

"여기저기서 잡아대지만 그게 무슨 상관이겠어요? 그이는 어느 정도나 못 본 척 지내면 되는지 잘 알고 있어요. 좋은 고기인

데다 산에 충분히 있잖아요. 게다가 지금 상황으로 보아 왕에게 그 고기가 딱히 필요할 것 같지도 않고요! 뭐, 오래가지는 않겠지만요." 얼라인이 바느질감에서 눈을 돌려 옅은 금발 머리와 아름다운 얼굴을 발가벗은 아들 쪽으로 숙였다. 아이는 풀밭 위에 엎드려 통통한 구릿빛 손으로 줄을 잡아당기고 있었다. "로버트 백작의 친구들이 그에게 포로 교환에 동의하라고 권하기 시작했대요. 그도 황후가 자기 없이는 아무 일도 할 수 없다는 걸 알고 있겠지요. 아마 곧 굴복할 거예요."

캐드펠이 엉덩방아를 찧듯 주저앉으며 줄을 놓자 칼부림을 하던 두 나무 전사가 한데 뒤엉켜 쓰러졌다. 화가 난 자일스는 다시 그들을 살려내고자 끈을 잡아당기며 한동안 혼자서 애를 썼지만 허사였다.

"얼라인······" 그녀의 부드러운 얼굴을 올려다보며 캐드펠이 진지하게 말했다. "만일 내가 갑자기 자네를 데리러 오거나 와달라고 전갈을 보내면 어디가 되었든 내게 와주겠나? 그리고, 무언가 가지고 와달라고 부탁하면 그게 어떤 물건이든 가지고 올 수 있겠나?"

"해나 달만 아니라면요." 미소를 지으며 얼라인이 대답했다. "원하시는 것이 무엇이든, 어디로 오라고 하시든 가지고 가겠어요. 그런데 왜요? 무슨 생각을 하고 계신 거예요? 비밀인가요?"

"아직은 비밀이지." 캐드펠은 침울하게 말을 이었다. "내가 갈 길이 어디인지 확실하게 찾아내기 전에는 자네에게 말해줄 수 없네. 나도 모르니 그럴밖에. 하지만 머잖아 자네의 도움이 필요한 때가 올 것 같아."

꼬마 자일스는 하던 놀이에 싫증이 났고, 어른들이 나누는 어려운 대화에도 흥미가 없었다. 아이는 죽은 기사들을 집어 들더니 공기 중에 떠도는 맛있는 음식 냄새를 좇아 집 안으로 사라졌다.

*

휴는 허기를 느끼며 서둘러 집으로 돌아왔다. 얼라인이 내온 사슴 고기를 먹으며, 그는 수도원에서 있었던 일을 설명하는 캐드펠에게 주의 깊게 귀를 기울였다.

"그들이 여기 막 도착했을 때 들었는데―아, 그 말을 해준 사람이 다름 아닌 수사님이셨던 것 같군요―메어스콧이 솔턴 태생이고, 그곳을 다시 보고 싶어 한다고요. 그렇게 쇠약한 상태로 돌아가게 되다니 정말 안됐네요. 생각건대 줄리언이라는 여인의 행방에 관한 문제는 그분이 살아 있는 동안 해결될 것 같지 않아요. 상황이 이러하니 그분께는 고향으로의 여행이 그나마 죽음을 견딜 만하고 즐거운 것으로 만들어줄 최고의 선물일 텐데, 당연히 보내드려야지요. 큰일이라 해봐야 고통으로 가득한 삶이 몇 시간 혹은 며칠 정도 줄어드는 것뿐일 테니까요. 하지만…… 그 여인을 찾는 일에 더 진척이 있었더라면 좋았을 텐데요. 정말 안타깝습니다."

"만일 그게 하느님께서 하고자 하시는 일이라면 아직은 희망이 있지." 캐드펠이 말했다. "윈체스터에 간 니컬러스에게선 소식이 없었나?"

"아직요. 그도 그럴 것이, 불이며 전쟁에 온통 찢겨버린 도시를 돌아다니고 있잖습니까. 잿더미에서 무언가를 찾아내기란 쉬운 일이 아니지요."

"자네 죄수는 어찌 됐나? 윈체스터 여행에서 뭐 더 기억나는 것은 없다던가?"

휴가 쓴웃음을 지었다. "헤리엇은 어디가 안전한 곳인지 잘 아는 사람입니다. 독방에 아주 만족스럽게 앉아 잘 먹고 잘 자며 건강히 지내고 있어요. 고독이라는 건 그에게 아무런 고통도 안겨주지 않는 것 같더군요. 심문을 하면 이미 했던 이야기를 그대로 반복하는데, 이쪽에서 실수를 유도하려고 아무리 애를 써도 세세한 하나까지 절대로 틀리는 법이 없어요. 왕의 법률가들이 총동원된다 해도 그에게서 더 이상 아무것도 끌어내지 못할 겁니다. 크루스가 복수심에 불타 여기 두 번이나 왔었다는 얘기를 들어도 꼼짝 않더군요. 사실 헤리엇의 탈출을 막기 위해서가 아니라, 크루스가 들어가지 못하도록 그의 방 앞에 보초를 세워야 할 지경입니다. 그는 그저 조용히 앉아 때를 기다리고 있어요. 결국은 증거 부족으로 풀려나리라 확신하는 것 같아요."

"그 사람이 줄리언을 해쳤다고 생각하나?" 캐드펠이 물었다.

"수사님은 그렇게 보세요?"

"아니. 하지만 그는 그녀에게 무슨 일이 있었는지 아는 유일한 사람이지. 그리고 그가 진실을 알고 있다면 믿을 수 있는 현명한 이에게 털어놓고 싶어 할 거야. 단 한 사람, 자네에게만 말일세. 옆에 다른 이를 두지 말고 단둘이서만 아는 얘기로 하자고 권하면 그도 응하지 않을까?"

"아뇨, 제 생각은 다릅니다." 휴가 딱 잘라 대답했다. "애덤이 저를 그렇게까지 믿을 이유가 있을까요? 그는 아무에게도 털어놓지 않은 채 3년을 보냈고, 지금 자기 목숨이 위태로운 지경에 이르러서도 입을 굳게 다물고 있는걸요. 이젠 그가 어떤 사람인지 알 것 같습니다. 아마 줄곧 무덤처럼 비밀을 지킬 거예요."

그래, 완전히 묻혀 절대로 발견되지 않게끔 해야 할 비밀이 있는 법이지, 캐드펠은 생각했다. 그들 자신을 위해, 또 우리 모두를 위해, 사라진 채 영원히 드러나서는 안 될 물건들과 사람들이 있고말고.

*

그는 휴에게 작별 인사를 건네고 시내를 빠져나와 서쪽 다리 아래 강가로 내려갔다. 웨일스 방면 길목에 자리한 그 다리 밑에는 '죽음의 뱃사공' 마독의 작은 작업장이 있었다. 마독은 여느 때와 같이 개암나무 껍질을 벗겨내 다리 밑 얕은 물에 담가 부드럽게 연화한 뒤 그것으로 새 배의 테두리를 엮는 일에 몰두해 있었다. 땅딸막한 체구에 떡 벌어진 어깨, 수염이 텁수룩하고 다리가 밖으로 굽은 이 웨일스인은 도무지 나이를 가늠하기가 힘들었다. 영원히 나이를 먹지 않는 사람이랄까? 그가 지금보다 더 젊어 보이던 때를 기억하는 사람은 없었고, 해가 몇 번이 바뀌도록 더 이상 늙어 보이지도 않았다. 그는 캐드펠을 힐끗 올려다보더니 갈색 손으로는 연신 가느다란 나무줄기를 엮으며 한가롭게 인사를 건넸다. 숱진 머리칼은 아직 새카맣지만 튀어나온 눈썹은 희끗희끗 세어 있었다.

"아이고, 수사님, 올여름에는 어째 통 뵐 수가 없었네요. 무슨 일로 여기까지 다 오셨습니까? 잠시 앉아 말벗이나 해주시지요."

캐드펠은 그의 옆 바짝 마른 풀 위에 앉아 무언가 궁리하는 시선으로 세번강의 줄어든 수위를 가늠해보았다. "볼일 없이는 통 발길을 안 한다고 꾸짖고 싶은 모양이구먼. 그렇지만 이런저런 일로 정말 정신없는 한 해 아니었나……." 이어 그가 고개를 돌리며 떠보듯 말을 이었다. "이렇게 가물 때도 배를 타고 나갈 수 있나? 오랫동안 비가 내리지 않았으니 상류에 여울이 많겠지?"

"제가 모르는 여울은 없지요." 마독이 걱정 없다는 듯 대답했다. "낚시꾼들이야 힘들겠지만요. 게다가 풀Pool처럼 먼 곳까지 짐배를 저어 올라가는 건 아무나 할 수 있는 일이 아니거든요. 하지만 저는 가고 싶은 곳이면 어디든 갈 수 있어요. 한데 그건 왜 물으십니까? 제가 할 일이 있습니까? 하루치 품삯만 주시면 됩니다. 아주 싸죠."

"두 사람을 더 태우고 솔턴까지 올라갈 수 있다면 정말 싼 셈이지. 둘 다 무게는 얼마 안 나가네. 한 사람은 뼈와 가죽만 남았고, 다른 쪽도 꽤 호리호리한 젊은이거든."

마독은 흥미를 느낀 듯 일감을 놓더니 짧게 물었다. "언제요?"

"내일. 별일이 없다면."

"그리 먼 길은 아니군요." 솟아오르는 호기심을 감추지 않고 친구를 살피며 마독이 말했다.

"그중 한 사람은 아마 다시는 배를 타지 못할 걸세. 죽어가고 있으니. 그래서 태어난 곳을 다시 보고 싶어 하는 거고."

"솔턴이 고향이라고요?" 숱진 흰 눈썹 끝에서 날카로운 검은 눈이 번득였다. "드 마리스코 님이군요. 그 집안의 마지막 후계자가 수도원에 머물고 있다는 얘기를 들었지요."

"메어스콧이네. 이젠 그렇게들 부르지. 오브 더 마시, 고드프리드는 그 편이 더 좋았을 거라고 하더군. 색슨 혈통이니 말이야. 뭐, 어느 쪽이든 상관없지만. 어쨌든 그에겐 남은 시간이 별로 없네. 죽기 전에 탄생에서 죽음까지 하나의 획을 완성하고 싶은 것 같아."

"제가 할 일을 구체적으로 알려주시죠." 마독이 짤막하게 말하고는, 그 여행의 목적과 자신이 해야 할 일에 대해 설명하는 캐드펠의 이야기에 가만히 귀를 기울였다.

"자, 제 생각을 말씀드리지요." 설명이 끝나자 그가 말했다.

"이런 날씨가 오래가진 않을 겁니다. 그래도 아직 일주일 정도는 시간이 있지요. 수사님이 말씀하시는 그 영주께서 순례를 떠날 준비를 갖추셨고 무슨 일이 닥치든 모험을 감행할 마음의 준비도 하셨다면, 내일 아침기도가 끝날 즈음 저수지로 배를 가져가지요. 비가 올 경우에 대비해 밀랍 입힌 천도 하나 싣고 가겠습니다. 물건들을 보호하느라 가지고 다니는데, 그거면 두 사람은 충분히 몸을 피할 수 있을 거예요."

"꼭 수의 같구먼." 캐드펠이 차분하게 말했다. "하긴, 그 사람도 그런 천을 뒤집어쓰는 걸 싫어하지 않을 걸세."

11

윈체스터의 거리거리에서 악취를 풍기던 시커먼 화재의 잔해들은 새로운 희망의 미약한 불꽃에 자리를 내주기 시작했다. 도망갔던 사람들이 돌아와 가게며 집에서 남아 있는 물건들을 골라냈고, 남아 있던 이들은 집을 다시 짓느라 잔해를 치우고 목재를 나르는 등 바삐 움직였다. 잉글랜드의 상인 계층은 강인하고 회복이 빠른 사람들이었으니, 불운이 닥칠 때마다 매번 다시 일어서리라 마음먹고 소득이 생길 때까지의 내핍을 각오하며 새로운 활력을 다지곤 했다. 상점들은 상한 것들을 깨끗이 쓸어내고 새로운 상품들을 들여놓을 준비를 마쳤으며, 가게 주인들은 아직 팔 수 있는 것들을 모으고 파괴된 방들을 청소한 뒤 임시 진열대를 세웠다. 삶은 놀라운 속도와 힘으로, 불운에 개의치 않는 빠른 고동으로 익숙한 리듬을 되찾았다. 얼마든지 쓰러뜨려보라고, 우리는 그때마다 다시 일어나 멈췄던 그곳에서 다시 시작할 것이니 결국은 당신들이 먼저 지칠 거라고, 다들 그렇게 외치는 듯했다.

이곳을 확실하게 차지하고 남동쪽뿐 아니라 서쪽으로도 한참 진격해 간 마틸다 왕비의 군대는 이제 여유를 가지고 지배를 공고히 하는 중이었다. 이제 가만히 앉아 기다리기만 하면 스티븐 왕이 돌아올 터였다. 잉글랜드인과 플랑드르인을 막론하고 몇몇 영리한 장교들 중에는 이 포로 교환을 마뜩잖게 여기는 이들이 있었다. 스티븐이 명목상의 우두머리로서 너무나 중요한 인물이자 어떤 대가를 치러서라도 되찾아 와 보호해야 할 사람이라 해도, 또 아주 용감한 전사라 해도, 전쟁에서의 전략가로서는 그의 용감한 아내만큼 뛰어나지 못하다는 것이 그들의 생각이었다. 물론 그럼에도 왕의 석방은 무척 중요한 일이었으니, 그들은 점령지에 꿈쩍도 않고 앉아 적들이 어쩔 수 없이 왕을 내놓기를 기다렸다. 협상자들이 언쟁을 벌이고 담판을 짓는 동안 어느 정도의 권태는 견뎌야 했다. 어차피 결과는 결정된 셈이었다.

니컬러스 하니지는 주머니에 줄리언 크루스의 물건들을 기록한 목록을 넣고서 윈체스터시를 끈질기게 훑고 다녔다. 누가 훔쳤는지, 팔았는지, 혹은 다른 이에게 줘버렸는지는 몰라도, 어떻게든 그 물건들이 나타날 만한 곳이면 어디라도 찾아가 물었다. 그는 가장 높은 사람, 즉 잉글랜드의 교황사절로서 윈체스터의 왕자이자 주교인 블루아의 헨리에서부터 시작했다. 헨리 주교는 변절했다가 또 변절했으면서도 아무 일 없었다는 듯, 또 자기 도시의 자기 성에 꼼짝없이 갇혀 목숨이 위태로웠던 적도 없었다는 듯, 훼손된 위엄을 떨쳐버리려는 대단한 결의를 보이며 접견소에 나타났다. 그를 알현하기 위해서는 엄청난 인내심이 필요했다. 그러나 니컬러스에겐 이 정도의 방해물쯤이야 거뜬히 이겨낼 만한 끈기가 있었으니, 그만큼이나 눈앞의 목적이 중한 터였다.

"이런 사소한 물건들 때문에 나를 귀찮게 한 건가?" 니컬러스가 건넨 목록을 훑어본 뒤 헨리 주교가 험상궂게 얼굴을 찌푸리며 물었다. "여기 적힌 싸구려 잡동사니들에 대해선 아는 게 없네. 나는 이것들 중 무엇도 본 적이 없고, 니가 아는 이곳의 어떤 교회도 이것들을 소유하고 있지 않아. 대체 이것이 나와 무슨 상관이 있는가?"

"주교님, 한 상류층 여인의 생명과 관계된 일입니다." 니컬러스는 쏘아붙이듯 대답했다. "그녀는 웨어웰의 수녀원에서 헌신의 삶을 살고자 했으나 뜻을 이루지 못했습니다. 그곳에 닿기도 전에 사라졌거든요. 제가 바라는 바는, 만일 그녀가 살아 있다면 찾아내는 것이고 죽었다면 살인자에게 복수를 하는 것입니다. 이것들, 주교님 말마따나 이 '싸구려 잡동사니들'만이 그녀의 흔적을 알려주는 유일한 단서입니다."

"그 일과 관련해서는 내가 도울 게 없네." 주교가 퉁명스럽게 대꾸했다. "분명히 말하지만 이것들 중 무엇도 올드 민스터의 소유로 들어온 적이 없으며, 내 감독하에 있는 어떤 교회나 수녀원에도 들어오지 않았어. 뭐, 도시의 다른 교회나 집이라면 얼마든지 탐문해보게. 내가 자네의 수색을 재가했다고 말해도 좋아. 내가 해줄 수 있는 건 거기까지네."

니컬러스는 이것으로 만족해야 했다. 사실상 무슨 권리로 그 물건들에 대해 묻고 다니냐는 질문을 받을 경우, 주교의 재가는 그에게 상당한 권위와 도움이 될 것이었다. 한동안 광채를 잃었다 해도 블루아의 헨리는 곧 전처럼 강력하게, 불사조처럼 다시 일어설 것이며, 그를 거의 태워버리다시피 했던 불은 이제 더욱 세차게 타올라 누구든 감히 그의 원한을 사는 사람을 태워버릴 테니까.

그리하여 니컬러스는 교회에서 교회로, 이 사제에게서 저 사제에게로 목록을 보이고 다녔지만 고개를 젓거나 어쩔 수 없다는 듯 얼굴을 찌푸리는 반응 말고는 무엇도 얻을 수 없었다. 그에게 분명히 호의를 보이는 곳에서도 마찬가지였다. 윈체스터에 남아 있는 어떤 교회도 줄리언 크루스의 소유였던 쌍둥이 촛대나 보석 박힌 십자가, 은제 성체 용기에 대해 알지 못했다. 그들의 대답을 의심할 이유는 없었다. 그들이 거짓말을 하거나 발뺌할 이유가 어디 있겠는가.

이제는 거리의 사람들과 금은세공인들을 탐문할 차례였다. 손에 넣은 것은 무엇이든 사고 파는 시장 상인들도. 니컬러스는 그들 모두를 체계적으로 조사하기 시작했다. 그렇지만 워낙 신분 높은 성직자들과 부유한 기관들을 고객으로 둔 부자 도시라 다녀야 할 곳이 너무나 많았다.

휴밀리스 수사가 태어난 곳에 가보고 싶다고 간청한 바로 그날 아침, 니컬러스는 세인트모리스 교회에서 가까운 작은 가게로 들어섰다. 가게 전면에는 아직 화재의 흔적이 남아 있었다. 주인인 은세공인은 장터의 매점처럼 덧문이 달린 창을 설치한 자리에 작업대를 끌어다 놓고 한낮의 빛을 이용하여 일하는 중이었다. 반쯤 올라간 덧문이 얼굴을 눈부신 빛으로부터 보호하는 한편 환한 햇살을 안으로 들여보내 그가 다듬고 있는 브로치와 그 위에 장식된 훌륭한 보석들이 선명하게 보였다. 주인은 중년의 남자로, 시절이 괜찮았을 때는 꽤 체격이 좋았겠으나 오랜 포위 공격으로 궁핍을 겪은 지금은 다소 살이 빠진 듯했다. 마치 단식 중인 이의 몸에 걸린 커다란 외투인 양 피부도 축 늘어지고 칙칙해 보였다. 그는 이마에 흘러내린 희끗희끗한 머리카락 사이로 재빨리 상대를 훑더니 신사분께 자기가 해드릴 일이 있느냐 물었다.

"이제 가능성이 희박한 것 같긴 하지만······" 니컬러스가 체념 어린 투로 입을 열었다. "그래도 시도는 해봐야겠죠. 혹시 3년 전 이 지역에서 떠돌아다녔을 교회 의식용 성반聖盤이며 장식품에 대한 얘기를 들을 수 있을까 싶어서 왔습니다. 주인께서는 그런 물건들도 취급하십니까?"

"금이나 은으로 된 것이면 뭐든 취급하지요. 젊었을 적엔 직접 만들기도 했고요. 하지만 3년이라니, 꽤 긴 시간인데요. 그 물건들이 손님께 그렇게 중요한 이유가 뭡니까? 도난당한 건가요?

난 수상쩍은 물건은 거래 안 합니다. 누군가 팔겠다고 내놓은 물건에 의심스러운 구석이 있으면 결코 손을 대지 않지요."

"구입을 주저할 만한 물건은 아니었을 겁니다. 도난품일 수 있긴 하지만 전혀 그렇게 보이지 않았을 거예요. 이곳 남쪽의 교회나 수녀원 소유가 아니라 슈롭셔에서 가져온 것들이고, 아마 만들어진 곳도 그 지역이었을 테니까요. 그러니 당신 같은 사람은 그저 북쪽 지역의 물건이구나 생각했겠죠. 예컨대 오래된 색슨식 십자가라든가……."

"그렇다면 그 목록을 읽어주시지요. 확실하게 장담할 수야 없지만, 만일 날 거쳐 간 물건이라면 3년 전 것이라 해도 기억이 날 겁니다."

니컬러스는 상인의 표정을 잘 살피며 천천히 목록을 읽어 내려갔다. "하나, 은촛대 한 쌍. 자루가 긴 촛대에 포도 덩굴이 감긴 모양. 포도 잎 모양 장식이 붙은 심지 가위가 은사슬로 연결되어 있음. 둘, 높이가 남자 손 길이쯤 되는 십자가. 세 개의 단이 있는 은 받침대 위에 세워져 있으며 노란색 구슬, 자수정, 마노 같은 보석이 박힘. 같은 금속과 보석으로 비슷하게 만들어진 새끼손가락 길이의 십자가를 은줄에 달아 함께 넣음."

"아뇨." 은세공인이 단호하게 고개를 저었었다. "그런 것들이라면 잊어버리지 않았을 겁니다. 촛대도 그렇고요."

"셋, 은제 성체 용기. 작은 양치식물 문양이 새겨져 있음."

"전혀 기억나는 게 없어요. 장부가 있었다면 기록을 보여드릴 텐데. 서기가 워낙 꼼꼼한 사람이라 몇 년 전 것이라도 금방 확인할 수 있거든요. 하지만 난리통에 전부 불타버렸죠. 그저 상품들 중에서 최고의 것들을 구해내는 게 우리가 할 수 있는 전부였어요. 장부는 이미 재가 되어버렸습니다."

올여름 윈체스터의 모든 것이 그랬지, 니컬러스는 실망을 느끼며 생각했다. 가장 꼼꼼한 사람이라도 제 목숨이 위험할 때 장부 기록을 떠올릴 리 없다. 만일 목숨 이외에 다른 것을 챙길 시간이 있다 해도 가장 값나가는 물건을 집어 들지, 문서 같은 건 안중에도 없었으리라. 목록의 남은 부분, 줄리언 스유의 자잘한 몇 가지 물건들은 굳이 읽어줄 필요도 없지 않을까? 그가 계속 읽어 내려가야 할지 망설이고 있을 때, 좁은 문이 열리더니 가게 뒷마당으로부터 햇빛과 함께 한 여자가 들어왔다.

문이 닫히자 그녀는 실내의 어둠 속으로 잠깐 사라졌다가 남편의 작업대 쪽으로 다가오면서 모습을 드러냈다. 여자가 몸을 굽혀 은세공인의 오른손 옆에 맥주잔을 놓고는 흥미롭다는 듯한 표정으로 니컬러스를 올려다보았다. 남편보다 조금 젊은, 아주 예쁘장한 여자였다. 얼굴에는 덧문 차양의 그림자가 드리웠으나, 잔을 내려놓는 손은 햇빛에 완전히 드러났다. 손목 위로 그림자가 져 하얗고 고운 손이 마치 검은 소매에 잘린 것만 같았다.

니컬러스는 정신을 빼앗긴 듯 멍하니 여자의 손을 바라보고 서 있었다. 그 시선이 도무지 움직일 줄 몰라 그녀는 당황한 나머지 손을 거두지도 못했다. 너무나 짧아 다른 손가락의 한 마디 길이도 못 되어 보이는 새끼손가락에 작은 반지가 끼워져 있었다. 보통의 반지보다 폭이 넓고 가장자리는 은으로 장식되었으며, 표면에는 온통 알록달록한 무늬가 촘촘하게 그려져 있었다. 네 개의 꽃잎이 벌어져 있는 작은 꽃들이 노랑과 파랑으로 칠해져 있고 꽃들 사이에는 작은 초록색 잎사귀들이 박힌 반지. 니컬러스는 불가사의한 환영이라도 본 양 믿을 수 없다는 표정이었으나, 그것은 분명하고 틀림없이 실재하는 물건이었다. 그런 것이 두 개가 있을 리 없었다. 값어치는 대단치 않을지언정, 그것을 만든 상상력과 솜씨가 다른 무엇과도 구별되는 독특함을 부여한 터였다.

"실례합니다, 부인!" 그가 정신없이 더듬대며 입을 열었다. "그 반지…… 그게 어디서 났는지 삼가 알려주실 수 있겠습니까?"

남편과 아내는 그를 뚫어지게 바라보고 있었다. 꽤 놀란 듯했지만 난처한 기색은 보이지 않았다.

"이건 정직하게 손에 넣은 물건이에요." 그의 정중한 말투가 다소 재미있다는 듯 아내가 미소를 지으며 대답했다. "몇 년 전에 누가 팔겠다고 가져온 것인데, 제가 마음에 들어하니 남편이 사서 주었지요."

"그게 언제였습니까? 절 믿고 말씀해주세요, 부인. 제게는 이 모든 것을 알아야 할 충분한 이유가 있습니다."

"3년 전이었어요." 남편이 즉각 대답했다. "여름이었는데, 날짜는…… 정확히 기억이 안 나는군요."

"난 알아요." 그의 아내가 말하고 웃었다. "그걸 잊다니 당신

부끄러운 줄 알아요. 내 생일이었잖아요. 그 덕에 이 반지를 가질 수 있었죠. 제 생일은 8월 20일이랍니다, 신사분. 이 예쁜 반지를 얻은 지 이제 꼭 3년이 되었네요. 법원 행정관님 부인께서 제 남편에게 이것과 똑같이 하나 더 만들어달라고 부탁한 적이 있지만 제가 못 하게 했어요. 그러니 이런 반지는 세상에 하나밖에 없을걸요. 이 앵촛빛 연노랑과 보랏빛이 도는 파란색을 보세요…… 너무 곱지 않아요?" 그녀는 자랑스러운 듯 햇빛 속에서 손을 이리저리 돌려 보였다. "이 반지랑 함께 왔던 물건들은 오래전에 다 팔렸어요. 이것만큼 섬세한 것들은 아니었죠."

"다른 물건도 있었다고요?" 니컬러스가 물었다.

"반들반들한 자갈로 만든 목걸이가 있었습니다." 세공인이 말했다. "그리고 완두인지 살갈퀴인지 덩굴손이 새겨진 은팔찌도 있었고요."

반지만으로도 충분할 텐데 세 가지 모두 있었다면 확실했다. 3년 전 8월 20일에 누군가 줄리언 크루스 소유의 작은 보석류 세 종을 팔기 위해 이 가게로 가져온 것이다. 최초의 확실한 증거, 동시에 더할 수 없이 불길한 증거가 나온 참이었다.

"제가 찾는 물건의 목록에 포함된 것들입니다. 제가 알기에 그 장신구 세 종은 웨어웰로 오던 한 숙녀분이 지니고 있던 것들입니다. 그분은 결국 목적지에 도착하지 못했지요."

"제가 훔쳤다는 겁니까?" 은세공인의 얼굴이 창백해지고 그의 눈에는 경계와 의심의 빛이 번득였다. "저는 그것들 전부 정직하게 구매했습니다. 나쁜 짓은 한 적이 없어요. 어느 면에서건 범죄자로는 보이지 않는 어떤 남자가 팔겠다고 가져온 것들인데—"

"아, 아닙니다. 오해하지 마세요! 당신의 정직성을 의심하는 게 아니니까요. 그 숙녀분의 행방을 알아내는 일에 단서를 제공할 만한 분을 만난 게 처음이라 반가운 마음에 사정을 설명한다는 게…… 자, 기억을 되살려보시죠. 여기 왔던 남자가 누구였습니까? 어떻게 생겼지요? 몇 살쯤 됐고, 뭘 하는 사람 같던가요? 낯선 사람이었나요?"

"그 전에도, 그 뒤로도 본 적이 없는 사람이었죠." 은세공인이 대답했다. 다소 안도한 기색이었으나 여전히 걱정에 사로잡혀 있는 듯했다. 너무 많은 말을 했다가는 위험한 일에 엮일지 모른다 생각하고 있으리라. "나이는 저랑 거의 비슷해 보였어요. 아마 쉰쯤 되었을 겁니다. 수수한 옷을 입은 평범한 사람이었고요. 심부름 온 하인이라고 하던데, 저야 그대로 믿었지요."

은세공인의 아내는 더 많은 것을 기억하고 있었다. 그러잖아도 남편에 비해 사람 보는 눈이 날카로운 데다, 그녀에겐 이 일이 매우 흥미로웠고 어떤 위험한 일에 연루되리라는 걱정도 없었다. 그보다는 할 수 있는 한 돕고 싶다는 생각이었다. 니컬러스의 정중한 태도에 호의로 답하고 싶기도 했다.

"건장하고 튼튼해 보이는 남자였어요." 그녀가 입을 열었다. "그해 여름은 별로 덥지 않았는데 피부가 입고 있던 가죽 외투처럼 어두운 갈색이었죠. 겨울이면 조금 옅어지려나, 아무튼 영원히 하얗게 되지는 않을 것 같았어요. 삼림 감독관이나 사냥꾼처럼 1년 내내 야외에서 지내는 사람의 피부색이 아마 그럴 거예요. 턱수염과 머리칼도 갈색이었고요. 정수리 쪽은 완전히 휜했고 전체적으로 머리가 많이 벗어졌어요. 대담하고 표정 없는 얼굴에 눈이 아주 날카롭더군요. 사실 웬만하면 그렇게까지 자세히 기억하지는 못했을 텐데…… 이런 말을 해도 좋을지 모르겠지만, 제 생각엔 그 사람도 저를 오랫동안 기억했을 것 같아요. 가게를 나서기 전에 저를 한참 동안 바라보았거든요."

그녀는 그런 일에 익숙했고 자신의 아름다움에 대해 제대로 의식하고 있었으니, 그것이 그 남자를 그렇게 잘 기억하는 또 다른 이유였다. 그리고 이는 니컬러스 앞에서 최대한 세심하게 기억을 더듬어내는 이유이기도 하리라.

니컬러스는 끓어오르는 비통함을 삼켰다. 나이는 쉰 살가량, 갈색 턱수염에 벗어진 정수리, 야외의 볕과 비바람에 시달린 피부 등 외모와 관련한 내용은 사실 그에게 커다란 증거로 다가오지 않았다. 그는 아직 애덤 헤리엇을 본 적이 없기 때문이었다. 보석이 언제 누구 손에 들어갔는지 밝혀진 지금, 그의 머릿속엔 당시 하인 세 사람이 앤도버에 있었으며 자신이 그들을 만나보았으나 그중 어느 누구도 이 여자가 말하는 것처럼 생기지 않았다는 사실뿐이었다. 하지만 네 번째 남자, 헌신적인 하인이자 사냥꾼이요 삼림 감독관으로 일했다는 쉰 살가량의 남자는……. 강인하고 능력이 뛰어나 묄랑의 웨일런이 그를 얻은 것을 행운으로 여길 거라고 했지. 그랬다. 그가 애덤 헤리엇에 대해 들었던 모든 이야기가 줄리언의 보석을 가져와 팔았다는 남자에 대해 이 집 부인이 말한 내용과 일치했다.

"누구 것인지 물어보긴 했습니다." 여전히 불안해하며 은세공인이 말했다. "분명히 여성의 장신구였으니까요. 어떻게 그것들을 얻었는지, 왜 팔려고 하는지 물었어요. 그 사람은, 자긴 그저 심부름 온 하인이라고, 주인의 분부를 따를 뿐이라고 하더군요. 상당히 조심스러운 태도였고, 다른 무엇에 대해서도 거의 말을 않더군요. 혹시 제 주인한테 명령을 받고 질문을 했던 다른 하인들이 맞아서 귀를 먹거나 줄무늬 고양이처럼 등에 채찍 자국이 생기기라도 했나 싶었죠. 세상에는 그런 주인들이 많으니까요. 그 남자는 물건을 팔면서 전혀 불안하거나 초조한 기색을 내비치지 않았어요. 그러니 제가 찜찜하다는 느낌을 받았겠습니까?"

"아, 물론 그러셨을 겁니다." 니컬러스가 무거운 마음으로 말했다. "그래서 물건들을 사셨고, 그 남자는 떠났군요. 가격을 놓고 말이 오가지는 않았습니까?"

"전혀요. 그는 그냥 물건을 팔라는 명을 받았고, 자기 주인이 흥정 여부까지 기대하지는 않을 거라고 하군요. 주는 대로 받아 갔습니다. 적당한 가격이었어요."

상당한 이익을 얻을 여지가 분명히 있는데 왜 흥정을 하지 않았을까? 은세공인이 어쩌다 물건을 팔러 온 떠돌이에게 마냥 후하게 값을 쳐줄 리는 없지 않은가.

"그게 전부입니까? 그러고서 갔나요?"

"그가 나가기 직전에 제가 불러서 물었지요. 이 물건들의 주인인 숙녀분은 더 이상 이걸 쓸 일이 없는 거냐고요. 그랬더니 저를 돌아다보면서 그렇다고 대답하더군요. 그분은 이제 그것들을 필요로 하지 않는다고, 죽었다고 했어요."

*

소름 끼칠 정도의 무정함과 냉혹함이 대답을 되풀이하는 은세공인의 태도에서도 느껴질 정도였다. 대화 내용을 기억해내자 새삼 생생하게 당시의 분위기가 되살아나는지, 은세공인의 음성이 떨려 나왔다. 그 대답은 심장에 꽂힌 칼처럼 잔인하게 니컬러스를 꿰뚫고 그의 호흡을 막아버렸다. 끔찍하지만 사실이 틀림없다. 범인은 애덤 헤리엇이 분명했다. 그 물건들을 소유했던 여자는 죽었고, 따라서 장식품은 더 이상 필요 없는 것이 되어버렸다고…….

"아니, 그게 다가 아니에요!" 그때 여주인이 다급히 입을 열었다. 서늘한 분노에 사로잡혀 있던 니컬러스는 간신히 정신을 수습해 그녀의 이야기에 귀를 기울였다. "제가 그 남자를 따라 나갔거든요. 눈에 띄지 않도록 살그머니 쫓아갔죠." 그의 넋 빠진 미소와 찬양의 눈빛에 이끌려 나갔던 것일까? 아니었다. 그렇다면 그가 무언가 숨기고 있는 것 같아서? 그것도 아니었다. 그저 물건들을 돈으로 바꾸어 만족한 듯, 그는 별달리 이상한 태도를 보이지 않았다. 하지만 그녀는 호기심 많은 사람이었고, 마침 시간적인 여유도 넉넉했다. 그래서 무엇을 보게 될까 궁금해하며 밖으로 나갔던 것이다. 그래서, 그녀는 무엇을 보았을까? "그 사람은 여기서 왼쪽으로 곧장 갔어요. 한 젊은 남자가 벽에 붙어 선 채 그를 기다리고 있더라고요. 돈을 준 건지, 주었다면 전부 주었는지 일부만 주었는지 알 수 없지만, 아무튼 우리 손님이 그 사람한테 뭔가를 건넸어요. 그러곤 고개를 돌리려 절 보았고, 그 즉시 두 사람 모두 모퉁이를 돌아 시장 옆 골목으로 사라졌죠. 제가 본 건 거기까지예요."

"확실합니까?" 니컬러스가 그 이야기에 열중해서 물었다. "두 번째 남자가 있었다는 거죠? 젊은 남자가?"

레이에서 온 세 순진한 하인들은 앤도버에서 기다리고 있었다고 했다. 그들이 거짓말을 한 것일까? 아니, 그랬다면 그중 하나가, 아마도 조금 모자라다는 그 남자가 즉각 서툰 행동을 해 이를 눈치챘을 것이다.

"확실해요. 단정하고 수수한 차림의 젊은 남자였어요. 술집이나 장터 같은 곳에서 으레 마주치는 그런 젊은이 말예요. 그런 사람들 중 착한 애들은 일거리를 찾지만 나쁜 애들은 다른 사람 주머니에 손을 넣을 기회나 노리지요."

일거리를 찾거나 도둑질할 기회를 노린다! 그 두 가지가 하나의 일일 수도 있겠지. 그래, 어쩌면 살인까지도…….

"그 두 번째 남자는 어떻게 생겼습니까?"

은세공인의 아내는 양미간을 모으고 입술을 잘근잘근 씹으며 기억을 떠올리려 애썼다. 그녀는 예리한 안목을 지녔을 뿐 아니라 기억력이 매우 좋은 사람이었다. "키가 큰 편이지만 눈에 띌 정도로 아주 크지는 않았어요. 나이 많은 쪽이랑 비슷했는데, 몸집은 그 절반이나 될까 싶더라고요. 그 사람이 젊다고 한 건……호리호리한 체격에 미끄러지듯 사라지는 목놀림이 무척 재고 걸음이 가벼웠거든요. 그런데 얼굴은 보지 못했어요. 머리에 두건을 쓰고 있어서요."

"어쨌든 그렇게 저는 돈을 지불하고 물건을 샀습니다. 평범한 거래였지요. 더는 제가 할 수 있는 일이 없었어요." 은세공인이 변명하듯 말했다.

"그럼요, 당신 잘못은 없습니다. 아무것도 몰랐으니까요." 니컬러스는 여자의 손가락에서 반짝이는 반지에 다시 눈길을 주었다. "부인, 그 반지를 제게 파시지 않겠습니까? 남편께서 지불한 돈의 두 배를 드리지요. 절대로 팔 마음이 없다면 돈을 드릴 테니 제게 빌려주십시오. 반드시 돌려드리겠다고 약속하겠습니다. 선물받은 물건이라 귀하고 소중한 것이겠지만, 제게도 그게 정말 필요해서요."

그녀는 어안이 벙벙한 듯 눈을 동그랗게 뜨고 그를 마주 보며 손가락의 반지를 이리저리 돌렸다. "이게 왜 필요하시죠? 이유가 궁금하네요."

"그걸 여기 가져왔던 사람, 반지의 주인이었던 여인의 죽음을 초래한 것이 분명한 그 남자에게 증거로 보이려고 그럽니다. 값을 말씀하세요. 돈을 드리겠습니다."

그녀는 다른 손으로 반지 낀 손을 보호하듯 감쌌다가, 다음 순간 얼굴을 붉히며 반짝이는 눈으로 뒤를 돌아보았다. 남편은 다른 곳을 바라보며 장사꾼답게 머리를 굴리고 있었다. 가게 수리에 드는 비용을 요구해볼까 생각하는 모양이었다. 그녀가 갑자기 반지를 힘껏 돌려 빼서는 니컬러스에게 내밀었다.

"돈 받지 않고 그냥 빌려드릴게요. 하지만 일을 마친 뒤 직접 와 돌려주신다는 조건을 걸죠. 일이 어떻게 마무리됐는지 궁금해서 말이에요. 그리고 만일 신사분께서 오해를 하신 거라면, 그러니까 그 여자분이 아직 살아 있고 반지를 되찾고 싶어 한다면 그분께 돌려주세요. 그땐 제게 적당한 금액을 주시면 돼요."

니컬러스는 그녀의 손을 잡아 입을 맞추었다. "그렇게 하겠습니다! 분부대로 다 하겠습니다! 맹세합니다!" 어떻게 그 친절함에 보답해야 할까? 그녀는 모든 점에서 그를 압도했다. 은세공인은 이제 너그러운 표정으로 아내를 바라보고 있었다. 아름다운 아내의 변덕에 익숙한 사람의 표정이었다. 적어도 방문객이 떠날 때까지는 이의를 제기하지 않으리라.

"저는 이곳에 주둔한 피츠로버트 경 휘하의 군인입니다." 니컬러스가 말을 이었다. "제가 약속을 지키지 않으면 그분께 말씀드리십시오. 그분께서 공정하게 처리해주실 겁니다. 하지만 전 절대로 부인을 실망시키지 않겠습니다!"

*

"그래, 내가 준 선물을 그렇게 쉽게 내놓는단 말이에요?" 니컬러스가 떠나자 은세공인이 물었다. 화가 났다기보다 재미있어하는 말투였다. 이어 그는 다시 브로치 만드는 일로 돌아가 차분히 일에 몰두하기 시작했다.

"반지를 포기한 게 아니에요." 아내는 조용히 대꾸했다. "난 내 판단을 믿어요. 그 사람은 돌아올 거예요. 난 반지를 돌려받게 될 거고요."

"혹시 여자가 살아 있어서 그 남자가 당신 말마따나 반지를 다시 줘버리면 어떻게 하려고?"

"뭐, 그러면 고마운 마음에 나한테 많은 돈을 줄 테니 그걸로 갖고 싶은 다른 반지를 사면 되죠. 게다가 당신은 솜씨가 좋으니, 내가 원하면 그 반지랑 똑같은 걸 새로 만들어줄 수 있을 테고요. 날 믿어요. 그 사람 일이 어찌 되든―그가 생각하는 것보다 더 잘 풀리면 좋겠지만―우린 절대로 손해 볼 일 없어요."

*

그로부터 한 시간 뒤, 니컬러스는 북쪽 성문으로 윈체스터를 나와 하이드를 향해 서둘러 내달리고 있었다. 불운을 당한 수도원의 검게 탄 터와 부서진 벽돌담이 바로 옆을 스쳐 지나갔다. 휴밀리스와 피데일리스가 불길에서 빠져나온 뒤 피난처를 찾아 슈루즈베리로 출발했던 곳이었다. 그 모든 비극과 상실을 목격한 폐허는 이 젊은이의 눈길 한 번 제대로 받지 못한 채 뒤로 사라졌다. 니컬러스의 시선은 줄곧 저 멀리 앞을 향해 있었다.

무력한 절망감은 말을 달린 지 얼마 되지 않아 사라지고, 달랠 길 없는 분노와 복수심이 그 자리를 차지했다. 그는 지금 거의 확실한 물증을 가지고 있었다. 작은 반지 하나. 가장 추악한 배신과 배은망덕의 증거였다. 그 소박한 장신구들이 줄리언의 물건이라는 점에는 의심의 여지가 없었다. 그런 물건 세 종이 한꺼번에 가게에 나올 가능성이 있겠는가. 가게의 두 목격자가 부정하게 얻은 약탈물의 처리에 대해 증언해주리라. 그중 한 사람의 증언은 너무도 세세했다. 만일 용의자의 얼굴을 확인하면 더더욱 확실해질 것이다. 게다가 그녀는 그가 고용했던 자객을 만나 보수를 지불하는 광경도 목격했다. 현재로선 이름도 얼굴도 알 수 없지만, 그를 고용했던 이를 통하면 그자도 찾아낼 수 있다. 애덤 헤리엇을 찾는 일은 아직까지 성과가 없었다. 웨일런의 부하들 중 소수의 병사만 원체스터 근처에 남아 있었는데 그중 헤리엇은 보이지 않았다. 그러나 수색은 계속될 것이다. 그리고 그를 찾아내면 사라졌던 몇 시간 동안의 행적만이 아니라 여러 가지를, 사라진 여인의 물건을 가지고 있었던 점과 그것들을 처분해서 돈을 마련한 사실, 남의 눈을 피해 정체 모를 남자에게 돈을 건넨 사실에 대해서도 해명하게 해야 한다. 강탈과 살인을 드운 것에 대해 보수를 지불한 게 아니라면 무슨 이유로 그랬겠는가?

그 악당만 찾아내면 자객도 찾아낼 수 있다. 따라서 지금 가장 먼저 해야 할 일은 휴 베링어에게 이 모든 것을 알리고 슈롭셔뿐 아니라 남쪽에서도 애덤 헤리엇에 대한 수색을 서두르는 것이다. 그리하여 마침내 그를 구석에 몰아넣고 반지를 눈앞에 들이밀어야 한다.

니컬러스가 윈체스터를 떠난 것은 정오가 막 지난 무렵이었다. 어스름 무렵 그는 옥스퍼드 근처에 도착해 말을 갈아탔고, 조금 속도를 늦추어 밤새도록 말을 달렸다. 너무나 덥고 습한 밤이었다. 중부 지방으로 올라갈수록 열기가 심해지는 것 같았다. 하늘에는 구름 한 점 없었지만 달도 별도 보이지 않아 깜깜했다. 한밤중에는 사방에서 번개가 번쩍이다가 금방 깜깜한 어둠으로 뒤덮이곤 했다. 나무와 농가의 지붕과 먼 산 같은 것들이 순간적으로 나타났다가 정확히 무엇인지 알아보기도 전에 이내 흔적도 없이 사라졌다. 그러나 주위는 안전한 고요 속에 잠겨 있었다. 무겁게 내려앉은 고요를 깨뜨리는 천둥의 울림은 어디에서도 들리지 않았다. 신의 분노가 임박했음을 알리는 경고일까. 아니면 헤아릴 길 없는 자비의 암시일까.

12

 아침이 밝았다. 안개 속에서 구리 원반 같은 해가 고요하게 떠올랐다. 저수지는 백랍 접시처럼 편편하고 단단해 보였다. 마독의 노질에 잔물결이 느릿느릿 일어났다가 느른하고 무겁게 내려앉았다. 그는 아침기도가 끝나는 시간에 맞추어 강에서부터 올라오는 길이었다.
 에드먼드 수사는 이 일에 대해 불안을 감추지 못했다. 환자에게 위험을 겪게 하는 게 싫었지만 원장이 허락한 터라 막을 수도 없었다. 초조함을 잠재우느라 그는 휴밀리스가 여행을 하는 동안 가급적 편안히 쉴 수 있게끔 모든 준비를 갖추는 데 마음을 썼으나, 정작 출발해야 할 땐 다른 바쁜 일이 있다며 나타나지 않았다. 캐드펠과 피데일리스 둘이서 간단한 들것에 휴밀리스를 눕히고 방앗간으로 곧장 이어지는 쪽문을 통해 수도원을 나서 물가로 내려갔다. 키가 큰 사람이었는데도 휴밀리스의 무게는 아직 미성숙한 소년의 몸무게 정도밖에 나가지 않았다. 그보다 머리 하나가 작은 마독이 별로 힘들이지 않고 그를 안아 배에 태운 뒤 피데일리스에게 가로장을 댄 곳에 먼저 앉으라고 말했다. 병자가 그의 무릎을 베고 베개를 여러 개 받쳐 편안하게 누울 수 있게 하려는 것이었다. 그렇게 하면 여행을 하는 동안 많이 지치지 않을 터였다. 피데일리스는 주인의 야윈 어깨를 뒤로 살며시 당겨 자기 쪽으로 누이고 아침의 대기에 그대로 드러난 머리를 무릎 위에 올렸다. 다른 곳은 모두 쇠약해지고 기력이 빠지고 늙었지만 가운데를 동그랗게 삭발한 검은 머리는 여전히 기운차고 젊어 보였다. 두 눈도, 소중히 간직했던 소원이 마침내 이루어져 여행을 나서게 되었다는 흥분으로 유달리 빛나고 있었다. 돌이켜보면 수없이 많은 위대한 시도를 거듭해온 그였다. 여러 바다와 대륙을 몇 번씩이나 횡단하고, 사선을 넘나드는 수많은 전투 속에서 고귀한 승리를 일구어낸 사람. 이제 그가 마지막 모험을 떠나려는 참이었다. 평화로운 잉글랜드의 한 소박한 장원을 방문하기 위해 강을 몇 킬로미터 거슬러 오르는 여정이었다.

 행복이란 대단한 무엇이 아니라 사소한 일들에 깃드는 법이지, 그를 바라보며 캐드펠은 생각했다. 죽을 시간이 다가오면 우리가 기억하는 것은 그 사소한 일들이고, 이 작은 이정표들을 따라 마침내 겸손한 마음으로 다른 세계에 들어가는 거야.

그들을 떠나보내기 전, 캐드펠은 잠깐 마독을 한옆으로 잡아끌었다. 배 안의 두 사람은 벌써 흥분에 휩싸여 있었다. 한 사람은 환한 날씨와 머리 위에 펼쳐진 하늘과 바깥세상의 초록에, 다른 한 사람은 자신에게 맡겨진 사랑스러운 짐에 정신을 빼앗겨 다른 일에는 주의를 기울이지 않았다.

"마독," 캐드펠이 진지하게 입을 열었다. "뭔가 이상한 점이 눈에 띄더라도, 수상하고 놀라운 일이 생기더라도…… 부디 아무에게도 얘기하지 말고 내게만 말해주면 고맙겠네."

마독은 곁눈질로 그를 살피더니 알았다는 듯 가시덤불 같은 눈썹 밑의 두 눈을 깜빡이곤 말했다. "그런 일이 생겨도 수사님은 절대 놀라지 않을 거라는 말씀이군요! 알겠습니다. 저도 밤의 어둠 속을 멀리까지 내다볼 줄 아는 사람이라고요. 무언가 전할 것이 있으면 수사님에게 제일 먼저 말씀드릴 테니 마음 놓으시죠."

그는 의미심장한 표정으로 캐드펠의 어깨를 두드린 뒤 몸을 웅크려 버드나무 그루터기에 감아둔 계류용 밧줄을 풀더니, 이내 소년처럼 민첩하게 움직여 배를 기슭에서 밀어내는 동시에 그 위로 뛰어올랐다. 배와 둑 사이에서 빛나는 물결이 느릿하게 일어났다가 가라앉았다. 마독은 노를 쥐고 수월하게 뱃머리를 돌렸다. 물살은 더위에 지친 사람처럼 늘어지고 졸린 듯했지만 여전히 살아서 움직이고 있었다.

캐드펠은 그들이 떠나는 모습을 지켜보았다. 흐릿한 아침 햇살이 두 여행객의 얼굴을 밝혔다. 배가 돌 때 언뜻 보인 젊은 얼

굳은 주저와 걱정 담긴 심각한 표정이었으나, 휴밀리스는 고개를 젖힌 채 만족스러운 듯 창백하게 미소 짓고 있었다. 둘 모두의 눈에 다가올 모험을 향한 의욕과, 어쩌면 약간의 두려움이 깃들어 있는 듯했다. 노가 물속에 잠기며 배의 방향이 바뀌자, 동쪽에서 비치는 햇살이 이번에는 마독의 작달막하고 유능한 육체 위로 떨어졌다.

케런이라는 뱃사공이 떠오르는군, 캐드펠은 언젠가 몇 번 몰래 들여다보았던 옛날 책의 내용을 떠올렸다. 이 세상을 떠나는 영혼들을 돌보았다지. 그는 선객들로부터 돈을 받았으며, 뱃삯이 없는 사람들은 태우지 않았어. 그리고 자기가 영원을 향해 건네주는 영혼들에게 모포나 베개, 밀랍 입힌 천 따위를 제공하지도, 강이 희생물로 데려간 이들의 버려진 시체를 찾고 건져내려 애쓰지도 않았고. '죽음의 뱃사공' 마독은 그보다 훨씬 나은 사람이군.

*

아무리 공기가 후텁지근하고 강의 수면이 낮다 해도 물 위에서는 어느 정도의 서늘함을 느낄 수 있는 법이다. 세번강의 잔잔한 금속성 광택 위에는 적어도 산들바람과, 내리쬐는 뜨거운 빛을 누그러뜨리려는 듯 아래로부터 올라오는 시원한 기운이 있었다. 휴밀리스는 힘없는 팔을 뱃전에 걸친 채 자신이 태어나고 자란

곳을 흐르는 친숙한 강물에 손을 담갔다. 피데일리스는 여전히 근심스러운 얼굴로 두 손을 펴 휴밀리스의 머리가 흔들리지 않고 편안하게 놓이도록 신경을 썼다. 조금 지나면 손을 떼어 살과 체온에 덥혀진 머리를 식히도록 해야 할 테지만 아직까지는 괜찮았다. 그는 휴밀리스의 얼굴을 향해 상체를 기울인 자세로, 고개를 젖힌 채 양쪽 강둑을 번갈아 바라보며 기억을 되살리려 애쓰는 주인의 움직임에 따라 손을 조금씩 이동시켰다. 자기 손에 경련이 이는 것도, 피로와 슬픔도 그는 느끼지 못했다. 아주 오랫동안 하나의 특별한 슬픔을 지니고 살아왔으니, 이제 그러한 감정은 반갑고 다정한 손님처럼 그의 존재 안에 편안하게 자리 잡은 터였다. 또한 이렇게 배 안에 주인과 단둘이 고립되어 있는 상황이 제법 깊고 강렬한 기쁨을 안겨주는 것 같기도 했다.

  그들은 배를 타고 도시 전체를 한 바퀴 감아 돌았다. 세번강은 수도원으로부터 상류로 올라가면서 도시의 성벽을 따라 거대한 해자垓字를 형성하고 있었다. 강에 둘러싸인 도시는 거의 섬과 같은 형상이었으나 한쪽 성벽 아래 육지와 연결되는 지점이 있었다. 웨일스로 가는 길목이기도 한 서쪽 다리 밑을 지나자 강의 굴곡은 더욱 심해져서 처음에는 한쪽 뺨이, 이어 다른 쪽 뺨이 떠오르는 구릿빛 태양 쪽으로 향하게 되었다. 평균적인 여름의 수위보다는 낮을지언정 그곳에는 여전히 수량이 풍부했다. 기슭 가까이 모래톱 몇 군데가 형성되어 있었지만 마독은 그 하나하나를 모두 꿰고 있는 데다 자신의 솜씨에 대한 자신감도 있었기에 힘차고 여유 있게 노를 저어 나아갔다.

"기억 속 모습 그대로." 도시의 북쪽에서 크게 돌아 서쪽으로 방향을 돌렸을 때 휴밀리스가 프랭크웰의 기슭을 바라보며 미소를 띠었다. "나는 정말 즐겁지만 당신에겐 힘든 노동일 것 같아서 걱정이군요."

"아닙니다." 마독이 말했다. 평소 잉글랜드어는 잘 쓰지 않았지만 어쨌든 하고자 하는 이야기를 전할 수는 있었다. "이 강은 제 밥줄이고 삶이지요. 기쁜 마음으로 가고 있습니다."

"겨울에도 일합니까?"

"어느 계절에나 나오지요." 마독은 대답하고 잠깐 하늘을 올려다보았다. 구름 없이 흐릿한 하늘은 여전히 높이 떠올라 있었다.

도시의 성벽과 고리 같은 강을 벗어나 프랭크웰의 교외를 지나자, 강 양쪽으로 물에 잠긴 목초지가 넓게 펼쳐졌다. 물기를 머금은 그곳 풀은 높은 땅에 있는 목초지보다 훨씬 푸르렀다. 갈대 무성한 기슭에서 시원한 바람이 불어왔다. 다른 곳에서는 호흡을 멈춘 땅이 여기서만큼은 숨을 쉬고 있는 것만 같았다. 잠시 양쪽 강둑이 높아지면서 오래된 고목들이 물 위로 우중충한 그림자를 던졌다. 가지가 무성한 버드나무들은 흙 위로 뿌리를 반쯤 드러낸 채 물 쪽으로 기울어 있었다. 곧 땅이 평평해지더니 오른쪽에 다시 넓은 목초지가, 왼쪽으로는 경사면이 보였다. 아래쪽은 모래땅이지만 위로 올라가면서 풀밭이 펼쳐지며 숲이 무성한 작은 산으로 이어지는 지점이었다.

"이제 얼마 안 남았군요." 열심히 눈앞을 살피며 휴밀리스가 말했다. "뚜렷이 기억나요. 여기는 하나도 변하지 않았네요."

즐거운 여행으로 기운을 좀 얻었는지 휴밀리스의 목소리는 맑고 안정적이었다. 그의 이마와 입 주위에 땀방울이 맺힌 것을 보자 피데일리스가 땀을 닦아낸 뒤 몸을 굽혀 그늘을 만들었다.

"하루의 휴가를 허락받은 아이가 된 기분이야." 미소를 지으며 휴밀리스가 말했다. "그러니 내가 아이였던 곳에서 그 하루를 보내는 게 맞겠지. 피데일리스, 인생이란 하나의 원이네. 우리는 우리의 근원이 되는 곳에서 빠져나와 인생의 절반을 보내지. 친족과 친숙한 장소들을 뒤에 남겨두고 먼 나라들과 새로 사귄 친구들을 소중하게 여기는 거야. 그러다가 시작한 곳에서 가장 아득한 지점에 이르렀을 때 다시 먼 길을 돌아가기 시작하거든. 우리가 나왔던 곳으로 점점 다가가는 거야. 그래서 원이 완성되면 이 세상에서는 더 이상 갈 곳이 없어. 떠날 시간이 된 것이지. 그러니 슬퍼할 것 없네. 올바르고 좋은 일이거든."

그가 앞을 보고 싶은지 몸을 움직였다. 피데일리스는 그의 겨드랑이에 손을 넣어 일으켜준 뒤 그대로 붙들고 있었다.

"저기, 나무들 뒤에 장원이 있어. 드디어 집에 왔군!"

불그스름한 흙바닥과 길고 좁은 강기슭 너머 경사진 풀밭이 보였다. 나무 사이로는 사람들의 왕래가 만들어낸 길이 죽 뻗어 있었다. 마독은 뱃머리를 모래 위에 걸치고 노를 놓은 뒤 강가로 내려서서 배를 완전히 뭍으로 올려 정박시켰다.

"여기 잠깐 기다리시죠. 제가 가서 사람들에게 알리겠습니다."

솔턴의 소작인은 쉰다섯쯤 된 남자로, 자기보다 아홉 살 정도 어린 그 남자, 이 장원에서 주인의 아들로 태어나 몇 년 동안 살던 소년을 잊지 않고 있었다. 그는 두 하인에게 임시 들것을 들게 하고 서둘러 강가로 내려왔다. 그가 반겨 맞는 이는 예루살렘 왕국에서 활약한 기사가 아니었다. 자신이 낚시와 수영을 가르쳐주고, 세 살 때 처음 망아지를 탈 땐 직접 그 등 위에 올려주었던 소년이었다. 어린 시절의 그 우정은 몇 년 지속되지 못했으나, 결혼하고 아이들을 키우며 바쁘게 살아온 40여 년이라는 세월 동안 가슴 한 켠에 깊숙이 묻어두었던 추억은 금세 되살아났다. 마독이 미리 귀띔을 주었음에도 불구하고 배 안에서 자신을 기다리고 있는 허깨비 같은 육신을 보자 그는 충격과 놀라움으로 멈칫했다. 곧 진정하고 달려와 꿇어앉아 손을 내밀었지만 휴밀리스도 이미 그가 놀라는 모습을 본 뒤였다.

"내가 많이 변했지, 엘러드." 본능적으르 기억의 우물에서 그 이름을 길어 올리며 그가 입을 열었다. "더는 예전의 소년이 아니니…… 나는 얼마 못 살 거야. 하지만 그런 일로 자네를 성가시게 하고 싶진 않네. 난 이 상황에 아무런 불만이 없거든. 오래전에 떠났던 이곳에서 이렇게 자네와 다시 만나게 되니 기쁘네. 정말 기뻐. 게다가 이렇게 건강한 걸 확인하니 더욱 좋군."

"고드프리드 님, 와주셔서 정말 영광입니다." 엘러드가 말했다. "여기 있는 모두에게 무슨 일이든 시키십시오. 제 아내나 아들들도 기뻐하고 자랑스러워할 겁니다."

엘러드는 손님을 두 팔로 안아 내린 뒤 들것에 조심스럽게 눕혔다. 주인의 몸이 너무나 가벼워 다시금 놀라지 않을 수 없었다. 오래전 열두 살 때도, 그는 집사의 아들로서 여러 차례 그를 안아 옮기곤 했다. 메어스콧의 상속자이자 당시 열 살이었던 그의 형이 어린 동생의 보모 노릇을 거부했기 때문이었다. 이제 같은 팔로 생명이 얼마 남지 않은 몸을 옮기며, 그는 그가 어린아이만큼의 무게도 나가지 않음을 실감했다.

"자네에게 폐를 끼치려고 온 게 아니야." 휴밀리스가 말했다. "잠시 여기 함께 앉아 자네 얘기도 듣고 농사는 어떤지, 애들은 얼마나 자랐는지 보고 싶어서 왔지. 정말 즐거운 시간이 될 거야. 여기 이 사람은 내 좋은 친구 겸 간호인인 피데일리스 수사라네. 얼마나 정성을 들여 보살펴주는지 나로선 부족한 게 하나도 없다네."

그들은 초록색 경사지를 올라 방풍림 사이 작은 길을 통해 그를 옮겼다. 곧 작지만 잘 가꾸어진 장원의 들판과 그 한가운데 둥그렇게 담장을 둘러친 솔턴 영주의 집이 나타났다. 담을 따라 늘어선 헛간과 외양관 곁에 자리한 나지막하고 수수한 집이었다. 돌로 된 지하실 위에 홀과 작은 방이 하나씩 자리 잡았고, 부엌은 뜰에 외떨어져 있었다. 담장 밖 작은 과수원의 사과나무가 드리운 시원한 그늘 아래 놓인 나무 벤치가 눈에 들어왔다. 그들은 휴밀리스를 그곳에 내려놓고 뼈만 앙상한 몸을 베개와 모포로 받친 뒤 다들 바쁘게 오가며 맥주며 과일이며 갓 구운 빵 등, 자신들이 대접할 수 있는 모든 음식을 내오기 시작했다. 이윽고 안주인이 나왔다. 그녀는 수줍어하면서도 당혹감과 연민을 숨기려 애썼다. 장성한 아들 둘도 과수원에 모습을 드러냈다. 큰아들은 서른 살쯤 되었는데 동생은 그보다 열댓 살가량 어려 보이는 것으로 미루어, 아마 중간에 아이를 한둘 잃고 뒤늦게야 얻은 아들인 듯했다. 큰아들이 인사를 시키겠다며 젊은 아내를 데려왔다. 검은 머리의 요정 같은 그 여인은 벌써 임신 중이었다.

피데일리스는 벤치에 앉은 주인과 손님에게서 약간 떨어져 사과나무 아래 풀밭에 조용히 앉아 있었다. 엘러드는 신이 났는지 갑자기 말이 많아져 옛날 일들과 그가 떠난 이후 자신에게 일어났던 일들에 대해 자세히 들려주었다. 이 십자군 전사가 세상을 떠도느라 아이도 갖지 못하고 대의마저 이루지 못한 채 불구가 되어 귀향하는 사이 그는 조용하고 안정적이며 부지런한 삶을 살아온 모양이었다. 휴밀리스는 만족스러운 듯 희미한 미소를 띠고서 이야기를 들었다. 어느새 그의 말수가 점점 줄고 있었다. 흥분으로 잠시 반짝했던 기운이 결국 피로를 이겨내지 못한 것이다. 태양은 하늘 한가운데서 여전히 흐릿하게 불타고 있었으나 서쪽으로부터 커다란 구름 덩어리가 모여들면서 점점 커지는 중이었다.

"잠시 우리끼리 있게 해주게나." 휴밀리스가 말했다. "내가 워낙 금방 지쳐서 말이야. 자네까지 지치게 만들고 싶지 않네. 내가 잠이 들면 피데일리스가 날 지킬 거야."

그들만 남겨지자 휴밀리스가 깊은 한숨을 내쉬었다. 그는 한참 동안 말이 없었는데, 잠든 것은 아니었다. 곧 앙상한 손이 뻗어 나오더니 피데일리스의 소매를 잡아당겨 엘레드가 앉았던 옆자리에 앉혔다. 부드럽고 나른한 소 울음소리가 외양간으로부터 들려왔다. 정신없이 바쁘게 여름을 보내는 벌들의 붕붕거리는 소리도 섞여 있었다. 앞다투어 피어났지만 곧 시들고 말 꽃들을 오가며 열정적으로 꿀을 따 모으는 것이다. 과수원 끝에 보이는 세 개의 벌통 안에 꿀이 차곡차곡 쌓이고 있으리라.

"피데일리스……" 조금 전까지 힘이 없어 들리지도 않던 휴밀리스의 음성이 어느새 또렷함을 되찾은 듯했으나, 이미 떠나기 시작한 사람의 것인 양 다소 멀리서 울려왔다. "사랑하는 나의 형제, 나는 자네와 함께 있고 싶어 자넬 이리로 데려왔네. 세상 모든 사람들 가운데 오직 자네만을 내가 태어난 곳에 데려오고 싶었어. 자네 말고는 어느 누구도 내가 지금 하는 말을 들어선 안 돼. 나는 자네를 나 자신의 영혼보다도 더 잘 알고 있네. 내 영혼과 천국에 대한 소망을 귀중하게 여기는 만큼 자네를 귀중하게 여기지. 이 세상 어느 누구보다도 자넬 사랑하네. 아니, 쉿…… 그러지 말게!"

휴밀리스의 다정한 손이 얹혀 있던 팔이 잠시 움찔하더니 굳어지고, 소리를 내지 않던 목구멍에서 작은 흐느낌 같은 것이 흘러나오고 있었다.

"내가 자네에게 어떤 식으로든 고통을 끼치는 걸 하느님께서는 허락지 않으실 걸세. 솔직하고 허심탄회한 말들은 자네를 괴롭힐 수밖에 없겠지. 남은 시간이 너무 짧고, 우리 둘 다 그 사실을 알고 있네. 피데일리스…… 자네의 다정한 애정은 내 인생의 마지막에 크나큰 축복이고 행복이요 기쁨이며 위안이었네. 자네가 날 사랑했던 것처럼 자넬 사랑하는 것 말고는 보답할 길이 없겠지. 나는 자네를 사랑하네. 그뿐이야. 내가 죽으면 기억해주게. 나는 기뻐하며 세상을 떠났다는 걸. 자네가 나를 아는 만큼 자네를 알고, 자네가 나를 사랑했던 만큼 자네를 사랑하며 죽었다는 걸……."

피데일리스는 그의 곁에서 돌처럼 꼼짝도 않았다. 아니, 돌은 울지 않지만 그는 울고 있었다. 휴밀리스가 고개를 숙이고 그의 뺨에 입맞추었을 때 피데일리스의 뺨은 온통 눈물로 젖어 있었다.

*

이것이 일어난 일의 전부였다. 그로부터 얼마 안 되어 마독이 나타나, 폭풍우가 칠지도 모르니 여기 머무를지 아니면 당장 배에 올라 느리게나마 강물을 타고 슈루즈베리로 돌아갈지 결정을 내리는 게 좋겠다고 말했다.

그날 하루는 휴밀리스의 것이었으니 이 결정 또한 그에게 달려 있었다. 휴밀리스는 잠시 불길한 어둠이 짙어지는 서쪽 하늘을 바라보았다. 그러곤 마치 꿈을 연장하려 애쓰는 사람처럼 멍하니 앉아 있는 피데일리스를 돌아보더니 미소를 띠며 돌아가자고 말했다.

*

두 아들이 휴밀리스를 기슭으로 옮기고, 엘러드가 그를 안아 뱃바닥에 깔아둔 모포 위에 눕혔다. 피데일리스가 그의 몸을 부드럽게 감싸 안았다. 동쪽에는 흐릿하게나마 아직 빛이 보였다. 그들은 이 빛을 향해 나아가기 시작했다. 뒤에서는 구름 덩어리가 독으로 가득한 젖통처럼 크게 몸집을 키우며 불길한 속도로 하늘을 뒤덮고 있었다. 웨일스는 이미 그 어둠 아래 사라져 보이지 않았다. 구름과의 거리는 6킬로미터 정도밖에 되지 않는 것 같았다. 서쪽 어디선가 벌써 비가 억수같이 쏟아졌는지 폭우로 불어난 물이 어느새 세번강을 흙탕으로 만들며 배를 밀어내고 있었다.

강 양쪽으로 물에 잠긴 목초지가 펼쳐진 곳에 이르렀을 무렵 갑자기, 그야말로 눈 깜짝할 사이에 하늘이 어두워지면서 진자줏빛으로 찌푸린 서쪽의 모습과 똑같이 변했다. 빛이 어둠 속으로 사라지고 우르릉 천둥 치는 소리가 들리기 시작했다. 서쪽에서 무서운 속도로 다가오는 그 소리는 이들을 따라오는 북소리 같기도 했고 반신半神들이 풀어놓은 사냥개들의 낮고 굵은 으르렁거림 같기도 했다. 마독은 크게 걱정하지 않았으나 혹시 모를 상황에 대비해야겠다는 생각으로 노에 몸을 의지한 채 밀랍 입힌 천을 펼쳤다. 천 끝을 양쪽 뱃전에 걸치자 휴밀리스의 머리 위로 천막이 생긴 셈이 되었다. 피데일리스는 그것이 혹시라도 병자의 호흡을 방해할까 봐 두 손을 펼쳐 천을 받쳤다.

곧 비가 내리기 시작했다. 커다랗고 무거운 빗방울 몇 개가 돌멩이처럼 머리 위의 천을 내리치는가 싶더니, 이어 하늘에 구멍이 뚫린 듯 하얗게 마른 땅에서 빼앗아 모아놓았던 엄청난 물이 쏟아지기 시작했다. 억수로 퍼붓는 빗줄기에 세번강이 들끓고 강둑의 모래와 흙은 분수처럼 솟아올랐다. 피데일리스는 천을 꼭 붙든 채 휴밀리스 쪽으로 상체를 굽혔다. 마독이 강의 한가운데로 배를 저어갔다. 번개는 강둑 쪽에서 제일 높이 있는 것을 가장 먼저, 가장 손쉽게 때리기 때문이었다.

벌써 흠뻑 젖었지만 그는 물고기처럼 명랑하게 머리를 흔들어 물을 털어냈다. 물 위에서 그렇듯 물속에서도 편안한 모양이었다. 아닌 게 아니라, 마독은 전에도 이처럼 갑작스러운 폭풍우 속에서 강에 나온 적이 여러 번이었다. 폭풍우의 기세가 사납긴 해도 오래 지속되지는 않으리라 그는 확신하고 있었다.

하지만 이미 서너 시간 전쯤 상류 쪽 어딘가에 폭우가 쏟아졌는지 거대한 물줄기가 탁한 갈색의 파도를 이루며 밀려 내려와 배를 휘몰아대기 시작했다. 마독은 배가 강 복판을 벗어나지 않게끔 최소한으로만 노를 사용하며 격한 급류를 탔다. 폭우는 그칠 줄 모르고 미친 듯 퍼부었다. 북소리처럼, 개의 으르렁거림처럼 울리던 천둥이 한순간 귀청을 찢듯 큰 소리로 터지며 슈루즈베리까지 그들을 쫓아왔다. 그 소리를 바짝 뒤쫓듯 번개가 불꽃처럼 번뜩였다. 배가 가는 길을 따라다니며 어지러이 번쩍거리는 번개는 천둥이 포효하는 암흑천지를 밝히는 유일한 빛이었다. 번개가 이는 순간 외에는 양쪽 강둑조차 보이지 않았다. 세상은 암흑이었고, 번쩍이는 빛이 지나가면 눈앞은 더 칠흑같이 변해 있을 뿐이었다.

물개처럼 흠뻑 젖어 물을 줄줄 흘리면서도 피데일리스는 휴밀리스의 머리 위에 드리운 천을 꼭 붙들고 놓지 않았다. 몇 번인가 천을 흔들어 양쪽으로 물을 털어보았지만 아무 소용이 없었고 팔만 아팠다. 퍼붓는 빗물 때문에 그의 눈은 꼭 감겨 있었다. 잠깐씩 힘겹게 눈을 뜨고 쏟아지는 빗줄기 사이로 무언가를 보려 애썼으나 천지 사방이 어둠뿐이라 어디쯤 왔는지 도저히 알 수가 없었다. 번갯불에 잠깐씩 드러나는 형상들을 보려 해도 아프도록 눈이 부셔 오히려 그 고통을 없애기 위해 연신 눈을 깜빡여야 했다. 한순간 섬뜩한 불빛 속에 강 쪽으로 기운 나무들이 음산하게 드러났다가 곧 어둠에 삼켜졌다. 그렇다면 벌써 넓게 펼쳐진 얕은 목초지를 지나 폭우로 푹푹 패고 구멍이 숭숭한 낮은 습지까지 온 게 분명했다. 그들은 급류에 실려 빠르게 나무들 사이를 지나고 있었다. 프랭크웰이 멀지 않았다. 거기에만 가면 피신처를 찾을 수 있으리라.

덮개가 있어도 이들은 물속에 들어간 것이나 마찬가지였다. 뱃바닥으로도 물이 소용돌이쳐 들어왔다. 그러나 차갑고 불편할 뿐 위험한 상황은 아니었다. 나뭇잎이며 꺾인 나뭇가지들이 뒤섞인 더러운 물이 사나운 소용돌이 속에서 흙탕이 되어 돌았다. 잠깐만 견디면 폭우를 뚫고 프랭크웰의 기슭에 올라 가장 가까운 민가의 지붕 밑에 들 수 있을 터였다. 이 극심한 혼란과 광포한 재난을 겪고도 온전한 상태로 말이다.

천둥이 온 기운을 모아 찢어지는 듯한 비명을 내질렀다. 고막이 터지는 것만 같았다. 그와 거의 동시에 벼락이 눈부신 섬광을 던졌다. 겨우 눈을 뜬 피데일리스는 왼쪽 둑에 있던 버드나무들 가운데 가장 오래되고 가지가 무성한 나무가 갈라지며 불길이 이는 것을 보았다. 다음 순간 흠뻑 젖어 흙이 줄줄 흘러내리는 기슭에서 뿌리가 반쯤 뜯겨 나가더니, 나무는 거대한 불덩어리가 되어 강 한가운데를 떠가던 그들 위로 날아왔다.

마독이 휴밀리스 위로 몸을 던졌다. 거대한 고목은 마치 투석기로 내쏜 돌인 양 엄청난 기세로 날아와 작은 배의 이물에 떨어져 배를 깨진 달걀처럼 두 동강 내버렸다. 나무줄기와 배와 사람이 어두운 물속으로 함께 빠져들었다. 불은 쉭쉭대는 요란한 소리를 내며 꺼졌다. 암흑 속에 갑자기 추위가 훅 끼쳤다. 모든 것이 요동치는 가운데 몸이 납보다 무겁게 가라앉았고, 물살에 쓸려 내려온 온갖 잡동사니 사이로 육체와 영혼 모두가 끌려 내려갔다. 성난 물결에 이리저리 휩쓸리며, 그들은 편안하고 노곤한 죽음을 향해 저항도 없이 끌려가고 있었다.

*

    피데일리스는 절망의 달콤한 설득을 뿌리치고 온 힘을 다해 물을 박차며 수면 위로 솟아올랐다. 운신을 어렵게 만드는 무거운 수사복과 싸우고, 여기저기 엉겨 붙는 잡초를 떼어내고, 휘돌며 몸을 때리는 나뭇가지들도 이겨내야 했다. 심장이 터질 것만 같았다. 그는 겨우 수면 위로 얼굴을 내밀어 심호흡을 했다. 되는대로 나뭇가지를 붙들려 했지만 움켜쥔 손가락 사이로 잎사귀들만 빠져나갈 뿐이었다. 겨우겨우 줄기에 붙은 가지를 붙들어 물 위로 나온 뒤 손으로 얼굴을 문지르고 눈을 떠보니 온통 천둥이 울려대는 어둠뿐이었다. 어지럽게 엉킨 나뭇가지들이 그를 둘러싸고 있었다. 찢긴 상태에서도 완강하게 흙을 붙들고 있는 뿌리 덕분에, 그가 붙잡은 버드나무 가지는 물살에 요동치며 오르내리기만 할 뿐 떠내려가지 않았다. 배에서 떨어진 모포가 뱀처럼 팔에 휘감겨 있었다. 그는 가지를 꽉 붙든 채 혹시라도 이 혼란 속에 떠내려가는 손을, 혹은 유령처럼 창백한 얼굴을 발견할 수 있을까 싶어 열심히 어둠 속을 살펴보았다.

    요동치는 나뭇잎들 사이로 둥글게 감긴 검은 천이 눈에 띄었다. 옷깃과 창백한 손이 물 위로 떠올랐다가 이내 수면 아래로 사라졌다. 피데일리스는 가지를 붙든 손을 놓고 물속으로 자맥질해

들어가 그것을 쫓아갔다. 수사복 끝자락은 손가락 사이로 빠져나 갔으나 부풀어 오른 두건을 간신히 붙들 수 있었다. 그는 그것을 꽉 잡고 뒤에서 밀려오는 버드나무의 잔해를 피해 프랭크웰 기슭을 향해 헤엄쳤다. 휴밀리스의 늘어진 몸뚱이를 떠받친 채, 필사적으로 몸을 움직이고 의지할 만한 것을 찾아 손을 휘저었다. 어느 순간 힘이 빠지며 둘이 같이 물속으로 잠겼다. 그때 마독이 곁에 나타나 더 이상 견딜 수 없게 된 그의 팔에서 의식 없는 무거운 몸을 들어 올렸다.

휴밀리스를 뱃사공에게 넘기는 순간 피퀘일리스가 물살에 휩쓸렸다. 그는 너무나 지쳐 차라리 죽는 편이 낫겠다는 마음으로 물 위를 표류했다. 살아나려 애쓰기를 그만두고 그저 강물이 데려가는 대로 어디든 가는 게 편할 것 같았다.

급류는 그를 태우고 한참이나 휘돌다가 진흙탕이 된 기슭의 풀밭 위에 부드럽게 올려놓았다. 곧 그의 몸은 휴밀리스의 시신 옆에 엎드린 자세로 놓였다. 옆에서 '죽음의 뱃사공' 마독이 싸늘한 시신을 붙든 채 숨통을 틔우려 헛되이 애쓰고 있었다.

*

비는 돌연, 어이없을 정도로 한순간에 잦아들었다. 고통스러운 휘파람 소리를 내며 휘몰아치던 바람도 가라앉았고, 악마처럼 울어대던 천둥은 우르릉거리며 하류 쪽으로 굴러갔다. 이따금씩 울리는 천둥소리 사이사이 완전한 고요와 정적이 찾아들었다. 이내 그 고요를 꿰뚫고, 세번강 위의 하늘에 상실과 슬픔의 커다란 비명이 날카롭게 울렸다. 수풀 속에 웅크린 채 숨죽이던 새들을 놀라게 하고 둑에서 둑으로 긴 메아리를 울리며 강 아래쪽까지 울려 퍼지는 비명. 돌이킬 수 없는 상실의 절규였다.

13

하늘이 불길한 어둠으로 뒤덮이기 시작했을 무렵, 니컬러스는 슈루즈베리에 가까이 닿아 있었다. 그는 폭풍우가 치기 전에 시내에 도착해 쉴 곳을 찾아들 수 있기를 바라며 속도를 높였다. 그러나 수도원 앞 대로에 이를 즈음 무거운 빗방울들이 하나둘 떨어지기 시작했고, 거리에는 사람의 그림자도 없었다. 주민들 모두 집 안에 틀어박혀 다가올 광란에 대비해 문과 덧문을 닫아건 터였다. 이제 거의 다 온 참이라 시내에 머물며 폭풍우가 그치기를 기다리려는 생각을 버리고 수도원 문지기실을 지나쳐 성을 향해 다가가는데, 갑자기 하늘이 열리더니 비가 쏟아지기 시작했다. 다리를 건널 땐 도무지 앞이 보이지 않아서 말을 똑바로 몰 수 없을 지경이었다. 말은 갈지자걸음으로 겨우겨우 다리를 건넜다. 길에 사람이라곤 하나도 없어 텅 비어버린 황량한 도시에 혼자 남겨진 듯한 기분이었다.

아치문 아래서 그는 잠시 멈추어 숨을 고르고 눈을 닦았다. 빗물이 무겁게 옷과 몸을 적셨다. 여기서 성까지 가려면 슈루즈베리 시내를 완전히 가로질러야 했다. 그러나 세인트메리 교회 옆에 있는 휴의 집까지는 그리 멀지 않았다. 와일가街의 오르막 너머 평탄한 거리를 조금만 달리면 되었다. 휴가 집에 있을지 몰랐지만 그냥 들어가서 물어보면 될 것이었다. 어차피 성까지 가려면 그 앞을 지나야 하니까. 거기서 대십자상이 있는 곳까지 갔다가 내리막길로 접어들면 성의 문지기실이 나온다. 이미 흠뻑 젖은 마당이니 망설일 것도 없었다. 그는 언덕길을 오르기 시작했다. 신중한 주민들이 덧문을 내린 창 틈새로 고개를 잔뜩 숙인 채 폭우 속을 뚫고 서둘러 가는 그의 모습을 지켜보았다. 머리 위에서는 천둥이 한밤중처럼 새까만 하늘을 울리며 내닫고 번개가 쉴 새 없이 번쩍거렸다. 천둥소리가 점점 더 가까워지고 있었다. 말에게도 썩 내키지 않는 상황일 테지만 워낙 잘 훈련된 덕에 녀석은 두려움에 떨면서도 침착하게 걸음을 재촉했다.

휴의 집 안뜰로 들어가는 문은 열려 있었다. 처마 밑에 비를 피할 만한 공간이 보였다. 마당 자갈 위로 말발굽 소리가 울리자마자 현관이 열리고 마구간에서 마부가 달려 나왔다. 얼라인은 음산한 어둠 속을 걱정스럽게 내다보며 서 있다가 여행객에게 들어오라고 손짓했다.

"까딱하면 익사하실 뻔했어요." 얼라인이 근심스러운 표정으로 말했다. 현관으로 뛰어든 니컬러스는 물이 줄줄 흐르는 외투를 집 안으로 들이지 않으려고 입구에 선 채 옷을 벗고 있었다. 그들은 유심히 서로를 바라보았다. 빛이 너무 흐려 상대가 누구인지 즉각 알아볼 수 없었던 것이다. 먼저 기억을 되살린 쪽은 얼라인이었다. 그녀가 미소를 지으며 반갑게 외쳤다. "니컬러스 하니지 님이었군요! 처음 슈루즈베리에 오셨을 때 남편과 함께 이 집에 오셨죠. 이제 기억이 나네요. 인사가 늦어서 죄송합니다. 오후에 갑자기 한밤중처럼 캄캄해지니 당황스러워서 그랬어요. 자, 어서 들어오세요. 마른 옷을 찾아드리죠. 남편 옷이 당신에게 좀 작을 것 같긴 하지만요."

그 솔직하고 친절한 태도에 니컬러스의 마음도 잠시 따뜻해지며 긴장이 풀렸다. 하지만 이곳에서 수행해야 하는 의무를 잊을 수는 없었다. 얼라인 뒤쪽으로 시선을 옮기자 어둠 속에 콘스턴스의 얼굴이 보였다. 그녀는 어린 폭군 자일스가 이 상황을 새로운 놀이로 오해하여 금세라도 폭우 속으로 뛰쳐나갈까 봐 그 작은 손을 꼭 붙들고 있었다.

"장관님은 안 계십니까? 최대한 빨리 그분을 뵈어야 합니다. 암울한 소식이 있어요."

"그이는 성에 가 있어요. 저녁에야 돌아올 텐데…… 조금 기다리시면 안 될까요? 폭풍우가 지나갈 때까지만이라도요. 오래 지속되지는 않을 것 같아요."

아니, 그는 기다릴 수 없었다. 어떤 결말이 나든 일을 마무리 지어야 했다. 그는 얼라인에게 감사 인사를 건네고 젖은 외투를 다시 어깨에 걸친 뒤 마부에게서 말고삐를 넘겨받아 대십자상 쪽으로 빠르게 사라졌다. 자신의 임무에 얼마나 정신이 팔려 있는지, 거의 무례하다 싶을 정도의 태도였다. 얼라인은 한숨을 쉬며 어깨를 으쓱이고는 안으로 들어가 문을 닫아 바깥의 혼돈을 차단했다. 암울한 소식이라고! 그게 뭘까? 스티븐 왕이나 글로스터의 로버트와 관련한 일일까? 두 사람을 교환하려는 시도가 실패한 것일까? 그게 아니라면 저 젊은이의 개인적인 수색과 관계된 일인지도 모르지. 얼라인도 그 일에 대해 대강은 알고 있었다. 한 여자가 약혼자에게서 파혼 통고를 받았고 그 소식을 전하러 갔던 약혼자의 부하, 너무나 겸손하고 섬세한 젊은 남자는 그녀를 보자마자 강한 끌림을 느꼈으면서도 주인이 마음에 걸려 자기 의사를 전하지 못했다지. 그 여인은 살았을까, 죽었을까? 불확실함 속에서 고통스럽게 시간을 보내느니 어찌 되었든 확실하게 알게 되는 편이 더 나으리라. 그러나 '암울한 소식'이라면…… 최악의 일이 있었다는 뜻이 아닐까?

니컬러스는 억수로 퍼붓는 빗속에 유령처럼 서 있는 대십자상 앞에서 방향을 틀어 완만한 내리막길을 급히 지난 뒤 다시 성 문 지기실을 향해 넓은 경사로를 달려 올라갔다. 성 앞 광장에서는 물이 발목까지 차올랐다. 홍수처럼 쏟아지는 폭우에 비해 물 빠지는 속도가 너무 느린 탓이었다. 위병소에 있던 군인이 몸을 내밀어 방문객에게 안으로 들어오라고 소리쳤다.

"장관님 말씀입니까? 지금 홀에 계십니다. 담 가까이 붙어서 들어가면 비를 덜 맞을 겁니다. 말은 제가 마구간에 넣지요. 비가 오래 쏟아지지는 않을 것 같으니 여유가 있다면 여기서 잠시 기다리셔도 됩니다."

그러나 그는 기다릴 수 없었다. 주머니 안에서 반지가 뜨겁게 타는 듯했고, 마음속에서는 날카로운 복수심이 그를 괴롭히고 있었다. 당장 권한이 있는 사람을 만나 자신이 들은 이야기를 전해야 했다. 그는 애덤 헤리엇의 목을 물어뜯고 싶은 심정이었다. 그 인간에 대한 증오심을 억누르기가 힘들었다. 어떻게든 복수를 하지 않으면 슬픔이 견딜 수 없을 만큼 커질 것이었다. 니컬러스는 휴가 있다는 어둡고 큰 홀에 들어섰다. 갈색 머리가 젖어 이마와 관자놀이에 착 달라붙고 얼굴에는 물이 줄줄 흐르는 볼썽사나운 모습 그대로, 그는 짧은 인사를 건네기 무섭게 곧장 본론으로 들어갔다.

"장관님, 전 윈체스터에서 돌아오는 길입니다. 줄리언이 죽었으며, 그녀의 물건들은 이미 오래전에 처분되었다는 명백한 증거를 가지고 왔습니다. 그러니 다른 일은 모두 제쳐두고 장관님의 부하들, 그리고 제가 남쪽에서 모을 수 있는 이들을 전부 동원해 애덤 헤리엇을 잡아야 합니다. 바로 그자가 범인이거든요. 헤리엇과 그가 고용한 살인자의 짓이 분명합니다. 그자는 줄리언의 보석을 판 돈으로 그 살인자에게 보수를 지불했습니다. 잡히기만 하면 그자도 이 사실을 부인하지 못할 겁니다. 제게 증거가 있으니까요. 줄리언이 죽었다고 그가 자기 입으로 말한 것을 보고 들은 증인들도 있습니다."

"잠깐, 진정하시오." 휴가 놀라 눈을 휘둥그레 떴다. "정말이지 엄청난 이야기군. 당신이 남쪽에서 바쁘게 돌아다니는 동안 우리도 여기서 부지런히 뛰었소. 여기 앉아 차근차근 전부 얘기해봅시다. 아, 그 전에 우선 그 젖은 옷부터 벗어야겠군. 이러다간 심하게 감기가 들겠소." 그는 하인들을 불러 새 수건과 상의와 바지를 가져오라 명했다.

"저는 괜찮으니 신경 쓰지 마십시오." 그의 팔을 잡으며 니컬러스가 열심히 말을 이었다. "지금 중요한 건, 제가 증거를 가지고 있으며 그 증거가 단 한 사람을 지목하고 있다는 점입니다. 그런데 그자는 자유롭게 돌아다니고 있지 않습니까. 지금 그가 어디 있는지 아무도 모르고—"

"니컬러스, 당신이 찾는 사람이 애덤 헤리엇이라면 더 이상 초조해할 필요 없소. 그는 여기 이 성의 감방에 안전하게 있으니. 벌써 며칠 됐지."

"그를 잡으셨다고요? 헤리엇을 찾으신 겁니까? 그가 잡혔어요?" 니컬러스는 원한으로 가득한 깊은 숨을 들이쉬더니 다시 크게 한숨을 내쉬었다.

"잡아서 가둬두었고, 앞으로도 한동안 여기 있게 될 거요. 그의 누이가 통장이와 결혼해서 브리게에 살고 있는데, 그는 성실한 군인인 양 제 누이의 집을 찾아가 머물고 있더군. 지금은 행정 장관의 손님으로서 이곳에 있고, 우리가 사건의 진상을 완전히 밝혀낼 때까지 계속 그 상태로 있을 거요. 그러니 이제 그 사람 때문에 속 태울 것 없소."

"혹시 그에게서 얘기를 좀 들으셨나요? 뭐라고 말하던가요?"

"도움이 될 만한 내용은 없었소. 정직한 사람이 그런 입장에 처했을 때 하는 얘기들뿐이었지."

"이젠 달라질 겁니다." 니컬러스가 악에 받쳐 중얼거렸다. 그제야 몸에 오싹한 한기가 느껴져, 그는 준비된 옷으로 갈아입기 위해 작은 방으로 향했다. 그러나 얼마나 마음이 급했는지, 얼굴과 헝클어진 머리의 물기를 닦아내고 마른 옷으로 갈아입기도 전에 방 안에서 벌써 그의 목소리가 들려왔다.

"…… 교회 장식품들은 전혀 못 봤다는 겁니다. 그것들이 장물로 나왔다면 금방 눈에 띄었을 텐데요. 그래서 더 물어봐야 할까 망설이고 있는데 그 사람의 아내가 들어오더군요. 여자의 손가락에 끼워진 반지가 줄리언의 것임을 첫눈에 알아보았지요. 아니, 그렇게 말하면 너무 지나친 것 같고, 줄리언의 물건을 묘사한 기록과 꼭 맞는다는 사실을 간파했다고 하는 게 옳겠지요. 기억나십니까? 노란 꽃과 파란 꽃이 그려진 반지 말입니다……."

"그 기록 전부 기억하고 있소." 휴가 차분하게 대답했다.

"그렇다면 제가 그렇게 확신했던 이유를 짐작하시겠죠. 여자에게 그걸 어디서 구했는지 물었더니, 쉰 살쯤 된 남자가 다른 두

가지 보석류와 함께 그걸 가게로 들고 와 팔았다는 거예요. 3년 전 8월 20일이었답니다. 그날이 생일이라 남편에게 반지를 사달라고 했대요. 나머지 두 장신구는 나중에 팔렸는데, 둥글게 간 돌들을 꿴 목걸이와 살갈퀴인지 완두인지 하는 식물의 덩굴손이 새겨진 은팔찌였다고 알려주더군요. 기록된 내용과 일치하는 물건 세 개가, 그것도 동시에 나타났던 겁니다! 그렇다면 줄리언의 것이 틀림없지요."

휴는 분명한 동의의 뜻으로 고개를 끄덕였다. "그 남자에 대해서는 무슨 얘길 했소?"

"여자가 묘사한 모습은 제가 애덤 헤리엇에 대해 알고 있는 얼마 안 되는 지식에 꼭 들어맞았습니다. 사실 지금껏 저는 그자를 본 적이 없잖습니까. 50세에, 삼림 감독관이나 사냥꾼처럼 늘 야외에서 지낸 듯 얼굴이 그을린 남자. 장관님은 그자를 보셨으니 더 잘 아시겠죠. 갈색 턱수염에 머리가 벗어지고 표정 없는 얼굴이라고 하던데, 맞습니까?"

"하나도 어긋나지 않소."

"그리고 이 반지가 있습니다. 보세요! 증거물로 쓰려고 여자에게 빌려달라 부탁했는데 절 믿고 그냥 내주더군요. 그 여자도 이걸 소중히 여기는지 팔려고 하지도 않았어요. 그러니 이 일이 다 끝나면 돌려줘야겠죠. 자, 어떻습니까? 제가 오해한 게 있습니까?"

"없소. 크루스와 그 집안에서 일하는 사람들이 확인해주겠지만, 보아하니 굳이 그들에게 확인시킬 필요도 없을 것 같군. 다른 내용이 더 있소?"

"있습니다! 그것들 모두 한 여자의 물건인 것 같아서 가게 주인이 누구 것이냐고 물어보았답니다. 그리고 이제 그 여자분은 장신구를 사용하지 않으시려는지 물었더니, 그자가 주인이었던 여인이 죽었기 때문에 전부 쓸모없게 되었다고 하더랍니다!"

"그가 그렇게 말했다고? 그렇게 거리낌 없이 말이오?"

"그렇다니까요. 잠깐만요, 얘기가 더 있습니다. 그 집 부인이 호기심이 동해 그를 따라 나갔는데, 그자가 바깥의 벽에 붙어 선 채 기다리고 있던 어느 젊은 남자에게 뭔가를 건네주더랍니다. 보석 판 돈의 일부나 전부를 준 것 같다고 하더군요. 그녀가 보고 있는 걸 눈치채자 두 사람은 아주 빠르게 모퉁이를 돌아 사라졌답니다."

"이 모든 내용을 그 여자가 증언해줄까요?"

"틀림없이 해줄 겁니다. 아주 훌륭한 목격자예요. 주의 깊고 세심하죠."

"그렇다면……." 반지를 꼭 쥐며 휴가 잠시 생각에 잠겼다. "니컬러스, 일단 당신은 앉아서 뭘 좀 드시오. 사냥감은 이미 우리 수중에 안전하게 있으니 굳이 빗속으로 나설 이유가 없지 않겠소? 비가 그치면 함께 가서 이 예쁜 반지를 헤리엇의 면전에 들이댑시다. 이번에는 원체스터의 구경거리에 입을 다물지 못했다는 순진한 이야기 말고, 뭔가 더 쓸 만한 내용을 끌어낼 수 있을 것 같군."

*

　점심 식사를 마친 뒤 캐드펠은 내내 방앗간과 문지기실을 오갔다. 비가 오기 훨씬 전부터 구름이 모여드는 걸 보고 사고가 생길지 모른다는 걱정에 초조했던 것이다. 폭풍우가 치기 시작했을 때 그는 방앗간 안으로 피신했다. 저수지에서 메올천으로 물이 흘러나가는 통로를 지켜볼 수 있을 뿐 아니라 시내에서 들어오는 길목도 살필 수 있는 장소였다. 만일 마독이 도시를 멀찍이 돌아오는 뱃길을 포기하고 프랭크웰에 정박해 피난처를 찾는 편이 낫겠다고 생각했다면 그리로 걸어와 상황을 알려줄 수 있을 것이었다.
　분주한 철이 지난 터라 방앗간은 조용하고 어둑했다. 빗방울이 지붕과 땅을 때려대는 단조롭고 둔탁한 음조 말고는 아무런 소리도 들리지 않았다. 역시나 마독이 그곳을 찾아왔다. 물에 빠진 생쥐 꼴로, 혼자였다. 그는 수도원의 문지기실이 아니라 담장 밖, 시내에 사는 사람들이 곡식을 찧으러 다닐 때 사용하는 작은 길을 걸어왔다. 긴 팔을 무기력하게 늘어뜨린 채 열린 문을 등지고 말없이 선 그의 모습이 그림자처럼 연약해 보였다. 인간의 힘이 아무리 강하다 해도 폭풍우나 천둥과 싸워 이길 수는 없는 법, 그렇게 오랫동안 버텨온 그의 인내와 힘에도 한계가 있었다.

"자네, 괜찮은가?" 불길한 예감에 몸을 떨며 캐드펠이 물었다.

"아뇨, 아주 아프네요." 마독이 천천히 안으로 들어왔다. 겨우 주위를 분간해낼 정도의 어둠 속에 그의 침울한 얼굴이 드러났다. "뭔가 놀랄 만한 일이 있으면 수사님께 알리라고 하셨죠? 예, 정말이지 전 충분히 놀랐습니다. 시키신 대로 수사님에게 그 사정을 전하려고 곧장 왔지요. 대체 뭘 어떻게 해야 좋았을지……" 턱수염과 머리카락의 물을 짜내고 어깨에서 줄줄 흘러내리는 물을 털며 그가 말을 이었다. "선견지명을 지녔다면 이런 일을 예측할 수 있었을 것을! 하늘 앞에서 전 눈먼 이나 다름없었습니다." 마독은 깊은 한숨을 내쉬더니 짧고 명료하게 그날 있었던 일들을 이야기했다. "비만 우리를 괴롭힌 게 아니었어요. 나무가 벼락을 맞았는데, 하필이면 우리 쪽으로 날아오는 바람에 배가 두 동강 나버렸지 뭡니까. 전부 박살이 나서 떠내려갔죠. 그 잔해들이 어디쯤에서 걸려 올라올지…… 그리고 수사님 두 분은……"

"익사했소?" 캐드펠이 겨우 소리를 내어 물었다.

"메어스콧 님은…… 예, 돌아가셨습니다. 젊은 수사의 도움을 받아 간신히 끌어냈어요. 정작 그 젊은이는 놓쳤지만요. 저로서는 둘 다 붙들고 나올 수가 없었거든요. 그랬는데도 메어스콧 님을 살리지 못했습니다. 익사할 정도로 물속에 오래 계시진 않았는데, 몸이 워낙 쇠약하셨잖습니까. 아마 충격으로 심장이 멎어버린 것 같아요. 춥기도 추웠고, 천둥소리도 심했으니…… 어쨌든 그분은 돌아가셨어요. 완전히 끝난 거죠. 그리고 다른 쪽은…… 제가 더 말씀드릴 게 있을지…….” 그가 캐드펠의 얼굴을 가만히 살폈다. “수사님이 놀라실 일은 없지 않나요? 이미 다 짐작하시지 않았습니까? 자, 이젠 어떻게 해야 할까요?”

내내 꼼짝도 않던 캐드펠이 마침내 몸을 틀어 입술을 깨물며 빗속을 내다보았다. 최악의 상황은 지나가고 하늘이 점점 밝아지는 중이었다. 폭우로 갑자기 불어난 더러운 갈색 물이 휘몰아쳐 흘러가는 계곡 저 멀리로 천둥소리가 멀어지고 있었다.

“사고가 난 게 어디였나?”

“프랭크웰 저쪽입니다. 다리에서 1킬로미터도 떨어지지 않은 곳 강둑에 어부들이 쓰는 오두막이 있어요. 그 근처 기슭으로 나왔죠. 일단 메어스콧 님을 옮길 들것이 있어야 합니다. 그나저나, 다른 한 사람은 어쩌죠?”

“신경 쓸 것 없네. 그 사람은 물에 빠져 죽었어. 세번강이 그를 데려간 게지. 하지만 아직은 사람들에게 알릴 때가 아니야. 들것도 필요 없고. 마독, 이해해주게. 이건 목숨이 걸린 일이네. 우리가 조심조심 걷는다면 큰일 없이 이 상황을 벗어날 수 있을 걸세. 자, 일단 그쪽으로 돌아가 날 기다려주게. 시내까지는 함께 갔다가 거기서 자네는 오두막으로 가는 거야. 나도 가능한 한 빨리 그리로 가겠네. 그리고 다시 한번 말하지만, 이 일에 대해서는 누구에게도, 단 한 마디도 해서는 안 되네. 그게 우리 모두를 위한 일이야.”

*

　캐드펠이 휴의 집 울타리 안으로 들어설 무렵에는 비가 이미 그쳐 있었다. 반짝이는 지붕들과 물이 흐르는 도랑 위에 머물러 있던 회색 구름들이 걷히며 밝고 자애로운 태양이 나타났다. 구릿빛으로 번쩍이던 자연의 악의는 폭풍우와 함께 강 하류로 사라진 뒤였다.

　"그이는 아직 성에 있는데요." 얼라인이 놀라면서도 반가운 얼굴로 일어나 그를 맞았다. "성으로 찾아간 방문객과 함께 있을 거예요. 니컬러스 하니지가 돌아왔거든요. 중요한 소식이 있다는데, 제게는 말하지 않고 곧장 갔어요."

　"니컬러스가? 그 사람이 돌아왔다고?" 잠깐이지만 캐드펠은 놀라 정신이 산란해질 지경이었다. 뭘 알아냈을까? 얼마나 여러 사람에게 그 얘기를 한 걸까? 그는 고개를 흔들어 다른 생각을 쫓은 뒤 입을 열었다. "자, 그렇다면 내가 하려는 일을 더 서둘러야 할 것 같군. 얼라인, 나는 자넬 만나러 왔네. 휴가 있었다면 적절하게 예의를 갖춰 아내를 좀 데려가도 되겠느냐 물었을 테지만 상황이 이러니…… 한두 시간이면 되네. 좋은 일을 하려는 것이니 같이 좀 가주게. 아, 말도 필요한데…… 자네가 탈 녀석이랑 내가 더 멀리까지 타고 갈 녀석까지 두 마리가 필요해. 가능하면 두 사람을 함께 태울 수 있는 큰 놈을 빌렸으면 하네. 자네라면 나를 돕고 내 편을 들어주겠지? 부디 믿어주게."

"수사님을 알게 된 이후로 저희 마구간은 언제나 수사님께 열려 있었어요." 얼라인이 말했다. "수사님께서 긴급한 일이라고 하시면 저는 어떤 일에든 힘을 보탤 거고요. 그런데 얼마나 멀리 가야 하죠?"

"그리 멀지 않네. 서쪽 다리를 건너서 프랭크웰을 가로지르면 되지. 자네 소지품도 몇 가지 빌려달라고 부탁해야겠군."

"뭐가 필요하신지 말씀만 하세요. 제가 준비하는 동안 마구간에 가셔서 말에 안장을 얹으시면 될 거예요. 거기 하인에게는 제 허락을 받았다고 말씀하시고요. 무엇 때문에 이러시는지, 왜 제가 필요한지는 가면서 듣죠."

*

저녁 이른 시각 예상치 않게 감옥 문이 열리자 애덤 헤리엇은 긴장한 얼굴로 날카롭게 올려다보았다. 들어선 이의 얼굴을 확인한 그는 경계심을 늦추지 않은 채 침착하게 정신을 다잡았다. 지금까지 자신이 대답해야 했던 그 모든 질문에 능숙하게 대처했으며 앞으로도 얼마든지 맞설 준비가 되어 있었지만, 이번만큼은 뭔가 위협적인 새로운 상황이 벌어질 것 같았다. 은세공인의 아내가 관찰했던바 대담하고 표정이 드러나지 않는 얼굴이 그나마 이 순간 큰 도움을 주었다. 자기보다 신분이 높은 두 사람 앞에서 공손히 몸을 일으켰으나, 그의 무표정한 얼굴에는 억지로 격식을 차린 듯한 부자연스러움이 풍겨났다. 자신이 어떤 면에서도 그들보다 못한 사람이 아니라고 생각하는 것이 분명했다. 곧 감옥 문이 닫혔다. 열쇠를 돌리는 소리는 들리지 않았다. 그럴 필요가 없을 것이다. 바깥에는 호위병이 있으니까.

"앉으시오. 그날 윈체스터에서의 당신 행적과 관련해 궁금한 것이 있어 왔소." 휴가 부드럽게 입을 열었다. "우리에게 이미 말한 것 외에 덧붙이고 싶은 이야기는 없소? 아니면 그 내용을 바꾸고 싶다거나⋯⋯."

"없습니다, 장관님. 저는 제가 무엇을 했고 어디 갔었는지 전부 말씀드렸습니다. 더는 할 말이 없습니다."

"기억이 잘못됐을 수도 있잖소. 누구에게나 그런 일은 일어나지. 예컨대, 우리가 하이가街에 있는 은세공인의 가게에 대해 물어보면 어떻게 답하겠소? 그 가게에 값나가는 세 가지 작은 보석류를 팔았다던데. 당신 것도 아닌 물건들을 말이오."

애덤의 얼굴은 태연했으나 순간적으로 눈이 번쩍 빛을 뿜었다. "저는 윈체스터에서 아무것도 팔지 않았습니다. 누군가 그렇게 말했다면 다른 사람을 저로 착각한 겁니다."

"거짓말 마시오!" 벌컥 화를 내며 니컬러스가 소리쳤다. "그 세 가지 물건을 한꺼번에 가지고 다녔을 사람이 또 누가 있겠소? 둥글게 간 돌들을 꿴 목걸이, 무늬를 새긴 은팔찌, 그리고 이 반지까지!"

그가 펼친 손바닥 위에 반지가 놓여 있었다. 니컬러스는 그것을 애덤의 코밑에 들이댔다. 반지의 광택제가 부드러운 빛을 발했다. 작지만 매우 독특한 예술품이었으니, 그것과 같은 것이 또 있을 리가 없었다. 여행을 떠나기 한참 전부터 줄리언을 돌보아 온 그로서는 그녀의 자잘한 소지품에 대해 훤히 알고 있었을 테고, 따라서 이것을 모른다고 한다면 스스로 거짓말쟁이임을 증명하는 셈이었다. 그것이 줄리언의 물건임을 확인해줄 사람은 차고 넘쳤다.

그는 그 반지를 모른다고 하지 않았다. 오히려 정말로 놀란 듯 그것을 바라보며 이렇게 말했다. "그건 줄리언 아가씨의 물건입니다! 그거 어디서 났니까?"

"은세공인의 아내가 주더군. 이젠 자기 것이라면서. 당시 이걸 가지고 왔던 남자의 생김새를 상세히 묘사해주었소. 법이 당신을 그 남자로 지목하는 데 도움이 될 만한 진술이지. 그렇소, 이건 줄리언의 물건이오!" 감정이 격해져 목쉰 소리로 니컬러스가 말을 이었다. "당신이 그녀의 물건을 그렇게 처리했잖소. 대체 그녀에게 무슨 짓을 한 거요?"

"말씀드리지 않았습니까! 저는 아가씨의 명령으로 웨어웰까지 1킬로미터쯤 남은 지점에서 혼자 돌아왔고, 이후로 다시는 아가씨를 보지 못했습니다."

"헛소리! 당신은 그녀를 죽였어!"

휴가 니컬러스의 팔에 손을 얹었다. 니컬러스는 사냥감을 노리고 있다가 방해를 받은 사냥개처럼 움찔하더니 부들부들 떨기 시작했다.

"애덤, 쓸데없이 거짓말을 하는군. 그러면 상황이 더 나빠질 뿐이오. 여기 반지가 있소. 당신도 주인 아가씨의 것이라 인정한 반지지. 그런데 이게 3년 전 8월 20일 윈체스터의 한 가게 주인에게 팔렸소. 두 명의 선량한 목격자가 증언하고 그걸 가져온 남자에 대해서도 얘기했는데, 그들이 말한 인상착의가 당신에게 꼭 맞아 든단 말이오……."

"아마 제 또래의 하고많은 남자에게 맞아 들 겁니다." 애덤이 단호하게 말했다. "제게 특별한 점이 어디 있습니까? 그들이 말한 사람은 제가 아닙니다. 그들은 절 본 적도 없으니까요……."

"이제 보게 될 거요, 애덤. 그들에게 당신을 보여줄 생각이오. 우린 그 부부를 데려와 당신 면전에서 당신을 고발하게 할 수 있소. 그렇게 고발되면 이 일은 신기한 우연 정도로 끝나지 않는 엄청난 일이 될 거요." 휴가 말을 이었다. "당신에게 불리한 증거로 이 반지와 그 두 목격자 이상은 필요도 없소. 살인까지는 아니라 해도 도둑질에 대해서는 더없는 증거인 셈이지. 하지만 결국 이건 살인 사건이오! 그렇지 않고서는 어떻게 당신이 줄리언의 보석을 손에 넣을 수 있었겠소? 게다가 만일 당신이 직접 그녀를 죽이거나 살인을 사주하지 않았다면, 지금 그녀는 어디 있는 거요? 줄리언은 웨어웰에 도착하지 않았고, 거기서는 그녀가 오리라는 사실조차 아예 몰랐소. 그러니 거리낌 없이 그녀를 없앨 수 있었겠지. 영지의 가족들은 그녀가 수녀원에서 안전하게 지내리라 믿고, 또 수녀원 쪽에서도 그녀가 도착하지 않는다며 걱정하지 않을 테니까. 자, 말해보시오. 그녀는 어디 있소? 땅 위요, 땅 아래요?"

"이미 말씀드린 것 이상은 모릅니다." 이를 악물며 애덤이 말했다.

"아니, 당신은 알 거요! 그 은세공인이 물건값으로 돈을 얼마나 주었는지도 알고, 당신이 고용했던 자객이 받아 간 보수가 얼마나 되는지도 알지. 그 자객은 누구였소?" 휴가 침착하게 질문을 이어갔다. "가게 주인 여자가 뒤쫓아 나와 당신이 그를 만나 돈을 주는 걸 목격했소. 그녀가 가게 문간에 서 있는 걸 보자 당신은 그 남자와 함께 골목을 돌아 사라졌다지. 어서 얘기하시오. 그자는 누구였지?"

"자객이고 뭐고, 그런 남자에 대해서는 아무것도 모릅니다. 다시 말씀드리지만 거기 있던 사람은 제가 아닙니다." 여전히 흔들림 없는 태도였으나 그의 목소리가 조금 커지면서 빨라졌다. 얼굴에서는 땀이 흘러나오고 있었.

"여자가 그 남자의 외양에 대해서도 말해주었소. 스무 살쯤 된 호리호리한 젊은 친구로 머리에 두건을 쓰고 있었다더군. 그의 이름을 말하시오. 그러면 당신 짐이 조금은 가벼워질 거요. 그를 어디서 만났소? 시장에서? 아니면 그 일을 위해 미리 계약을 해둔 사람이오?"

"저는 은세공인의 가게에 들어가지 않았습니다. 그런 일이 있었다면 다른 사람이 한 짓이지, 제가 한 게 아니에요. 저는 거기에 없었습니다."

"줄리언의 물건들은 거기 있었소! 이것만은 확실하지. 당신과 너무나 비슷한 사람이 그걸 거기 가져갔고. 그곳 여주인이 당신을 직접 보면 바로 당신이었다고 얘기할 거요. 자, 지금 여기서 우리에게 말하는 편이 나을 거요, 애덤. 질질 끌다 끝내 들통 나기 전에 스스로의 의지로 고백하고 끝내시오. 은세공인의 아내가 긴 여행을 하지 않아도 되게끔 말이오. 그녀는 당연히 당신을 지목할 테니까. 아마 보자마자 곧바로 확인해줄 거요."

"저는 고백할 게 없습니다. 나쁜 짓을 하지 않았으니까요."

"왜 그 가게를 택했지?"

"그 가게에 가지 않았다니까요. 팔 것이 없는데 왜 갑니까? 저는 거기 없었습니다……."

"이 반지는 거기에 있었잖소. 이 물건이 어쩌다 보니 그리로 가게 되었다는 말이오? 게다가 목걸이와 귤찌도 같이? 우연히? 그런 우연이 있을 수 있다고 보시오?"

"저는 웨어웰까지 1킬로미터쯤 남은 지점에서 아가씨와 헤어져—"

"그때 줄리언은 죽은 상태였소?"

"아가씨가 살아 계실 때 헤어졌습니다. 맹세합니다!"

"하지만 당신은 그 은세공인에게 보석들의 주인이었던 아가씨가 죽었다고 했소. 왜 그렇게 말했지?"

"몇 번을 말씀드려야 합니까! 그 사람은 제가 아닙니다. 저는 그 가게에 간 적이 없습니다."

"그게 다른 사람이었다고? 전혀 모르는 사람이 당신과 그렇게 닮았고, 그 장신구들을 다 가지고 있었고, 그녀가 죽었다 말했다는 거요? 기적 같은 우연이 그렇게 한꺼번에 일어날 수 있나? 당신은 이를 어떻게 설명하겠소?"

죄수가 벽 쪽으로 고개를 돌렸다. 그의 얼굴은 흙빛이었다. "저는 결코 아가씨에게 손을 대지 않았습니다. 저는 아가씨를 사랑했어요!"

"이건 그녀의 반지가 아니오?"

"아가씨의 반지가 맞습니다. 레이의 사람들 모두가 그렇게 대답할 거예요."

"물론 그렇겠지. 당신의 최후가 왔을 때 다들 법정에서 그렇게 대답할 거요. 그렇지만 살인으로 손에 넣은 게 아니라면, 이게 어떻게 당신 손에 들어갔는지 설명할 수 있는 사람은 당신뿐이오. 자, 당신이 돈을 건넸다는 그 젊은 남자는 누구였소?"

"그런 사람은 없습니다. 저는 거기 있지 않았으니까요. 제가 아니에요……."

질문과 대답의 속도가 차츰 빨라지고 있었다. 휴의 말이 화살처럼 치명적으로 쏟아져 그에게 박히는 듯했다. 같은 내용을 되풀이하며 이야기가 돌고 또 도는 사이, 헤리엇은 마침내 지쳐가기 시작했다. 얼마 지나지 않아 무너질 것이었다.

세 사람 모두 지나치게 줄을 조인 악기처럼 팽팽하게 긴장한 채로 대화에 온 정신을 쏟고 있던 터라, 감방 문을 두드리는 소리에 이어 사병 하나가 머리를 들이밀었을 땐 다들 놀라지 않을 도리가 없었다. 사병은 당황한 기색이 역력해서는 너무나 중대한 소식이 있다고 말했다. "죄송합니다, 장관님. 하지만 얼른 알려야 할 소식이라…… 오늘 폭풍우에 배가 한 척 가라앉았다고 합니다. 수도원의 수사 두 분이 세번강에 빠져 익사했고, 마독의 배는 나무에 맞아 산산조각이 났다고요. 사람들이 하류로 내려가면서 한 수사님의 시신을 찾고 있답니다……."

휴가 깜짝 놀라 일어섰다. "마독의 배라고? 캐드펠 수사님이 그 사람 배를 빌릴 거라고 하셨는데…… 누가 익사한 건가? 혹시 헛소문이 도는 건 아니고? 마독은 여태껏 한 번도 사람이나 짐을 잃은 적이 없잖나."

"장관님, 벼락을 어떻게 당해내겠습니까? 나무가 배 한가운데로 떨어졌답니다. 프랭크웰에 사는 사람 하나가 벼락 치는 걸 봤답니다. 수도원장님께선 아직 모르실 것 같지만 시내에선 이미 다들 그 얘기만 하고 있습니다."

"가봐야겠군!" 휴는 황급히 니컬러스에게로 몸을 돌렸다. "이게 사실이라면 닉, 정말 안됐소. 휴밀리스 수사님, 그러니까 고드프리드 님이 솔턴의 고향집을 다시 보고 싶다며 오늘 아침 마독의 배를 타고 그리로 출발하셨소. 피데일리스 수사가 그분과 동행했고…… 당신도 나와 갑시다! 이 얘기가 사실인지 가서 직접 확인해야겠소. 늘 그러듯 사람들이 별것 아닌 일을 부풀린 것일 지도 모르지. 그저 물에 빠졌던 것을 가지고…… 마독은 물고기 보다도 물을 잘 아는 사람인데…… 어쨌든 가서 확실히 알아봅 시다."

니컬러스도 이미 일어나 놀란 얼굴로 상황을 헤아리고 있었다. "제 주인님이…… 그렇게 편찮으신 분이…… 오, 하느님, 그분 은 그런 충격을 견뎌내지 못하셨을 텐데요. 예, 저도 가겠습니다. 제 눈으로 확인해야겠어요!"

그들이 황급히 방을 나서자 문이 닫히고 열쇠 돌아가는 소리가 이어졌다. 어느 누구도 애덤 헤리엇을 돌아다보거나 생각할 겨를 이 없었다. 애덤은 딱딱한 침대에 천천히 드러누워 두 손으로 얼 굴을 감쌌다. 완전히 기운을 잃고 지친 사람, 가슴 한가운데가 텅 비어버린 사람의 모습이었다. 굵은 손가락 사이로 천천히 눈물이 새어 나오더니 베개 위로 떨어지기 시작했다. 그러나 더는 아무 도 그를 주목하지 않았고, 그 눈물의 의미를 알아보려는 사람도 없었다.

*

폭우가 그치고 기온이 다시 높아진 덕에 길은 이미 놀라울 정 도로 말라 있었다. 그들은 급히 말을 타고 달렸다. 아직 환한 대 낮, 따가운 오후의 햇볕에 집집의 지붕이며 담장, 길까지 모두 김을 피워 올렸다. 살짝 내리깔리다가도 금세 흩어지는 수증기의 바다를 헤치며 말들은 계속 나아갔다. 휴는 자기 집 앞을 지나면서도 고삐를 늦추지 않았다. 잘한 일이었다. 집에 들어가봤자 얼라인도 없었을 테니까.

그들이 지나가는 곳마다 사람들이 거리로 나와 삼삼오오 모여서서 머리를 맞댄 채 시끄럽게 떠들고 있었다. 그 비극적인 소식이 삽시간에 온 시내에 퍼진 터였다. 게다가 그것이 헛소문도 과장도 아니라는 사실이 벌써 밝혀진 상태였다. 동쪽 성문을 나와 수도원으로 이어진 다리로 향하던 휴와 니컬러스는 앞쪽에서 그들보다 먼저 다리를 건너고 있는 조촐하고 우울한 행렬을 보고 고삐를 당겼다. 네 명의 남자가 들것을 나르고 있었다. 프랭크웰에 사는 한 주민의 집 곁채에서 떼어낸 문짝으로 급조한 들것에는 폭풍우의 희생자가 담요를 덮고 단정하게 누워 있었다. 문짝의 폭으로 보아 시체는 한 구인 게 분명했다. 뼈대가 길고 큰 사람의 시신이었는데도 남자들은 힘든 기색 없이 가볍게 그것을 날랐다.

두 사람은 경건하게 그 뒤를 따랐다. 지나가던 많은 주민들이 합류하여 이 엄숙한 행렬은 곧 장례식 행렬처럼 커졌다. 니컬러스는 움직이지 않는 저 시체가 누구의 것인지 생각하느라 앞만 바라보고 있었다. 저렇게 몸이 긴데 저렇게 가볍다면, 너무나 쇠약해져 있던 고드프리드 메어스콧이라 할 수밖에 없었다. 불구가 되어 말라가던 육체가 마침내 한 점 흠 없이 깨끗한 영혼으로부터 떨어져 나간 것이다. 그는 신경질적으로 눈을 비비며 수증기가 만든 두터운 안개 속을 응시했다.

"저 사람이 마독이군요. 제일 앞에서 걸어가는 사람 말입니다."

휴는 말없이 고개를 끄덕였다. 순수한 웨일스인인 마독이 교외에 사는 웨일스인과 혼혈인 친구들을 모아 죽은 사람을 집으로 데려가는 중이었다. 그는 대단히 위엄 있는 태도로 이들을 지휘해 정중하면서도 조용하게 시체를 운반하고 있었다.

"다른 한 사람, 피데일리스 수사는 어찌 되었을까요?" 언제나 그늘 속으로 숨어들면서도 주인에게 즉각적인 도움의 손길을 내밀곤 하던 익명의 존재를 떠올리며 니컬러스가 중얼거렸다. 고드프리드의 죽음에 고통스러울 정도의 슬픔을 느끼는 반면 그의 고귀함에 노예처럼 기꺼이 스스로를 복종시키던 예의 젊은이에 대해서는 별다른 감정이 일지 않았고, 그러한 사실이 니컬러스의 마음을 괴롭혔다.

휴는 고개를 저었다. 여기에는 하나의 시체만 있었다.

그들은 다리를 건너 수도원 앞 대로로 이어지는 길을 따라 나아갔다. 왼쪽으로는 게이 초원이 펼쳐지고 오른쪽으로는 방앗간과 저수지가 자리한 길이었다. 마침내 행렬이 수도원의 문지기실에 이르렀다. 들것을 운반하던 이들은 오른쪽으로 돌아 아치 밑을 지난 뒤 큰 마당으로 들어섰다. 그곳에 수도원의 식구들이 엄숙하게 모여서서 그들을 기다리고 있었다. 네 남자는 들것을 내려놓고 말없이 곁에 섰다.

그 소식이 수도원에 닿은 것은 수사들이 저녁기도를 마치고 나왔을 때였다. 그토록 갑작스러운 죽음을 접한 원장과 부원장, 일꾼들과 수사들, 견습 수사들은 여전히 큰 충격을 떨치지 못한 채 시체를 둥글게 둘러쌌다. 행렬을 따라온 주민들이 문 안으로 들어와 조금 떨어진 곳에 걸음을 멈추곤 두려운 침묵에 빠져 그들을 바라보고 있었다.

모든 이들을 동등하게 대하는 웨일스인 특유의 당당한 태도로 마독이 원장에게 다가가 그간의 일을 간단하게 얘기했다. 라둘푸스 원장은 신의 뜻과 인간의 무력함을 받아들이며 성호를 긋고 담요에 싸인 시신을 오랫동안 내려다보다가 몸을 굽혀 얼굴에서 담요를 걷어냈다.

죽으면서 휴밀리스는 제 나이를 제외한 모든 것을 벗어던진 것만 같았다. 이미 몸을 떠난 살이 다시 붙은 것은 아니나, 날카롭고 수척한 얼굴의 주름이 풀리고, 고통으로 움푹 팬 곳들도 부드러운 선을 회복한 모습이었다. 회랑 구석에 떨어져 서 있던 휴와 니컬러스도 인간세계의 것이 아닌 평온과 휴식 속으로 들어간 휴밀리스의 모습을 잠깐이나마 볼 수 있었다. 원장은 다시 담요를 덮고 들것을 운반한 이들을 축복한 뒤 일꾼들에게 시신을 안치소로 옮기라고 지시했다.

그제야 에드먼드 수사는 최근 이곳에 들어온 두 수사가 나누곤 했던 오랜 침묵의 시간을 떠올리며 피데일리스의 부재를 깨닫고는, 휴밀리스의 신체와 관련한 은밀한 비밀을 알고 있던 그 젊은

이를 찾아 주위를 둘러보았다. 그의 모습은 어디에도 없었다. 휴 또한 여기 모인 수많은 군중 속에서 한 사람이 빠져 있음을 알아차린 참이었다. 캐드펠 수사. 휴밀리스에 관한 일이라면 언제나 적극적으로 나서던 그가 이 순간 모습을 보이지 않다니! 의혹이 잠시 휴의 마음속에 단단히 들러붙었다. 그는 시간이 더 지난 뒤에야 이해할 것이었다. 죽은 이가 다른 곳에 급박한 미완의 일을, 자신의 시신에 바치는 마지막 기도보다 훨씬 더 중요한 일을 남겨놓았다는 사실을 말이다.

*

휴와 니컬러스는 라둘푸스 원장에게 애도를 표하고 희망이 있는 한 피데일리스의 시체를 찾기 위해 수색을 계속하겠다고 약속한 뒤, 주인과 손님으로서 나란히 보조를 맞추어 시내로 돌아왔다. 어둠이 조용히 내리덮이는 시간, 하늘은 맑고 어떤 악의도 없이 부드러웠으며 공기도 어느새 서늘하니 잠잠해져 있었다. 얼라인은 저녁 식사를 금방 내올 수 있도록 준비해두고 있다가 집으로 들어오는 두 사람을 상냥하게 맞았다. 휴는 마구간에 말이 한 마리 부족하다는 사실을 눈치채지 못했다. 그저 말들을 마부에게 맡기고 니컬러스를 대접하는 데 온 정성을 기울일 뿐이었다.

"장례식 때까지 우리 집에 머무르시죠." 식사를 하면서 휴가 말했다. "크루스에게도 연락을 해야겠지. 한때 매제가 될 뻔했던 사람에게 마지막으로 경의를 표하고 싶을 테고, 헤리엇 건도 어떻게 되어가는지 알 권리가 있으니 말이오."

그 말에 얼라인이 귀를 쫑긋 세웠다. "정말, 헤리엇 일은 어떻게 됐어요? 오늘 너무 많은 일이 일어나 반나절은 그냥 잃어버린 기분이에요. 니컬러스 님은 중대한 소식을 가져왔다고 하더니 폭우가 쏟아지는데도 더 말을 않고 나가버렸죠. 대체 무슨 일이었어요?"

그들은 윈체스터에서 끈질기게 줄리언의 흔적을 찾던 일부터 시작하여 그동안 있었던 모든 일을 그녀에게 들려주었다. 그러다 마독 일행이 당한 비극을 듣고 애덤 헤리엇에 대한 심문을 중단한 채 대경실색해서 달려 나간 부분에 이르렀을 때, 얼라인이 걱정스러운 듯 이마를 찌푸렸다.

"수사 두 분이 강에 빠져 익사했다는 소식을 사병이 뛰어 들어와 외쳤다고요? 두 분 이름도 얘기한 거예요? 감방 안에서, 그 죄수가 있는 자리에서요?"

"이름을 얘기한 건 나였던 것 같아요." 휴가 말했다. "헤리엇에게는 꼭 알맞은 때 그 일이 발생한 셈이지. 그는 거의 한계에 다다라 있었거든요. 아마 지금은 한숨 돌리며 다음번 심문에 대비하고 있겠죠. 그래봤자 궁지를 벗어나지 못하겠지만."

얼라인은 그 일에 대해 더 이상 언급하지 않았다. 오랜 시간 말을 타고 달려온 데다 낮에는 큰 충격까지 받아 심신이 몹시 지친 니컬러스가 물러나 잠자리에 들 때까지는 같이다. 니컬러스가 나가자 그녀는 손에 쥐고 있던 수틀을 내려놓고 벽난로 옆, 방석을 깐 나무 의자로 다가가 휴의 곁에 앉더니 그의 목에 다정하게 팔을 둘렀다.

"휴, 당신이 알아야 할 것이 있어요. 모든 게 끝나 안전하고 잠잠해질 때까지는 니컬러스에게 알리지 말아야 할 얘기예요. 사실 이 내용에 대해 그 사람은 영원히 모르는 게 제일 좋겠지만, 결국은 그도 절반 정도는 알아차리게 되겠죠. 하지만 당신은 지금 알았으면 해요. 우리 생각에는—"

"'우리'라니요?" 휴가 되물었지만 크게 놀란 기색은 아니었다. 그는 약간 돌아앉아 아내의 허리에 다정하게 팔을 둘러 더 가까이 끌어당겼다.

"캐드펠 수사님하고 나 말이에요. 그럼 누구겠어요?"

"그럴 줄 알았지." 가볍게 한숨을 쉬고는 휴가 미소를 지어 보였다. "사실 자신이 도왔던 그 여행의 비극적인 결말에 대체 그분이 왜 나 몰라라 하고 있는지 정말 궁금했어요."

"수사님은 나 몰라라 하신 게 아니에요. 지금도 그 일을 해결하느라 애쓰고 계시죠. 조금 뒤 마구간에서 소리가 나도 놀라지 말아요. 캐드펠 수사님이 당신 말을 도로 가져오실 거거든요. 자기 몸을 돌보기 전에 말이 편안한지부터 먼저 살피는 분이잖아요."

"이제 긴 얘기를 듣게 되겠군요." 휴가 말했다. "재미있으면 좋겠는데." 얼라인의 금발 머리가 그의 뺨을 부드럽고 따뜻하게 감쌌다. 휴는 그녀의 입술에 다정하게 입을 맞추었다.

"재미있어요. 삶과 죽음의 문제가 언제나 그렇듯 말이죠. 그리고 수사 두 분이 익사했다는 소식이 가엾은 애덤 헤리엇 면전에서 전해졌으니, 당신은 내일이라도 그를 찾아가 그 일에 대해서는 걱정할 필요 없다고, 일이 늘 겉보기와 같은 건 아니라고 말해 줘요."

"자, 그러면 겉보기가 아닌 진짜 모습에 대해 말해봐요."

그녀는 남편의 팔에 안긴 채 진지하게 이야기를 시작했다.

*

피데일리스 수사의 시신을 찾기 위한 수색은 이틀이 넘도록 계속되었다. 강의 양쪽 둑을 따라 내려가던 물건들이 으레 떠오르는 지점들을 전부 부지런히 뒤졌으나, 찾아낸 것이라곤 그의 샌들 한 짝뿐이었다. 물살에 벗겨져 떠내려가다가 애첨 근처의 모래톱에 걸린 것이었다. 세번강에 빠진 시체는 대부분 세번강에 의해 뭍으로 올라오곤 했다. 그러나 이번에는 아니었다. 슈루즈베리 사람들은 두 번 다시 그의 모습을 볼 수 없었다.

14

휴밀리스 수사의 장례식이 슈롭셔주의 작은 귀족 사회와 베네딕토회 기관 대표들 대부분을 수도원 접객소로 불러 모았다. 행정 장관과 시장은 물론 슈루즈베리의 유지들과 상인들도 참석할 예정이었다. 이 도시에 온 지 얼마 되지 않은 망자를 잘 알아서가 아니라, 그의 마지막이 워낙 극적이고 비극적인 터였다. 그를 직접 만난 적은 없을지언정 대다수가 그의 명성에 대해 익히 들은 바 있었으며, 그가 이곳에서 태어나고 죽었다는 사실이 자신들에게 추모의 자격을 부여한다고 느꼈다. 교회 안에 묻히는 흔치 않은 영광이었으니, 이번 장례식은 매우 성대한 의식이 될 것이었다.

장례식 하루 전날 도착한 레지널드 크루스는 니컬러스가 보고

한 모든 사실들에 적잖이 만족했다. 크루스 집안 사람에게 감히 못된 짓을 한 악당이 감옥에 엄중하게 갇혀 있으며, 정식 재판 절차를 거쳐야 하긴 하지만 유죄로 기울고 있다는 사실에 원한에 찬 쾌감을 느끼는 듯했다. 굳이 그 만족감을 깰 필요가 없었기에 휴는 별다른 말을 덧붙이지 않았다.

"그래, 기억나는군." 레지널드가 넓적한 손바닥에 반지를 올려 그 복잡한 장식을 흥미롭게 들여다보았다. "이 조그만 물건이 그자의 죄를 밝혀냈다니 참 신통하구먼. 내 기억에 동생이 소중히 여기던 반지가 또 있었소. 아직 어린아이였던 시절, 손가락이 너무 작아 낄 수도 없을 때 받은 건데, 그 애는 이것보다 그 반지를 훨씬 소중히 여겼지. 약혼이 성사되었던 당시 메어스콧이 준 반지였소. 그 집안에서 대대로 신부가 들어오면 물려주던 반지로 아주 오래된 물건이라더군. 당시 그 애 손가락에는 맞지 않아 줄에 매달아 목에 걸고 다녔는데, 아마 이후에도 절대로 몸에서 떼어놓지 않았을 거요."

"귀중품 목록에 반지라곤 이게 유일했는데요." 작은 보석을 돌려받으며 니컬러스가 말했다. "그리고 전 윈체스터 은세공인의 부인에게 이걸 돌려주겠다고 약속했습니다."

"그 목록은 동생의 지참금으로 마련된 물건들만 적은 거니까. 메어스콧에게 받은 반지는 계속 지니고 있으려 했을 거요. 똬리를 튼 뱀이 조각된 금반지인데, 뱀의 눈은 빨간색이고 비늘은 반질반질하게 닳아 있었지. 그건 지금 어디 있으려나? 하기야, 그 반지를 신부에게 전해줄 메어스콧 집안 사람은 이제 하나도 남지 않았으니……."

메어스콧 집안 사람도, 줄리언도 모두 사라져버렸다. 니컬러스에게는 마음 아픈 이중의 상실이었다. 복수를 눈앞에 둔 상황에서도 그는 아무런 기쁨을 느낄 수 없었다.

"만일 신사분께서 오해를 하신 거라면, 그러니까 그 여자분이 아직 살아 있고 반지를 되찾고 싶어 한다면 그분께 돌려주세요. 그땐 제게 적당한 금액을 주시면 돼요." 은세공인의 아내는 그렇게 말했었다. 적당한 금액이라, 니컬러스는 생각했다. 왕과 황후의 것을 전부 합친 것보다 더 많은 금이 있다 해도, 말할 수 없이 아름다운 그런 축복에 값을 치르기에는 충분치 못할 거야.

*

요 며칠 캐드펠 수사는 극도로 겸손하고 조심성 있게 움직이고 있었다. 허브밭의 자잘한 일들 하나하나 엄격하게 처리함은 물론, 모든 의식에 기꺼이 참석했다. 그 자신도 다소 우울한 마음으로 인정한바, 이는 성공을 이루기 위한 노력이자 하늘이 그에 대해 품고 있을지 모를 불만을 누그러뜨리려는 노력이었다. 그가 기대하는 결말은 선할 뿐 아니라 절대적으로 필요한 일이었다. 수도원과 교회를 위해서도, 휴밀리스가 육체로부터 영원히 자유로워진 이후에도 계속 삶을 이어가야만 하는 모든 이들의 평화를 위해서도 그것은 필요했다. 그러나 그 결달을 이루기 위한 방법이 비난을 면할 수 있는 것인지 그로서는 확신할 수 없었다. 하지만 어쩌겠는가? 손에 들어온 것을 이용하는 것 외에 한낱 인간이 할 수 있는 일이 무엇이겠는가?

장례식 날, 그는 아침 일찍 눈을 떴다. 아침기도 전에 따로 시간을 내어 홀로 은밀하고 열렬한 기도를 올리기 위해서였다. 많은 것이 오늘 있을 일에 달려 있었으니, 그가 불안해하며 위니프리드 성녀께 은혜와 용서와 도움을 구하고자 하는 것은 당연했다. 성녀께서는 전에도 바람직한 결과를 위해 변칙적인 수단을 사용한 일을 용서하셨으며, 더 엄격한 성자라면 얼굴을 찌푸렸을 일에도 소탈하게 호의를 보여주신 터였다.

그러나 오늘 아침 성녀 앞에는 다른 탄원자가 와 있었다. 캐드펠은 제단으로 올라가는 세 단의 계단 위에 누군가 거의 엎드리듯 웅크리고 있는 것을 보았다. 경직된 육체, 무엇보다 제일 높은 계단 위에 뒤틀리듯 놓인 채 경련을 일으키는 꽉 쥔 두 손이 그 자신의 급박함만큼이나 절실한 필요를 드러내고 있었다. 캐드펠은 그늘진 곳으로 물러나 조용히 기다렸다. 얼마나 그렇게 있었을까? 마침내 탄원자가 뻣뻣한 몸을 천천히 일으키더니 남쪽 문을 통해 회랑으로 미끄러지듯 빠져나갔다. 이렇게 이른 시각에 유리언 수사가 혼자 와서 제 심장을 쥐어뜯고 있었다니 참으로 놀랍고 이상한 일이었다. 그동안 캐드펠은 단 한 번도 유리언 수사에게 특별한 관심을 기울인 적이 없었다. 과연 누가 그와 이야기를 나누고 친밀한 관계를 맺을 수 있을까? 그는 스스로를 고독 속에 가두기로 선택한 사람이었다.

캐드펠은 기도를 올렸다. 그는 자신이 최선이라고 여겨진 일을 했으며, 곁에는 충실하고 현명한 조력자들이 있다. 이제는 위니프리드 성녀를 믿고 그 웨일스인다운 자애로운 품에 모든 것을 맡길 수밖에 없었다. 그는 새삼스레 자신이 그녀의 먼 친척임을 상기시키며 기도를 마무리했다.

무더위가 가신 맑은 아침, 휴밀리스 수사이자 고드프리드 메어스콧은 올바른 격식과 온갖 경의 속에서 성 베드로 성 바오로 수도원 교회 묘지에 묻혔다.

*

캐드펠은 조문객을 둘러보며 누군가를 찾았다. 결국 찾는 사람을 발견할 수 없었으나, 이미 모든 일을 성녀께 맡긴 뒤였으니 그는 큰 근심 없이 교회를 빠져나왔다. 라둘푸스 원장을 필두로 수사들이 큰 마당에 나섰을 때, 거기 그 사람이 있었다. 언제나 그렇듯 단정하고 유능하며 고운 여인이 문지기실 곁에서 기다리다가 수사들 쪽으로 다가왔다. 적을 향해 겁 없이 나아가는 외로운 기사와도 같은 모습이었다. 과연 때를 잘 포착했군, 캐드펠은 생각했다. 그녀는 엄청난 수의 목격자들을 제 힘으로 불러 모은 셈이었다. 이제부터 밝혀질 일을 공개적이며 매우 극적인 일로 만들고자 하려는 의도였다.

슈루즈베리에서 웨일스와의 경계 쪽으로 몇 킬로미터 떨어진 고드릭 포드의 작은 베네딕토회 수녀원에 있는 매그덜린 수녀였다. 세속에 있던 젊은 시절 스스로의 선택으로 한 남작의 정부가 되어 정직하고 충실하게 거래의 원칙을 따랐던 그녀는, 새로운 소명을 받은 지금도 자신의 임무에 더없이 진실했다. 매그덜린 수녀는 이 일을 위해 서쪽 숲에 사는 몇몇 헌신적인 주민들을 호위자로 고용해 데려왔는데, 이 순간에는 신중하게 그들을 숨겨두어 혼자서 마당을 독차지하고 있었다.

통통하고 얼굴이 발그스레한 중년의 여자. 그녀의 눈은 반짝였고 움직임은 활발했다. 여전히 남아 있는 아름다움은 머리에 쓴 엄숙한 흰색 베일과 검은 수녀복 덕분에 수수하고 편안하게 다듬어져 있었다. 다만 양 볼의 보조개는 숨길 수가 없어서 조그만 금붕어가 반짝이며 냇물 위로 튀어 오르는 양 눈부시게 빛났다가 빠르고 품위 있게 사라졌고, 그럴 때면 그녀의 아름다움이 어쩔 수 없이 드러나곤 했다. 캐드펠은 지난 몇 년 동안 그녀와 알고 지내며 복잡한 문제가 생길 때 여러 차례 그녀에게 의지하곤 했다. 매그덜린에 대한 그의 신뢰는 절대적이었다.

매그덜린은 품위 있게 걸음을 옮겨 원장에게로 다가가다가 흘끗 옆을 보더니 휴에게로 살짝 방향을 틀었다. 종교의 권위와 세속의 권위를 담당하는 두 사람 모두 그녀 앞에 멈춰 설 수밖에 없었다. 조문을 마치고 교회에서 나오던 다른 수사들과 신자들도 이들에게 방해가 되지 않게끔 걸음을 멈추어 공손히 기다리고 있었다.

"원장님, 그리고 장관님," 교회와 국가 양쪽에 적절하게 경의를 나누며 매그덜린 수녀가 입을 열었다. "이렇게 늦게 온 것을 용서하시기 바랍니다. 지난 큰비에 홍수가 난 곳이 많은데 이렇게 지연될 것을 예상치 못하고 출발한 제 탓입니다. 오늘 장례식에는 참석하지 못했지만 두 분 수사님을 위해 개인적으로 기도를 올리겠습니다. 또 여기서 그분들을 위한 미사에도 참석하고자 합니다."

"늦게 왔든 일찍 왔든, 환영합니다. 자매님." 원장이 말했다. "길이 다시 정비될 때까지 하루나 이틀 이곳에서 머무르시지요. 그리고 여기까지 오셨으니 점심 식사 자리에 제 손님으로 함께해 주시기를 청합니다."

"정말 친절하십니다." 그녀가 말했다. "사실 장관님께 전해드릴 편지만 아니었다면 원장님을 성가시게 하지 않았을 텐데요." 그녀는 몸을 돌려 엄숙한 눈길로 휴를 바라보았다. 그녀의 손에는 돌돌 말아 봉인을 한 양피지가 들려 있었다. "먼저 이것이 어떻게 고드릭 포드에 오게 되었는지부터 말씀드려야겠지요. 고드릭 포드 수녀원의 마리아나 원장님께서는 폴스워스 수녀원[18]의 원장님으로부터 정기적으로 편지를 받고 계십니다. 그런데 바로 어제 온 우편물에 이 편지가 끼어 있더군요. 한 숙녀분의 편지인데, 그분은 일단의 여행자들과 함께 폴스워스에 막 도착해 쉬고 계시다고 합니다. 슈롭셔의 행정 장관님 앞으로 보내는 편지로, 폴스워스의 봉인이 찍혀 있었어요. 중요한 편지인 것 같아 장례식에 참석할 겸 가지고 왔습니다. 원장님께서 허락하신다면 여기서 이걸 전해드리고 싶습니다."

어떻게 하는지는 그녀만의 비밀이겠지만, 어쨌든 매그덜린은 사람들을 잡아두는 법을 아는 것 같았다. 모두들 이 자리를 떠난다면 무언가 경이로운 일을 놓치게 되리라 느끼고 있었다. 움직이는 사람도, 잡담을 하는 사람도 없었다. 이곳에 기척이 있다면, 그건 모여선 사람들 사이에 끼려고 다가오거나 더 잘 보이고 잘 들리는 위치를 잡고자 주위를 조용히 돌고 있는 이들의 움직임뿐이었다. 휴가 양피지를 받아 들자 옷이 스치는 소리와 발을 조금씩 옮겨 딛는 소리만이 간간이 들릴 뿐 사위는 더욱 조용해졌다. 봉인을 의심할 필요는 없었다. 이는 폴스워스 수녀원에서 쓰는 봉인이 틀림없었다.

"읽어도 되겠습니까, 원장님? 중요한 편지인 것 같아서요." 휴가 라둘푸스 수도원장에게 물었다.

"물론이오, 어서 읽어보시오." 원장이 대답했다.

휴는 봉인을 뜯고 종이를 펼쳤다. 집중해서 읽느라 그의 양미간이 좁아졌다. 마당 가득 모인 사람들은 아주 조심스럽게 숨을 들이쉬었다. 공기 중에 팽팽한 긴장이 감돌았다.

"원장님," 갑자기 고개를 쳐들며 휴가 말했다. "이건 저 혼자서만 알아야 할 일이 아닙니다. 지금 이 자리에는 저보다 이 일과 훨씬 깊은 관련을 맺고 있는 다른 사람들이 있어요. 이들은 여기 무엇이 쓰여 있는지 즉시 알 자격이 있습니다. 아, 정말 놀라운 일이군요! 이 편지의 취지를 공적인 포고로 발표해야겠습니다. 원장님께서 허락하신다면 지금 여기, 이렇게 모여 있는 사람들 앞에서 그렇게 하겠습니다."

목소리를 높일 필요도 없었다. 그가 맑은 목소리로 편지를 읽어 내리는 동안 모두가 잔뜩 귀를 기울인 채 한마디도 빼놓지 않고 집중해서 들었다.

장관님께

너무나 당황스럽게도, 제가 물건을 빼앗기고 죽음을 당했다는 소문이 고향에 퍼졌다는 이야기를 들었습니다. 그리하여 저는 제 생존을 증명하고자 이렇게 급히 편지를 보냅니다. 저는 살아 건강하고 온전하게 폴스워스의 수녀원에 도착하여 환대를 받았습니다. 저 때문에 제 좋은 친구이자 하인이었던 이들의 생명과 명예가 부당한 위험에 처했을지도 모른다는 생각을 하니 마음이 괴롭습니다. 저는 몰랐지만 저의 침묵으로 인해 누군가 고통받고 파멸에 이르게 되었다면 용서를 구합니다. 어떻게든 보상하겠습니다.

그간의 제 삶에 대해 말씀드리지요. 겸손하게 고백하건대, 목적지에 도착하기 전에 저는 스스로 수녀로서의 진정한 소명을 받았는지 회의하게 되었고, 그리하여 서약을 올리지 않은 채 한동안 은둔하며 봉사하는 삶을 살았습니다. 세인트올번스 근처에 자리한 소프웰 수도원의 제프리 원장님께서 자비롭게도 제게 경건히 봉사하며 수녀와 같은 생활을 할 수 있도록 허락하셨지요. 하지만 제가 죽었다는 소문이 돌고 있으니, 저를 아는 이들이 슬픔과 위험에 빠지지 않도록 이제 모든 사람들 앞에 나서고 싶습니다.

이 소식을 선한 제 오라비와 가족들 모두에게 알려주시고, 슈루즈베리까지 저를 안전하게 데려갈 만한 사람을 보내주시기를 장관님께 간청드립니다. 그 은혜는 평생 잊지 않도록 하겠습니다.

줄리언 크루스 올림

*

편지의 마지막에 이르기 훨씬 전부터, 회오리바람이 길을 뚫고 나아가듯 사람들 사이에 동요와 웅성임이 일기 시작했다. 이는 곧 벌 떼의 붕붕대는 소리와도 같은 소음으로 번졌고, 이내 충격을 받아 침묵을 지키고 있던 레지널드가 경악과 기쁨이 뒤섞인 외침을 터뜨렸다. "내 누이가 살아 있다고? 그 애가 살아 있다니! 맙소사, 우리가 정말 엄청난 오해를 했군요!"

"살아 있다니!" 니컬러스가 멍하니 그를 따라 속삭이듯 중얼거렸다. "줄리언이 살아 있어…… 건강하게 살아 있다고……."

웅성임이 점점 커지며 놀라움과 흥분의 합창을 이루었다. 그 들뜬 소란 위로 환희에 찬 라둘푸스 원장의 목소리가 높이 솟아올랐다. "하느님의 자비는 끝이 없도다. 주님께선 죽음의 그림자로부터 놀라운 자비를 드러내시나니!"

"우리가 정직한 사람에게 큰 잘못을 저질렀습니다!" 레지널드가 소리쳤다. 고발할 때만큼이나 열렬한 목소리였다. "그 자신의 말대로, 헤리엇은 누이의 진실한 하인이었어요! 이제야 모든 게 분명해졌군요. 그는 제 누이를 위해 그 물건들을 팔았던 겁니다. 분명해요. 속세에서 그 애의 것이었던 장신구들만 판 거죠. 그 애에겐 자기 물건을 처분할 권리가 있었으니까……."

"내가 직접 폴스워스로 가서 그녀를 데려오겠습니다. 당신도 함께 가시지요." 휴가 말했다. "그리고 애덤 헤리엇도 석방해 동행하도록 하겠습니다. 그 사람보다 더 자격을 갖춘 이가 어디 있겠습니까?"

휴밀리스 수사의 매장이 한순간에 줄리언 크루스의 부활로 변모했다. 애도가 축하로, 수난일이 부활절로 바뀐 것이다. "한 생명을 데려가시고 한 생명을 돌려주시니, 완전한 균형이 이루어졌습니다." 라둘푸스 원장이 소리 높여 말했다. "우리는 삶도 죽음도 두려워할 것이 없습니다."

*

 흐륀 수사는 기쁨과 슬픔이 묘하게 뒤섞인 마음으로 식당을 나와 게이 초원을 따라 펼쳐진 과수원의 고요와 고독 속으로 들어갔다. 이 계절의 이 시간에 채소밭과 들을 지나 수도원 땅의 가장자리, 나무들이 무성히 자라 강 위로 그림자를 드리운 곳으로 나가면 사람이라곤 보이지 않을 터였다. 그는 그곳에 멈춰 서서 피데일리스를 데려가버린 강물을 바라보았다.

 물은 여전히 넘실대며 탁하게 흘렀다. 수면이 약간 내려가긴 했지만, 건너편 기슭에 움푹 들어간 목초지는 여전히 반짝이는 여울을 이루고 있었다. 피데일리스의 시신은 그 탁한 물 밑으로 휩쓸려 내려가 영원히 찾을 수 없게 되었지, 흐륀은 생각했다. 죽은 것으로 알려졌던 한 여자가 되살아난 것이야 기쁜 일이지만, 피데일리스를 잃은 이 슬픔을 달래지는 못해……. 아무에게도 제 아픔을 말하지 않았고, 자신이 차마 드러내지 못하는 슬픔의 표현을 다른 이들이 내비칠 때도 아무런 반응을 보이지 않았지만, 그는 피데일리스가 너무나 그리웠다.

 흐륀은 수도원 땅의 경계를 건너 나무들 사이로 난 길을 따라 걷기 시작했다. 강을 넓게 바라볼 수 있는 곳으로 가고 싶었다. 그러나 갑자기 발을 멈추고 한 걸음 물러설 수밖에 없었다. 다른 사람, 그보다 훨씬 불행해 보이는 누군가 먼저 그곳에 와 있었던 것이다. 물가의 잡목숲 한가운데, 질척거리는 풀밭 위에 웅크리고 앉아 빠른 물살이 소용돌이치다가 쏜살같이 흘러내려가는 모습을 바라보고 있는 이는 다름 아닌 유리언 수사였다. 강 건너 하류 쪽에 자리한 목초지는 폭풍우 이후 연이틀 내린 비에 잠겨 둔탁하게 햇빛을 반사하고 있었다. 일단 물이 차면 완전히 빠지는 법이 없는 곳이었다. 창백한 푸른빛을 띤 하늘과 흘러가는 흰 구름을 무심히 비추는 목초지의 고요와 평온함과 대비되어 그런지, 강물의 무시무시한 속도는 자연의 한 모습이라기보다 인간을 삼켜버리려 달려드는 살아 있는 악으로 여겨졌다.

흐륀은 소리를 내지 않으려 했으나 유리언이 기척을 느끼고 방어적인 태도로 돌아보았다. 퀭한 눈이 적의를 드러내고 있었다.

"너도야?" 그가 기운 없이 말했다. "넌 왜? 피데일리스를 망가뜨린 건 나인데."

"아니에요, 당신은 그런 짓을 하지 않았어요!" 흐륀이 강하게 부정하며 잡목숲에서 나와 그의 곁에 섰다. "그런 말도, 그런 생각도 하시면 안 돼요."

"바보 같군. 내가 무슨 짓을 했는지 넌 알고 있잖아. 그런데 왜 그걸 부인하지? 넌 알았고, 그 일을 막기 위해 네가 할 수 있는 일을 했어." 유리언이 쓸쓸하게 말을 이었다. "내가 피데일리스를 몰아붙이고 협박하고, 결국은 죽음으로 몰아갔어. 마음 같아서는 물에 뛰어들어 그를 따라가고 싶은데 그럴 용기조차 없군."

흐륀이 그의 곁, 가깝지만 서로의 몸이 닿지는 않는 곳에 자리를 잡고 아니었다. 그는 고통으로 일그러진 유리언의 얼굴을 찬

찬히 들여다보았다. "못 주무셨군요." 그가 부드럽게 말했다.

"내가 한 짓을 아는데 어떻게 자겠어? 잠도 못 자고 먹지도 못했어. 하지만 사람이 굶어 죽으려면 꽤 오래 걸리지. 물만 먹어도 몇 주를 사니까. 게다가 내겐 인내도 용기도 없으니. 이제 남은 방법은 하나뿐이야. 모든 걸 고백하는 것. 아, 용서받고 싶다는 뜻은 아니야. 벌을 받아야지. 지금까지 여기 앉아 그 준비를 하고 있었어. 곧 가서 끝을 낼 거야."

"안 돼요!" 흐륀이 말했다. 뜻밖에도 강하고 위엄 있는 목소리였다. "그러지 말아요." 이것이 왜 그렇게 절박한 문제인지 그 스스로도 완전히 깨닫지는 못하고 있었다. 그저 무엇인가 마음을 찌르는 것을 강하게 느낄 뿐이었다. 그의 내면 깊은 곳에 자리한, 그래서 마음의 눈으로밖에 바라볼 수 없는 어떤 진실. 똑바로 쫓아가려 하면 이내 사라지고 마는……. 삶과 죽음이 모두 그에게는 불가사의했다. 한 생명을 데려가시고 한 생명을 돌려주시니 완전한 균형이 이루어졌다고 라둘푸스 원장님은 말씀하셨지. 사라진 생명과 되살아난 생명이라. 그것도 거의 같은 순간에…….

그 순간, 흐륀은 깨달았다. 눈앞이 환하게 밝아지며 가슴을 짓누르던 짐이 내려간 느낌이었다. 그래, 완전한 균형! 황홀함이 온몸을 감쌌다. 깨달음으로 가득 차, 따뜻한 불가에서 크나큰 행복을 느끼며 차가운 손을 펴듯, 모든 감각들이 마음의 불빛 쪽으로 돌아서는 것만 같았다. 유리언의 사나운 외침도 귀에 들어오지 않을 정도였다.

"해야 해! 할 거야! 혼자서 이 일을 더 어떻게 견디란 말이야?"

문득 흐륀이 지복의 황홀경에서 깨어났다. "혼자일 필요가 없어요." 그가 말했다. "이제 당신은 혼자가 아니에요. 내가 여기 있잖아요. 하고 싶은 얘기가 있다면 나한테 해요. 다른 사람에게는 절대로 말하지 말고요. 고해소에서는 안 돼요. 혹시라도 비밀이 지켜지지 않을 경우, 당신은 피데일리스라는 사람과 그가 했던 일을 망치고 더럽히고 웃음거리로 전락시켜 우리 모두와 교단과, 무엇보다 그에 대한 기억에 그림자를 드리울 추문을 만들고 말 거예요……." 거기서 그는 잠시 말을 멈추더니 미소를 지었다. "습성이란 것이 얼마나 강력한 힘을 발휘하는지 잘 아시지요! 예, 난 알아요. 당신이 무슨 말을 할지 안다고요. 하지만 피데일리스를 위해서라도 그 말을 절대 꺼내면 안 돼요. 당신도 나만큼이나 잘 알잖아요. 더는 그에게 해를 입히지 말아요! 견뎌야 할 것을 견디고, 피데일리스처럼 그저 침묵하세요."

유리언의 굳은 얼굴이 떨리더니 밀랍이 녹듯 갑자기 풀어졌다. 그는 두 팔로 눈을 가린 채 축축이 젖은 기다란 풀 속으로 허리를 굽혔다. 곧 몸이 떨리면서 숨죽인 흐느낌이 무서운 폭풍우처럼 터져 나왔다. 흐륀이 몸을 숙여 격렬하게 들썩이는 어깨를 감싸 안자 흐느낌은 나지막하고 깊은 신음으로 가라앉았고, 이윽고 그의 몸이 축 늘어지더니 조용해졌다. 전에 유리언이 몸에 손을 대었을 때, 흐륀은 부드러우면서도 단호한 눈길로 그를 분노와 부끄러움에 떨게 했다. 그랬던 그가 스스럼없이 유리언의 어깨에 팔을 두른 채 조용히 그를 달래는 지금, 유리언은 모든 분노와 부끄러움이 한숨으로 화해 몸에서 빠져나가는 것을 느꼈다. 그는 이제 깨끗해진 기분이었다.

"비밀을 지키세요. 그를 사랑한다면 그래야 해요."

"그래, 지킬게." 얼굴을 숨긴 팔 사이로 불분명한 목소리가 새어 나왔다.

"그를 위해서……" 흐륀이 미소를 지으며 고쳐 말했다. "아니, 그녀를 위해서요!"

"그래그래, 무덤까지 가지고 갈 거야. 나와 함께 있어줘!"

"난 여기 있어요. 함께 수도원으로 돌아가요. 누가 알겠어요? 돌이킬 수 있는 것이 남았을지도 모르잖아요."

"죽은 사람들이 다시 살 수 있을까?" 유리언이 비통하게 물었다.

"신께서 원하신다면요!" 흐륀이 말했다. 그랬다. 그 자신이야말로 기적을 믿을 충분한 이유가 있는 사람이 아닌가.

*

휴밀리스 수사의 장례식이 끝나고 이틀 뒤, 줄리언 크루스는 엄청난 폭풍우에 휘말려 익사한 휴밀리스 수사와 피데일리스 수사의 영혼을 기리는 미사에 참석하기 위해 성 베드로 성 바오로 수도원에 도착했다. 푸른 하늘에 땅도 부드러운 초록색을 띤, 서늘하고 상쾌한 날이었다. 여름의 윤택함이 잠깐이나마 되살아난 것 같았다. 그때쯤에는 슈루즈베리 시 내외의 모든 이들이 그녀의 부활에 관한 소문을 들어서 알고 있었으니, 다들 그 귀환의 광경을 직접 확인하고 싶어 했다. 수도원 마당에는 이미 사람들이 구름처럼 모여 있었다. 줄리언이 오빠와 나란히 말을 타고 들어섰고, 휴 베링어와 애덤 헤리엇이 그 뒤를 따랐다. 이들이 말에서 내리자 마부들이 말을 끌고 갔다. 레지널드는 누이의 손을 잡고 그들을 열심히 바라보는 군중 사이를 지나 예배당 문으로 다가갔다.

순간 캐드펠은 갑작스러운 불안감을 느꼈다. 그는 니컬러스 하니지 옆에 가까이 붙어 서 있었는데, 혹시라도 니컬러스가 놀라 경솔하게 소리를 지르기라도 하면 얼른 소매를 잡아당겨 주의를 주기 위해서였다. 그에게 미리 사정을 알려 그런 위험을 막는 편이 더 나을까? 하지만 달리 생각해보면 이 일에 어떤 식으로도 관련되지 않는 것이 그에겐 유리하게 작용할 터였고, 따라서 위험을 무릅쓸 만한 가치가 있었다. 제 앞에 얼마나 강력한 경쟁자가 있었는지, 세상에 견줄 것이 없을 헌신의 기억이 얼마나 귀하고 강력한 것일지 생각해야 하는 상황이 오지 않는다면 그는 훨씬 편안한 마음으로 구애할 수 있을 것이다. 이미 고드프리드 메어스콧의 애정과 신뢰를 얻은 데다 줄리언에 대한 관심을 충분히 입증했으니 그는 커다란 이점을 가진 셈이요, 어느 모로 보나 호감을 얻어낼 자격이 있었다. 그러나 만일 그녀를 알아보고 일의 전모를 한순간에 눈치챈다면? 너무나 기가 꺾여 그녀에게 결코 다가가지 못하게 되지 않을까? 휴밀리스의 뒤를 따라가면서 초라해지지 않을 사람이 누가 있겠는가? 아니, 어쩌면 그 모든 불리함을 무릅쓰고 묵묵히 제 운명을 시험해보고자 나설 만큼 용기 있는 사람인지도 모르지, 캐드펠은 생각했다. 그래, 그럴 수 있어. 이 젊은이도 아주 믿음직한 사람이니까……. 그래도 완전히 마음이 놓이지 않아 캐드펠은 잔뜩 긴장한 채 젊은이의 팔꿈치 근처에 손을 올리고 있었다.

이제 줄리언이 오빠의 팔에 의지하여 군중 사이를 지나오고 있었다. 대단한 미인은 아니나 훌쩍하니 큰 키가 눈에 띄었다. 어두운색 옷 차림에, 갸름하고 진지한 얼굴은 수녀들이 쓰는 흰색 베일과 짙푸른 두건에 둘러싸여 사뭇 엄숙해 보였다. 매그덜린 수녀와 얼라인이 그녀를 잘 단장해준 터였다. 으레 상복에는 밝은 색깔이 배제되지만, 얼라인은 세심하게 주의를 기울여 수녀원의 칙칙한 검은 의상을 연상시킬 만한 색을 피한 것 같았다. 둘 다 키가 크고 호리호리한 몸매로 체격이 비슷해 옷은 그녀에게 잘 맞았다. 둥글게 깎은 정수리의 머리칼이 자라려면 시간이 좀 걸릴 테지만, 그 부분을 완전히 가리고 높은 이마를 절반쯤 덮는 방식만으로도 인상을 많이 바꿀 수 있었다. 속눈썹 주위를 검게 칠해서인지 그녀의 맑은 회색 눈에는 보랏빛이 감도는 듯했다. 이제 줄리언은 고개를 들고 지난 몇 주간 피테일리스 수사와 함께 지냈던 사람들 곁을 천천히 나아갔다. 그러나 그들 모두 그저 바깥세상에서 온 화제의 인물, 지금은 흥미를 끌지만 곧 잊힐 사람이요 슈루즈베리 수도원과 아무런 관련도 없는 여인인 줄리언 크루스밖에는 보지 못했다.

니컬러스는 감격에 겨워 그녀가 다가오는 모습을 지켜보았다. 줄리언이 살아 있다는 사실에 감사할 뿐이었다. 그녀의 삶에는 그를 위한 자리가 없을지 몰라도, 적어도 그의 삶은 온전히 그녀의 것이었다. 잔인한 범죄에 의해 이미 몇 년 전 사라져버린 줄 알았던 그녀가 돌아왔을 뿐 아니라 사실상 어떠한 범죄도 없지 않았는가. 이제 그녀의 삶에 자신의 자리를 마련하고자 노력이라도 해볼 수 있으리라. 물론 아직은 때가 아니었다. 그녀는 아직 그에 대해 아무것도 모르니 시간을 주어야 한다. 줄리언을 찾는 과정에서 그가 한 역할에 대해 아직 그녀는 아무 이야기도 듣지 못했고, 설령 듣는다 해도 그에게 특별한 자격이 생기는 건 아니었다. 그 스스로 그런 자격을 얻어야 했다.

니컬러스 앞을 지나치는 순간, 그녀가 고개를 돌려 그를 똑바로 바라보았다. 한순간에 지나지 않았지만 그것으로 충분했다.

캐드펠은 니컬러스가 몸을 떨며 입을 벌리는 것을 보았다. 마침내 그녀가 누군지 알아보고 그 충격으로 소리를 지르려는 것 같았다. 하지만 입에서는 아무런 소리도 나오지 않았다. 캐드펠은 꽉 붙들고 있던 그의 팔을 놓아주었다. 이젠 걱정할 필요가 없었다. 니컬러스는 환하게 빛나는 밝은 얼굴로 그를 돌아보았다.

황홀한 표정, 보기만 해도 눈부신 얼굴이었다. 그가 빠르게 속삭였다. "걱정 마세요! 저는 지금 벙어리예요."

이렇게 예민하고 눈치 빠른 사람이라면 여러 어려움에도 쉽게 꺾이지 않겠군, 캐드펠은 흐뭇한 마음으로 생각했다. 게다가 저 여인은 아직 스물세 살밖에 안 되었다. 두 사람 모두에게 시간은 충분한 셈이다. 한 훌륭한 남자의 헌신적인 동반자였던 여인이 두 번째로 다가온 남자의 가치를 왜 알아보지 못하겠는가? 휴밀리스는 그 마지막 날 솔턴에서 그녀에게 무슨 말을 했을까? 그는 그녀가 누군지 알았을까? 그랬으면 좋으련만. 휴밀리스는 휴가 묘사했던 예의 촛대 한 쌍과 십자가에 대해 잘 알고 있었을 것이다. 이제는 하이드의 수도원과 함께 전부 재가 되어버렸겠지만, 그녀가 그 물건들을 하이드로 가져갔었던 것이 틀림없으니까. 그러나 금세 갈피를 잡지는 못했으리라. 자신의 피데일리스가 줄리언의 죽음과 관련되었다는 생각에 짧은 순간이나마 당혹감과 두려움을 느끼기도 했을 것이고. 그러나 어떻게 되었든, 죽을 무렵에 그는 분명히 진실을 알고 있었을 것이다.

*

"보세요!" 유리언 수사 곁에 자리를 잡고 있던 흐륀은 그에게 가까이 몸을 기울이며 속삭였다. "저 여인을 좀 보시라고요. 저 사람이 바로 휴밀리스 수사의 아내가 되었어야 할 그 여자예요."

유리언도 그녀를 바라보았다. 그저 자신이 보고자 하는 것만 보는 무관심한 시선을 던진 뒤 그는 고개를 저었다.

"모르겠어요? 당신이 아는 여자예요." 흐륀이 재촉하듯 말했다. "다시 보세요!"

유리언이 시선을 들었다. 그도 그녀를 알아보았다. 죄책감과 슬픔과 참회의 무거운 짐이 날아오르는 종달새처럼 그에게서 벗겨져 나갔다. 그는 찬송을 멈추었다. 목이 메고 혀가 움직이지 않았다. 그저 그녀가 살아 있다는 사실에 놀라, 마치 피데일리스의 침묵을 이어받기라도 한 양 말없이 넋을 놓고 서 있을 뿐이었다.

*

줄리언은 교회에서 나와 온화한 햇살을 받으며 자리에 섰다. 그 얼굴에는 아직도 상실의 슬픔과 인내의 고통이 어려 있었다. 회랑의 그늘 속에서 그 모습을 바라보며, 니컬러스는 아직 그녀에게 다가갈 수 없으리라 생각했다. 그녀의 위대함을 마침내 알게 된 지금, 평범한 청혼과 관례적인 구애는 불가능한 일이 되었다. 아직은 아니다. 앞으로도 한동안은 안 될 것이고. 하지만 그는 때를 기다릴 것이었다. 크루스 집안과 계속 접촉하며 천천히 조금씩 다가가다가 그녀의 마음이 정리되고 평화로워졌을 때 비로소 자신의 마음을 열어 보이리라.

줄리언이 오빠의 손을 놓더니 주위를 둘러보았다. 누군가를 찾고 있는 것 같았다. 곧 보일락 말락 한 미소를 떠올린 채, 그녀가 한 손을 내밀며 니컬러스에게로 다가왔다. 그 가운뎃손가락에 두 줄로 감긴 뱀이 조각된 작은 금반지가 끼워져 있었다. 루비로 된 뱀의 두 눈이 잠시 빛을 내뿜었다.

"니컬러스 님," 그녀가 어린아이의 것처럼 높고 부드럽고 고운 목소리로 입을 열었다. "당신이 저 때문에 얼마나 애쓰셨는지 장관님께서 다 말씀해주셨어요. 많은 분들께 불필요한 수고와 근심을 끼친 것에 대해서는 정말 죄송하게 생각합니다. 감사드린다고 말씀드려도 그 크나큰 친절에 비하면 보잘것없는 보답밖에 안 되겠지요."

그의 손 안에 놓인 그녀의 손은 서늘하고 흔들림이 없었으며, 미소 또한 희미하고 의례적인 것이었다. 줄리언 크루소로서의 자신이 아닌 다른 모습은 전혀 인정하지 않겠다는 의지가 느껴졌다. 그 회색 눈의 맑고 곧은 시선만 아니었다면, 그는 줄리언이 자신의 다른 자아를 강하게 부정하려 한다고 생각했을 것이다. 커다랗게 뜬 그녀의 눈은 그들의 비밀, 둘 모두 알고 있으며 따라서 다른 설명이 필요 없는 은밀한 비밀 속으로 그를 받아들이고 있었다. 모든 것이 밝혀지고 이해된 자리에서 더 이상 무슨 말이 필요하랴.

"아가씨!" 니컬러스가 말했다. "아가씨가 건강하게 살아 있는 모습을 뵙는 것이야말로 제가 원하고 필요로 하던 보답입니다."

"조만간 레이에 방문해주시길 바라요." 그녀가 말했다. "그렇게 해주신다면 정말 고맙겠습니다. 저는 더 나은 보답을 하고 싶거든요."

그게 전부였다. 그가 잡고 있던 손에 입을 맞추자 그녀는 돌아서서 멀어져갔다. 그래. 이건 분명히 마지막까지 수고와 헌신과 사랑을 보여준 사람에게 보내는 적당한 감사 인사에 지나지 않을 것이다. 하지만 그러면서 그녀는 그를 영지로 초대했다. 원치 않으면서도 빈말로 사람을 초대하는 그런 여자일 리는 없다. 그는 레이로 갈 것이었다. 곧, 아주 가까운 시일 안에 말이다. 그녀의 손과 창백한 미소의 감촉에, 또 그녀가 그에게 보여준 의심할 바 없는 신뢰에 만족하면서, 그 이상의 무언가를 바라는 것이 정당하고 명예로운 일이 될 때까지 그는 노력을 중단하지 않을 것이었다.

*

점심식사가 끝난 뒤 조용한 시각, 허브밭에 있는 작업장에 세 사람이 앉아 있었다. 매그덜린 수녀와 휴 베링어, 그리고 캐드펠이었다. 모든 게 끝났다. 호기심에 몰려들었던 사람들은 모두 집으로 돌아갔고, 수사들도 제자리를 찾았다. 얼마 안 되는 짧은 기간을 함께했던, 그나마도 자주 볼 수 없었던 두 사람을 잃은 것 말고는 그 누구도, 어떤 피해도 입지 않았다. 그리고 얼마 안 있어 사라진 두 사람의 얼굴은 기억에서 점차 희미해져 기도 속에서 불리는 이름으로만 기억될 것이다.

"누군가 그 일에 대해 더 깊이 파고든다면 몇 가지 대답하기 거북한 질문들이 나올지도 모르지." 캐드펠이 입을 열었다. "그렇지만 보아하니 아무도 그런 수고를 할 것 같지 않아. 교단은 다시 숨을 쉴 수 있게 되었고, 하이드나 슈루즈베리에 오명을 씌울 만한 일, 교황대사가 들추어내 조사할 추문도 없으니. 엉터리 시인들이 수도사들과 여자들에 대해 지저분한 노래를 지어 장터를 돌아다니며 불러댈 일도, 주교님네들이 성가시게 방문해 우리를 닦달할 일도, 다른 교단 사람들이 베네딕토회 수사들의 방종과 호색에 대해 맹렬히 비난할 일도…… 또 그 가엾은 여인의 이름에 더러운 해충이 달라붙어 평생 동안 그녀를 괴롭힐 일도 없겠지. 참 고마운 일이야!"

그는 가장 좋은 포도주를 골라 마개를 땄다. 그 술을 먹을 자격도, 필요도 충분한 터였다.

"애덤 헤리엇은 제 주인에게 완벽히 충성했더군요." 휴가 말했다. "줄리언을 젊은 남자의 모습으로 바꿀 옷을 구해준 사람도 그였고, 머리를 잘라주고 그녀의 물건을 팔아 돈으로 바꿔 온 것도 그였어요. 그 돈은 하이드에 들어갈 때까지 숙박비로 썼다고 합니다. 은세공인 가게에서 주인이 죽었다고 얘기했을 때 헤리엇은 정말 가슴이 찢어지는 듯했대요. 그녀 스스로 원한 일이긴 하지만, 어쨌든 정말로 세속에서 죽은 것과 다름없는 존재가 되었으니까요. 저와 함께 브리게에서 올 때 그는 그녀의 안부에 대해 알고 싶어 아주 필사적이었습니다. 하이드 화재 사건 이후 정말 죽은 것이 아닐까 싶어 절망에 빠져 있던 거죠. 그러다 제가 하이드에서 고드프리드와 함께 온 수사가 있다고 얘기한 뒤로 조용해지더군요. 그 수사가 누군지 그는 알고 있었던 겁니다. 주인을 배신하느니 차라리 죽으려 했을 거예요. 우리가 잘 알듯이, 그도 사람들이 추악한 짓을 서슴없이 저지를 수 있다는 걸 알고 있었으니까요."

"그리고 그녀 또한 한 남자가 보여줄 수 있는 충성과 헌신을 굳게 믿었지." 캐드펠이 말했다. "그래, 틀림없이 그랬을 거야. 그녀 자신이 그런 태도를 보였잖은가. 사실 나는 줄리언이 환생할 수 있으려면 피데일리스가 죽어 흔적도 없이 사라지는 것 외에 달리 해결책이 없으리라 생각하고 있었네. 하지만 그 기회가 그런 식으로 올 줄은 꿈에도 몰랐지……."

"아주 민첩하게 그 기회를 잡으셨습니다." 휴가 말했다.

"그게 아니면 결코 문제를 해결할 수 없을 테니까. 그리고 까딱하면 일이 다른 식으로 풀렸을지도 몰라. 마독이 잠자코 있어서 자넨 몰랐겠지. 휴밀리스가 죽자 그녀는 정신을 놓아버렸거든." 캐드펠은 거의 반죽음이 된 줄리언을 팔에 안고 고드릭 포드까지 말을 달려 매그덜린 수녀에게 그녀를 맡겼던 것이다. 축축이 젖은 적갈색 머리칼에서 물방울이 떨어져 그의 어깨를 적셨고, 창백하고 더러운 얼굴은 내내 얼음처럼 굳어 있었다. 회색 눈은 크게 열린 채였으나 그녀는 아무것도 보지 못하는 상태였다.

"휴밀리스 수사를 부둥켜안고 있던 그녀의 팔을 떼어내느라 얼마나 고생을 했는지 모르네. 얼라인이 없었다면 제대로 해내지 못했을 거야. 휴밀리스뿐 아니라 줄리언까지 잃을까 싶어 겁이 날 지경이었어. 다행히도 매그덜린 수녀는 유능한 의사였지."

"그 편지는 제가 그녀를 대신해 썼지요." 냉정하면서도 만족스러운 표정으로 편지의 내용을 떠올리며 매그덜린 수녀가 말했다. "정말이지 그동안 써본 것들 중 제일 힘든 편지였어요. 하지만 처음부터 끝까지, 편지 전체에 거짓은 하나도 없었어요! 약간 뭉갠 내용은 있을지언정 거짓은 아니었죠. 아시겠지만 그게 제겐 정말 중요했어요. 그녀가 왜 벙어리가 되기로 했는지 아세요? 물론 목소리 문제가 있었죠. 말을 했다가는 여성의 목소리가 나올 수밖에 없으니까요. 얼굴이야 걱정할 게 없었어요. 또렷하고 강하고 섬세한, 소녀의 얼굴이라 해도 좋고 소년의 얼굴이라 해도 좋을 얼굴이니까요. 하지만 목소리 말고도 두 가지 이유가 더 있었더군요. 첫째로, 그녀는 그에게 아무것도 묻지 않겠다고, 여자로서 애원하지 않겠다고 결심했던 거예요. 그가 자신한테 빚진 건 전혀 없다는 생각이었대요. 어떤 특별 대우나 배려도 그녀에게 해줄 의무가 없었다는 거죠. 그녀의 행동은 모두 그녀 스스로 선택한 것들이니까요. 둘째로, 그녀는 그에게 절대로 거짓말을 않기로 마음먹었대요. 말을 할 수 없으면 호소나 설득은 물론, 거짓말도 못 하지요."

"그렇게 그는 그녀에 대한 모든 의무를 벗고, 그녀는 그에 대한 모든 의무를 짊어지게 되었군요." 헤아릴 수 없는 여자들의 마음에 대해 생각하며 휴가 고개를 저었다.

"아, 그렇지만 줄리언도 자기 몫을 얻었지." 캐드펠이 말했다. "스스로 원하고 자기 것이라 여겼던 것, 그 전체를 마지막 순간까지 가지고 있었으니까. 그와 함께 지내며 그를 돌봐주고 진짜 결혼 생활을 하는 친밀한 배우자처럼 그의 육체와 관련한 비밀까지 샅샅이 알지 않았나. 그리고 결혼 생활에서 으레 요구되는 것보다 훨씬 크고 깊은 애정도 얻었지. 그녀 스스로 자신이 한 사람의 아내라 여기고 있는데 다른 이들이 그녀에게 자유라고 말해보았자 무슨 소용이 있었겠나. 사실 나는 지금도 그녀가 진정한 자유를 느낄지 의문이야."

"지금은 아니지만 그렇게 될 거예요." 매그덜린 수녀가 자신 있게 말을 이었다. "줄리언은 용기 있는 여자예요. 자기 삶을 방기할 리 없죠. 그녀를 사모하는 그 젊은이가 사랑을 포기하지 않을 정도의 의지만 지니고 있다면 좋은 결과가 있을 거예요. 그에겐 유리한 점이 있잖아요. 그녀와 같은 우상에게 애정을 쏟았다는 점 말예요. 게다가……" 미래를 그려보듯 꿈꾸는 눈으로 매그덜린 수녀가 말을 잠시 멈추었다. 미래, 그것은 과거밖에 가진 것이 없다고 느끼는 이들에게조차 희망을 품게 만드는 법이다. "이미 자리 잡은 올케에, 지금 태중에 품은 아이를 빼고도 조카가 셋이나 되는 오빠의 집이라…… 글쎄요, 결혼 안 한 누이로서 그 레이 장원에서 살아가는 삶이 줄리언 크루스 같은 여자에게 얼마만큼의 매력을 발휘할지, 나로서는 잘 모르겠네요."

*

　점심시간 이후 주어지는 30분의 휴식이 끝났다. 수사들은 다시 각자의 일터로 돌아가기 시작했고, 캐드펠도 슬슬 움직여야 할 시간이었다. 그는 산울타리를 돌아가는 지점에서 친구들과 작별했다. 매그덜린 수녀는 자신을 호위해 온 두 건장한 나무꾼들과 함께 서쪽으로 난 길을 따라 고드릭 포드로 돌아갈 것이고, 휴는 감사한 마음으로 집으로 향할 것이다.
　캐드펠은 허브밭을 지나 사과나무 두 그루와 배나무 한 그루를 심어놓은 작은 과수원으로 갔다. 혼자서 키워온 그 나무들이 어느새 수확을 할 수 있을 만큼 자라 있었다. 그는 만족스럽게 주변의 풍경을 바라보았다. 지푸라기처럼 창백하던 곳들이 새로운 초록으로 빛나고 있었다. 모래톱들이 여전히 눈에 띄었으나 메올천도 더는 몇 줄기 슬프고 느린 실개천으로 자갈과 모래 사이를 힘겹게 흘러가던 모습이 아니었다. 9월, 여름의 더위와 가뭄이 물러가고 풍요와 수확의 계절이 오고 있었다. 가뭄 때문에 다 크지 못한 채 떨어진 과일들이 있긴 하지만, 그래도 감사 기도를 드리기에 충분할 정도의 수확은 볼 수 있을 터였다. 계절은 극단적인 모습을 드러내다가도 이내 스스로 제 형태를 바로잡고 잃은 것의 절반 정도는 회복하게 해주지 않는가. 인간의 계절 또한 그렇게 하늘에서 내려주시는 약간의 도움을 받아 스스로를 바로잡을 수 있으리라. 이번 여름의 폭우처럼.

이 위대한 신비로 부부의 결합을 거룩하게 하신 하느님, 당신의 종들을 자비로이 굽어보소서.
―가톨릭 기도서 중 「혼인 예식의 축복」에서

주

1 성 위니프리드 Saint Winifred
홀리웰에 살았던 위니프리드에 관한 이야기는 중세 전설에 근거를 두고 있다. 그녀는 성 베이노의 조카이자 테비트라고 불리는 기사의 외동딸이었다. 크래독 왕자가 그녀를 겁탈하려 하자 달아났고, 분노한 왕자는 그녀의 목을 잘랐다. 하지만 성 베이노가 그녀를 되살렸고 새 생명을 얻은 위니프리드는 로마로 순례를 떠났다가 웨일스로 돌아와 귀더린 수녀회의 수도원장이 되었다고 전한다.

2 세인트자일스 Saint Giles
슈롭셔의 교회이자 구호소. 설립 시기는 12세기경으로 추정된다. 1857년까지 슈루즈베리 수도원의 사제가 파견되어 이곳의 일을 도맡았다.

3 슈루즈베리 성 베드로 성 바오로 수도원 the Shrewsbury abbey of Saint Peter and Saint Paul
잉글랜드 슈롭셔주에 위치한 수도원으로, 원래 성 베드로에게 헌정한 작은 목조 교회였으나 11세기 후반 성 베드로와 성 바오로 두 사도에게 헌정한 석조 건물로 개축되었다.

4   오아인 귀네드 Owain Gwynedd(1100~1170)
아버지 그루퍼드 압 시난의 뒤를 이어 1137년부터 귀네드를 통치했다.

5   라눌프 백작 Earl Ranulf(1099~1153)
1129년에 체스터 백작의 작위를 4대째 이어받아 잉글랜드의 3분의 1에 달하는 지역을 다스렸다.

6   스티븐 왕 King Stephen(1092 또는 1096~1154)
정복왕 윌리엄 1세의 외손자이며 잉글랜드 노르만 왕조의 네 번째 국왕. 외숙부이자 잉글랜드 왕인 헨리 1세가 살아 있을 때 헨리 1세의 딸인 모드 황후의 왕위 계승을 돕겠다고 서약했으나 1135년에 헨리 1세가 죽자 약속을 깨고 잉글랜드 군주의 자리를 차지했다.

7   모드 황후 Empress Maud(1102~1167)
마틸다(Matilda of England)라고도 불린다. 정복왕 윌리엄의 아들인 헨리 1세의 딸로, 신성로마제국 황제 하인리히 5세와 결혼했다가 그가 죽은 뒤 앙주 백작 조프루아 5세와 재혼해 헨리 2세를 낳았다.

8   헨리 주교 Henry of Blois(1096?~1171)
윈체스터의 주교. 정복왕 윌리엄의 딸 아델라와 블루아 공 스티븐 사이에서 태어난 넷째 아들로, 스티븐 왕의 막냇동생이다. 외숙부인 헨리 1세와 로마 교황의 힘을 등에 업고 막강한 권력을 누렸다. 형 스티븐을 왕위에 올리는 데 커다란 공헌을 했으며 이후에도 왕정 체제 수호를 위해 혼신의 힘을 쏟았다.

9   웨스트민스터 사원 Westminster Abbey(잉글랜드, 런던)
템스강 북쪽에 위치한 건축물. 수백 년에 걸쳐 영국 정치의 본산으로 여겨졌으며 현재에도 영국 의회장으로 사용되고 있다. 제2차 세계대

전 당시 폭격당했으나 자일스 길버트 스콧에 의해 복구되었다.

10 글로스터의 로버트 백작 Earl Robert of Gloucester(1090~1147)
헨리 1세의 서자이자 모드 황후의 이복형제르. 1135년 스티븐 왕이 왕위를 찬탈한 이후 모드 황후의 편에서 싸웠다.

11 마틸다 왕비 Matilda of Boulogne(1105?~1152)
스티븐 왕의 아내이자 스코틀랜드 왕 맬컴 3세의 손녀. 부친이 사망한 뒤 잉글랜드에서 가장 강력한 주 가운데 하나인 불로뉴를 물려받아 잉글랜드 권력의 한 축으로 성장했으며, 1135년 남편 스티븐이 왕위에 오르면서 왕비로 등극했다. 스티븐 왕이 모드 황후에게 구금되어 있을 때 자신의 군대로 황후를 몰아내고 왕을 구출했다.

12 베네딕토회 Benedictine
베네딕토 규칙을 바탕으로 공동생활을 하는 가톨릭 공동체. 6세기 '누르시아의 베네딕토(성 베네딕토)'가 몬테 카시노에 창설하여 전 유럽에 퍼진 수도회의 일파. 청빈, 순결, 복종을 맹세하고 규율이 매우 엄격한 삶을 강조했다. 집단적인 예배도 중요시하여, 수사들은 하루에 일곱 번씩 모여 찬송하고 기도하는 성무일도를 수행했다.

13 하이드 수도원 Hyde Abbey(윈체스터, 하이드 미드)
웨식스의 군주 에드워드가 903년 윈체스터 올드 민스터 근처에 건립한 수도원. 스티븐 왕과 모드 황후의 갈등으로 인한 무정부 상태를 거치며 불에 탔고 이후 재건되었다.

14 라둘푸스 수도원장 Abbot Radulfus(?~1148)
헤리버트 원장의 뒤를 이어 1138년부터 1148년까지 슈루즈베리 수도원장을 지냈다.

15   로버트 페넌트 부수도원장 Prior Robert Pennant(?~1168)
12세기 전반에 슈루즈베리 수도원의 부수도원장을 지냈고, 1148년부터 1168년까지 슈루즈베리 수도원장을 지냈다. 성 위니프리드의 귀더린 순례를 담은 『성 위니프리드의 생애』를 남겼다.

16   브라이언 피츠카운트 Brian Fitz-Count(1090?~1149?)
헨리 1세의 가신. 왕의 총애를 얻어 기사 작위를 비롯한 모든 것을 후원받으며 자랐다. 모드 황후의 충신이기도 했던 그는 1139년부터 황후의 편에 서서 스티븐 왕과 맞섰다.

17   세인트메리 교회 Saint Mary's Church
970년 에드거 왕에 의해 만들어진 교회. '노르만의 정복' 이후 왕실의 종교 변화에 따라 우여곡절을 거치며 여러 차례 파괴와 복구를 겪었다. 빅토리아 시대에 전면 재건축되었으며, 현재 슈루즈베리에서 가장 큰 규모의 교회로 알려져 있다.

18   폴스워스 수녀원 Polesworth Abbey
980년 베네딕토회 수녀들에 의해 건립된 수녀원으로, 노르만 침공 때 해체되었다가 1130년 재건립되었다.

캐드펠 수사 시리즈 11
위대한 미스터리

초판 1쇄 발행. 2000년 1월 31일
개정판 1쇄 발행. 2025년 6월 30일

지은이. 엘리스 피터스
옮긴이. 손성경
펴낸이. 김정순
편집. 홍상희 허영수
마케팅. 이보민 손아영

펴낸곳. (주)북하우스 퍼블리셔스
출판등록. 1997년 9월 23일 제406-2003-055호
주소. 04043 서울시 마포구 양화로 12길 16-9(서교동 북앤빌딩)
전자우편. editor@bookhouse.co.kr
홈페이지. www.bookhouse.co.kr
전화번호. 02-3144-3123
팩스. 02-3144-3121

ISBN. 979-11-6405-307-0 04840

옮긴이. 손성경
고려대학교 영문학과와 동대학원을 졸업했다. 『제발 조용히 좀 해요』 『사랑의 비밀』
『어둠 속의 갈까마귀』 『워크 투 리멤버』 『이단자의 상속녀』 등을 우리말로 옮겼다.